图文典藏

齐裕焜讲水浒

齐裕焜 著

中国出版集团
東方出版中心

目录

屡遭争议的文学奇书 〇〇一
世代累积的杰出创造 〇〇一
（一）历史影像 〇〇三
（二）民间演绎 〇〇五
（三）作家创作 〇〇六
（四）文本再造 〇〇八
思想多元的经典文本 〇一三
（一）惊世骇俗的洞见 〇一五
（二）多元解读的主题 〇二〇
（三）忠义内核的合奏 〇二九
（四）见仁见智的焦点 〇三九
丰富多样的人物群像 〇六五
（一）梁山头领 〇六七
宽厚仁义的奠基寨主——晁　盖 〇六七
忠义两难的悲剧首领——宋　江 〇七四
忠厚近迂的麒麟员外——卢俊义 〇九七
乐于智谋的儒雅军师——吴　用 一〇九
（二）血性男儿 一二三
锄强扶弱的智慧和尚——鲁智深 一二三

目录

㈥ 庙堂奸邪 三〇三
钻营弄权的泼皮太尉——高俅 三〇三
趋炎附势的精明通判——黄文炳 三一二
㈦ 市井众生 三一八
堕落失德的悲剧女性——潘金莲、潘巧云、阎婆惜 三一八
唯利是图的畸形小人——王婆、李固 三二七
忍辱失语的小人物——武大郎、郓哥、何九叔、李小二、唐牛儿 三三七
英雄传奇的艺术典范 三四九
㈠ 似而不同的人物性格 三五一
㈡ 曲折变换的叙事手法 三五九
㈢ 单线连环的结构形态 三七〇
㈣ 生动传神的白话语体 三七七
跨越时空的永久魅力 三八五
㈠ 独特的社会影响 三八七
㈡ 多重的文化影响 三八八
㈢ 深远的艺术影响 三八九
㈣ 广泛的国外影响 四〇八
后记 四一〇

目录

隐忍敦厚的禁军教头——林冲　一三九
敢作敢当的真情硬汉——武松　一五三
鲁莽憨直的妙人趣人——李逵　一七〇
心快口快的水军骨干——阮小七　一八七
谨细凶狠的寒门硬汉——石秀　一九八
㈢名门后人　二〇八
义追孟尝的江湖贵族——柴进　二〇八
着意功名的名门困兽——杨志　二一九
尽享祖泽的关公后人——关胜　二三一
㈣奇才好汉　二四一
忽显忽隐的人间神龙——公孙胜　二四一
深谙人事的神行太保——戴宗　二五〇
义气果敢的神箭英雄——花荣　二六〇
胆大心细的市井神偷——时迁　二六七
机智忠心的神妙浪子——燕青　二七七
㈤巾帼女杰　二九〇
喜怒笑骂的江湖女汉——孙二娘　二九一
能战能忍的如花女将——扈三娘　二九四
有情有义的义气女侠——顾大嫂　二九九

屡遭争议的文学奇书

从北宋宣和年间宋江起义算起到现在已经八百多年了，就从元末明初《水浒传》成书到现在也有六百多年了。在中国封建社会发生过千百次人民反抗封建压迫的斗争，宋江起义是规模和影响都不大的一次。但是，在民间传说、说书艺人和戏曲作家创作的基础上由伟大作家创作而成的《水浒传》，与《三国志演义》《西游记》《金瓶梅》并列为明代的四大奇书，成为中国古代小说的经典名著。

《水浒传》是奇书，奇在哪里呢？

首先在于它的题材和立意。它写的是封建社会里“犯上作乱”，武力反抗政府的“造反”“暴乱”，是最敏感的政治斗争题材。但它不是像《新编剿闯通俗小说》《定鼎奇闻》那样污蔑、咒骂李自成起义，而是表现出石破天惊的意识。它写出“乱自上作”“官逼民反”是社会动荡的根本原因；把宋江等一批“草寇”，演绎为组织严密、声势浩大的起义大军；歌颂他们是“替天行道”“护国安民”的忠义英雄；最后非常清醒地写出“煞曜罡星今已矣，谗臣贼子尚依然”的悲剧结局。

其次是鲜活生动的市井画卷。如果说历史演义小说《三国志演义》描绘了群雄争霸的历史图景，神魔小说《西游记》创造了降妖伏魔的神话世界，英雄传奇小说《水浒传》则展开江湖豪杰驰骋的市井生活画卷。其景有酒楼妓院，荒村黑店；有卖唱的勾栏，有比武的擂台。其人有逛妓院的徽宗皇帝，有靠踢球当了太尉的无赖高俅；有独霸一方的西门庆、郑屠；有横行市井的泼皮牛二、张保；当然也有卖炊饼的武大、卖雪梨的郓哥这样老实谋生的小贩。更重要的是在这个江湖世界里，活跃着一批“大半粗豪”的英雄好汉，在他们身上表现出浓浓的市井情结，“路见不平，拔刀相助”“快意恩仇”是他们的道德观念；“论秤分金银，异样穿绸锦，成瓮吃酒，大块吃肉”是他们的生活追求；作品还表现酗酒、赌博以至江湖社会里的结盟、文身、取诨号、讲隐语等等。作品里还有市井小民的庸俗趣味，津津乐道那些男女奸情故事，所以，《金瓶梅》就是从“武松杀嫂”这一段演化而来，武松杀错了人，让西门庆、潘金莲多活了七年，绘出以西门庆为中心的明代市井社会的风俗画，从而开启了世情小说之门。

《水浒传》是英雄传奇小说的典范，“说唐”“说岳”“杨家将”都深受其影响：以“义”为中心的侠义文化，对侠义小说也有重大的影响，《三侠五义》等公案侠义小说，虽然命意与《水浒传》不同，“而源流则仍出于水浒”（鲁迅语）。

第三，它的奇还在于它的命运特别坎坷。因为它写了最敏感的政治题材，不可避免地和中国的社会变革、政治斗争、思想文化思潮的变化联系在一起。在它开始广泛流行的明嘉靖、万历年间就争论不断，或被称为颂扬“忠义”英雄的杰作，或被认为是“诲盗”“坏人心术”的坏书，被咒骂、被禁毁。在晚清到新中国成立前，虽然还有批评的声音，但肯定它是主流意见，甚至有人把它看作提倡自由、平等的社会主义小说。新中国成立后先被公认为“中国农民革命的伟大史诗”，后在“文化革命”中又成为歌颂“投降派”的“反面教材”。粉碎“四人帮”之后，思想解放，拨乱反正，在肯定《水浒传》的前提下，出现了多元的解读，“农民起义说”“为市民写心说”“忠奸斗争说”“游民说”等，令人眼花缭乱。近年来社会上还出现了一股彻底否定《水浒传》的思潮，它又成为鼓吹“血腥暴力”的典型，成了中国人的“地狱之门”。《水浒传》就像过山车，大起大落，请问中国乃至世界有几部作品经历如此曲折，评价如此反复，命运如此坎坷？因此，品读这部奇书，对我们认识和了解封建社会，研究中国的政治史、思想史、文化史；探讨它在弘扬民族传统文化，在社会主义精神文明建设中正面或负面的作用是十分必要的。

上面所说就算是开场白吧，下面我们还要通过“世代累积的杰出创造”“思想多元的经典文本”“丰富多样的人物群像”“英雄传奇的艺术典范”“跨越时空的永久魅力”等部分对《水浒传》作些介绍，希望对大家理解和欣赏这部名著有些帮助，进而使我们开阔视野，更好地学习和继承中国传统文化。

世代累积的杰出创造

㈠ 历史影像

《水浒传》所写宋江起义的故事源于史实。《宋史》中《徽宗本纪》《侯蒙传》《张叔夜传》及其他一些史料都曾提及，略谓徽宗宣和年间，宋江等“三十六人横行齐魏”“转略十郡，官兵莫敢撄其锋”，后被张叔夜招降，还有的史书记载宋江投降后征方腊。

历史为《水浒传》的创作提供了一个广阔的平台。

首先，历史上记载的宋江起义既于史有据，又十分简略，互相抵牾。历史记载只说宋江三十六人。宋江是哪里人、他的身世经历都不清楚；除宋江外，其余的人物就连姓名都没有留下；他们起义活动的地点或北或南，范围很广。这就使水浒的创作者（包括民间说书艺人、戏曲家、文人作家等）不受任何束缚，为他们驰骋想象力、大胆虚构提供了广阔的空间。金圣叹曾论述《史记》与《水浒传》的区别，指出《史记》是“以文运事”，受历史事实的制约，“是先有事生成如此如此，却要算计出一篇文字来”；而《水浒传》是“因文生事”“只是顺着笔性去，削高补低都由我”。

其次，更重要的是宋江起义既是反对政府，与官军作战的起义军，又是一支投降朝廷，去镇压方腊起义的队伍，而且，经过宋、金、元这段民族矛盾极其尖锐的时期到元末明初才创作成书，这为《水浒传》创造了一个可以多元创作和评论的宽阔平台。

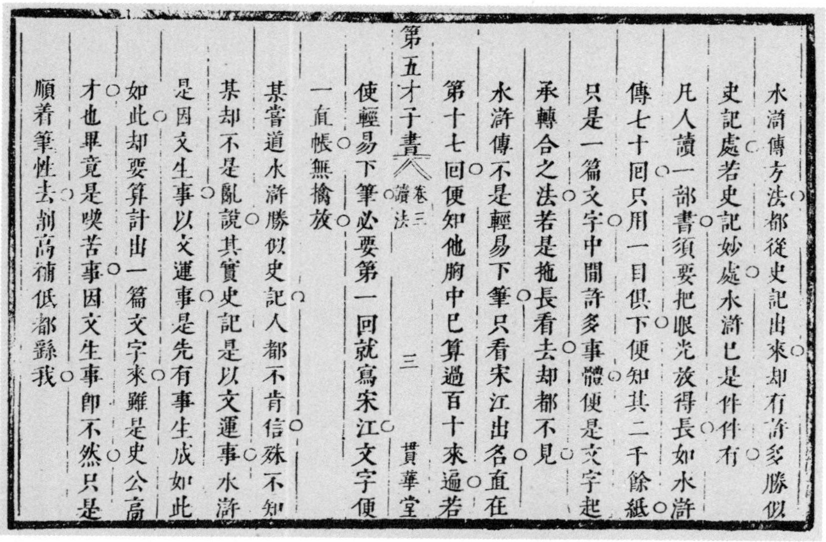

水滸傳方法都從史記出來却有許多勝似史記處若史記妙處水滸已是件件有

凡人讀一部書須要把眼光放得長如水滸傳七十回只用一目俱下便知其二千餘紙只是一篇文字中間許多事體便是文字起承轉合之法若是拖長看去却都不見

水滸傳不是輕易下筆只看宋江出名直在第十七回便知他胸中已算過百十來遍若使輕易下筆必要第一回就寫宋江文字便一直帳無擒放

某嘗道水滸勝似史記人都不肯信殊不知某却不是亂說其實史記是以文運事水滸是因文生事以文運事是先有事生成如此如此却要算計出一篇文字來雖是史公高才也畢竟是喫苦事因文生事即不然只是順着筆性去削高補低都繇我

贯华堂本《第五才子书》水浒传“读法”

在创作方面，作者可以吸收“官逼民反”的故事；可以接纳抗金英雄的事迹；可以寄寓宋代遗民的情感；也可以反映统治阶级招降纳叛，“以寇贼攻寇贼”的险恶策略。

在接受评论方面，历代反抗统治阶级压迫的人们从梁山好汉的造反行动中受到鼓舞，高举起“造反有理”“替天行道”的大旗；宋江虽然造反，但“不假称王”，接受招安，所以“士大夫亦不见黜”，而且认为他们是“忠义之士”；处于社会底层，求告无助的百姓，也可以把他们当作“强者锄之，弱者扶之”的侠义之士；统治阶级对它亦可容忍，因为又“替国家打别的强盗去”。到了近代，则宣扬其自由、平等的思想；歌颂它是“农民革命的史诗”，或批判它“好就好在投降”，可以作“反面教材”。

当然，《水浒传》的成功还要有民间艺人和作家的创造。

（二）民间演绎

从南宋起，宋江故事即在北方（包括太行山地区、山东地区）和南方（包括安徽、江浙一带）广泛流传，并进入“说话”领域。南宋宫廷画家李嵩曾为宋江等三十六人画过画像，龚开据此作了《宋江三十六人赞》，初次完整地记录了宋江等三十六人的姓名和绰号。罗烨《醉翁谈录》记载了以“水浒”故事为题材的“说话”名目，如《青面兽》《花和尚》《武行者》《石头孙立》等。它们是各自独立的英雄故事，属于说短篇故事的“小说”的范围。宋末元初的《大宋宣和遗事》为我们展现了《水浒传》的原始面貌，主要描写了杨志卖刀、晁盖劫取生辰纲、宋江杀阎婆惜、九天玄女授天书，末尾还提到他们受招安、征方腊，宋江封节度使。这表明“水浒”故事从独立的短篇开始联缀成一体，从“小说”进入长篇的“讲史”的领域。

元代出现了一批“水浒戏”，包括元明之际的作品在内，存目有三十三种，其中有六种剧本保留下来了。在康进之《李逵负荆》、高文秀《双献功》等作品中，水浒英雄从三十六人发展到一百零八人，建立起“寨名水浒，泊号梁山”这个起义根据地，在“聚义厅”竖起杏黄旗，写着“替天行道宋公明”。宋江、李逵的形象得到了比较集中的描写，更为生动、突出。

在宋元以来广泛流传的民间故事、话本、戏曲的基础上，经伟大作家的再创造，《水浒传》在元末明初诞生了。

（二）作家创作

《水浒传》的作者，众说纷纭，但大抵不出罗贯中、施耐庵两人。嘉靖间最早著录此书的高儒《百川书志》题作“钱塘施耐庵的本，罗贯中编次”。同时代郎瑛的《七修类稿》有类似的记载。稍后如田汝成《西湖游览志馀》、王圻《稗史汇编》等都认为是罗贯中作。而明末清初金圣叹的《第五才子书水浒传》又提出了施作罗续说，即“施耐庵《水浒正传》七十卷”，后三十回是“罗贯中《续水浒传》之恶札也”。目前一般学者从第一说，认为《水浒传》是施耐庵所作，其门人罗贯中在其“的本”（即真本）的基础上又作了一定的加工。

施耐庵为何许人，明人记载多说他生活于元末明初，为钱塘人。目前有五种说法：（1）实无其人，乃演为百回本者之托名；（2）宋末元初《靖康稗史》的编者“耐庵”；（3）南戏《幽闺记》作者施惠；（4）钱塘书会才人施耐庵；（5）从20世纪20年代起，出现了施耐庵是苏北兴化人的说法。

施耐庵是一位伟大的作家，他对水浒故事的加工创造功不可没。

首先，将“乱自下生”改为“乱自上作”，描写出“逼上梁山”的典型环境。《大宋宣和遗事》写到三十六位英雄先后分五批上梁山，究其造反原因，不外乎都是“乱自下生”。杨志是因为杀了一个恶少后被刺配卫州的；杜迁、索超、董平等人是因“做了几项歹事勾当，不得已而落草”，这些人所以成为“强人”，主要是他们自己的过失，看不到统治阶级对他们的迫害。只有晁盖等八人因打劫给蔡太师生日的不义之财“生辰纲”，为逃避追捕而“落草为寇”。《水浒传》把高俅发迹的事放到全书开端来写，表明“乱自上作”，揭示了人民反抗的社会根源。林冲、武松、杨志、解珍、解宝、柴进等人的上山都与高俅等人的迫害有关，从而写出了众多英雄因“乱自上作”而被逼上梁山的过程，写出了典型环境中的典型性格。

其次，施耐庵不仅保留了许多优秀民间故事，而且还作了加工和提高，使英雄人物更加光彩夺目。元杂剧多数只着眼于反对恶霸调戏妇女或与淫妇通奸，没有更深刻的思想含义，有的则成为庸俗的社会道德剧。《水浒传》描写高衙内调戏林冲妻子，表面上看与元代某些水浒剧的情节相似，但是作者把这件事与残酷的政治迫害，与林冲性格的发展联系起来，创造了林冲这个具有深刻社会意义的典型。宋江杀惜在《大宋宣和遗事》里，是因为发现阎婆惜与吴伟通奸，在水浒戏里宋江“因带酒杀了娼妓阎婆惜”，而在《水浒传》中把宋江杀惜和私放晁盖联系在一起，把争风吃醋的桃色事件变成了具有严肃政治斗争内容的典型故事。鲁智深、武松、阮氏三雄、燕青等也比《大宋宣和遗事》和元杂剧里的形象有很大提高，成为光彩夺目的英雄。

再次，从宣扬个人反抗到歌颂集体反抗，开展武装斗争。施耐庵把零星分散的水浒故事，改写成由个人分散反抗到集体武装斗争，逐步形成一支强大的梁山义军，客观上反映了农民起义的星火燎原式的进程。把梁山泊写成一个用“义”团结在一起的英雄集体，“不分贵贱”“无问亲疏”，性格不同，但能“认性同居”，才能不同，都能“随才器使”。《大宋宣和遗事》中宋江征方腊有功，被封节度使，《水浒传》改写成宋江投降后被害，整个梁山义军也被朝廷利用后残害并瓦解，最终彻底覆灭，弥漫着悲凉的气氛。

四 文本再造

《水浒传》的版本相当复杂。从文字的详略、描写的细密来分，有繁本（文繁事简本）与简本（文简事繁本）之别。

在繁本系统中，今存最早的较为完整的百回本有万历十七年（1589）天都外臣（即汪道昆）序的《忠义水浒传》。此书原刊本佚失，今见康熙五年石渠阁补修本。另有万历三十八年（1610）容与堂刊《李卓吾先生批评忠义水浒传》，也是较早、最完整的百回本。以上百回本在写梁山大聚义后，只有征辽和征方腊的故事，而没有平田虎和王庆的内容。繁本中的一百二十回本，明万历四十二年（1614）由袁无涯刊行，是在百回本基础上，增加了据简本改写的平田虎和平王庆的

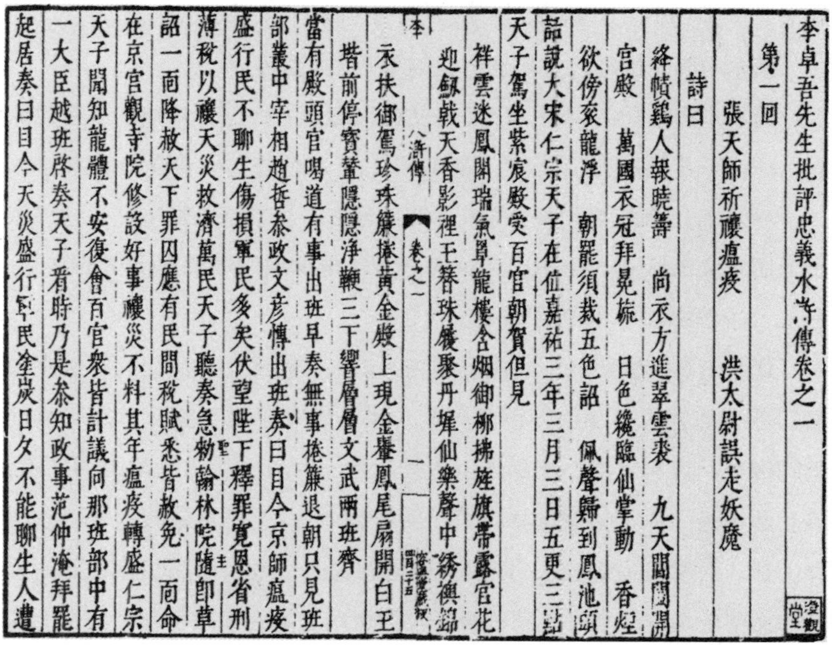

李卓吾先生批評忠義水滸傳卷之一
第一回
張天師祈禳瘟疫　洪太尉誤走妖魔
詩曰
絳幘鷄人報曉籌　尚衣方進翠雲裘　九天閶闔開
宮殿　萬國衣冠拜冕旒　日色纔臨仙掌動　香煙
欲傍袞龍浮　朝罷須裁五色詔　佩聲歸到鳳池頭
話說大宋仁宗天子在位嘉祐三年三月三日五更三點
天子駕坐紫宸殿受百官朝賀但見
祥雲迷鳳閣瑞氣罩龍樓含烟御柳拂旌旗帶露宮花
迎劍戟天香影裡玉簪珠履聚丹墀仙樂聲中繡襖錦
水滸傳　卷之一　一　容與堂藏板
衣扶御駕珍珠簾捲黃金殿上現金轝鳳尾扇開白玉
堦前停寶輦隱隱淨鞭三下響層層文武兩班齊
當有殿頭官喝道有事出班早奏無事捲簾退朝只見班
部叢中宰相趙哲參政文彥博出班奏曰目今京師瘟疫
盛行民不聊生傷損軍民多矣伏望陛下釋罪寬恩省刑
薄稅以禳天災救濟萬民天子聽奏急勅翰林院隨即草
詔一面降赦天下罪囚應有民間稅賦悉皆赦免一面命
在京宮觀寺院修設好事禳災不料其年瘟疫轉盛仁宗
天子聞知龍體不安復會百官衆皆計議向那班部中有
一大臣越班啓奏天子看時乃是參知政事范仲淹拜罷
起居奏曰目今天災盛行軍民塗炭日夕不能聊生人遭

容与堂本《李卓吾先生批评忠义水浒传》第一回

故事，在文字上与百回本略有不同，并且也和容与堂本一样附有“李卓吾”的评语，故称《李卓吾先生批评忠义水浒全传》，但两书的评语不同，究竟两种评语哪种是真哪种是假，或都是假的，或为其中一种是无锡人叶昼所作，争论不休。明末金圣叹的贯华堂本将一百二十回本“腰斩”成七十回本，删去了“英雄排座次”后的内容，而以卢俊义惊噩梦作结，名《第五才子书施耐庵水浒传》。

目前多数学者认为，简本是繁本的删节本，在征辽后，还“插增”

了平田虎、王庆两传，但文字简陋。现存较早而完整的简本是明万历二十二年（1594）双峰堂刊《水浒志传评林》。

繁本与简本向精致化和通俗化的不同方向发展。

简本走通俗化的路子，以适应文化程度低、经济不富裕的读者的需求。一是低价格，删节文字，降低成本；《水浒志传》余象斗评林本约三十一万字，相当《水浒全传》本的三分之一。二是以图释文，它创造了上图下文的版式，用图引起读者兴趣，帮助他们理解作品里的文字。三是“插增故事”，以吸引读者。

繁本走高端路线，不断修改提高，越来越精致，以满足文化水平较高的读者的要求。从百回繁本到全传本，忠义思想更强化，举个最简单的例子，容与堂本、天都外臣本第七十一回有一篇歌颂梁山泊的赋，最后两句是“休言啸聚山林，真可图王霸业”，全传本就改为“休言啸聚山林，早愿瞻依廊庙”，把图王称霸的决心，改为早愿归顺朝廷的愿望。文字上是越改越好。到了金圣叹的贯华堂本由于它保存了原书的精华部分，在文字上也作了修饰，且附有精彩评语，遂成为清三百年间最流行的本子。

補詩句

仰止先生咏林冲險繞喪命自詩咏曰豪傑求至鬼門閔惜哉林冲這一番若无智深来相救一魂此終有誰

董超薛霸

綁打林冲

潦漿泡尋覓舊草鞋又不見只得把新草鞋穿上出店却是五更林冲走不到三里脚上泡被新草鞋打破了鮮血淋漓走不動薛霸罵曰若不走便大棍搠來林冲曰脚疼走不動董超曰我扶你走來到一座猛悪林子公人帶林冲奔入這林子裡來三個觧下行李林冲也靠着大樹邊倒了薛霸董超曰我們要睡只怕你走林冲曰小人是個好漢既已到此决是不走董超曰那里信得你要縛一縛林冲曰要縛便縛薛霸解了索子來把林連手帶脚緊綁在樹上兩個拏起水火棍看着林冲說曰不是俺要結果你前日陸謙傳太尉鈞旨交我兩個下手立等金印回話林冲見說淚如雨下便曰我與二位往日無仇如何救得我生死不忘董超曰救你不得薛霸提水火棍來望林冲腦袋上打畢竟如何且聽下回分解

上评中图下文的“评林本”

思想多元的经典文本

《水浒传》是中国古代小说的经典名著，有丰厚复杂的思想内涵，因此，对它的多方面的认识价值、文化意蕴，有多元的解读和阐释。下面我们介绍各种不同的观点和看法，可能有助于我们开阔视野，深入思考。

一 惊世骇俗的洞见

《水浒传》有值得珍视的思想价值，主要体现在以下三个方面：

首先，它一反封建社会的专制思想，发出“乱自上作”“造反有理”的惊世骇俗的呼声。晚清一位文人眷秋说：“世之读水浒者，多喜其痛快淋漓，为能尽豪放之致。《水浒》之叙事雄快，令人读之块磊俱消，自是其长处。然《水浒》之能冠古今诸作者，正不在此，实以其思想之伟大，见地之超远，为古今人所不能及也。吾国数千年来，行专制之政，压抑民志，视为故常。……施耐庵乃独能破除千古习俗，甘冒不韪，以庙庭为非，而崇拜草野之英杰，此其魄力思想，真足令小儒咋舌。”《水浒传》“无恶不归朝廷，无美不归绿林”，深刻揭示了“乱自上作”的社会现实，公然宣扬“造反有理”、聚众起义的行动，唱起了反抗者的颂歌，振聋发聩，石破天惊。

高俅始终作为奸臣的代表人物出现，是贯串全书的一根黑线。这个小流氓靠踢球爬上高位，在朝廷和蔡京、童贯、杨戬等勾结，在徽宗这个昏君的纵容下，狼狈为奸，把持朝政。小说中出现的地方要员多是他们的亲戚、朋党。其中青州知府慕容彦达是徽宗皇帝慕容贵妃之兄，“倚托妹子的势要，在青州横行，残害良民，欺罔僚友，无所不为”；北京大名府留守梁中书为报泰山蔡京提携之恩，在大名府大肆搜刮货财，为丈人送“生辰纲”；蔡京第九个儿子蔡德章是江州知府，“那人为官贪滥，作事骄奢。为之江州是个钱粮浩大去处，抑且人广物盛，因此太师特地教他来做个知府”。蔡京的门人华州贺太守强夺画匠王义的女儿为妾，又把王义“刺配远恶军州”；高俅的叔伯兄弟高唐州知府高廉，靠他哥哥的权势横行霸道，他的妻舅殷天赐又仗他姐夫之权势，竟敢强占世袭贵族柴皇城的花园。金圣叹的回评：“夫一高俅乃有百高廉，而一一高廉各有百殷直阁，然则少亦不下千殷直阁矣。是千殷直阁也者，每一人又各自养其狐群狗党二三百人，然则普天之下，其又复有宁宇乎哉？”诚如他所说，遍布各地的贪官污吏、土豪恶霸，如张都监、蒋门神、毛太公、西门庆、郑屠以至陆谦、富安、管营、差拨、董超、薛霸之流，他们形成一个从上到下的残酷的统治网。在这样的黑暗社会里，贪赃枉法，民不聊生。如知县受贿，就可以不受理武松对西门庆的控告；陆谦、李固能够买通押解的公人在路上杀害“犯人”；监狱里，不给管营、差拨送钱，就打你一百杀威棒，“将你撇在土牢里，求生不生，求死不死”。官军下乡，横行无忌，祸害百姓，把老百姓家养的猪羊鸡鹅一扫而空。这样的社会现实就使反抗专制统治的行动具有正义性和广泛性。“撞破天罗归水浒，掀开地网上梁山”“官逼民反”“逼上梁山”，梁山好汉聚义，成为“替天行道”的正义之师！

其次，塑造非凡的英雄形象，歌颂锄强诛暴、勇于抗争的民族精神。梁山好汉多是处在社会底层的人，如打鱼为生的阮氏三雄，打猎为生的解氏兄弟，小吏宋江、戴宗、朱仝、雷横，市井游民武松、刘唐、杨林、石秀、白胜、时迁，小牢卒、小家仆李逵、燕青，一些占山为王的小土匪如朱武、陈达、杨春、周通之类，还有中下层的军官鲁智深、林冲、杨志等。当然还有被裹挟到梁山的如卢俊义、关胜、呼延灼等。但梁山好汉的主体是在过去文学作品中没有地位的小人物，而在《水浒传》里却成为英雄，成为作品的主人公。这是具有重要意义的。

梁山好汉是一群敢于与封建官府对抗的英雄豪杰。他们扶困济贫，见义勇为，“义胆包天，忠肝盖地”。鲁智深“拳打镇关西”“大闹野猪林”，林冲“风雪山神庙”“雪夜上梁山”，武松“景阳冈打虎”“斗杀西门庆”，这些脍炙人口的英雄事迹；“智取生辰纲”“江州劫法场”“三打祝家庄”“智取大名府”“两赢童贯”“三败高俅”，这些耳熟能详的传奇故事。无论是鲁智深、林冲、武松那样的个人反抗，还是攻打城池、对抗围剿的大规模的战争，梁山好汉为受尽欺压的平民百姓抒发了满腔怨恨之情，表达了渴望公平正义的强烈愿望，集中体现了我们民族锄强诛暴的道德观念和不畏强权、勇于抗争的阳刚之气。《水浒传》之所以令千千万万读者爱不释手，世世代代永久传颂，就在于它塑造的传奇英雄和宣扬的民族精神。

第三，歌颂“等贵贱，均贫富”的社会理想。它写的是“八方共域，异姓一家”，他们中有柴进、关胜、卢俊义等“帝子神孙，富豪将吏”，也有如阮氏三雄，解珍、解宝，朱贵、曹正这样的“猎户渔人，屠儿刽子，都一般儿哥弟称呼，不分贵贱”；他们中有的儒雅风流，有的纯朴粗鲁，“认性同居”“何尝相碍”；有的文笔精通，有的武艺高强；有的能日行千里，有的能飞檐走壁，“各有偏长，真是随才器使”。

袁无涯本“智取生辰纲”

容与堂本“梁山泊好汉劫法场”

每个人物都是英雄，但任何个体又离不开英雄的群体。每个人都有不同的性格和特长，但在集体中都能和睦相处，各显所长。各个人的出身经历不同，但在集体中都能平等相待，有福同享，有难同当，亲如一家。《水浒传》创造了梁山泊这个理想的小社会，寄托了古代人民乌托邦的梦想。

㈡ 多元解读的主题

《水浒传》的成书是一个漫长而复杂的过程，其思想内涵极为丰富庞杂。历代评论者处于不同的时代和社会环境之中，对其诠释也必然带有各自时代的特征。其实，即使是同时代的研究者，由于其价值取向与研究理论及方法等不同，对同一作品所进行的阐释，也就会各有侧重。

（一）“诲盗”说和“忠义”说

在明代中叶，即嘉靖、万历年间《水浒传》逐渐开始流行，这样一部宣扬“官逼民反”“造反有理”的小说，在封建统治者看来当然是倡乱诲盗，不利于统治；在封建正统思想的文人看来，也是越轨的异端邪说。官方的办法就是禁毁。明崇祯年间，有官员奏请禁毁，因为此书“以破城劫狱为能事，以杀人放火为豪举——此贼书也”。于是圣旨下，“大张榜示，凡坊间家藏《水浒传》并原版，尽令速行烧毁，不许隐匿。”清代也屡遭禁毁。一些文人，也认为《水浒传》是诲盗之书，连明代著名的“公安派”领袖袁中道都说：“《水浒》，崇之则诲盗。”至于像俞万春这样的文人，更是力主“强盗说”，他说：“杀人放火也叫忠义；打家劫舍也叫忠义；戕官拒捕、攻城陷邑也叫忠义……总而言之，既是忠义，必不做强盗；既是强盗，必不算忠义。”还写了一部《荡寇志》与《水浒传》对抗，妄图抵消《水浒传》的影响。随着时代进步，中国结束了封建帝制，民主主义、马克思主义思想的传播，让诲盗说基本上销声匿迹了。没想到，这几年又沉渣泛起，竟然有人又倡诲盗说，写了一首《水龙吟·我评水浒》：

堪称天下奇书，四成杜撰三分造。常人误读，书生误解，专家误导。啥叫英雄？谁是豪杰？是非颠倒！叹古今往事，云遮雾罩，真面目，谁知晓？

胡作非为强盗，上梁山，替天行道？杀人放火，无情无义，不忠不孝。祸害平民，进攻州县，除良安暴。扫前人腐见，拨开云雾，显它原貌。

明代后期杰出的启蒙思想家李贽提出“忠义”说，他在《忠义水浒传序》中阐述了《水浒传》乃作者“发愤之作”，如同太史公称“《说难》《孤愤》，圣贤发愤之所作”一样。作者为什么发愤呢？因为“宋室不兢，冠履倒施，大贤处下，不肖处上”，使北宋王朝衰亡。施耐庵、罗贯中想到北宋的徽宗、钦宗被金人俘虏，“则称大破辽以泄其愤”；想到南宋王朝苟安江南，“则称灭方腊以泄其愤”。那么谁是泄愤者？“则前日啸聚水浒之强人也，欲不谓之忠义不可也”，他们是具有忠义的“泄愤者”。其次，“忠义何以归水浒也”？是因为大力大贤的人没有出路，导致了“驱天下大力大贤而尽纳之水浒”;“水浒之众，皆大力大贤有忠有义之人”，而宋江更是“忠义之烈也”。第三，强调《水浒传》“不可不读”，特别是“有国者”，就是一国之君和为官者如宰相、兵部、督府等必须读。这样君主才知道要举贤任仁，不可重用奸臣；为官者，才知道必须心系民生，为百姓着想。

李贽的这篇序第一次把《水浒传》中的“强人”与“忠义”联系起来，也是第一次把《水浒传》的思想性质抬高到儒家伦理价值的特定高度，即给予《水浒传》以“忠义”的金字招牌，使它具有或获得了进入主流社会视野的名分。

李贽观点影响很大，赞成他意见的不少。如余象斗评林本《水浒志传》卷首《题水浒传叙》否定了认为宋江等是“民之贼也，国之蠹也”的看法，认为“尽心于为国之谓忠，事宜在济民之谓义”，他联系宋朝史实是因为“当是时，宋德衰微，乾纲不揽，官箴失措，下民咨咨，山谷嗷嗷”，所以才出现了《水浒传》中的宋江等“英雄豪杰，愤国治之不平，悯民庶之失所，乃崛起山东”“彼盖强者锄之，弱者扶之，富者削之，贫者周之，冤屈者起而伸之，囚困者斧而出之”“有为国之忠，有济民之义”。

激烈反对李贽忠义说的是金圣叹。金批《水浒传》是很有价值的，尤其是在艺术方面，把中国古代小说理论批评推向成熟，作出巨大贡献。许多学者对金圣叹这个在文学史、文化史上的重要人物进行了深入研究，有不少专著和文章，读者可以去研读。我们在这里主要介绍他对《水浒传》的解读：

先说“腰斩水浒”，以“惊噩梦”作结的问题。他把一百二十回本的《水浒传》“腰斩”成七十回本，终止于梁山泊英雄聚义，而将受招安及以后情节全部删去。然后编了一个卢俊义“惊噩梦”作结，名《第五才子书施耐庵水浒传》。所谓“惊噩梦”是卢俊义在大聚义时，喝得大醉，夜里做了一个噩梦，梦见他被一个自称嵇康的人捉去，宋江等用苦肉计救他，一齐自缚投案，请求招安，被嵇康斥骂一顿，全部处斩。卢俊义梦中惊醒，“微微闪开眼看堂上时，却有一个牌额大书‘天下太平’四个青字。”从艺术角度看，“腰斩水浒”删除冗弱的后半部，保存了精彩的前七十回，正如郑振铎所说：金本《水浒传》“打倒了、湮没了”明代一切流行的版本，“使世间不知有《水浒传》全书者几三百年”。但金圣叹写“惊噩梦”这个尾巴的目的，是要表示只有把这些造反的梁山好汉斩尽杀绝，才能“天下太平”。

其次，他非常愤慨地痛斥了“忠义”说，认为给予《水浒传》忠义之名者即是“劝”盗，即鼓励盗贼，是将国家置于无忠义之境地。他反对李贽称宋江为“忠义之烈”的观点，斥为“村学究见识”，认为“《水浒传》独恶宋江，亦是歼厥其渠魁之意”。

这样说来，金圣叹就是把《水浒传》看作“强盗书”了。其实不然，他对《水浒传》情有独钟，把评改《水浒传》作为毕生的事业，把《水浒传》和《庄子》《离骚》《史记》《杜诗》并列，称为“第五才子书”，抬高到与儒家经典同等的地位；他热情歌颂鲁智深、李逵、武松等人物是“天人”“活佛”；他高度赞扬《水浒传》的艺术成就，认为“天下文章无出其右”。对此，陈洪先生作了精辟的解释：“这种矛盾心态在晚明有一定的代表性，那些带有或多或少异端倾向的读书人，莫不陷于类似的矛盾中。如李卓吾盛赞现实中的强盗林道乾及《水浒》中的‘强盗’，但最终还是要他们归顺朝廷，成为‘忠义’之士。冯梦龙有‘民何以堪！无怪乎其化为盗贼矣’之论，却又痛斥闯王义军。凌濛初写过‘盗贼有英豪’的诗句，却又亲自率众与义军血战。若再深入一层来看，这与儒学在实践层面上暴露出的内在矛盾直接相关：从‘仁’学出发，苛政当反，小民当恤；从‘礼’制出发，伦常不可犯，名分不可违。因此，以儒学为评判社会问题基本武器的金圣叹们，自然不可能跳出自我矛盾的泥淖了”。

才华横溢的怪杰金圣叹与封建统治者以及封建保守的文人有着根本的区别。

（二）“农民起义”说

明清时代对《水浒传》的解读主要是“诲盗”说和“忠义”说，晚清有所谓“社会主义小说”等说法但影响不大。新中国成立后，对《水浒传》给予很高的评价，被称为“农民革命的伟大史诗”，这种观点长期居于主流的支配地位。在“文化革命”中又被认为是宣扬投降主义的作品，这两种意见虽针锋相对，但都肯定了《水浒传》是写农民起义的作品。

当时“农民起义”说权威的论述是：“以描写北宋末年的一次农民起义为主题，以宋江等英雄人物为长篇的主干，全面地描写了中国中世纪时期的黑暗统治，尤其是深刻地描写了农民阶级反抗封建统治者的革命斗争，热情地歌颂了农民起义的胜利，塑造了百十个农民英雄人物”。

近年来有不少学者提出质疑，甚至持否定的意见。其理由是：

1.《水浒》所写的梁山好汉，几乎没有一个是农民。陶宗旺是“庄家田户出身”，可算是农民，可是他在《水浒传》里是个凑数的小人物，不能作为义军的代表；李逵虽然出身于贫雇农，但本人已是狱

袁无涯本“枷打白秀英”

卒，身上游民气十足，无论经济地位、生活习惯、思想意识都与农民有很大不同。而且书里还有鄙视农民的描写，如雷横到勾栏听戏，白秀英向他讨赏钱，雷横那天忘带钱，白玉乔挖苦道："我儿，你自没眼，不看城里人，村里人，只顾向他讨甚么？"还骂雷横是"三家村使牛的"。

2. 梁山泊的好汉们只为"自己快活"，没有代表农民利益，没有提出对土地的要求。有的学者说："梁山泊的'好汉们'，包括李逵在内，多次提到'大碗喝酒，大块吃肉'的'快活'生活。这样的强盗，实质上大都是没有一点儿民族自尊心、只想到自己的糊涂蛋子强盗！"有的说："他们的目的只是为了自己'一世快活而已，丝毫没有为了贫苦大众的打算。"

3. 认为梁山义军没有"劫富济贫"；内部也不平等；领袖人物成为"腰缠万贯"的财主，腐化变质。

他们说梁山泊没有"劫富济贫"，举出晁盖上梁山后第一次"打劫"，得来的财物头领们分一份，小喽啰们分一份，算出他们之间的比例是1 ∶ 60。于是由此类推，得出结论是宋江等人是"腰缠万贯"的财主。有的学者为了说明梁山泊并不平等，举出杨雄、石秀上山后，晁盖就给分了房子，"每人拨十个小喽啰伏侍。《红楼梦》中尤二姐一家主子三口人，也只有四个仆人、丫鬟侍候"。

4. 梁山泊没有提出推翻封建王朝，建立自己政权的要求。

最重要的是两条：没有提出土地要求；没有打倒皇帝夺取政权的目标。

（三）"为市民写心"说

1975年就有学者提出"市民"说，80年代以后得到更充分的阐释。他们认为《水浒》展现了市民社会的广阔场景，是反映市民社会空前盛况的文学作品；活跃在书里的是广大市民群众，“官逼民反”中的“民”，不是农民而是市民；作品表达了市民的憎与爱，“替天行道”并非代表农民利益的旗帜；梁山泊发动的战争不是农民革命战争。有学者指出：“无论从作者的创作动机或作品的艺术效果看，《水浒》都不曾把梁山泊聚义写成真正的农民起义。只不过是借农民起义的酒杯，浇自己的块垒，从而把它写成了表现市民阶级的利益和愿望的、基本上是以绿林豪侠为主体的小说”。

对“市民”说，也有不同意见。有学者认为“市民”说是套用了中世纪欧洲“市民阶级”的概念，中国的“市民阶级”要到明代中后期才初具规模，在《水浒》里不存在一个独立的“市民阶级”；用“市民社会”代替封建社会，用市民思想取代占统治地位的封建思想是不妥的。

与“市民”说相近的是游民说。什么是游民？相关研究指出中国古代是宗法社会，脱离了社会正常秩序和宗法家族组织，没有稳定收入和固定居所的人们都可称为游民。《水浒传》里游民最多，约占一半。游民挣扎在社会的最底层，为了生存他们往往会使用各种手段以获取生活资料。财富金钱是他们的经济诉求，劫富济贫是获取财富的手段，如晁盖以“十万贯金珠”为诱饵，鼓动阮氏三雄等劫取“生辰纲”；“发迹变泰”是他们的政治诉求，他们希望“一刀一枪搏个封妻荫子”。他们共同的特点是喜好舞枪弄棒；不近女色但嗜食贪杯；好交朋友，仗义疏财。他们的道德观念是“讲义气”，这种义气要求好汉们要“吉凶相救，患难相扶”，同时带有浓厚的帮派意识。他们还有赤裸裸的暴力倾向。《水浒传》是游民说给游民听的故事，其内容是讲述游民的奋斗、成功与失败的故事，其中所表达的思想也主要是游民的思想意识，反映了游民的好恶。它的思想价值主要是反映了过去思想史很少研究的游民的思想和生活，他们的话语体系，如“造反有理”（犯上作乱）、好汉、义气、“逼上梁山”“不义之财，取之何碍”“论秤分金银，异样穿绸缎；成瓮吃酒，大块吃肉”等。《水浒》的独特话语系统表达的是敢于通过武装力量争取自己利益的游民的思想，应该在思想史上占有一席之地。这个话语系统不仅为后世造反者所认同，也为其他阶层的人们所理解。

它以市民（包括游民）为主体，为“市井细民写心”，而且是第一部用口语写作的长篇小说，在文学史、思想史上都具有里程碑的意义。

（四）“忠奸斗争”说

有学者提出“忠奸斗争”说，认为贯穿《水浒》全书的并不是农民阶级和地主阶级的矛盾和斗争；而是忠与奸的矛盾和斗争；它所要表现的主题思想并不是‘官逼民反’，而是‘替天行道’；它所着力歌颂的理想人物并不是方腊那样的农民起义英雄，而是宋江那样的忠义之士。“小说中所描写的梁山泊的英雄作为人民群众反奸抗暴的中坚力量，和蔡、高、童、杨等权奸、贪官的矛盾冲突，鲜明地贯串全书始末”，成为全书一条主线。而宋江就是“作者精心塑造的特定历史条件下全忠仗义的典型形象，当时人民群众理想中反奸抗暴的英雄”。忠奸斗争贯穿了《水浒传》全书。

与忠奸斗争说相近的还有“乱世忠义”说。研究者认为：“《水浒传》里的梁山好汉在作者心目中是‘乱世忠义’的形象；《水浒传》所宣扬的忠义思想是爱国主义思想与民主主义思想的结合；《水浒传》的主题是颂扬忠义，鞭挞奸佞，憧憬好皇帝；《水浒传》作者作此书的目的是想总结北宋灭亡的原因，并为后来者戒。”

㊁ 忠义内核的合奏

对《水浒传》的解读，如上面所说，有忠义说、农民起义说、市民说、游民说、忠奸斗争说等等，这几种观点都包含着合理的成分，都从某个侧面反映了小说丰富复杂的思想。

我们分析《水浒传》的思想内容，离不开三个基本事实：一是《水浒传》确是以宋江反抗朝廷的起义为题材，广大人民群众参与了创作；二是水浒故事长期在都市中流传，由市井说书艺人、戏曲艺人孕育而成；三是它由封建社会里进步的知识分子施耐庵等人在民间文学基础上加工创作而成，成书之后又经过不少文人的修饰加工。我们分析这部小说的思想内容应该考虑它成书过程的复杂性，不同的思想和感情渗透其中，都有所表现。

我们先来看看农民起义说。中国古代发生过无数次农民起义，特别是离《水浒传》成书较近的唐代的黄巢起义，元代的红巾军起义，两宋之交的宗宋反元的"忠义军"等；有关这些起义的故事在民间流传，为说书艺人、戏曲作家所熟知，也必然投射到施耐庵等作家的脑海里，因此，他才会写下："敢笑黄巢不丈夫""直教红巾名姓传千古，青史功勋播万年"这样的诗句。

不过，古代小说写农民起义的极少，且不成功。写北宋王则起义的《平妖传》、写明初唐赛儿起义的《女仙外史》、写白莲教的《归莲梦》等都不成功。因而，以宋江起义为题材的《水浒传》实在是弥足珍贵的。

《水浒传》深刻地揭示了“官逼民反”的社会现实，李逵等人还喊出“杀到东京，夺了鸟位”“要与大宋皇帝作个对头”的呼声，它反映了农民革命从分散、自发的反抗发展到有组织的、大规模的武装斗争的历史进程。他们建立了强大的根据地，历史上的农民义军多是采取流动的方式打击官军，所以被称为“流寇”，而晁盖、宋江却在梁山建立起各种设施比较齐全的后方基地：他们不是散兵游勇，而是组织严密，分工细致，头领各司其职的队伍。有马军、步军、水军、情报通讯、后勤供应等部门，类似一支正规军。他们有多种作战方式，如有攻打大城市大名府、青州那样大规模的长途奔袭；或像两赢童贯、三败高俅那样在根据地展开“反围剿”保卫战；有设伏打援，有里应外合，全面地反映了我国农民战争的基本形式，沉重打击了封建朝廷。“蓼儿洼内，前后摆数千只战舰艨艟；水浒寨中，左右列百十个英雄好汉。搅扰得道君皇帝，盘龙椅上魂惊，丹凤楼中胆裂”。如果能让皇帝“盘龙椅上魂惊，丹凤楼中胆裂”的武装斗争，还不算农民起义，那历史还有农民起义吗？同时，梁山义军没有不断扩大根据地，而是打一块丢一块，这正是我国农民战争中常见的保守主义。作品也写到这支队伍鱼龙混杂，有些恶霸、地痞、强盗、小偷等也混迹其间，某些英雄人物过度的复仇情绪和嗜杀行为，也很真实反映了历史上农民起义的实际情况，表现了农民起义的落后性和破坏性。作品还描写了梁山义军后来忠义思想占上风而接受招安，征辽、征方腊，梁山好汉伤亡殆尽，宋江、李逵、吴用、花荣魂聚蓼儿洼。“千古蓼洼埋玉地，落花啼鸟总关愁”，真实地反映了农民革命失败的悲剧，从客观上说明投降是没有出路的。从以上几个方面，虽然作者主观上并不理解农民起义，想把梁山泊的义军写成忠义之师，但在客观上《水浒传》的确是一部反映农民起义的作品。

否定《水浒传》是反映农民起义的作品有如下的理由：

首先是说《水浒传》没有几个农民，怎么算是农民起义？其实，中国历次农民革命其领袖人物多不是农民。隋末瓦岗寨起义的翟让是洛阳的“法曹”（和宋江差不多的小吏），李密是北周大官李弼的后代，当过杨玄感的参谋；唐黄巢出身贩盐的富商家庭，本人是落第的举子；北宋的李顺、王小波是贩茶的商人；南宋的钟相是巫教教主，就拿书中写到的方腊来说吧，虽有他是农民的说法，但多数人认为他是一个漆园主。梁山泊一百零八将虽然没有几个农民，但这只是领袖和骨干，梁山义军有千军万马，没有农民就没有那么大的队伍，有诗为证：“农夫背上添心号，渔父舟中插认旗”，说明参加者主要是农民和渔民。更重要的是它把历史上一次并不出色的起义写得波澜壮阔，具有排山倒海之势，这在中国乃至世界文学史上都是少有的。

第二，梁山好汉只想过“大碗喝酒，大块吃肉”的“快活”生活，“丝毫没有为了贫苦大众的打算”。其实“大碗喝酒，大块吃肉”正是挣扎在饥饿线上老百姓朴实的愿望，富贵之家的老爷、太太、少爷、小姐们才不想“大碗喝酒，大块吃肉”呢，他们追求的是饮食的精致化。对于八百年前参加起义的贫苦百姓来说，《水浒传》这样的描写不是很真实吗？难道要喊出“解放全人类”的口号才算是农民起义？

有的论者认为，梁山泊没有代表农民利益，没有提出对土地的要求。农民起义一般都是自发，而不是自觉的；还不曾自觉到把封建制度作为一种社会制度来反抗；农民起义大多没有提出土地问题。宋代钟相起义提出过“等贵贱，均贫富”的口号，但并不是要求平分土地，而主要体现了农民对人身和财产地位的不平等，对赋役负担不均的不满；只有农民起义最高水平的太平天国，才提出土地问题，公布了《天朝田亩制》，这是《水浒传》成书三百多年后的事了，况且还没有真正实行，甚至后来由于急需钱粮不得不支持地主收租。

第三，认为梁山义军没有“劫富济贫”，内部也不平等，领袖人物成为“腰缠万贯”的财主，腐化变质。

的确，在农民起义军里，不可能一律平等，必然有等级，财产头领多分、喽啰少分，而且许多农民起义领袖腐败变质。陈胜、黄巢、李自成、洪秀全概莫能外。但是，梁山泊的领袖人物没有一个腐化堕落的。他们没有买田置地，没有娶妾蓄婢，即使上山前要抢民女做“压寨夫人”的周通、王矮虎等，上山后也没有再犯；“李逵负荆”的故事，在于证明抢夺民女绝非梁山好汉所为；时迁上山前是个“飞檐走壁，跳篱骗马”的小贼，还在祝家庄偷吃小店的报晓鸡，但上山之后他的偷盗本领用于到徐宁家“偷甲”“火烧翠云楼”等为义军建功立业的事件，而再没有为自己去盗窃。所以，《水浒传》所描写的农民起义领袖胜过以往，实际上是把他们理想化了。

有的学者为了说明梁山泊并不平等，说杨雄、石秀上山后，晁盖就给每人拨十个小喽啰伏侍。要求农民起义军内部绝对平等，合理吗？请问在现代军队里哪个军官没有勤务兵（或叫通信员）？难道农民起义军的将领必须自己做饭、喂马才算是农民起义军吗？

梁山泊有没有“劫富济贫”，他们夺来的财产和粮食到哪里去了？他们夺来的财产和粮食主要是供山寨的需要。“兵马未动，粮草先行。”官军是靠政府供应军粮，“先于各路差官供送粮草，沿途交割”，但是官军还是要抢劫，“一处处动掸便害百姓”。而农民军没有人给他们供应粮草，他们本身也处在紧张、艰苦的战争环境中，不可能进行农业生产。解决吃饭问题只能靠打下一个城镇，打开官府的粮仓，或“吃大户”，夺取地主富豪的粮食。在保证军队需要之余，分一点给百姓，赈济灾民。这就是农民起义的真实情况。《水浒传》对此有如实的描写。打下青州，“宋江急急传令，休教残害百姓，且收仓库钱粮”“天明，计点在城百姓被火烧之家，给散粮米救济。把府库金帛，仓廒米粮，装载五六百车”运回山寨去。打下祝家庄，“所有各家，赐粮米一担”“把祝家庄多余粮米，尽数装载上车”，“得粮五千万担”。

历史上农民起义失败，除了腐败之外，内讧、互相残杀是重要原因，如太平天国的“杨韦事变”。而作者是把梁山泊理想化了，写成一个用“义”作为纽带建立起来的平等社会。梁山泊内部没有压迫、没有歧视，没有惩罚过一个人，哪怕是小喽啰。正如宋江所说：“我自从上梁山泊以来，大小兄弟，不曾坏过一个。”只有到受招安，准备出发征辽时，官员克扣朝廷赏赐的酒肉，引起宋江部下不满，一个小卒杀了贪官，宋江被迫“陈桥驿滴泪斩小卒”。这时已经离开梁山泊的乐土，到了奸臣当道的黑暗世界了。

第四，梁山泊没有提出打倒皇帝、建立政权的要求，因此，不是农民起义。中国历史上的农民起义，有这样几种结局：被统治阶级武力镇压，起义失败，这是多数；投降，这在农民起义中是时常发生的，如唐王仙芝，就曾和尚君长一起向朝廷“请罪”，后来被镇压。南宋杨幺起义队伍中，王佐叛变，导致杨幺起义失败；张献忠起义，投降，再起义，多次反复。有的起义成功，建立新王朝，如朱元璋，虽然后来当了皇帝，但没有人否认他是农民起义。《水浒传》是受招安，然后征辽、征方腊，但这不是否定它的起义性质的理由。

容与堂本“呼保义滴泪斩小卒”

第五，《水浒传》写到战争的残酷，梁山义军打入大名府时“被杀死五千多人，受伤者不计其数”；梁山好汉复仇时滥杀无辜，如武松“血溅鸳鸯楼”等，这也是农民起义的真实写照。作者没有谴责，反而作为英雄行为来歌颂，因此，在现在，特别对青少年是有负面影响的。

有的朋友完全否定农民起义说，他们一方面贬低农民起义，指出它的许多局限和错误，甚至认为它不但不是推动历史前进的动力，而是破坏社会的力量；另一方面又用极高的标准来要求《水浒传》和它所描写的英雄人物，用超过农民起义可能达到的要求来批判《水浒传》。这就成了《水浒传》研究中的一个悖论。

综上所述，《水浒传》的确是一部在客观上反映和描写了农民起义的作品，当然，它反映和描写得并不完全正确和真实。

市民说或游民说也是有道理的。中国封建社会发展到宋元时代，城市经济有了巨大发展，市民阶层迅速壮大，形成了一个庞大的市民社会，包括商人、手工艺者、小摊小贩、干苦力活的如挑夫，甚至小偷、妓女、乞丐等等。一方面，市民与农民不同，他们离开了土地，从事手工业生产、商业活动或在城市出卖劳动力，他们受到的压迫是城市里的官僚衙吏而不是封建地主，因此，他们有着不同于农民的生活特点和思想感情。另一方面，市民阶层还没有独立的政治要求，他们虽不满封建统治，同情农民起义，但还不可能组织独立的市民斗争，更不可能举行大规模的市民起义；只有到了明中叶以后，资本主义萌芽日益茁壮成长，市民阶层有了独立的政治要求，才可能出现像苏州市民罢工、罢市那样具有相当规模的斗争。水浒故事长期在城市流传，在瓦舍勾栏中说唱、演出，市民群众和艺人是水浒故事的主要创作者，也是听众、观众。他们的思想感情、审美趣味影响他们对水浒故事的言说。他们不熟悉农村生活，也不真正了解农民，他们是用市井细民的眼光来观察农民起义的。因此，在他们的渲染与修饰下，梁山义军虽然还保留某些农民起义的特点，但它实际上是被市民观点改造过的一次农民起义，小说中更多的是对市民生活的描写，也反映了市民的心声。

首先表现在《水浒传》描写的不是广大农村而是一个市井社会。在作者笔下，既看不见田野庄稼，也看不见男耕女织，看不见农村的日常生活和农业劳动，而只有酒楼妓院，开茶馆、卖炊饼之类，是一幅色彩斑斓的市井社会生活的画卷。小说里看不见地主恶霸的地租剥削和高利盘剥，也看不见农村的灾荒，农民生活的艰辛，甚至没有一个起义英雄是因地主的剥削压迫揭竿而起的。相反，在封建专制制度下，金钱不能有地位和权力，权力可以有地位和金钱。城市里权臣官僚有权力，使无权无势的老百姓深受迫害，甚至像卢俊义这样的大财主，有钱但无权，一样受迫害。《水浒传》里的官逼民反，官是封建官僚，而不是农村地主恶霸；民是市井百姓（包括一部分富商地主、下层官吏），而不是农民。

其次，《水浒传》里的许多人物，没有农民的气质，而具有江湖豪侠的品格。众多英雄人物中也没有真正的农民，大都是生活在城市里的人，这是说书艺人们所熟悉的对象。这些人物没有对土地的眷恋，而热衷于闯荡江湖；没有农民的勤俭节约，而是“散漫使钱”，挥金如土；没有农民的拘谨保守，而是广交朋友，招揽英雄；没有农民的老实质朴，而是沾染了不少江湖社会习气。在瓦舍勾栏中流传着的是他们亦侠亦盗的故事。总之，与其说《水浒传》里的人物是农民英雄，不如说是江湖豪侠。

第三,《水浒传》里宣扬的是以侠义为核心的市民道德观。这在小说里主要表现为对社会公正的向往;表现为见义勇为、扶困济危、恩怨分明、快意恩仇等道德原则;也表现为敢说敢为、表里如一的人格精神。水浒英雄大都是这些道德观的体现者。同时,在他们的身上也存在着打家劫舍、使性逞气的江湖陋习。所以,人们把《水浒传》看作我国长篇侠义小说的开山祖,是有道理的。

再看"忠奸斗争"说。施耐庵等人是封建社会里的进步文人,他们并不理解也不赞成农民起义,并没有把梁山泊起义理解为农民阶级反抗地主阶级的阶级斗争,而是看作"善与恶""义与不义""忠与奸"的斗争。因此,小说中忠奸斗争贯穿了全书,竭力歌颂忠义思想,把它写成了忠义思想的颂歌。在以下三个问题上,表现尤为突出。

首先是对方腊起义的态度。本来,从客观上说,宋江梁山泊起义与方腊睦州起义是一样性质的造反行为。可是,作者以对皇帝的态度,作为区别忠臣义士与乱臣贼子的标志:如果被奸臣逼迫,不得不反,"暂居水泊",但始终忠心不忘朝廷,最终接受招安,并为朝廷扫荡"外夷内寇",对这样的起义者可不作乱臣贼子论。如果攻城略地,夺取天下,志在推翻朝廷,南面称王,改元建制,那么就是大逆不道的叛逆。所以,方腊被视为十恶不赦,要千刀万剐;宋江却被称为"一生忠义",封侯建祠:"宋江重赏升官日,方腊当刑受剐时。"

其次是表现在作者对梁山泊义军结局的处理上。"自古权奸害忠良,不容忠义立家邦",作者把"奸臣误国"作为梁山泊事业衰亡的原因,使小说结尾部分弥漫着忠臣被害的悲凉气氛。给读者留下的教训无非是"太平本是将军定,不许将军见太平""时人若把功名恋,只怕功名不到头""早知鸩毒埋黄壤,学取鸱夷范蠡船"等等。征辽途中,罗真人劝宋江说："得意浓时，便当退步。切勿久恋富贵。"燕青用韩信等功臣被诛的史实，劝卢俊义要隐迹埋名、以终天年。但是，宋江、卢俊义因为要忠心报国，不肯急流勇退，终于被害。相反，李俊听从费保等人劝告，避难海外；燕青、戴宗、阮小七、柴进、李应等都辞却功名，消极退隐，结果得以善终。李俊等人的命运和宋江的结局不是形成鲜明的对照吗？作者一方面清醒地看到奸臣未除，忠臣义士没有前途，写出了悲剧结局；另一方面，又不肯违背忠君思想，只好让宋江视死如归，忠心不改；而皇帝呢，也不辜负忠臣，为宋江封侯建祠，为全书留下了一条虚幻的光明的尾巴。

鲁迅曾指出："至于宋江服毒的一层，乃明初加入的，明太祖统一天下之后，疑忌功臣，横行杀戮，善终的很不多，人民为对于被害之功臣表同情起见，就加上宋江服毒成神之事去。——这也就是事实上缺陷者，小说使他团圆的老例。"鲁迅这段话，一语道破了《水浒传》表现忠奸斗争的实质。

起初流传的水浒故事既有农民革命思想的闪光，又有市民阶层感情的渗透。施耐庵等又用忠奸斗争的思想作为主线对它进行了加工改造，《水浒传》的主题思想呈现出多元融合的趋势，我们既要看到施耐庵等人表现忠奸斗争的创作意图，又要看到作品实际展示了歌颂农民起义的客观意义；既要看到忠奸斗争的思想是贯穿全书的中心线索，又要看到串连在这一条线索上的英雄人物小传和相对独立的故事，有着农民革命思想和市民道德理想的闪光。所以，我们认为《水浒传》的思想内容是农民阶级、市民阶层和封建社会进步知识分子思想的多层次融合，是既矛盾又统一的艺术整体。但忠义思想是主调，是以忠义为基调的合奏曲。因此，它的书名是《忠义水浒传》。

四 见仁见智的焦点

（一）招安悲剧

如何看待“宋公明全伙受招安”，是《水浒传》研究中争议较多的重要问题。

在梁山泊事业鼎盛时为什么要受招安？为什么受招安后，不但没有高官厚禄，反而受到残害以致灭亡？那么，作者究竟是赞成受招安，还是反对受招安？

据《宋史》等记载，宋江等确实是投降朝廷：民间流传的故事，如《大宋宣和遗事》记载，“宋江统帅三十六将，往朝东岳……朝廷无其奈何，只得出榜招谕宋江等。……后遣宋江平方腊有功，封节度使”。所以，他写宋江受招安是于史有据的。

受招安与宋元时期的时代背景有关。北宋末年，金兵南侵。汉族人民奋起反抗，有的是为保卫身家性命和宗族乡里而组织起来，“不从敌国，结寨自保”；有的是“头扎红巾，啸聚山林”的“红巾军”，他们是由原来占山为王的“盗匪”和溃败流散的官军组成的。总之这些称为“忠义军”“红巾军”的民间武装活跃在抗金的战场上，他们的口号是“杀敌报国”“誓杀金贼，不负赵王”，甚至有的在脸颊刺上“尽忠报国，誓杀金贼”八个字。岳飞把招抚“两河忠义”作为自己的复国方略。“忠义军”“红巾军”的事迹在瓦舍勾栏中成为“说公案”“说铁

容与堂本"宋公明全伙受招安"

骑儿”的热门话题，《水浒传》吸收了这些故事，梁山好汉也是“忠义人”“红巾军”。他们的打扮：“人人都带茜红巾，个个齐穿绯衲袄”；他们的旗帜：“满地红旗飘火焰，半空赤帜耀霞光”；他们的事业：“直教红巾名姓传千古，青史功勋播万年”。宋江带领梁山好汉受招安，归顺报国，抵抗外敌是原因之一。在梁山泊重阳节的菊花会上，宋江的《满江红》道出了受招安，抗外敌的心声：“统豺虎，御边幅。号令明，军威肃。中心愿平虏，保民安国。日月常悬忠烈胆，风尘障却奸邪目。望天王降诏早招安，心方足。”

接受招安是梁山好汉的愿望。宋江有浓厚的忠君孝亲思想，他经过曲折之路，不得已上了梁山，但他始终身在江湖，心在朝廷，希望得到招安，为朝廷建功立业，荣宗耀祖，青史留名。他劝徐宁上山聚义说：“见今宋江暂居水泊，专待朝廷招安，尽忠竭力报国，非敢贪财好杀，行不仁不义之事，万望观察怜此真情，一同替天行道。”在为晁盖报了仇后，宋江对众兄弟说：“他时归顺朝廷，建功立业，官爵升迁，能使弟兄们尽生光彩。”“一枪一刀，搏个封妻荫子，久后青史上留得一个好名，也不枉了为人一世。”这是许多水浒好汉的共同愿望，也是他们接受招安的思想基础。即使是出身低微，如阮氏三雄，他们有很强的造反精神，当初他们羡慕梁山好汉，还表示：“若是有识我们的，水里水里去，火里火里去。”后来他们也认为受招安为国出力是正确的，阮小二在征方腊时牺牲，宋江悲痛不已，阮小五、小七反来劝宋江：“我哥哥今日为国家大事折了性命，也强似死在梁山泊埋没了名目。”至于一些本来就是官军将领，或像卢俊义、李应这样的富豪庄主对招安当然更是拥护，在他们看来，落草为寇，终非了局；接受招安，得个官职，回归社会才是正道。在梁山内部也有不同声音，其一是吴用，他并不反对招安，但不主张主动争取招安，要有条件接受招安。在接受招安前，“一两阵杀得他人亡马倒，片甲不回，梦里也怕，那时却再商量。”他是希望抬高身价，争取在更有利的条件下接受招安。不赞成接受招安的，只有李逵、武松和鲁智深。李逵一直是要“杀到东京，夺了鸟位”，其目的是想当大将军，在那里“快活”，他曾骗母亲说“铁牛如今做了官”。他虽然一时反对，但后来也顺从了宋江，因为想当大官就要走受招安的路。在全传本里李逵从征田虎，梦见老娘，哭着对老娘说：“铁牛今日受了招安，真个做了官。”武松在和宋江分别，准备投奔二龙山时，他对宋江说：“天可怜见，异日不死，受了招安，那时却来寻访哥哥未迟。”他为什么变了？可能是他经历了血与火的洗礼后，清醒地看到统治者的险恶，深知招安未必有好结果。正像鲁智深所说：“满朝文武，俱是奸邪，蒙蔽圣聪”，就像他穿的衣服，染成黑色的了，怎么也不可能洗成白的了，“招安不济事”。这些反对的意见在宋江的义气感召下，也没有坚持，因为他们也存在接受招安的思想基础。走接受招安的路是绝大多数人的共识。

《水浒传》的作者施耐庵、罗贯中的身世缺乏资料，我们不够了解，但可以肯定他们是下层的知识分子，是不得志的文人，他们对“大贤处下，不肖处上”的不公正的社会满腹怨恨；对奸臣当权，贪官污吏横行，切齿痛恨；对宋王朝腐败无能，终于亡于异族的历史教训悲痛感慨，所以对传说的水浒英雄心生仰慕之情，把自己的情感和愿望寄托在他们身上，但是作者毕竟是深受儒家思想熏陶的文人，虽然对现实不满，但并不主张“僭号称王”，还是希望“酷吏赃官都杀尽，忠心报答赵官家”。

作者是在民间文学积累的基础上，用忠义思想贯穿全书，他要歌颂忠义思想，要把宋江塑造成忠义英雄，所以作者把宋江受招安看作天经地义的事情。对宋江等人来说，因奸臣当道，“蒙蔽圣聪”，不得已“暂居水泊”，后来皇帝醒悟，重用义士，所以宋江等“欣遇明主”，以接受招安显示忠诚。对皇帝来说，招安梁山义军，“皇家始庆得人”，可以借以扫荡“外夷内寇”。因此梁山泊合伙受招安是作为“普天同庆”的盛事来描写的。梁山义军以“顺天”“护国”两面大旗为前导，在东京接受皇帝的检阅。在作者看来，他们接受招安，既是“顺天”，又为了“护国”，而不是投降。

《水浒传》写宋江和梁山义军造反后接受招安，于史有据，又融入了在金兵南侵背景下的“忠义军”抗金报国的情感；也符合梁山绝大多数好汉封妻荫子、光宗耀祖、青史留名的心愿，更重要的是符合作者和屈居下层、怀才不遇的文人的心态，所以《水浒传》必然要写梁山泊全伙受招安，这是唯一的，没有别的选择。

既然如此，那么为什么又要把梁山泊受招安的结局写得很惨，好汉们死伤大半，宋江、卢俊义两个总头领还被毒死？因为作者有清醒的头脑，深知封建朝廷的黑暗腐败、沉疴痼疾绝不是一朝一夕可以改变的，“煞曜罡星今已矣，谗臣贼相尚依然”。更重要的是作者“身在元，心在宋，虽生元日，实愤宋事”。在宋王朝风雨飘摇的时候，希望能像岳飞所建议的那样，招募这些被“逼上梁山”的“忠义人”参加抗金，“河北响应，一战而中原复矣！”但岳飞被害，希望成了泡影，导致南宋覆灭。作者写梁山泊受招安后的悲惨结局，正是要昭示这样的历史教训：奸臣未除，英雄被害，国将不国！明清时代的评论家读懂了，明汪道昆在万历十七年（1589）托名天都外臣写的《水浒传叙》中道：“如传所称吴军师善运筹，公孙道人明占候，柴王孙广结纳，三妇能擐甲胄作娘子军，卢俊义以下，俱鸷发枭雄，跳梁跋扈。而江以一人主之，始终如一。夫以一人而能主众人，此一人者，必非庸众人也。使国家募之而起，令当七校之队，受偏师之寄，纵不敢望髯将军，韩忠武，梁夫人，刘、岳二武穆，何渠不若李全、杨氏辈乎？”他说宋江率领的梁山好汉们，如果国家能招募他们，他们就能配合主力军打击敌人，虽然不一定能像关羽、韩世忠、梁红玉、刘锜、岳飞那样，但至少也能像李全夫妻的红袄军那样成为抗金义军。他又说：“余原其初，不过以小罪犯有司，为庸吏所迫，无以自明。既蒿目君侧之奸，拊膺以愤。而又审华夷之分，不肯右结辽而左结金，如郦琼、王性之逆。”这段话的大意是说梁山这些人原来不过是犯了小罪，但是被昏庸的官吏所迫，他们无法洗雪自己的冤屈，又看到皇帝身边的奸臣，非常愤怒，但是他们不愿意像郦琼、王性（这两人曾被宗泽、刘光世收编，参加抗金，后降金）那样投降金人。明末钟惺（或是托名）《水浒序》曰：“世无李逵、吴用，令哈赤猖獗辽东！每诵《秋风》，思猛士，为之狂呼叫绝。安得张、韩、岳、刘五六辈，扫清辽、蜀妖风，剪灭此而后朝食也”。明末努尔哈赤建立的政权在辽东崛起，在民族危机面前，序作者“思猛士”，希望能有李逵、吴用这样的梁山好汉来挽救民族的危机。我们所引的两篇序，都说明在民族危亡之际，奸臣当道，在梁山义军受招安后，没有信任依靠他们反而加以迫害，这就是宋朝灭亡的教训。

（二）侠义文化

在中国传统文化的大系统中，存在着两个文化子系统，即上层文化与民间文化。这两个子系统有很大的不同，有的是背反的性质，有的又带着很微妙的贯通关系。儒和侠是中国文化精神的两个主要载体。有学者指出：“如果说中国知识分子的灵魂中都隐隐约约地深藏着儒的影子，那么，中国民间社会平民百姓的内心深处则忽隐忽显地闪动着侠的影子。”

中国社会里的侠经过了一个历史发展的过程，揭示了中国上层文化与民间文化之间错综复杂的关系。先秦“士”阶层的文武分途，分化出一个儒士阶层，他们成为上层文化的继承者与传播者，而“士”阶层中未分化出去的武士，仍保持着上古的尚武传统，不断汲取民间营养，成为萌芽状态的侠士。面对当时社会的混乱，儒士阶层主张恢复夏商周的政治秩序和礼乐文化，而侠士深受墨家思想影响，主张以行侠的方式去破坏和改变现存秩序。“墨之徒党，多为侠以武犯禁”。他们提倡“摩顶放踵，以利天下。赴汤蹈刃，死不旋踵”，意思是即使从头顶到脚跟都擦伤了，只要对大众有利，也心甘情愿地去做；即使碰到了危险，仍然勇往直前，绝对不肯倒退。这就是侠义精神。到了汉代，官方不再允许在统治的间隙里有另外一种强劲的势力存在。随着“罢黜百家，独尊儒术”，墨家就慢慢转入了地下活动。而这时侠一部分成为“豪侠”，他们立气势，作威福，结私交，以立强于世，与侠的精神背道而驰，变质为地方上的恶势力；另一部分则仍在民间，发展着侠义精神。到了魏晋时代，侠仍是分流的，一部分进入上层社会，成为统治阶级的“武将”；一部分则流入下层，成为“绿林”好汉。唐代上层社会崇尚游侠之风，侠的特质如侠义思想、复仇意识和尚武精神被阉割，侠也转化为非侠；但侠的主流仍在民间流动，武侠成为社会上一支活跃的力量。侠的分流现象，自两汉始，至魏晋日趋激烈，到隋唐已臻极端。上层社会的游侠完全丧失侠义精神，而民间的武侠则仍然在发展。到了宋代，统治者实行崇文抑武政策，加之北宋后期，内忧外患，民不聊生；而城市经济发展，形成了一个市民社会，涌现了许多江湖人。他们大多属于脱离土地和农业、从事某种职业或活动、凭借江湖谋生的江湖人，他们既有合法的谋食者，但也有亡命江湖，甚至啸聚山林的，他们成为绿林好汉。

《水浒传》毫无疑问属于民间文化。对此有的称为江湖文化，有的称为侠义文化，有的则认为是绿林文化。

《水浒传》给我们展示了市井社会里丰富多彩的江湖人物。普通的非梁山好汉系列的江湖人，这些人的身份类别驳杂，主要有如下几种：

落难卖唱的金翠莲父女；勾栏唱院本的白秀英父女；卖炊饼的武大郎，卖糟腌的唐牛儿，卖水果的郓哥；开茶坊的王婆，开小饭馆的李小二；街头混混牛二；恃强欺弱、称霸一方的生铁佛崔道成、飞天药叉丘小乙；牛头山上的绿林草贼王江、董海；截道的假李逵李鬼；枪棒教师洪教头；江湖术士李助、乔道清；相扑手任原……《水浒传》中的这些普通的非梁山好汉系列的江湖人，多是以小人物的面目出现的，他们是梁山好汉的陪衬，也是社会环境的有机构成部分，在水浒故事发展中具有促进情节发展的作用。他们混迹社会，求得生存下去的机会。

《水浒传》中的梁山好汉，有的一出场就身在江湖，有的是生活发生变迁或者个人遭遇危机而由此进入江湖，如林冲等。这里主要有：占山为王的朱武、陈达、杨春、周通、燕顺；开黑店的菜园子张青夫妇；卖膏药的李忠；江湖术士公孙胜；做水路私商的李俊、张横；小偷时迁；行医的安道全；盗卖马匹的段景住；自幼混迹江湖的赤发鬼刘唐等。他们最终汇聚梁山泊成为一股强大的武装势力，而且他们多是江湖中的强者，大多具有勇力、智慧和一定的文化修养，更有追慕江湖义气的共同价值取向。他们在江湖上不仅要获得立足生存之处，还要追求人生的终极价值——得到社会的认可，过上“快活”的生活。

从上面的介绍可以说明，把“水浒文化”称为“江湖文化”可能太泛了一点，因为江湖人物并不都是梁山好汉；称为“绿林文化”好像太窄一点，像鲁智深还没当绿林好汉，还在当提辖时就是侠义英雄。所以，我还是称《水浒传》的文化为侠义文化。

《水浒传》是我国古代小说中民间文化、侠义文化的典范。《三国演义》是史书与讲史结合的产物。它虽然有深厚的民间文化基础，但史书毕竟为作品提供了基本的素材，史书中贯穿的儒家文化观念影响是非常强大的，因此，它是以儒家文化为主调，体现在对诸葛亮、刘备的仁义思想、入世思想、忠君思想的歌颂上，也体现在对曹操的“篡汉”阴谋及实行霸道等的揭露与批判上。当然，其中也渗透着市民文化的因子，如对“桃园三结义”的歌颂，就体现了市民阶层向往平等的君臣关系。《水浒传》中也有儒家思想的影响，如对宋江忠孝思想和受招安的歌颂等等。但其主调则是侠义文化。作者对整个梁山义军，是作为一个侠义集团来颂扬的，不论其中人物的出身地位如何不同，他们都是侠义之士，因此，他们能凭借义气紧紧地团结在一起。

他们有路见不平、拔刀相助的英雄壮举。如鲁智深路见不平，为金翠莲而打死恶霸郑屠；李逵见柴进叔侄被欺侮，打死殷天赐；史进见画匠王义女儿被抢，王义还被发配远恶军州，就冒险到华州刺杀贺太守。

他们仗义疏财，劫富济贫。对个人的谓之仗义疏财，如宋江经常“散施棺材药饵，济人贫苦，周人之急，扶人之困”，所以被称为救济万物的及时雨。柴进“专一招接天下往来好汉，三五十个养在家中”，林冲、武松、宋江都得到他热情接待及钱财衣物的资助。梁山义军对贫苦百姓的救助则谓之劫富济贫。如打破祝家庄后，各家赐粮米一担；打下东昌府，就开仓济民；攻陷东平府后，“将太守家私，俵散居民”。

他们只要意气相投，就结为兄弟，体现下层民众“四海之内皆兄弟”的理想。少华山强人陈达被史进捉了，朱武、杨春使苦计义气相救，说三人“虽不及关、张、刘备的义气，其心则同”，而史进也认为“他们直恁义气”而放还了陈达，并成为好友；宋江“担着血海似的干系”私放晁盖；朱仝为义气，先后故意放走宋江、雷横；鲁智深、林冲“惺惺相惜”，结为生死之交，林冲发配，鲁智深千里相随，在野猪林千钧一发之际救下林冲性命。

他们快意恩仇，如武松为报兄长无辜被害之仇，杀了西门庆、潘金莲；为雪张都监陷害之仇，“血溅鸳鸯楼”；宋江为报黄文炳陷害之仇，不仅让李逵割了黄文炳，还杀了他家四五十口。这些也反映了侠义文化中落后残忍的一面。

有的学者说《水浒传》亦侠亦盗，这是有根据的。但是应该看到《水浒传》的可贵之处，它逐渐把盗变成侠，那些打家劫舍的周通、王矮虎等，开人肉馒头店的张青夫妇、李立等，横行地方的恶霸穆氏兄弟等等都从盗提升成侠义英雄，他们上梁山后，再没有劣迹，成为纪律严明的义军中的一员。

《水浒传》把我国历史悠久的侠加以升华，把梁山好汉这个侠义集团演化为一支起义军，使侠客们朴素的政治愿望、扶困济危的侠义思想、表里如一的人格规范，与反抗封建统治的斗争紧密联系起来。应该说，《水浒传》体现了中国古代侠义传统发展的最高形态，是中国民间文化最杰出、最精彩的体现。

（三）宗教神灵

中国不像欧洲历史上发生过多次宗教战争，中国没有宗教战争，农民起义或盗侠武装从来不为宗教而战，却往往打着宗教的旗号，都是神道设教，用天神的道理，用迷信的手段来动员和号召群众。他们都不是正规的宗教，而是利用宗教，把它们改造成为我所用的五花八门的教派教义。从陈胜、吴广到太平天国都是如此。

《水浒传》也与宗教结缘。用天罡地煞转世，九天玄女“法旨”，高僧偈语来神化梁山好汉，利用天书、神谕把聚啸山林的造反行为说成是“替天行道”，使其具有合法性，涂上神秘色彩。再通过天降石碣天文，排定座次，建立稳定的领导集团，避免内部矛盾。接受招安，征辽平方腊后，梁山英雄消亡殆尽，最后“魂聚蓼儿洼”，天罡地煞重归天界，这是封建时代民间武装与宗教结缘的一次完整的艺术描写，在政治文化史上有一定意义。

我们通过《水浒传》与宗教结缘的具体描写来分析作者的创作意图和文化心态。

第一，梁山英雄天界－人间－天界三段人生旅程。

作品一开始就写一次斋醮活动。“张天师祈禳瘟疫，洪太尉误走妖魔”。当石板掘起，一道黑气从地穴中冲出，在“空中散作百十道金光，望四面八方去了”。“黑气”是“魔君”，“金光”是“天神”。这就是天罡地煞，即道教的北斗从星，三十六天罡维天之正，七十二地煞镇地之平。天罡地煞在道教里既是驱魔的神将，又是凶神，亦魔亦神。这天罡地煞降在人间，就使“水浒寨中屯节侠，梁山泊内聚英雄”。从贪官污吏立场看是扰乱天下的“魔君”，从受压迫的百姓看来是替天行道的“天神”。

天罡地煞是奉天命下凡，所以他们合当聚义。书里常常出现“天上罡星来聚会，人间地煞得相逢”，以此来聚集梁山泊的队伍。而有些官

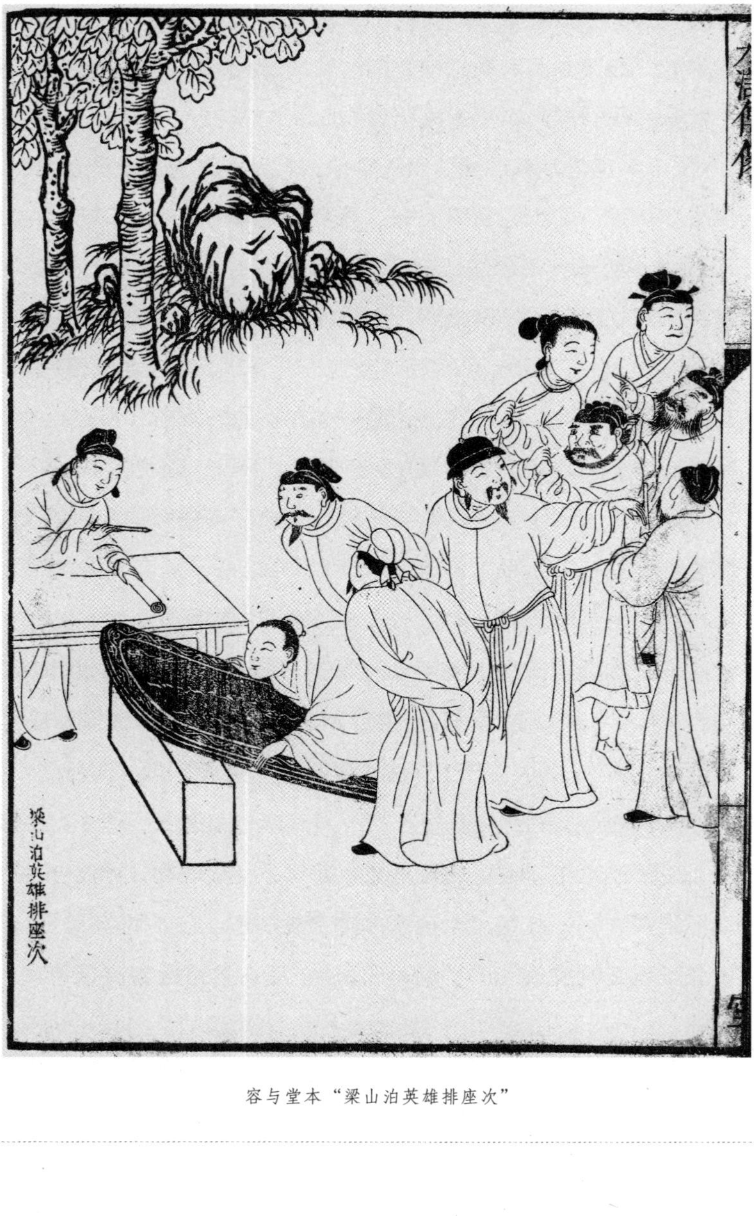

容与堂本“梁山泊英雄排座次”

军的军官归顺义军实在很勉强，呼延灼、索超、韩滔等都是因为“本是天罡之数自然凑合，降了宋江”“也是七十二地煞之数，自然义气相投”；有的人参加义军也没有什么缘由，于是就用天罡地煞聚会来解释。如为了写宋江要报仇，薛永带了一个在黄文炳家干过活的侯健来带路，他没有什么原因要参加义军，只因为“那人也是一座地煞星之数，自然义气相投”。

散到四面八方去的百十道“金光”，经过不同的人生道路，“众虎同心归水泊”，梁山泊英雄聚会。作品再一次把天罡地煞展示出来。宋江设罗天大醮，“报答天地神明眷佑之恩”，做醮七天，到第七天的三更，天降石碣。何道士辨认出上面的蝌蚪文字。石碣“顶上皆有星辰南北二斗”，侧首一边有“替天行道”四字，一边有“忠义双全”四字，下面是天罡地煞一百零八位好汉的名字，完整地写出每个人的星名、绰号、姓名，天罡地煞转世到了人间，像照了个英雄聚会的团体照。

在“全伙受招安”，征辽、平方腊后，宋江在睦州设罗天大醮，这是作品里写的第三次斋醮，追念阵亡将士。从此结束了“替天行道”的使命，重返天界。遗憾的是这一次写得很潦草，没有给人留下较深的印象。阵亡、病故、退隐、被害。但是作者还是留下一点虚妄的安慰。徽宗在梁山泊建庙宇，“黄金殿上，塑宋公明等三十六员天罡正将；两廊之内，列朱武为头七十二座地煞将军”“天罡尽已归天界，地煞还应入地中。千古为神皆庙食，万年青史播英雄”。

天罡地煞即梁山好汉，经过天界－人间－天界这一类似“天人合一”的结构模式，使全书结构圆通完整。

李卓吾认为“忠义堂石碣受天文，梁山泊英雄排座次”，是利用“石碣受天文”的神话搞安定内部，巩固领导地位的花招。他有一段精彩的评论：

> 梁山泊如李逵、武松、鲁智深那一班，都是莽男子汉，不以鬼神之事愚弄他，如何得他死心搭地？妙哉！吴用石碣天文之计，真是神出鬼没，不由他众人不同心一意也。或问："何以见得是吴用之计？"曰："眼见得萧让任书，金大坚任刻，做成一碣，埋之地下，公孙胜作法掘将起来，以愚他众人。"曰："这个，何道士恐怕不知？"卓吾老子笑曰："既有黄金五十两，人人都是何道士了。不然，何七日之后，定要恳求上苍，务要拜求报应哉？"

宋江在"天书"揭晓之后说："鄙猥小吏，原来上应星魁。众多弟兄，也原来都是一会之人。今者上天显应，合当聚义。今已数足，上苍分定位数，为大小二等。天罡、地煞星辰，都已分定次序。众头领各守其位，各休争执，不可逆了天言。"确实暴露了排座次的用心，一是他当领袖，是"上应星魁"，二是各人上山有先后，功劳有大小，本领有高低，但都要"各守其位，各休争执"。宋江是不打自招，暴露了"排座次"的目的。

金圣叹把第七十回之后受招安和征辽平方腊等都删掉，加了一个"卢俊义惊噩梦"作结。他不同意"天降石碣"是宋江、吴用捣鬼的说法，他指出"天降石碣"在艺术结构上的意义："重将一百八人姓名一一排列出来，为一部七十回书点睛结穴耳。盖始之以石碣，终之以石碣者，是此书大开阖；为事则有七十回，为人则有一百单八者，是此书大眼节。"

第二，通过天书、神谕、偈语等规定了梁山泊的政治路线，预言他们的人生道路。

九天玄女是中国上古神话中传授过兵法的女神，传说她曾帮助黄帝打败蚩尤，后经道教的推崇，成为一个深谙军事韬略、法术神通的正义女神。在水浒故事流传的过程中，九天玄女授天书就出现在《大宋宣和遗事》里，天书上写了："破国因山木，刀兵用水工。一朝充将领，海内耸威风"的诗句（《水浒传》里是蔡京告诉蔡九知府街市流传的童谣，后两句改为"纵横三十六，播乱在山东"），有"天书付天罡院三十六员猛将，使'呼保义'宋江为帅，广行忠义，殄灭奸邪"的法旨，并附了三十六将的姓名。到《水浒传》，在宋江上山的时候，九天玄女召见宋江，郑重地向他宣布法旨："汝可替天行道，为主全忠仗义，为臣辅国安民。去邪归正，他日功成果满，作为上卿。"还有天言："遇宿重重喜，逢高不是凶。北幽南至睦，两处见奇功。"九天玄女成为梁山泊的精神领袖，规定了他们的政治路线，"替天行道""全忠仗义""辅国安民"。他们不是打家劫舍的盗匪，而是"替天行道"的义军，他们不是叛乱造反而是"全忠仗义""辅国安民"。"遇宿重重喜，逢高不是凶"预告了他们大败高俅，带来了转机，为招安创造了条件；遇到宿元景先是闹了华州，救出鲁智深、史进，更重要的是宿太尉让他们实现了"全伙受招安"的愿望。接着就是征辽平方腊，"北幽南至睦，两处见奇功"。

九天玄女还是梁山泊的保护神。当梁山泊义军遇到危险时，或占卜，或看天书，得到神谕就转危为安。如宋江征辽，被兀颜统军设混天象阵所阻，梦见九天玄女教他用相生相克之法破了阵，"大辽国主拱手归降"。

評長老
長老授智深讖言真知天星之娛而所言后有驗也
智深拜辞
衆長老
全像評林
水滸一卷
且把威風驚賊膽　謾将妙理說禅心
綽名人喚花和尚　道號清名魯智深
俗願了時終証果　眼前爭奈沒知音
長老曰我個師弟在東京相國寺中住持喚做智清禪
師我與你這封書去投他討个職事僧做贈汝四句偈
言你可終身記取智深跪下曰洒家願聽長老道
遇林而起　遇山而富　遇水而興　遇江而止
智深聽罷拜了長老背起包裹辞了衆僧離五臺山逕
到鉄匠舖打了禅杖戒刀就行数日趲出外自將鐵物
來五臺山再塑起金剛重脩亭子且說智深行了半月
之路不投寺院只投客店安身正行之間天色已晚錯
過了宿頭但見
山影深沉槐陰漸沒綠柳影裡時聞鶯雀歸在紅杏
村中每見牛羊入圈落日帶烟生碧霧斷霞映水散

评林本“智深拜辞众长老”

作品里还有不少偈语，预言人物的命运。鲁智深大闹五台山，智真长老让他投奔东京大相国寺时，赠他的偈语是："遇林而起，遇山而富。遇水而兴，遇江而止。"预示他在东京遇林冲，落草二龙山，同心归水泊，止于宋江旗下，奔上梁山泊的英雄经历。征辽归来，鲁智深、宋江到五台山拜谒智真长老，长老又赠他四句偈语："逢夏而擒，遇腊而执；听潮而圆，见信而寂。"征方腊回来，在杭州六和寺听到钱塘江潮信，想起师父的偈语，当下大悟，"'逢夏而擒'，俺万松林活捉夏侯成，'遇腊而执'，俺又生擒方腊；今日正应了'听潮而圆，见信而寂，'合当圆寂"，沐浴后坐化。

宋江征辽路过蓟州，随公孙胜到九宫县二仙山参拜罗真人。罗真人预言宋江："生当封侯，死当庙食""只是将军一生命薄，不得全美""得意浓时便当退步，勿以久恋富贵"。宋江和鲁智深到五台山，智真长老写下四句偈语："当风雁影翻，东阙不团圆。只眼功劳足，双林福寿全"。真人、长老法语、偈语都预言了宋江的结局。

第三，《水浒传》对宗教只是利用，并没有写宗教之间的斗争。

鲁迅分析对小说有显著影响的宗教思想状况时说："当时的思想，是极模糊的。在小说中所写的邪正，并非儒和佛，或道和佛，或儒释道和白莲教，单不过是含胡的彼此之争，我就总括起来给他们一个名目，叫做神魔小说。"鲁迅是针对神魔小说说的，其实古代各类型的小说情况大致相同。在《水浒传》里德行很高的既有佛教的智真长老，也有道教的罗真人；梁山好汉里既有道教的公孙胜、樊瑞；也有佛教的花和尚和武行者；坏蛋中有鲁智深在瓦罐寺遇到的一僧生铁佛崔道成，也有一道飞天夜叉丘小乙；武松杀了霸占妇女的恶道王道人，石秀杀了勾引潘巧云的淫僧裴如海。不过在宋江故事发生的宋徽宗时期，道教非常盛行；在《水浒传》成书的过程中道教也始终有广泛影响，因此，《水浒传》里道教的人物更重要，作用更大一些，如张天师、九天玄女以及公孙胜的法术等。

（四）暴力血腥

《水浒传》里有不少血腥、暴力描写，甚至吃人肉、开人肉馒头店等等。近来有人把《水浒传》断为鼓吹“暴力崇拜”“造成心灵灾难的坏书”，李逵等是“杀人魔王”。《水浒传》里的残暴、血腥描写客观存在，回避不了。问题是为什么读者在读《水浒传》时并不觉得恐怖，为什么鲁智深、武松、李逵等人物还是中国老百姓最喜爱的英雄人物？我们应该揭示矛盾，解决矛盾，回答这个问题。

首先，要有历史观点，不能离开当时的历史语境。

人类处在野蛮时代，由于生产力极度低下，发生过食人现象，这不奇怪，但令人吃惊的是到了生产力已经比较发达的时代，这种现象仍然存在。这在史书和野史笔记里都有记载。为什么会发生食人现象？一是因为战乱、灾荒。如《三国志》不但董卓治下有“人民饥困，二年间相啖食略尽”的记载，就连历史上一向“弘毅宽厚”的刘备，在自己的属地上也曾经发生过人吃人的惨状：“备军在广陵，饥饿困踧，吏士大小自相啖食。”后汉以后这类记载较少，但到了唐末五代又很多，一直到宋元时代都不断发生。如唐僖宗光启三年（887），杨行密包围广陵，城中没有食物，连草根树皮都拿来吃，大半人饿死。军人把百姓抓来，像杀猪杀羊一样，把人杀了吃，“积骸流血，满于坊市”。庄绰《鸡肋编》载：“自靖康丙午岁，金狄乱华，六七年间，山东、京西、淮南等路，荆榛千里，斗米至数十千，且不可得。盗贼、官兵以致居民，更互相食。人肉之价，贱于犬豕。”在战乱中，武将、悍卒等嗜食人肉。苌从简“好食人肉，所至多潜捕民间小儿以食”。五代时赵思绾“好食人肝，尝面剖而脍之，脍尽，人犹未死；又好以酒吞人胆，谓人曰‘吞此千枚，则胆无敌矣’。自倡乱至败，凡食人肝六十六”。二是复仇。在古代复仇是神圣的义务，大多为血亲复仇，复仇的极致行动即是生啖仇人之肉。如《宋史·张藏英传》说张藏英父母为孙居道所害，当时他还小，到长大后擒仇人，“设父母位，陈酒肴，缚居道于前，号泣鞭之，脔其肉，经三日，刳其心以祭”。这样残酷的行为，不但没有受到谴责，反而得到赞扬，称其为孝子。三，与“割股疗亲”这种文化陋俗有关。割股疗亲是唐代盛行的一种新奇风俗。《新唐书》卷一九五《孝友传》记载，唐玄宗开元时陈藏器著《本草拾遗》，谓人肉可以治病，于是民间就有“割股疗亲”的说法。有位历史学家认为陈藏器的人肉方药来自古代印度方药，即与印度佛教寓言中有关人肉人血为方药和佛教舍身之说有关系。

说书人、戏曲家从史书及民间传说里，都可以看到、听到这些故事，他们把它作为草莽英雄复仇的愤怒心情和鲁莽性格的表现，作为吸引听众、观众的猎奇故事。

在诗文中人们表现对敌人愤怒心情和复仇决心时也常用“千刀万剐”“碎尸万段”之类的语言来表现，最典型的如岳飞在《满江红》里的“饥餐胡虏肉，渴饮匈奴血”。但这些都没有具体描写，而在叙事作品里就有血腥场面的描写。在文言小说中有很多吃人肉的描写，如宋代《开河记》记隋麻叔谋吃小孩；《夷坚志》中《建昌道店》《京师浴堂》都写到宋代开黑店、卖人肉的事。元杂剧里也比比皆是，如杨显之《酷寒亭》里的宋彬要把奸夫高成“剔髓挑筋，摘胆挖心”，秦简夫《赵礼让肥》里的马武每一天要一副人的心肝做醒酒汤，而宋彬和马武都是英雄人物，只是暂时“落草为寇”。水浒戏里这类描写也不少，如《鲁智深喜赏黄花峪》里鲁智深唱：“叵奈无徒歹禽兽，摘心肝扭下这驴头，与俺那梁山泊宋公明为案酒。”在话本《宋四公大闹禁魂张》里写赵正到侯兴的人肉馒头店里的情节与武松在十字坡孙二娘店里的情节十分相似；《西湖三塔记》里取人心肝的描写也与《水浒传》燕顺要取宋江的心肝做醒酒汤一样，在当时是艺人们传说的绿林好汉的“英雄行为”，《水浒传》无疑也受此影响。

以上这些情况在民间作为猎奇的故事来吸引听众和读者。而随着生产力的发展，现代社会文明程度大幅提升，人道主义思潮兴起，环保意识增强，不要说吃人肉，就是虐待动物都是不允许的。用现代人的眼光去看吃人肉等行为，是不可思议的。庞朴先生说：“文化是什么？任何文化都是人把自己一步一步地变得更像人的一种行为和过程。文化追求的最终目的，都在于一个‘人’字……把人变成人、化成人就是文化。”我们对古代作品的评论不能离开当时的历史语境。

其次，不能用现代人的道德观念代替审美评价。

朱光潜先生在《我们对于一棵古松的三种态度——实用的、科学的、美感的》一文中说：

> 比如园里那一棵古松，无论是你是我或是任何人一看到它，都说它是古松……假如你是一位木商，我是一位植物学家，另外一位朋友是画家，三人同时来看这棵古松。我们三人可以说同时都“知觉”到这一棵树，可是三人所“知觉”到的却是三种不同的东西。你脱离不了你的木商的心习，你所知觉到的只是一棵做某事用值几多钱的木料。我也脱离不了我的

植物学家的心习，我所知觉到的只是一棵叶为针状、果为球状、四季常青的显花植物。我们的朋友——画家——什么事都不管，只管审美，他所知觉到的只是一棵苍翠劲拔的古树。我们三人的反应态度也不一致。你心里盘算它是宜于架屋或是制器，思量怎样去买它，砍它，运它。我把它归到某类某科里去，注意它和其他松树的异点，思量它何以活得这样老。我们的朋友却不这样东想西想，他只在聚精会神地观赏它的苍翠的颜色，它的盘屈如龙蛇的线纹以及它的昂然高举、不受屈挠的气概。

这里讲的是真、善、美的三元论，不是一元论，虽然真、善、美之间有一定的联系，但审美是超越功利的善和客观的真的。如果我们不是简单化地看待善恶问题，不是用道德评价代替审美评价，不是脱离了当时的历史语境，我们就会理解武松“血溅鸳鸯楼”的行为，因为张都监等人太可恶了，他们不但陷害武松，把他投入监狱，“刺配恩州牢城”，还不罢休，还派蒋门神的徒弟和押解的公人在飞云浦杀他。读者从武松报仇行为中发泄久久积压在他们胸中对社会黑暗和贪官恶霸的愤恨，感到痛快淋漓。在这样“善”的基础上，从审美的角度，从塑造传奇英雄形象的要求来看，是具有高度审美价值的。把武松极端冷静，甚至冷酷的性格，非常形象、非常深刻地展示出来。

第三，《水浒传》的一些恐怖、残暴的描写没有引起读者的反感，还因为它把这些描写喜剧化、戏谑化、公式化了。

李逵很野蛮，乱杀人，甚至吃人肉，为什么李贽、金圣叹等人说他是“上上人物”“梁山泊第一尊活佛”，老百姓也非常喜欢他？就是因为作者把他塑造成一个性格粗豪而又风趣横生的喜剧形象。

他的言行必然具有荒谬背理的性质，必然是夸张和歪曲的，这样才能滑稽可笑。在笑声中歌颂他的天真无邪，也批评他的粗鲁野蛮。我们在分析李逵时应该注意到这个特点。例如，他说的一些豪言壮语，就不能作为他具有反对皇权，主张用农民革命夺取政权的思想的例证。李卓吾、金圣叹和其他评论者都是以“趣话”来看待的，并没有指责他“犯上作乱”。至于李逵对待普通百姓的所谓凶狠，也不必苛责，只不过是作者为了逗笑而夸大他的粗鲁而已。因此，历来《水浒传》的读者和评论家，也从没产生过李逵虐待、压迫老百姓的误解。

“拳打镇关西”，被认为是违反法度的，三拳把人打死，太残暴太野蛮。其实这段描写就是高度喜剧化、戏谑化的。鲁达先是戏弄郑屠：要十斤精肉，不要半点肥的；要十斤肥的，不要半点瘦肉；要十斤骨头，不要半点肉。用戏弄郑屠的办法拖延时间，让金老父女走远。读者读来不觉恐怖，而觉可笑。用的语言也充满了调侃、戏谑的色彩。如鲁达“把两包臊子劈面打将去，却似下了一阵的‘肉雨’”。金圣叹说：“肉雨二字，千古奇文。”袁无涯本评语：“肉雨二字，俗而典，莽而趣。”打郑屠三拳描写，更是色彩斑斓，妙趣横生。把一场暴力冲突，变成了一幕喜剧。难怪金圣叹评论：“眼根色尘，真正奇文。”容与堂的批语是：“好文章，好文章，令人手舞足蹈。”袁无涯本的眉批说：“庄子写风，枚生写涛，此写老拳，皆文字中绝妙画手。”读者在欣赏这篇奇文时，眉飞色舞，拍案叫绝，早把“违法”“残暴”之类抛到九霄云外去了。

孙二娘的人肉馒头店，恐怖吗？实际上作者是把恐怖的人肉馒头店变成了男女调情的风月场。武松看出这是个黑店时，调戏孙二娘，问“你家丈夫怎地不见？”“我的丈夫出外做客未回。”“恁地时，你独有一个须冷落。”“孙二娘笑着寻思道：‘这贼配军却不是作死，倒来戏弄老娘！’”孙二娘就说：“客官，休要取笑。再吃几碗了，去后面树下乘凉。要歇，便在我家安歇不妨。”后来武松装醉，伙计抬不动，孙二娘脱了衫，解了裙，赤膊着来抬，被武松“当胸搂住”“压在妇人身上”。正如金圣叹所说：

> 前篇写武松杀嫂，可谓天崩地塌，鸟骇兽窜之事矣。入此回，真是强弩之末，势不可穿鲁缟之时，斯固百江郎莫不阁笔坐愁，摩腹吟叹者也。……于是便随手将十字坡遇张青一案，翻腾踢倒，先请出孙二娘来。写孙二娘便加出无数笑字，写武松便幻出无数风话，于是读者但觉峰回谷转，又来到一处胜地。而殊不知作者正故意要将顶天立地、戴发噙齿之武二，忽变作迎奸卖俏、不识人伦之猪狗。上文何等雷轰电激，此处何等展眼招眉；上文武二活是景阳冈上大虫，此处武二活是暮雪房中嫂嫂。到得后幅，便一发尽兴写出“当胸搂住，压在身上”八字来，正是前后穿射，斜飞反扑。不图无心又得此一番奇笔也。

金圣叹认为这段描写，起了调节作品气氛，多侧面表现武松性格的作用。

《水浒传》中人肉馒头店的描写是公式化的。如宋江的遭遇，成为一个公式：入险境——等死时说出自己姓名或被人认出——众人拜服。清风山：宋江被抓——要把他的心肝做醒酒汤——“可惜宋江死在这里”——燕顺等三人“纳头便拜”（第三十二回）。揭阳岭人肉馒头店李立麻翻宋江——准备做人肉馒头——李俊从押解他的公文看出是宋江——李俊、李立等四人“纳头便拜”（第三十六回）。浔阳江上：宋江上贼船——张横要杀宋江——李俊赶来，认出宋江——张横等“纳头便拜”（第三十七回）。武松在十字坡情况基本相同：入险境，有被做人肉馒头的危险——自己识破——说出姓名——张青“纳头便拜”（第二十七回）。有学者指出：“说书体小说，出现情节套路化，关目雷同化的现象，也就不足为怪了。”

写人肉馒头店等一是为了制造紧张气氛，让读者为他们的命运担心；二是为了说明宋江、武松在江湖上崇高的威信；三是通过这样的情节，让宋江等结识一批好汉，以便后来“众虎同心归水泊”。

袁无涯评本引陈继儒的话说：“天上无雷霆，则人间无侠客。”作者认为杀人等对绿林好汉来说是家常便饭，无足为奇。所以，对杀人等轻描淡写，好像是好汉们的日常生活，而对通奸事更感兴趣，写二潘的奸情写得眉飞色舞。所以，对人肉馒头店的描写是千篇一律的，都是“将大块好肉，切做黄牛肉卖，零碎小肉，做馅子包馒头”这么几句，没有感染力。

无可讳言，《水浒传》里有些描写没有化丑为美，表现了野蛮、嗜血的倾向，如梁山好汉江州劫法场之后，去抓黄文炳，还吃他的肉等，画蛇添足，不但表现了梁山泊好汉的野蛮，在艺术上也是失败的。

这些问题的出现是不奇怪的，因为《水浒传》是在民间说话的基础上由作家加工创造而成的，它反映中国底层百姓的思想感情、审美趣味；也反映说话艺术的特殊要求，如郑振铎所说：“说书家是唯恐其故事之不离奇，不激昂的；若一落于平庸，便不会耸动顾客的听闻。所以他们最喜取用奇异不测的故事，惊骇可喜的传说，且更故以危辞峻语，来增高描叙的趣味。”美国学者沃尔特·翁在《口语文化与书面文化》一书中也说：“对暴力的热心描绘常常是口传故事的显著特征。……赤裸裸的暴力在许多史诗和其他口语样式里处于核心的位置，在早期的文学创作中仍有大量遗存，到了后期的文学叙事里才逐渐退居边缘。”可见这是口头文学中的普遍现象，中西作品概莫能外。几百年前的作家不可能具有现代人的人道主义思想，我们不能苛求于古人。

丰富多样的人物群像

一 梁山头领

宽厚仁义的奠基寨主
——晁　盖

晁盖是梁山泊事业的奠基人，但却不在一百零八好汉中。应该如何评价晁盖，特别是晁盖与宋江的关系是《水浒传》研究的热门话题。

对梁山泊的贡献

晁盖是个富户，“平生仗义疏财，专爱结识天下好汉，但有人来投奔他的，不论好歹，便留在庄上住；若要去时，又将银两赍助他起身”“江湖上都闻他名字”。

正因为他在江湖上有很高的威望，劫取生辰纲这样危险机密的事，和他素不相识的刘唐来找他：“他是天下闻名的义士好汉，如今我有一套富贵来与他说知，因此而来。”另一个和他从未谋面的公孙胜，也因为他“疏财仗义，以此天下豪杰都投门下”，因此来给他送十万贯金珠宝贝，“作进见之礼”。几位好汉在晁盖义气的召唤下“智取生辰纲”。《水浒传》开始的鲁智深和林冲故事都是个人反抗，而“智取生辰纲”则揭开了有组织的集团与朝廷官府对抗的序幕。正如第十三回回末“煞尾”诗所标明:“直使得东溪村里，聚三四筹好汉英雄；郓城县中，寻十万贯金珠宝贝。正是天上罡星来聚会，人间地煞得相逢。”“智取生辰纲”后，晁盖等七人上了梁山。但是王伦拒绝接纳他们，引起林冲的强烈不满和愤怒，杀了王伦，“梁山泊义士尊晁盖”，晁盖成为寨主，从此根本改变了梁山泊的面貌。王伦创立了梁山泊，有开创之功，但是如林冲所说，王伦“嫉贤妒能，无大量之才，也做不得山寨之主！”王伦当寨主的梁山泊只是聚集了七八百个小喽啰打家劫舍的草寇组合。晁盖带来了十万钱财，如此巨大的投入，使山寨经济实力大大增强，可以扩大规模，改善生活条件，增添武器装备。原来王伦是个不会武功的秀才，他手下的杜迁、宋万本事低微，而晁盖上山后有了杰出的军师智多星吴用，有了能呼风唤雨的法师公孙胜，有了水上豪杰阮氏三兄弟，有善于步战的刘唐，加上武艺高强，原来被压抑的林冲，这样就有文有武，战斗力空前强大。王伦心胸狭窄，内部不够团结。林冲因见王伦“心术不定，难以过活”所以没有去接妻子。现在“见晁盖作事宽洪，疏财仗义，安顿各家老小在山”，就准备接妻子上山，虽然他妻子已被高衙内逼迫成亲，自缢而亡。但从林冲心情的变化，也可以看到梁山泊是空前团结起来了。

梁山泊结束了打家劫舍的草寇阶段，进入了成长发展的新时期，成为割据一方、反抗朝廷的根据地，在江湖上有很大的感召力和凝聚力，是被“逼上梁山”的好汉们羡慕向往的乐土，是他们伸张正义，实现人生抱负的希望所在。

晁盖当寨主后，他高举侠义的大旗，“各人务要竭力同心，共聚大义”。他一方面收拾房屋，安顿众人老小，“取出打劫得的生辰纲金珠宝贝，并自家庄上过活的金银财帛，就当厅赏赐众小头目并众多小喽啰”。

容与堂本“梁山泊义士尊晁盖”

另一方面，“整点仓廒，修理寨栅，打造军器，枪刀弓箭，衣甲头盔，准备迎敌官军”。接着就全歼了济州团练黄安来围剿的两千人马，活捉了黄安，打了第一个胜仗。

晁盖领导的梁山义军，不是盗匪，而是仁义之师。他宣布：“我等今以后不许伤害于人。……我梁山泊久行仁义之道，所过之处，并不扰民。”江州劫法场时，李逵乱砍乱杀，晁盖大喊：“不干百姓事，休只管伤人！”当杨雄、石秀投奔梁山，说到时迁在祝家店偷吃店里的报晓鸡而引起的争闹和祝家庄对梁山泊的敌视和辱骂。晁盖大怒，要杀杨雄、石秀。他说：“俺梁山泊好汉，自从火并王伦之后，便以忠义为主，全施仁德于民。一个个兄弟下山去，不曾折了锐气。新旧上山的弟兄们，各各都有豪杰的光彩。这厮两个把梁山泊好汉的名目去偷鸡吃，因此连累我等受辱。今日先斩了这两个，将这厮首级去那里号令，便起军马去，就洗荡了那个村坊，不要输了锐气。”（第四十七回）虽然从大局考虑，这样做未免过于严苛，但说明在晁盖领导下梁山泊确实是仁义之师，并非盗匪。

正因为晁盖高举侠义的大旗，所以“近来山寨十分兴旺，感得四方豪杰望风而来。”队伍迅速壮大，到江州劫法场，宋江上山时，梁山泊已聚了四十位好汉。到晁盖去世时，已有八十八位好汉。

晁盖对梁山泊事业的发展，作出很大贡献。

晁盖与宋江

晁盖为什么不在天罡地煞一百零八人之中？让我们回顾一下晁盖在水浒故事流变过程中的变化。龚开的《宋江三十六人赞》有铁天王晁盖，其赞语是：“毗沙天人，证紫金躯。顽铁铸汝，亦出洪炉。”毗沙天人，即大梵天王，是印度教、婆罗门教的三大神之一，佛教产生后被吸收为护法神。这几句赞语的意思是：他的地位有如印度教、婆罗门教的大梵天王，世人供奉他尊贵的紫金法身。他是顽铁铸就的铁塔天王，经历了烈火洪炉的烧炼。

虽然晁盖是三十六人之一，而且地位很高，但还是以宋江为首，称为《宋江三十六人赞》。

《大宋宣和遗事》记载晁盖与吴加亮（吴用）等共八人劫了生辰纲，官府破案后，县里去晁家庄抓人，因有宋江通风报信，晁盖等已星夜逃走，于是晁太公被抓走。“行至途中，遇着一个大汉，手使大刀，自称铁天王，把晁太公抢去”。晁盖八人邀约杨志等十二人，结为兄弟，前往太行山梁山泊去落草为寇。晁盖为报恩，派刘唐送金钗给宋江。宋江杀惜后，得玄女授天书，他就带了九人上山，这时晁盖已死，众人推宋江为首。

《大宋宣和遗事》里三十六人中有晁盖，但没有宋江，“天书”明白交代“以宋江为帅”来率领这三十六人。晁盖中途牺牲，聚义时实际上只有三十五人，加上宋江才凑足三十六人之数，这在情节交代上是个漏洞。由于以上这些情况，《水浒传》作者不把晁盖算在一百零八人之中，从艺术上说是可取的，是作者对成书过程中各种资料正确取舍的结果，弥补了以往传说中的漏洞，符合中国小说大团圆的惯例。否则，在英雄排座次时，只有一百零七人，还有一个是“死魂灵”，怎么办呢？而且，从历史记载到说话、戏曲领域流传的水浒故事，都是以宋江为首，他是义军的领袖。晁盖曾是梁山泊头领，但他必须先死，不在天罡地煞中，这样最终才能是宋江领导梁山泊。

晁盖耿直豪爽，重情重义，有凝聚力和吸引力。但是他颇有名望而并无实际本事。在“智取生辰纲”中，由于他的号召力，众人聚集在他周围，但是行动的策划和指挥都靠吴用，因此是“吴用智取生辰纲”；干了这样惊动朝廷的大事，他没有考虑如何善后，宋江来报信，他手足无措，又是吴用谋划投奔梁山泊。上山后，他没有考虑山寨的前途，只满足于眼前的“快活”；他没有策划指挥能力，重要行动全凭吴用出谋划策，组织实施。

梁山泊前后三位寨主，王伦有草创之功，但心胸狭窄，没有号召力，只是打家劫舍的草头王；晁盖虽为寨主，但没有政治眼光和智谋，大小事情都由宋江、吴用决定，形同傀儡；宋江足智多谋，善于组织领导，使山寨事业达到顶峰。写王伦、晁盖都是为宋江的登台作铺垫，以说明宋江是梁山泊最理想的领袖人物。

晁盖和宋江的关系如何？“仁者见仁，智者见智”。晁、宋之间是义重如山，还是夺权斗争？认为晁盖与宋江是“路线斗争”、争权斗争的意见占主导地位。

我认为歌颂江湖义气是《水浒传》的基调。当初，宋江“担着血海也似的干系”，救了晁盖；后来，晁盖不避凶险，劫法场救了宋江。他们是生死不渝的朋友。到了宋江上山，晁、宋并存的时候，晁盖与宋江之间果真存在着“路线斗争”吗？的确，晁盖没有像宋江那样，说过许多要求招安的话，但是作品里写的晁盖也并没有提出过夺取政权的要求。梁山泊上的聚义厅是王伦时代的“遗产”，而且清风山、桃花山等都称聚义厅，并非晁盖的独创，说不上是他革命路线的“标志”。宋江对被俘军官，总是用“暂居水泊”“专等招安”之类的话来劝降，晁盖在旁，并没有持异议（如第五十五回宋江、彭玘劝凌振投降，第五十六回宋江劝徐宁入伙等）；李逵提出“晁盖哥哥便做大宋皇帝，宋江哥哥便做小宋皇帝”被戴宗呵斥了一顿，而晁盖也没有丝毫支持李逵的表示。晁盖自己说上梁山的目的，也只是为了“逃灾避难”；他宣布的政治主张，不过是“以忠义为主，全施仁德于民”，与宋江并没有本质的区别。总之，晁盖的路线本来就含糊不清，谈不上和宋江有“路线分歧”。在晁盖死后，作者对晁、宋之间的义气，还是非常细心地予以照顾，没有半点马虎和草率。如宋江受招安，准备征辽之前，特意写宋江要回梁山泊安顿晁天王的灵位，祭祀晁盖在天之灵，说明宋江念念不忘晁盖的“恩义”，晁盖虽然已死，但作者写晁盖阴魂“显灵”，或救宋江性命，或助宋江成功，强调晁盖对宋江的“友爱”，没有写晁盖“显圣”，谴责宋江背叛。

在晁盖与宋江并存时期，重大行动都是宋江、吴用策划实施；江湖好汉大多是仰慕宋江而奔上梁山；原来在山上的头领都听从宋江号令，包括与晁盖最亲近的吴用，也成为宋江的心腹。晁盖实际上成为名誉头领，没有实权。有人认为这是宋江搞阴谋，“架空晁盖”。我认为晁盖不是宋江的对立面，而是宋江的陪衬。作者是把宋江塑造成忠义双全的义军领袖，他没有也不会把宋江塑造成一个野心家和阴谋家。

那么晁盖和宋江没有差别吗？没有矛盾吗？晁盖象征江湖义气，宋江代表臣子忠义，用忠义代替侠义，竖起“替天行道”的旗帜。作者着力把宋江塑造成忠义英雄，认为受招安，为皇帝去扫除外夷和内寇是值得肯定的，宋江比晁盖更合适当梁山泊领袖，因此，他隆重地写宋江改“聚义厅”为“忠义堂”。

晁盖见众人都只听从宋江的号令，每次重大行动宋江都以“哥哥是山寨之主，不可轻动”为由，没让自己指挥。对自己成为傀儡，晁盖并不甘心，所以打曾头市非要亲自出马。最表现晁盖对宋江不满的是他的遗嘱："贤弟保重。若那个捉得射死我的，便叫他做梁山泊主。"这确实说明晁盖不想让宋江为山寨之主，但晁盖难道不知道宋江已牢牢地控制了山寨，还叫他当遗嘱的执行人，不是很可笑吗？也许只是故意在众人面前发泄一下吧。

我认为作者这样处理是为了表现宋江在梁山的崇高威信，他当头领是众望所归。所以，虽然晁盖有遗嘱，但他一去世，林冲、吴用等人就不顾晁盖的遗言，推举宋江当寨主；当卢俊义捉得史文恭后，众人还是一定要宋江当头领。其次，是作品叙事的需要。有晁盖这个遗嘱，才能勾连卢俊义、董平、张清的故事，从第六十一回到七十回，整整十回，凑齐一百零八将。《水浒传》用这种叙事方法把小本的水浒故事整合起来，把一百零八条好汉都送上梁山。就像要把一些分散在各山头的好汉聚集到梁山泊，就让宋江、李逵亲自去接父亲、母亲，而不像其他头领那样让小喽啰去接家属。这正是《水浒传》结构不够严密、不够合理的表现。

我对晁盖、宋江关系的解释，与主流看法不一致，期待引起读者的讨论。

忠义两难的悲剧首领
——宋　江

宋江是《水浒传》的中心人物，是最能体现作者思想和创作意图的形象，也是歧见最多的人物。

形 象 演 化

我们先来回顾一下从历史到“说话”、戏曲领域，再到《水浒传》，宋江形象有什么变化？

王偁《东都事略》、《宋史》都有“宋江以三十六人，横行河朔、京东，官军数万，无敢抗者，其才必过人”的记载。宋江起义后投降，也是确凿无疑的。北宋官员李若水，在靖康二年（1127）随从钦宗到金营，不屈被杀。他的《忠愍集》里有一首记载宋江受招安的诗《捕盗偶成》：“去年宋江起山东，白昼横戈犯城郭。杀人纷纷剪草如，九重闻之惨不乐。大书黄纸飞敕来，三十六人同拜爵。狞卒肥骖意气骄，士女骈观犹骇愕。……”至于是否去“征方腊”还有争论。

元末进士陈泰在他的《所安遗集补遗》里有一篇《江南曲序》，说他在元至治三年（1323）秋路过梁山，撑船的篙师给他介绍，湖上“蕖荷菱芡，相传以为宋妻所植”“宋之为人，勇悍狂侠。其党如宋者三十六人”。“勇悍狂侠”的宋江，到了《水浒传》为什么会变成谦谦君子，甚至有点猥琐？

诚如张锦池先生所说，从“说话”、杂剧到《水浒传》，出现了两个推延现象。一是宋江上山越来越曲折；二是他当梁山泊的寨主有个很长的候补期。

先说宋江上山吧。《大宋宣和遗事》写晁盖等人劫生辰纲，官府破案后，要抓晁盖等，郓城县押司宋江通风报信，晁盖等“暮夜逃走”，后去梁山泊落草。晁盖“思念宋押司相救恩义”，派刘唐送一对金钗去酬谢宋江。宋江让娼妓阎婆惜收藏，还让她知道了金钗的来历。一天宋江见吴伟和阎婆惜“正在偎倚，便一条忿气，怒发冲冠，把两个杀了”，并在墙壁上题诗：“杀了阎婆惜，寰中显姓名。要捉凶身者，梁山泊上寻。”郓城县衙派人到宋家村捉宋江，他父亲被抓走，他躲进玄女庙，得天书。天书上有四句诗：“破国因山木，刀兵用水工。一朝充将领，海内耸威风。”并附有三十六将的名字。还有一行字：“天书付天罡院三十六员猛将，使‘呼保义’宋江为帅，广行忠义，殄灭奸邪。”于是宋江带李逵等九人上山。此时晁盖已死，宋江把天书说了，吴加亮等人就推他“做强人头领”。这时梁山泊已有三十二人，后来凑足三十六人。他们打家劫舍，略州劫府，“朝廷无其奈何，只得出榜招谕宋江等”“后遣宋江平方腊有功，封节度使”。

《大宋宣和遗事》的记载，可见是当时“说书”的内容。特别值得注意的是：宋江杀惜之后，得到玄女天书，就上了梁山。上山后晁盖已死，他就当了头领，没有候补期。他们打家劫舍，纯是一伙强盗。虽然天书上有“广行忠义，殄灭奸邪”，但“忠义”特别是“忠”不突出，没有“替天行道”之类的政治目标和正义性。只有三十六将，没有一百零八条好汉。没有征辽，有征方腊，封节度使。

元代水浒戏现存有高文秀《黑旋风双献功》、康进之《梁山泊黑旋风负荆》等六种。各剧都有宋江上场时内容相似的“道白”：

> 某，姓宋名江字公明，绰号顺天呼保义。幼年曾为郓州郓城县把笔司吏，因带酒杀了阎婆惜，脚踢翻蜡烛台，沿烧了官房，致伤了人命，被官军捕盗，捉拿的某紧，我自首到官，脊杖六十，迭配江州牢城去。因打此梁山过，有我八拜交的哥哥晁盖，知某有难，领喽啰下山，将押解人打死，救某上山，就让某第二把交椅坐。哥哥晁盖，三打祝家庄身亡，众兄弟拜某为头领。某聚三十六大伙，七十二小伙，半垓来小喽啰，威镇

梁山。寨名水浒，泊号梁山。

（高文秀《黑旋风双献功》）

康进之《梁山泊黑旋风负荆》有“杏黄旗上七个字：替天行道宋公明”。李致远《大妇小妻还牢末》里宋江说：“我结义哥哥晁盖，知我平日度量宽洪，但有不得已的英雄好汉，见了我时，便助他些钱物，因此天下人都叫我做及时雨宋公明。”宋江首次有了“及时雨”这个绰号。“呼保义”的绰号到水浒戏加了“顺天”两字，变成“顺天呼保义”。

从水浒戏来看，可特别注意的是：宋江杀惜之后没有直接上山，而是先去自首，“迭配江州牢城去”，路过梁山，被晁盖救上山。上山的过程比《大宋宣和遗事》曲折些。宋江上山后，没有直接当头领，而是坐了第二把交椅，到晁盖三打祝家庄身亡，他才当了首领。宋江等人从打家劫舍发展为替老百姓反奸除霸，“替天行道”。描写了梁山泊的宏伟气势；扩大了义军的规模，从“三十六员英雄将”到“三十六大伙，七十二小伙”。

从《大宋宣和遗事》宋江杀惜后直接上山，到元代水浒戏宋江杀惜后，发配江州，路过梁山，被晁盖救上山，到《水浒传》宋江杀惜后不想上梁山，后经大闹清风寨、揭阳岭遇险，到浔阳楼醉题“反诗”，引来杀身之祸，梁山好汉劫法场，救了他，这才决心投奔梁山泊。宋江上山的路越来越曲折，出现了螺旋式发展的过程。

宋江怎么成为梁山泊首领？《大宋宣和遗事》是一上山就直接当上了，杂剧有候补期，先当第二把手，到晁盖“三打祝家庄身亡”，才递补上。《水浒传》复杂多了，经过三次推让，第四十一回宋江上山晁盖就请他当头领，他坚决推辞；晁盖的死，从“三打祝家庄”往后推迟，到打曾头市才“中箭身亡”。众人推举宋江当寨主，他说晁盖有遗言，谁捉到史文恭谁当，所以他只能权当头领，代理而已。到第六十八回卢俊义捉了史文恭，宋江当然要推让给卢俊义，但众头领反对，还是要宋江当。于是宋江提出他和卢俊义各领一拨人马打东平府和东昌府，谁先打下，谁当头领。为表示公平，用拈阄的办法，决定谁打哪一府。宋江先攻下东平府，再帮助卢俊义攻下东昌府。宋江才正式就职，当了梁山泊的头领。

人 生 转 折

上面我们从宋江形象演化，看到了他上山和当山寨领袖的两个推迟现象，这就是因为作者要把他塑造成忠义英雄。

我们先从他的出身和绰号谈起。宋江在第十八回出场，作品介绍他：

> 那押司姓宋名江，表字公明，排行第三，祖居郓城县宋家村人氏。为他面黑身矮，人都唤他做黑宋江；又且于家大孝，为人仗义疏财，人皆称他做孝义黑三郎。上有父亲在堂，母亲丧早。下有一个兄弟，唤做铁扇子宋清，自和他父亲宋太公在村中务农，守些田园过活。这宋江自在郓城县做押司。他刀笔精通，吏道纯熟，更兼爱习枪棒，学得武艺多般。平生只好结识江湖上好汉；但有人来投奔他的，若高若低，无有不纳，便留在庄上馆谷，终日追陪，并无厌倦；若要起身，尽力资助。端的是挥霍，视金似土。人问他求钱物，亦不推脱。且好做方便，每每排难解纷，只是周全人性命。如常散施棺材药饵，济

人贫苦，周人之急，扶人之困。以此山东、河北闻名，都称他做及时雨，却把他比的做天上下的及时雨一般，能救万物。曾有一首《临江仙》赞宋江好处："起自花村刀笔吏，英灵上应天星。疏财仗义更多能。事亲行孝敬，待士有声名。济弱扶倾心慷慨，高名冰月双清。及时甘雨四方称。山东呼保义，豪杰宋公明。"

这段话介绍宋江的身份是郓城县押司，是官衙里的吏员。官和吏是有严格区别的，官是有品级的，人们常说知县是"七品芝麻官"，其实在县里还是品级最高的，县丞是八品，县尉是九品，而吏是不入品级的低级办事员。宋江的家庭成员有父亲和弟弟宋清。但是他却排行老三，可能是属于同一祖父的堂兄弟之间的大排行，他还有两个从来没有露面的堂哥。这里介绍了宋江三个绰号："孝义黑三郎""及时雨""呼保义"，是《水浒传》人物里绰号最多的。"孝义黑三郎"和"及时雨"好理解，"呼保义"却有歧见。有人说"保义"就是南宋时的武官保义郎，"呼"是称呼的意思，称呼宋江为保义郎。有的却认为"呼"是自呼，自己呼唤自己要"保义"。我觉得比较合理的解释是，"呼"有"呼唤""号召"的含义，"呼保义"就是"呼群保义"，号召众人聚集在宋江周围保全正义。

这段话里说宋江外貌"为他面黑身矮，人都唤他做黑宋江"，在后面情节里也多次描写宋江"又黑又矮"，貌不惊人，武艺平庸或几乎没有武艺。但他在江湖上却享有崇高的声誉，被称为能救万物的及时雨，江湖好汉只要听到他的名字，就顶礼膜拜。作者要把宋江的肖像写得如此不出众，正是为了反衬他的人品、道德和风度。这和《三国演义》里

容与堂本“宋公明私放晁天王”

对刘备的描写一样，刘备也是貌不惊人，武艺平庸，却以仁德征服了诸葛亮、关羽、张飞、赵云等英雄豪杰。

宋江一出场亮相就是“担着血海也似干系”给晁盖通风报信，让抢劫“生辰纲”犯了“弥天大罪”的“强盗”逃走了。作为县吏完全违背了“法度”，把忠于职守、忠于朝廷的“忠”抛弃了，呈现在读者面前的是一个豪侠形象。

宋江私放晁盖，还表现了他过人的胆识和能力。当缉捕使臣（相当于公安局刑侦队队长）何涛来郓城抓人时，胆大心细的宋江先套取了何涛要缉捕的人名，得知要抓的是“心腹弟兄”晁盖时，心里想晁盖如果“捕获将去，性命便休了”，决心救他，而一面却说，晁盖是“奸顽役户”“今番做出来了，好教他受！”他借口案情重大，要何涛亲自交知县拆看，稳住何涛，争取时间，趁机离开。他安排非常妥帖，让茶坊老板招待：交代自己手下万一知县坐衙时如何应付。然后他“跳上马，慢慢地离开了县治。出了东门”，就飞奔东溪村，给晁盖报信。整个事件中表现出他处变不惊、冷静处置、周密安排的非凡能力。

宋江“舍了条性命”救了晁盖，但也给他埋下了极大风险，接着发生的杀惜成为他人生的转折点。

晁盖等人逃上梁山，林冲火并王伦，晁盖做了寨主，派刘唐下山送信，还带一百两金子来感谢宋江。宋江收了信和一条金子，写了回信，退回大部分黄金，送走了刘唐。他才走了二三十步，就听到做媒的王婆叫他。王婆引着个东京来的死了丈夫的阎婆，请求接济。宋江给阎婆施舍了一具棺材，还送了十两银子。后来，王婆做媒，阎婆的女儿婆惜就给宋江做了外室。阎婆母女过上了好日子。一天宋江带了同房押司张文远到婆惜处，不料婆惜看上了张文远，两人勾搭成奸。宋江也听到些风声，和婆惜疏远了，有一个多月没去婆惜处。有一天晚上，阎婆赶到县前来，死活把宋江拖到住处，但是婆惜不理不睬，宋江一夜无眠，天刚亮便匆匆离开。却将招文袋丢在房里，里面放着晁盖的信，被婆惜发现了，于是发生了“宋江怒杀阎婆惜”这件大事。

看了这段文字，朋友们发现一个很大的疏漏了吗？宋江送走刘唐就被王婆叫住，宋江资助了阎婆，后来阎婆把婆惜给宋江当外室，又过了一个多月，阎婆把宋江拖到她家，发生了杀惜事件。这就是说刘唐送来的这么机密的信，宋江一直带在身上好几个月，是很不合理的。在后出的百回本、百二十回本，把阎婆求宋江资助，婆惜做宋江外室，与张文远勾搭成奸等提前到刘唐送信之前。这样宋江送别刘唐后，信步走回，恰好就被阎婆遇上，拖到婆惜处，信当然就在身上，于是发生了杀惜事件。这叫作“移置阎婆事”，以此可以判定有些百回本、百二十回本是在天都外臣序本、容与堂百回本之后出的，这在《水浒传》版本史上是很重要的变动。

在《大宋宣和遗事》里，宋江因为看见婆惜与吴伟“正在偎倚”就怒发冲冠，把两人杀了；元代水浒戏里是“带酒杀了阎婆惜”，而《水浒传》把杀惜和私放晁盖联系在一起，大大提高了故事的意义。

宋江是同情流落到郓城的阎婆死了丈夫、生活极其困难而资助她，后来是阎婆主动把女儿给宋江做外室，而不是先看到婆惜、贪恋女色而去资助阎婆；当宋江听到婆惜与张文远通奸，他没有采取极端的行为，只是疏远罢了。当婆惜抓到宋江的把柄时，提出了三个条件：“写一纸，任从我改嫁张三”；不来要以前的财礼、器物；将“梁山泊晁盖送与你的一百两金子快把来与我”。前两件，宋江也依了，后一件因为确实没有收一百两金子，当时拿不出来，但也答应三天内变卖家产给她。但是婆惜说："明朝到公厅上，你也说不曾有这金子？"宋江要她还招文袋，她说："不还！再饶你一百个不还！若要还时，在郓城县还你！"宋江来抢时，一把压衣刀给拽出来，宋江拿在手里，婆惜大叫："黑三郎杀人也！"再喊下去，就会惊动邻里甚至街上行人，所以当她叫第二声时，宋江把她杀了。婆惜非要置宋江于死地，宋江杀惜是迫不得已，婆惜忘恩负义、贪婪狠毒，是死有余辜。这不是争风吃醋的桃色事件，不是喝醉酒的狂暴行为，是正义的自卫行动。本来宋江屈居下位，才能不得发挥，虽然心中不满，但是他生活无忧，可以平安度日。但因为私放晁盖，引起杀惜，不得不流亡江湖，人生道路彻底改变。

曲折上山

杀惜之后宋江准备躲到何处？想去的三个地方是横海郡柴进，青州清风寨花荣和白虎山孔太公庄上，而没有上梁山、造反的念头。

宋江先到了柴进庄上，遇见武松，结为义兄弟。第二十三回宋江和武松分手，插入"武十回"，到第三十二回两人在孔家庄短暂相会后，武松投奔二龙山入伙，宋江去清风山找花荣。宋江亡命江湖，最终上了梁山，一波三折。

第一折是宋江路过清风山被小喽啰劫上山，差一点他的心肝成了燕顺等三位头领的"醒酒酸辣汤"。燕顺知道是宋江时，三个大王"纳头便拜"。王矮虎要把劫上山的清风寨知寨刘高的妻子做压寨夫人。宋江想刘高和花荣是同僚，就劝说了王矮虎，放她下山。没想到的是当宋江元宵节在清风镇看花灯时，这个恶妇反诬宋江是强盗，刘高把他抓去，严刑拷打。花荣用神箭惊散刘高部下，救回宋江。他这时并没有想报仇，为了不连累花荣，他想独自一人先去清风山躲几天。可是狡猾的刘高，早已派人在路上等着，把宋江抓回来。花荣也中计被抓。当宋江、花荣被押解去青州时，燕顺等劫了囚车。宋江这时露出豪侠本色，他和花荣等杀了刘高夫妻，攻拔了清风寨。宋江的仁孝被复仇的火焰吞没了，他造反了，成为群雄的头领。他在清风山指挥众好汉，打败并活捉了前来征剿的秦明。又想了一条毒计，将秦明灌醉，让燕顺、王矮虎在夜里带小喽啰，打着秦明的旗号去打青州，杀了许多百姓，烧了大片房子。慕容知府中计，杀了秦明妻子，逼反了秦明。秦明又说降了黄信。慕容彦达是徽宗的慕容贵妃之兄，他报告朝廷，“反了花荣、秦明、黄信。要起大军来征剿扫荡青风山”。在这样危险的情况下，宋江就率众投奔了梁山泊。

第二折是石勇传假信，说宋江父亲死了。宋江半路把花荣等人抛下回家奔丧。回到家父亲安然无恙。原来是怕他“一时被人撺掇落草去了，做个不忠不孝的人，为此急急寄书去唤你归家”。到了晚上，官府就来抓宋江。他父亲后悔让他回来，但宋江说：“父亲休烦恼。官司见了，倒是有幸。明日孩儿躲在江湖上，撞了一班儿杀人放火的弟兄们，打在网里，如何能勾见父亲面？”当宋江发配江州，他父亲又叮嘱他，路过梁山，“倘或他们下山来劫夺你入伙，切不可依随他，教人骂做不忠不孝。此一节牢记于心”。果然在宋江路过梁山时，刘唐来救他，要杀押解的公人，宋江说：“这个不是你们弟兄抬举宋江，倒要陷我于不忠不孝之地，万劫沉埋。”花荣来了，要给他打开枷锁，他说：“此是国家法度，如何敢擅动！”到山上和晁盖见面，晁盖劝他留下，他说：“小可不争随顺了哥哥，便是上逆天理，下违父教，做了个不忠不孝的人在世，虽生何益。如哥哥不肯放宋江下山，情愿只就兄长手里乞死。”话说得如此决绝，晁盖只好让他走了。

容与堂本“石将军村店寄书”

袁无涯本“逃窜遇张横”

宋江下山去江州路上，在揭阳岭差一点就做了李立的人肉馒头馅；虽然在揭阳镇躲过了穆家兄弟的追赶，却在浔阳江上几乎就要吃了张横的“板刀面”。经过这些凶险，才到了江州牢房。

第三折是“浔阳楼宋江吟反诗”，导致“梁山泊好汉劫法场”。

宋江到江州结识了戴宗、李逵、张顺。张顺送鲤鱼给宋江，不料宋江吃后腹泻不止，经过请医调理，休息了几天后，入城找戴宗、李逵没找到，问及张顺，说是在“城外村里住”。宋江信步走到浔阳楼欣赏美景，感慨油然而生，一人独自喝着闷酒，不觉沉醉，于是“猛然蓦上心来”：

> “我生在山东，长在郓城，学吏出身，结识了多少江湖上人，虽留得一个虚名，目今三旬之上，名又不成，功又不就，倒被文了双颊，配来在这里，我家乡上父老和兄弟，如何得相见！”不觉酒涌上来，潸然泪下，临风触目，感恨伤怀。忽然做了一首《西江月》词调，便唤来酒保，索借笔砚。起身观玩，见白粉壁上多有先人题咏。宋江寻思道：“何不就书于此？倘若他日身荣，再来经过，重睹一番，以记岁月，想今日之苦。”

于是乘着酒兴，在白粉壁上挥毫写道：

> 自幼曾攻经史，长成亦有权谋。恰如猛虎卧荒丘，潜伏爪牙忍受。
>
> 不幸刺文双颊，那堪配在江州！他年若得报冤仇，血染浔

阳江口。

写完大喜大笑，又饮了几杯酒，拿起笔来再写下四句诗：

心在山东身在吴，飘蓬江海谩嗟吁。
他时若遂凌云志，敢笑黄巢不丈夫！

宋江写罢诗又去后面大书五字道："郓城宋江作"。然后又喝了几杯酒，踉踉跄跄回去，一觉睡到天亮，全然不记得在浔阳楼题诗的事。

宋江题反诗，一方面是醉后吐真言。他从来不甘心一辈子只当个小吏，屈沉社会底层，所以他结交江湖朋友，作为谋取出人头地的资本；他心里早就有违法甚至造反的潜意识，为防范将来可能出事，他父亲很早就告了他忤逆，声明跟他脱离父子关系，还在家里挖了藏身的地窖。他杀惜之后，浪迹江湖，遇到许多风险，心中怨愤越积越深，被压抑的潜意识浮上心头。"恰如猛虎卧荒丘，潜伏爪牙忍受"是他终于上山，成为梁山泊领袖的思想基础；另一方面，他敢把自己的真实名字写在壁上，并不避讳。第二天醒来，题诗事已忘了，酒保也说是个醉汉："醉后疏狂，写在这里"等等，说明又是不可全信的醉后狂言，不影响他忠于朝廷的形象，为以后走受招安之路留下空间。作者把这件事写得模棱两可，似是而非，是煞费苦心的高超之处。

黄文炳是在家赋闲的通判，"虽读经书，却是阿谀谄佞之徒"。他为了请蔡京的儿子蔡九知府"引荐出职"再去做官，就常去巴结蔡九知府。当他看到宋江在浔阳楼的题诗后，马上抄下来，去报告蔡知府。他们认定宋江写反诗，接着就是戴宗传假信，"梁山泊好汉劫法场，白龙

建阳书坊雄飞馆刊《二刻英雄谱》“浔阳楼宋江题反诗”

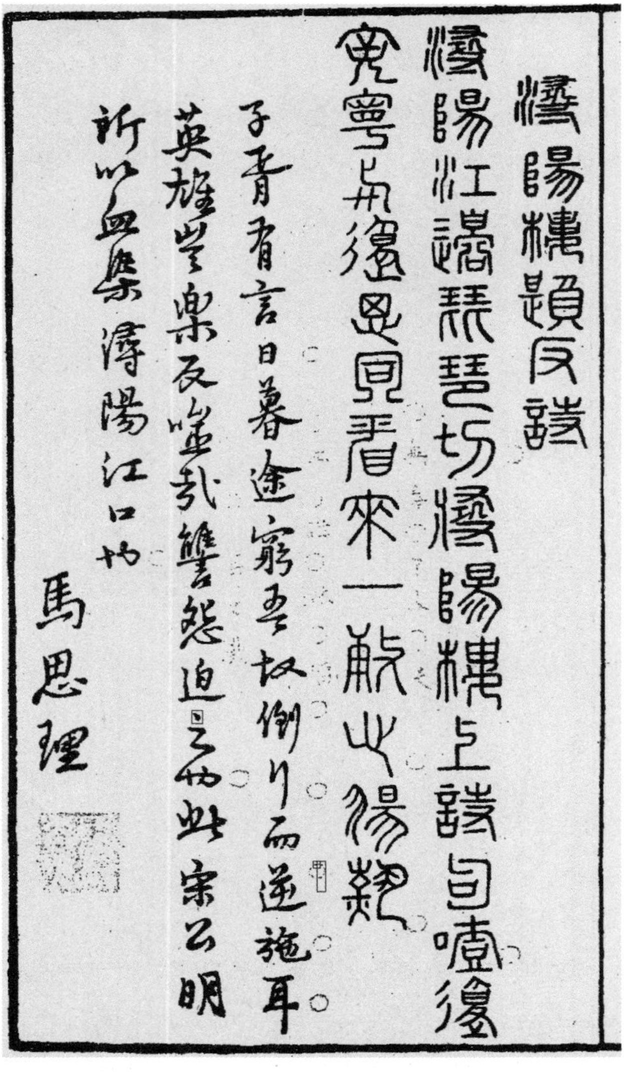
潯陽樓題反詩

潯陽江邊琵琶切潯陽樓上詩句嗐復
冤寧與復恩異看來一般也傷絜

子青有言日暮途窮吾故倒行而逆施耳
英雄豈樂反哉亦迫之而然也宋公明
所以血染潯陽江口也

馬思理

《二刻英雄谱》“浔阳楼题反诗”赞语

庙英雄小聚义”。宋江又燃起复仇之火，显出“勇敢狂侠”的本性，智取无为军，活割黄文炳，杀了他一家。宋江对晁盖说："今日同哥哥上山去，这回只得死心塌地与哥哥同生同死。"

宋江一波三折，终于走上梁山。为什么要把他上山的道路写得如此曲折？首先是要写出宋江的思想矛盾，在忠义之间挣扎、徘徊。第二是通过宋江上山，串联分散在各地的好汉，并把他们送上梁山。如大闹清风寨、遇险揭阳岭等等，带了一批好汉上山，加上原来的头领，梁山泊已有四十位好汉。第三，梁山好汉到江州劫法场，人地生疏，长途奔袭是非常危险的。之所以成功，就是因为有了宋江结识的李逵、李俊、张横、张顺、穆家兄弟等当地好汉的支持。

心在朝廷

宋江刚上山就要回郓城接父亲，当他晚上敲家里后门时，宋清出来，告诉他官府正要抓他，日夜都有士兵在巡察。“宋江听了，惊得一身冷汗。不敢进门，转身便走，奔梁山泊路上来”。可是没多久，追捕的人来了，宋江急忙躲进一所古庙。赵能、赵得带着四五十人，拿着火把到庙里寻找。宋江钻入一个神厨里。几次都要搜到，情节跌宕起伏，险象环生，但有神明保护，都化险为夷。在似梦非梦的描写里，宋江见到九天玄女：

> 娘娘法旨道："宋星主，传汝三卷天书，汝可替天行道，为主全忠仗义，为臣辅国安民。去邪归正，他日功成果满，作为上卿。吾有四句天言，汝当记取，终身佩受，勿忘于心，勿泄于世。……遇宿重重喜，逢高不是凶。北幽南至睦，两处见

奇功。”

宋江被两个青衣女童往下一推，惊醒了，原来是南柯一梦，但三卷天书还在。之后他被晁盖率领的梁山好汉救上山，父亲、弟弟也已被救到山寨了。

作者把九天玄女授天书，安排在宋江上梁山当义军头领的时候，是寓有深意的。它是《水浒传》后面情节和结局的总括，给宋江上梁山当头领，直到受招安这段历史涂上了神圣的色彩，这一切统统是遵循天意的“替天行道”的正义行动。

王伦，心胸狭窄，目光短浅；晁盖“作事宽洪，疏财仗义”，但是他没有政治远见和决策能力，梁山泊事业没有大的发展。到宋江上山，成为山寨的决策者。他首先提出：“共存忠义于心，同著功勋于国，替天行道，保境安民”，作为梁山泊的共同政治纲领。第二，壮大队伍。他先妥善解决内部关系，避免内部不和。他上山后就宣布：“休分功劳高下，梁山泊一行旧头领，去左边主位上坐。新到头领右边客位上坐。待日后出力多寡，那时再行定夺。”他在江湖上有崇高的威望，一些好汉是仰慕他而投奔梁山；多位被俘的军官被他的义气所感动，而归顺义军。他上山后，逐步聚义了一百零八位豪杰，有了千军万马。第三，他组织指挥了“三打祝家庄”“攻打高唐州”“大破连环马”“聚义打青州”“用计赚华州”“智取大名府”等等胜仗，使梁山泊事业达到高峰。这时梁山泊何去何从成为摆在好汉们面前的路线问题。是继续占山为王，过着“快活日子”，还是“打到东京，夺了鸟位”，还是接受招安，“辅国安民”？

从宋江上山的曲折过程，可以看到他始终在“忠”与“义”之间徘徊、挣扎。他虽然是个小吏，但却有强烈的功名欲望。在奸臣当道，“大贤处下，不肖处上”的社会，他想通过正常的道路成就功名不太可能，于是他就结交江湖好汉，被称为“及时雨”，赢得很高的声望，作为实现其人生追求的资本。

“义”的本义是“宜”，儒家的义就是要符合礼；而墨家的义，是指正义，“助人利人为义”，对江湖社会影响很大，在《水浒传》里是指公平正义，“仗义疏财”“扶危济困”“路见不平，拔刀相助”；是兄弟情义，手足之情，是“准血缘”关系。在《水浒传》里忠和义尖锐对立。因为“乱自上作”，官逼民反，为公平正义就必然和统治者发生激烈的冲突，必然要和朝廷作对，以致武装反抗。忠就是忠于皇帝，就要改邪归正，接受招安。

宋江是“孝义黑三郎”“于家大孝”。在中国宗法社会里，国是家的扩大，忠是孝的扩大。宋江把孝放在义之上，就使他不顾大义，丢下花荣等人回家奔丧；就使他听从父训，不让晁盖救他上山聚义。他的孝是他上山后把忠放在义之上的基础。

《水浒传》前七十回以义为主，但是宋江是“只反贪官，不反皇帝”，正如他所说：“盖为朝廷不明，纵容滥官当道，污吏专权，酷害良民”“因此，权借水泊暂时避难，只待赦罪招安”。

晁盖中箭去世，宋江“权居主位，坐了第一把椅子”。他立即宣布：“聚义厅今改为忠义堂。”李贽的评语说：“改聚义厅为忠义堂，是梁山泊第一关节，不可草草看过。”宋江要改对抗朝廷的聚义为忠于朝廷的忠义，让江湖的侠义皈依于忠君。

宋江曾对武松说：“如得朝廷招安……日后但去边上一刀一枪，博得个封妻荫子，久后青史上留一个好名，也不枉了为人一世”。“封妻

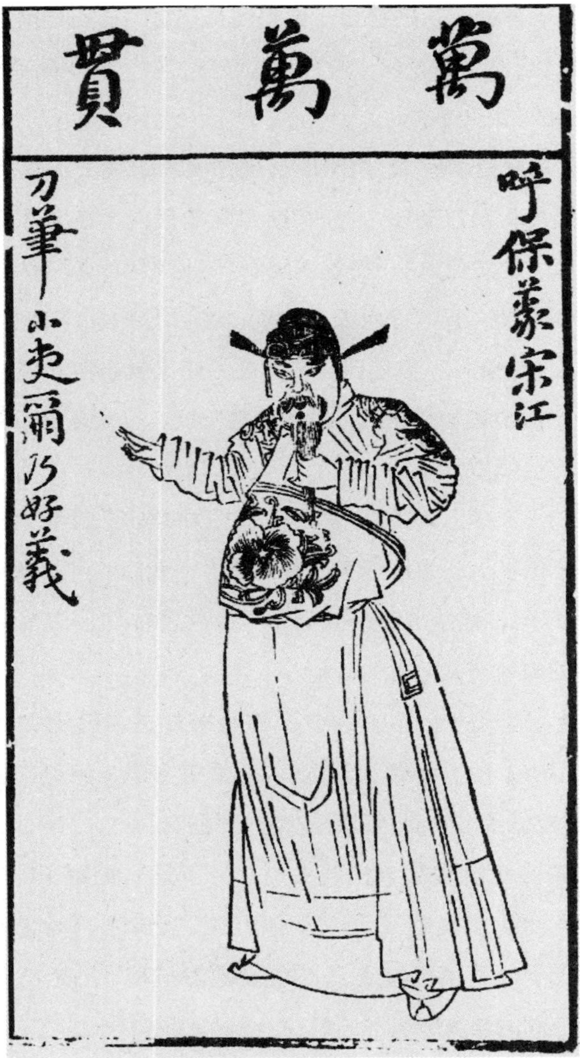

陈洪绶《水浒叶子》之宋江

荫子，青史留名”是宋江的人生梦想，现在他可以依靠梁山强大的武装力量争取朝廷招安。到宋江正式当了梁山泊的头领，一百零八位好汉排座次时，他就公开宣布：“望天王降诏早招安”的政治主张。虽然遭到李逵、武松、鲁智深等人的反对，但是他用皇帝被奸臣蒙蔽，一旦醒悟，愿意招安，然后同心报国，建功立业，青史留名的大道理说服了好汉们，“众皆称谢不已”。

宋江为了争取朝廷招安，一方面用武力打败高俅、童贯，给奸臣以必要的教训，迫使他们不再干扰破坏；另一方面，收买拉拢“忠臣”宿元景等人，让他们在朝廷里与奸臣作斗争；走李师师的“后门”，让皇帝察知真情，不受蒙蔽。总之，梁山义士、朝廷忠臣以至歌妓舞女统统动员起来，与奸臣破坏招安的阴谋作斗争，最终迎来了全伙受招安的“盛大节日”。

作者写出功名欲望、忠孝思想和江湖义气三者，既矛盾又统一地聚集在宋江身上，让他走了一条曲折的人生之路。

神聚蓼儿洼

作者要把宋江塑造成忠义英雄，但是忠和义的矛盾不可克服。宋江接受招安，奉旨破辽。朝廷在陈桥驿劳军，官员克扣酒肉，一个军校把贪官杀了。宋江哭道：“我自从上梁山泊以来，大小兄弟，不曾坏过一个。”现在却不得不“挥泪斩小卒”。在征辽后班师途中，燕青误射落雁群中几只雁，宋江预感到“兄弟中要失了几个”，心中凄惨。到征方腊，因阵亡、病故等原因，回朝时三十六天罡只剩十二人，七十二地煞只剩二十人。接受招安，归顺朝廷，使梁山队伍损失殆尽，聚义的事业已经烟消云散。

回朝后宋江被封为楚州安抚使，“惜军爱民，百姓敬之如父母”。他“赴任之后，时常出郭游玩。原来楚州南门外有个去处，地名唤做蓼儿洼”，这个地方风景秀丽，“和梁山泊无异”“俨然似水浒寨一般”。他想死后就埋在这里。作者好像不经意的闲笔，却把梁山泊和蓼儿洼联系起来，是宋江心中对聚义弟兄的思念，对梁山泊事业兴旺的联想，是他潜在意识的流露，也是下面情节的暗示。

忽然朝廷派天使送来御酒。宋江毫无戒心地喝了，但天使却推脱不会喝酒；送他礼物也与当时官场的惯例不同，竟然“不受而去”。这引起宋江的怀疑，派人打听，天使到馆驿又喝了酒。宋江才意识到喝了毒酒。

他虽然痛恨奸臣蒙蔽皇帝，要毒死他，但他想到：“我死不争，只有李逵见在润州都统制，他若闻知朝廷行此奸弊，必然再去啃聚山林，把我等一世清名忠义之事坏了。”于是就把在润州的李逵叫来。宋江“管待李逵吃了半晌酒食。将至半酣”，对他说朝廷要派人来赐毒酒，“如死，却是怎的好？”李逵大叫一声：“哥哥，反了罢！”“只是再上梁山泊倒快活，强似在这奸臣们手下受气！”他喊出了梁山好汉受招安后遭到奸臣压迫的愤怒。宋江在送李逵回润州的路上才告诉李逵：

> 兄弟，你休怪我！前日朝廷差天使赐药酒与我服了，死在旦夕。我为人一世，只主张忠义二字，不肯半点欺心。今日朝廷赐死无辜，宁可朝廷负我，我忠心不负朝廷。我死之后，恐怕你造反，坏了我梁山泊替天行道忠义之名，因此请将你来，相见一面。昨日酒中已与你慢药服了，回至润州必死。

宋江死后葬在蓼儿洼，李逵从人也按照他的嘱托，“扶柩而往”。吴用、花荣都因宋江托梦而来，自缢于树上，也葬在这里，四位情同手足的兄弟魂聚蓼儿洼。《水浒传》写出了忠义悲歌，催人泪下。

作者“只反奸臣，不反皇帝”，毒死宋江完全是奸臣所为，徽宗不知情。后来在李师师处，梦游梁山泊才知道毒死宋江之事，于是为宋江建庙封侯。

作者一方面清醒地看到，奸臣未除，忠臣义士仍然没有前途，写了悲剧结局，另一方面，又不违背忠君思想。宋江明知被毒害，却视死如归，忠心不改，而皇帝也不负忠臣，为宋江封侯建祠。“生当鼎食死封侯，男子平生志已酬”，留下了一条虚幻的光明尾巴。

忠厚近迂的麒麟员外
——卢俊义

一个北京的大富豪却被拉上了梁山，坐了第二把交椅，对他应该如何评价呢？这是个光鲜而迂阔的人物。

中 计 被 抓

曾头市晁盖中箭身亡。在做道场悼念晁盖时，请到一位北京大名府的大圆和尚，宋江问起北京风土人物。

那大圆和尚说道：“头领如何不闻河北玉麒麟之名？”宋江、吴用听了，猛然省起，说道：“你看我们未老，却恁地忘事！北京城里是有个卢大员外，双名俊义，绰号玉麒麟，是河

北三绝。祖居北京人氏，一身好武艺，棍棒天下无对。梁山泊寨中若得此人时，何怕官军缉捕，岂愁兵马来临！”

于是吴用就设计“智赚玉麒麟”，展开了卢俊义的故事。

在水浒故事流传过程中，保留下来的卢俊义的故事并不多，但他的地位却很高。《宋江三十六人赞》列第三位。《大宋宣和遗事》里他是押送花石纲的十二指使之一。他在九天玄女给宋江的天书里位列第二。在《水浒传》里作者想把他作为“出身豪富”“忠义无伦”“才能出众的英雄”。但是，正如金圣叹在《读第五才子书法》所说的：“卢俊义传，也算极力将英雄员外写出来了，然终不免带些呆气。譬如画骆驼，虽是庞然大物，却到底看来，觉道不俊。”

当吴用扮成算命先生，给他算命，说他不出百日“必有血光之灾，家私不能保，死于刀剑之下”，卢俊义笑道：“先生差矣！卢某生于北京，长在富豪之家，祖宗无犯法之男，亲族无再婚之女；更兼俊义作事谨慎，非理不为，非财不取，又无寸男为盗，亦无寸女为非。如何能有血光之灾。”吴用“三寸不烂之舌”，终于说动了卢员外，并在白粉墙上写下了包藏“卢俊义反”的四句口歌：“芦花丛里一扁舟，俊杰俄从此地游。义士若能知此理，反躬逃难可无忧。”

卢俊义决心外出避灾，叫来了李固和燕青商量。李固原是东京人，到北京投奔熟人未果，冻倒在卢员外门前，卢俊义救了他性命，因为见他勤谨，能写会算，五年之内，把他提升为总管家。燕青从小父母双亡，卢俊义把他养大。当卢俊义说到听算命先生的话，要去东岳泰山烧香消灾时，李固和燕青都不赞成。特别是燕青说，“这一路去山东泰安州，正打从梁山泊边过”“到敢是梁山泊歹人，假装做阴阳人来扇惑，

袁无涯本“玉麒麟写歌”

袁无涯本“玉麒麟中计”

要赚主人那里落草”。卢俊义这时说出了他外出的目的，除消灾、做生意外，更重要的是捉拿梁山泊好汉，“把日前学成武艺显扬于天下，也算个男子大丈夫”。

卢俊义带了李固，用十辆车子装上货物上路。一路上夜宿晓行，当他们到梁山泊附近时，晚上住在一家小店，第二天天亮就要出发，店小二劝他要“悄悄过去，休要大惊小怪”。卢俊义听了这话，反而打出四面旗子来，上面写着：“慷慨北京卢俊义，远驮货物离乡地。一心只要捉强人，那时方表男儿志！”

李固等人吓坏了，店小二警告他，梁山泊很强大：“你便有一万人马，也近他不的！”李固跪在地上求他，被他痛斥一顿。他喝道：“你省的甚么！这等燕雀，安敢和鸿鹄厮并！我思量平生学的一身本事，不曾逢着买主。今日幸然逢此机会，不就这里发卖，更待何时！我那车子上叉袋里，已准备下一袋熟麻索。倘或这贼们当死合亡，撞在我手里，一朴刀一个砍翻，你们众人与我便缚在车子上。撇了货物不打紧，且收拾车子捉人。把这贼首解上京师，请功受赏，方表我平生之愿！若你们一个不肯去的，只就这里把你们先杀了！”

在卢俊义的威逼下李固等人哭哭啼啼跟着走，将近中午，到大树林边，一声胡哨响，走出几百个喽啰，跳出一个好汉——黑旋风李逵，“厉声高叫道：‘卢员外认得哑道童么？’”“你中了俺军师妙计，快来坐把交椅”。之后鲁智深、武松、刘唐、穆弘轮番出战，卢俊义斗得一身臭汗，再回到树林子边，李固和车仗人马都被小喽啰带走了。卢俊义正要赶去，朱仝、雷横拦住和他斗了几回合就走了，他赶过山坡，山顶上打着“替天行道”杏黄旗，红罗伞下站着宋江、吴用、公孙胜。一行二百余人，高声叫道：“员外别来无恙！”吴用劝他上山，“一同替天行道”。卢俊义大骂：“无端草贼，怎敢赚我！”宋江背后，转出花荣，一箭射中卢俊义头上毡笠的红缨。卢俊义吃了一惊，回身就走，山上鼓声震地，林冲、秦明和呼延灼、徐宁各领一彪军马冲下山来，卢俊义走投无路。“看看天色将晚，脚又疼，肚又饥，正是慌不择路，望着山僻小径只顾走。”走到鸭嘴滩头望着茫茫烟水，这时豪气冲天的英雄员外卢俊义却“仰天长叹道：‘是我不听好人言，今日果有恓惶事！’”见到芦苇丛里摇出一只小船，当做救命稻草，结果被李俊、张顺等水军头领抓了。

被迫上山

卢俊义被抓，张顺等正要把他绑上山，戴宗传令给他换上锦衣绣袄，用八抬大轿抬上山，宋江和众头领跪迎。在忠义堂上，宋江说：“虽然山寨狭小，不堪歇马，员外可看‘忠义’二字之面。宋江情愿让位，休得推却！”卢俊义答道：“头领差矣！小可身无罪累，颇有些少家私。生为大宋人，死为大宋鬼，宁死实难听从！”再三劝说，卢俊义不为所动。吴用一面劝他在山寨住几天，一面发还车仗货物，让李固先回家报信。

下山后吴用对李固说，“你的主人已和我们商议定了，今坐第二把交椅”，并说卢俊义还没上山时，就写下四句反诗在家里壁上，这四句反诗是“芦花荡里一扁舟，俊杰那能此地游。义士手提三尺剑，反时须斩逆臣头”，诗中包藏“卢俊义反”四字。读者想一想，当初吴用口吟，卢俊义写在壁上的反诗是“芦花丛里一扁舟，俊杰俄从此地游。义士若能知此理，反躬逃难可无忧”。两诗字句不同，吴用告诉李固的，显然反意更明显。作者这样写是为了让官府更坐实卢俊义造反吗？但原来的诗已写在墙上了，如何涂改？

卢俊义在梁山，三十余个头领每天轮流做筵席，不觉已过一月有余。卢俊义要回去了，但李逵大叫："我舍着一条性命，直往北京请得你来，却不吃我弟兄们筵席！我和你眉尾相结，性命相扑！"卢俊义又待了四五天。朱武又引了一批次弟兄来请，卢俊义不好意思拒绝，这样不知不觉在梁山泊过了四个月有余。宋江见卢俊义思归心切，决定放其下山，众头领到金沙滩送行。

卢俊义拽开脚步，星夜奔波。走了几天，当他离北京城还有一里多路时，只见头巾破碎、衣衫褴褛的燕青，看着他纳头便拜，告诉他李固和他妻子"做了一路"，到官府首告他在梁山泊坐了第二把交椅，并把燕青赶出家门。燕青劝他再回梁山泊，另做打算。卢俊义喝道："我的娘子不是这般人，你这厮休来放屁！""我家五代在北京住，谁不识得！量李固有几颗头，敢做恁般勾当！莫不是你做出歹事来，今日倒来反说！我到家中问出虚实，必不和你干休！""燕青痛哭，拜倒在地，拖住主人衣服。卢俊义一脚踢倒燕青，大踏步便入城来。"（第六十二回）

当他回到家里，李固和他的娘子贾氏一边应付他的盘问，一边让他换衣服，吃早饭。他刚举起筷子，就冲进二三百公人，把他抓走，一步一棍，打到留守司。梁中书审问，李固和贾氏作证。卢俊义诉说了自己被赚的情况，"望恩相明镜"，梁中书喝道："见放着你的妻子并李固出首，怎地是虚？""李固上下都使了钱"，把卢俊义"打的皮开肉绽，鲜血迸流，昏晕去了三四次"。他打熬不过，只好屈招。

卢俊义被关进牢房，李固送五百两金子给押狱节级蔡福、蔡庆，要他们晚上杀掉卢俊义。他们刚答应了李固，回到家里，就来了柴进，他奉宋江之命送一千两金子给他，要他留下卢员外性命，并警告他，如果有半点差错，打破城池，就要找他算账。蔡氏兄弟把这一千两金子送梁中书、张孔目，于是卢俊义免了死罪，被发配三千里外的沙门岛。李固收买董超、薛霸，两人故伎重演，又像对林冲那样，一路上虐待，走到大林子，要结果卢俊义性命。燕青射箭救了他，把他背到小店住下，燕青到外面去买酒肉时，卢俊义又被抓走。燕青逃出，想去梁山泊求救，路遇来打听消息的杨雄、石秀。燕青和杨雄去梁山报告，石秀入大名府探听消息，次日就听到要处斩卢俊义，“劫法场石秀跳楼”（第六十二回）。卢俊义和石秀都被抓进牢房，到梁山大军打破大名府才把他们救出，卢俊义再上梁山。他与众好汉见面时宋江说：“我等众人，欲请员外上山，同聚大义，不想却遭此难，几被倾送，寸心如割！皇天垂祐，今日再得相见，大慰平生。”卢俊义拜谢道：“上托兄长虎威，深感众头领之德，齐心并力，救拔残体，肝脑涂地，难以报答！”从此安心在梁山落草。

是谁把富豪卢俊义逼上了梁山？首先是宋江、吴用等人，把这个“作事谨慎，非理不为，非财不取”的富豪骗上了梁山，使李固、贾氏有机可乘，让官府抓住了“罪证”。其次，就是李固这个忘恩负义的中山狼，与淫妇勾结，为谋妻夺产而诬告卢俊义。第三是梁中书等官吏腐败，收受贿赂，陷害良民。但是，这些只是外因，更重要的是他自己所犯的严重错误。他为什么会被算命先生所骗？因为他想“学成文武艺，货与帝王家”，正如金圣叹这回的总评说：“写卢员外……之一片雄心，浑身绝艺，无可出脱，而忽然受算命先生之所感触，因拟一试之于梁山泊。”他对吴用口吟的反诗，毫无觉察，还题于自家的壁上，可见其见识和文化修养都很差；他疑燕青而信李固，说明他不善于识人，好坏不分。李固、贾氏的奸情并非没有蛛丝马迹可寻。如李固头天晚上先出城，“李固去了，娘子看了车仗，流泪而去”。而第二天卢俊义上路，贾氏却冷静地嘱咐要路上小心，频寄书信回来。卢俊义带了十多个人，就敢去挑战强大的梁山义军，真是无知、狂妄到了极点。当他从梁山回来，燕青哭诉，告诉他李固、贾氏勾结的情况，他根本不信，还一脚踢倒燕青，大步进城回家，说明他是非不分，毫无警惕性。总之，虽然作者要竭力把他写成一个英雄员外，但只是外表光鲜，名不副实，如胡适所批评的是一个糊涂汉。这与卢俊义的家庭、出身经历有关。他长在一个谨慎守法的富裕之家，涉世不深，对官场腐败、江湖险恶、人心叵测都不太了解，还是个比较单纯的、本质善良的富家子弟，像金圣叹所说，有点呆气。确是“白玉麒麟，见之可爱”，看上去很漂亮，但是个呆公子，也糊涂得可爱。

“皮毛终坏”

卢俊义上山既非“官逼民反”，更不是本人自愿，而《水浒传》围绕他上山，到坐了第二把交椅，用了整整十回。从第六十一回“吴用智赚玉麒麟”开始，卢俊义被赚上山；然后他下山被诬陷，进牢房，发配充军，路上“放冷箭燕青救主”“劫法场石秀跳楼”（第六十二回）；为救卢俊义和石秀，“宋江兵打北京城”，朝廷为解北京之围，派关胜攻打梁山泊（第六十三回）；宋江回师梁山，引出关胜归顺梁山故事；宋江再次兵临北京城下，“雪天擒索超”（第六十四回）；但宋江突然发病，张顺到江南请神医安道全（第六十五回）；宋江病愈，“吴用智取大名府”，救出卢俊义和石秀（第六十六回）；朝廷派凌州兵马进剿梁山，“关胜降水火二将”（第六十七回）。在取得这些胜利之后，为晁盖报仇，“宋江夜打曾头市，卢俊义活捉史文恭”（第六十八回）。为解决梁山泊谁当寨主的问题，宋江、卢俊义分别攻打东平府和东昌府，宋江先攻下东平府（第七十回）。第七十一回英雄排座次，设总兵都头领两员：呼保义宋江，玉麒麟卢俊义。忠义堂前绣字红旗两面：一书“山东呼保义”，一书“河北玉麒麟”。

作者为什么要花这么大的力气，让卢俊义当梁山泊义军的第二把手？

首先，梁山义军要扩大影响，增强号召力，需要把一些有影响的人物拉到队伍里来。卢俊义有一身好武艺，棍棒天下无对，是北京大名府“第一等长者”，因此，把他赚上山是梁山事业的需要。

其次，有地域的考虑。从水浒故事流传情况看，龚开《宋江三十六人赞》竟有五人提到太行山。如玉麒麟卢俊义“白玉麒麟，见之可爱。风尘大行，皮毛终坏”；浪子燕青“平康巷陌，岂知汝名。大行春色，有一丈青”；船火儿张横“大行好汉，有三十六。无此火儿，其数不足”；神行太保戴宗“不疾而速，故神无方。汝行何之，敢离大行”；没遮拦穆横“出没大行，茫无畔岸。虽没遮拦，敢离火伴”。上述卢俊义、燕青、张横、戴宗、穆横（《水浒传》作穆弘）五人都不是山东郓城一带的人，在书里，卢俊义、燕青是北京即河北大名府人，戴宗、张横、穆横都是江州附近的人。这里的大行，就是指太行山。《大宋宣和遗事》记载李进义（即卢俊义）等十二人“同往太行山落草为寇去也”。可见太行山与山东的梁山是水浒故事流传的两个重要地点。宋江在山东有名气，被称为“山东及时雨”，而卢俊义“风尘大行”，在河北有影响力，被称为“河北三绝”之一。水浒故事可能是吸收了以卢俊义为首的太行山义军，以宋江为首的梁山义军，以及流传在以杭州为中心的江南一带宋江、方腊的故事构成的。因此，要把河北的卢俊义拉上梁山泊，并放在第二把手的重要位置。

第三，与《水浒传》的结构有关。《水浒传》是集短篇故事而成的，作者要在“梁山泊英雄排座次”时把一百零八将聚齐。到“晁天王曾头市中箭”，上山聚义的才八十八人，还差二十人。其中“天书”第二位的卢俊义，天罡星关胜、董平、张清、索超、燕青都还没上山，于是就以为晁盖报仇为出发点，以卢俊义为中心把这二十位好汉聚上山。晁盖曾头市中箭，弥留之际的遗言：“贤弟保重。若那个捉得射死我的，便教他做梁山泊主。”似乎表明不让宋江继位的意思，因为凭宋江的武艺不可能捉得射死晁盖的仇人。而梁山泊现有的头领中，虽有武艺高超，可以打败史文恭的头领，可是没有一个愿意和敢于挑战宋江的地位。所以，在祭奠晁盖时就引发出“赚卢俊义”上山的故事。通过引诱和抢救卢俊义的曲折过程，把关胜、宣赞、郝思文、索超收服了；晁盖托梦，说宋江有“血光之灾”，于是张顺去江南请地灵星，带安道全、王定六上山；攻破大名府，卢俊义、燕青、蔡庆、蔡福入伙；朝廷派官军来围剿，“关胜降水火二将”，单廷珪、魏定国投降；李逵私自下山，想去迎战水火二将，却巧遇焦赞、鲍旭，把他们带上山。到此，梁山泊增加了十四位好汉。接着就是卢俊义活捉史文恭，还附带吸收了郁保四入伙。但是，刚上山的卢俊义没有资格和威望坐第一把交椅，这就有了攻打东平、东昌两府，降服了董平、张青、龚旺、丁得孙，到此有了一百零七人，还不够一百零八将，怎么办？最后张青又介绍了个兽医皇甫端，凑够一百零八将，实现英雄排座次的大聚义。正如胡适所批评：“可惜他（指施耐庵）终不能完全冲破那历史遗传的水浒轮廓，可惜他总舍不得那一百零八人。……因此，他不能不东凑一段，西补一块，勉强把一百零八人‘挤’上梁山去！”

卢俊义加入梁山泊队伍后，忠实地服从宋江领导，竭力完成各项任务。受招安后，在征辽、征方腊的战争中，他和宋江分头指挥，“宋公明兵打蓟州城，卢俊义大战玉田县”（第八十四回）、“宋公明大战独鹿山，卢俊义兵陷青石峪”（第八十六回）、“卢俊义分兵宣州道，宋公明大战毗陵郡”（第九十二回）、“卢俊义分兵歙州道，宋公明大战乌龙岭”（第九十六回）、“卢俊义大战昱岭关，宋公明智取青溪洞”（第九十八回）。他屡立战功，也受过挫折。如征辽时卢俊义一人力敌四小将，还杀了辽国皇侄耶律宗霖（第八十四回）。而在攻打幽州时，贺统军使妖法，“卢俊义兵陷青石峪”，公孙胜破妖法，宋江救出卢俊义。卢俊义放声大哭：“若不得仁兄垂救，几丧兄弟性命”（第八十六回）。

征方腊得胜后，宋江同诸将离了杭州在回京都的路上，燕青私自来劝主人。他对卢俊义说：“今既大事已毕，欲同主人纳还原受官诰，私去隐迹埋名，寻个僻净去处，以终天年。未知主人意下若何？”卢俊义道：“自从梁山泊归顺宋朝以来，北破辽兵，南征方腊，勤劳不易，边塞苦楚，兄弟殒折，幸存我一家二人性命。正要衣锦还乡，图个封妻荫子，你如何却这等没结果？”燕青笑道：“主人差矣。小乙此去，正有结果。只恐主人此去，定无结果。”卢俊义道：“燕青，我不曾存半点异心，朝廷如何负我？”燕青说：“主人岂不闻韩信立下十大功劳，只落得未央宫前斩首；彭越醢为肉酱，英布弓弦药酒。主公，你可寻思，祸到临头难走。”但是卢俊义执迷不悟，燕青道：“既然主公不听小乙之言，只怕悔之晚矣”（第九十九回）。

卢俊义的人生走了个曲线，他忠于朝廷，却被赚上了梁山，逼他造反；而当他愿意造反，为梁山事业奋斗时，梁山泊又“全伙受招安”；

他为朝廷出力，在征辽、讨方腊的战斗中立下大功，但又遭奸臣毒手，在御膳里放了水银。“天子当面将膳赐与卢俊义，卢俊义拜受而食”。卢俊义星夜回庐州，立在船头消遣，“不想水银坠下腰胯并骨髓里去，册立不牢，亦且酒后失脚，落于淮河深处而死。可怜河北玉麒麟，屈作水中冤抑鬼！”

乐于智谋的儒雅军师
——吴　用

吴用作为山寨的军师，是贯穿梁山泊兴衰全过程的重要人物，值得我们研究和评论。

因 义 相 聚

吴用字学究，道号加亮先生，江湖上绰号智多星，郓城县人，和晁盖、宋江同乡。吴用是《水浒传》中名、字、号最全的一个人，宋江有名有字有江湖绰号，但没有道号；公孙胜有名有道号有江湖绰号，但没有字。公孙胜是道士，投在罗真人门下，道号显然为师父所赐，吴用非道教中人，道号只能是自己取的了。

吴用以加亮为道号，显然寓有比肩甚至超越诸葛亮的意思。《宋江三十六人赞》已有“智多星吴学究”，名列第二，仅次宋江；《大宋宣和遗事》玄女娘娘授的“天书”里，因为“三十六将”由宋江统帅，宋江不在三十六人中，因此，列第一位的就是“智多星吴加亮”，到《水浒传》石碣上是位列第三的天机星智多星吴用。从水浒故事流传到成书，吴用始终是最重要的人物。他的一生，缺乏鲁达、林冲、武松、宋江等轰轰烈烈的奇行义举，《水浒传》没有集中连续的章回来叙说其事迹，但是吴用经历梁山集团成长的各个阶段，他被断断续续地穿插在梁山故事中讲述，作为梁山集团的核心人物，在主谋策划、组织队伍、军事指挥上都显示出杰出的才能，使梁山事业日益兴旺。其社会角色凡四变——乡村塾师，晁盖的军师，宋江的军师，武胜军承宣使。其为人行事在不同的位置既有内在的同一性，也有外在的流变性。

吴用第一次亮相，是以乡村塾师的身份出现在《水浒传》第十四回，劝解正在打斗的刘唐和雷横。他自幼结交晁盖，“似秀才打扮，……生得眉清目秀，面白须长”，手上拿着两条铜链为武器，晁盖也不把他当外人，有事都和他商量，两人互知根底。小说中赞吴用的词《临江仙》如此写道：“万卷经书曾读过，平生机巧心灵，六韬三略究来精。胸中藏战将，腹内隐雄兵。谋略敢欺诸葛亮，陈平岂敌才能，略施小计鬼神惊。名称吴学究，人号智多星。”吴用读过万卷书，行过万里路，“北京到东京也曾行到”。在谋取生辰纲之前，吴用主要依靠坐馆谋生，曾在梁山泊边的石碣村住过数年，相交捕鱼为生的三阮；结识江州戴宗以及济州秀才萧让和金大坚。

吴用把自己比作诸葛亮，自视甚高，但在“宋室不兢，冠履倒施，大贤处下，不肖处上”（李贽）的社会里，他不安于一辈子当个村学塾师，老死牖下，碌碌终生。当晁盖和他商量劫取生辰纲时，他毫不犹豫地说：“此一事却好。只是一件，人多做不得，人少又做不得。”这是他对情况准确分析判断而提出的看法。金圣叹说：“千古名言，可谓初出茅庐第一语矣”，袁无涯本评语：“便见初出茅庐的计略”，容与堂本的眉批：“好话，的是有贼智”。他定下“智取”的策略，立即进行筹划，

袁无涯本“掣两链解斗”

当夜三更就赶到石碣村找阮氏三兄弟，“凭三寸不烂之舌，说他们入伙”。

“不义之财，取之何碍”，这使劫取生辰纲成为反对奸臣贪腐的正义之举，使得晁盖、吴用等人聚义具有正义性。

“智取生辰纲”采用限知叙事，只写杨志所见所闻，吴用如何用计瞒过有丰富江湖经验的杨志都没有说，增加了吴用用计的神秘感。到杨志中计后，才交代其中的奥妙：

> 我且问你，这七个人端的是谁？不是别人，原来正是晁盖、吴用、公孙胜、刘唐、三阮这七个。却才那个挑酒的汉子，便是白日鼠白胜。却怎地用药？原来挑上冈子时，两桶都是好酒。七人先吃了一桶，刘唐揭起桶盖，又兜了半瓢吃，故意要他们看着，只是叫人死心塌地。次后，吴用去松树林里取出药来，抖在瓢里，只做赶来饶他酒吃，把瓢去兜时，药已搅在酒里，假意兜半瓢吃，那白胜劈手夺来，倾在桶里。这个便是计策。那计较都是吴用主张，这个唤作智取生辰纲。

吴用初出茅庐，就精心策划了这出好戏，显示了他的卓越才能。

吴用虽然用计巧妙，但也有漏洞，如他们七人没有分散，没有化装，没有住进不同的旅店，而是浩浩荡荡地住进同一饭店，连如何应付店家的盘问也没有统一口径；对劫取之后，如何防止被侦破等也没有周密考虑。结果被官府迅速破案，七人不得不上山落草。

当他们投奔梁山泊时，王伦先是热情接待，但听到他们杀了许多官军、三阮如何豪杰之后，就有不肯容留之意。憨厚与糊涂的晁盖并没有察觉，而老谋深算的吴用不但看穿王伦的心思，而且看到林冲对王伦的

容与堂本“吴学究说三阮撞筹”

容与堂本“吴用智取生辰纲”

怒气。当吴用挑明他们当时的处境，晁盖感到困惑时，吴用对晁盖说：“兄长放心，此一会倒有分做山寨之主。今日林教头必然有火并王伦之意，他若有些心懒，小生凭着三寸不烂之舌，不由他不火并。”果然在吴用挑动下，“林冲水寨大火并，晁盖梁山小夺泊”（第十九回）。吴用为梁山事业立了大功，从此梁山泊从打家劫舍的盗寇巢穴，变为忠义好汉向往的聚义圣地。此后梁山泊并没有大的行动，小说转入宋江和武松传，到第四十回“梁山泊好汉劫法场”，宋江上山，梁山事业又开始了一个崭新的阶段，吴用的人生也有了一个新的开始。

忠于宋江

吴用“后遇宋江”，其与宋江的关系比较微妙，有一个由“义”而“忠”逐渐跟定的过程。生辰纲事发后，宋江冒险私自快马告知晁盖，吴用只与宋江照面，没有来得及会话交流，但两人的看法是一致的——“三十六计，走为上计”，其实就是上梁山，可见，吴用和宋江心有灵犀，为他们后来的合作埋下了伏笔。

吴用再次见到宋江，是在宋江发配江州的路上。路过梁山，刘唐、花荣等想杀公人，救宋江上山。但宋江不愿做“不忠不孝”之人，宁愿去江州坐牢，坚决不上梁山。吴用笑道：“我知兄长的意了，这个容易，只不留兄长在山寨便了”，宋江回答“只有先生便知道宋江的意”，两人何其默契。吴用邀请宋江上梁山暂歇，并推荐戴宗给宋江，以便到江州后有所照应。“吴学究和花荣直送过渡，到大路二十里外”，尽管吴用仅和宋江见过两次面，但感情已经超越了一般江湖朋友，容与堂本的眉批说：“远送的亦是吴用、花荣，便与同死相呼应。”确已洞察吴用和宋江的微妙关系。此后宋江在吴用使计疏漏之下备受曲折磨难，晁盖带领众头领劫了江州法场，宋江才不得不上梁山。此时梁山共四十位头领，其中二十七位由宋江先后引进带来，并且宋江把童谣“耗国因家木，兵刀点水工；纵横三十六，播乱在山东”又向众人解说一遍，如此辉煌的建设梁山业绩与舆论造势，梁山好汉无出其右。李逵跳起来道“正应着天上的言语”，宋江上梁山的过程吴用几乎全程参与设计，吴用将之归结为“天数注定”，其实也表明了吴用的态度，他自己也注定要忠于宋江了。

宋江上山后，又想回家接父亲上山，就有了九天玄女授天书的情节，玄女对宋江说：“此三卷之书，可以善观熟视。只可与天机星同观，其他皆不可见。”即使晁盖还坐着第一把交椅，但梁山一切重大决策都要由宋江和吴用决定。

“吴学究双用连环计，宋公明三打祝家庄”（第五十回）、“吴用使时迁盗甲，汤隆赚徐宁上山”（第五十六回）、“吴用赚金铃吊挂，宋江闹西岳华山”（第五十九回），这些重大的行动，都是宋江、吴用领导的，晁盖都因为“哥哥是山寨之主，如何使得轻动！”只留守山寨，没有亲临前线指挥。唯一一次是攻打曾头市时，晁盖不听吴用劝说，坚持前往，吴用也没有陪同，结果晁盖中箭身亡。宋江“比似丧考妣一般，哭得发昏”，吴用却劝说“生死人之分定，何故痛伤”。可见，吴用对晁盖仅止于“义”的平等，或以兄长待之，对他与大多数梁山头领没有太大区别。

晁盖身亡之后，吴用等人推宋江为山寨之主，宋江再三谦让，又有晁盖遗言，宋江就“权居主位”。吴用继续发挥他的重要作用，“吴用智赚玉麒麟”（第六十一回）、“吴用智取大名府”（第六十六回）、“宋公明两赢童贯”“宋江三败高俅”。他们各处攻战，配合无间，既不停地为梁山延揽好汉，又源源不断地为梁山夺取钱粮，使梁山泊更加兴旺。

在卢俊义上梁山且活捉史文恭以后，因为晁盖的遗言，宋江要推让卢俊义为寨主，首先反对的就是吴用，他说:“兄长为尊，卢员外为次，人皆所伏。兄长若如是再三推让，恐冷了众人之心。”他用眼暗示着众好汉，李逵先跳出来，“武松见吴用以目示人，也发作”了。

从宋江、吴用在晁盖庄上见面之后，到宋江正式当了山寨之主，两人密切合作，已形成互相依赖的关系；宋江“攻经史”，吴用读过万卷经书，两人有共同的文化和话语基础，毕竟不同于晁盖、李逵等人的粗鲁。吴用视宋江为“知音”，已经超越了江湖朋友间的义气，并且主动服从宋江，自居臣位。

梁山好汉一百零八人排座次后，宋江和吴用商量改“聚义厅”为“忠义堂”。宋江提出招安，李逵、鲁智深等人反对，李逵遭到监禁，吴用没有明确反对，只是劝说宋江不必记恨李逵，就其本心而言，吴用显然对招安是有疑虑的，但他主动顺从了宋江，并且帮助宋江出谋划策赢得了比较体面的招安。征辽时，吴用想到朝廷奸臣当道，梁山好汉即使破辽也没有好下场，就试着劝宋江投降辽国，但在宋江忠君报国信念的坚持下，吴用不仅放弃了自己的主张，而且强化了跟定宋江的决心。宋江被朝廷送的药酒毒死之后，吴用来到宋江坟前，哭着给自己的一生作了总结:“吴用是一村中学究，始随晁盖，后遇仁兄，救护一命，坐享荣华。到今数十余载，皆赖兄长之德。今日既为国家而死，托梦显灵与我，兄弟无以报答，愿得将此良梦，与仁兄同会于九泉之下。”殉葬宋江，成就了吴用的忠诚。

乐于用智

吴用多智，自比诸葛亮，我们读《水浒传》时，也会有意无意地把吴用和诸葛亮放在一起比较。吴用确实才智过人，在梁山泊的事业中起了重大的作用。但吴用不曾有过诸葛亮一般的宏大目标和人生构想，他明确表示“图个一世快活”，且此“快活”的人生目标几乎贯穿其一生，时显时隐。吴用也有不快活的时候。他担任武胜军承宣使，“坐享荣华”，却“常常心中不乐”。除了逼上梁山和被赚上梁山的两类人外，几乎所有好汉都是为了“快活”才上梁山的。三阮的“快活”是“不怕天，不怕地，不怕官司，论秤分金银，异样穿绸锦，成瓮吃酒，大块吃肉”的“受用”；李逵开始的“快活”是“做个将军”，等到做了都统制，“心中闷倦”，觉得“再上梁山泊倒快活”。龚开《宋江三十六人赞》“智多星吴学究”的赞语是：“古人用智，义国安民。惜哉所予，酒色粗人。”意思是才能应该给“义国安民”的大丈夫，可是老天爷却把才智给了一个“酒色粗人”。可见在民间流传的故事里，吴用是一个有才智的酒色粗人，但到《水浒传》吴用却不是“酒色粗人”了。吴用的“快活”与众人的“快活”自有区别。上梁山前，吴用不近女色，不赌博，似乎喝酒吃肉也不多，也不准备参加科举考试，也谈不上有什么修齐治平的理想，也不仗义疏财，他教村学，一人吃饱，全家不饿，几乎无欲无求；上梁山后，吴用还是不近女色，不赌博，喝酒吃肉还是不多。可以说，吴用在劫取生辰纲前本来就“快活”，如果说他不感到“快活”的话，就是白顶了个“智多星”的名头，因此，他图的“快活”当是用智的“快活”。

在中国古代社会，生理和安全这两项基本需求对于绝大多数人来说都难以正常满足，无论是逼上梁山还是赚上梁山、自投梁山的好汉，上梁山是大多数人处在生理和安全的危机之下作出的选择，但不同人对生理的需求程度是有强弱之别的。对阮氏兄弟、李逵等人来说，所谓“快活”就是“成瓮吃酒，大块吃肉”，而对于吴用来说他的“快活”就是聪明才智能发挥出来，得到人们的尊重。这是从古到今的读书人，也就是知识分子的普遍心态。吴用比较节制、禁欲，没有太多生理需求。他自幼和晁盖相交，在晁盖那里几乎能够满足生理、安全、社交、尊重等需求，更重要的是展示了他的聪明才智，获得了一定的自我实现的“快活”。吴用之所以认为三阮“真有义气”，也是在三阮身上获得了尊重，比如他为生辰纲一事去邀请三阮时，上下船都被“扶着”。因此，吴用的“快活”和大多数梁山好汉的“快活”有所不同，他往往在用智谋时才显出自己的“快活”，这从吴用说话的神态可以看出来。

当晁盖告诉吴用生辰纲之事，并说“正要求请教授商议”，吴用“笑道”自己的想法；当吴用听说三阮急于寻求“快活”时，“暗暗地欢喜道：正好用计了”；当晁盖询问生辰纲是软取还是硬取时，吴用笑道“我已安排定了圈套……”；晁盖一行七人逃难梁山，吴用“冷笑”“笑道”，说出让林冲与王伦火并之计，预言晁盖“有分做山寨之主”；吴用在梁山再见到宋江，“笑道”宋江的想法；当宋江诉说攻打祝家庄失利无脸见晁盖时，吴用笑着说出破庄之法；当卢俊义被吴用设计捉上梁山，不愿落草，执意回家，众人请席，卢俊义拒席告别，李逵不答应，大叫“性命相扑”，吴用“大笑”，一面批评李逵粗鲁，一面又巧妙地让他多留几天；攻打大名府时，吴用得知大名府正月十五放灯，正好用计，“大喜”；宋江准备接受陈太尉招安，吴用“笑道”招安不成；梁山放归高俅，宋江望招安，吴用“笑道空劳神力”（第八十一回）。此后小说很少写吴用“笑”“喜”，直至第九十三回征方腊攻打苏州，李俊备说遇太湖费保事，吴用才“大喜道”苏州唾手可得；第九十五回攻打杭州时，解珍禀说遇方腊粮船事，吴用“大喜道”天赐其便。

吴用老成深厚，一般喜怒不形于色，唯其有计且可施行时才

"笑""喜"，当然也是其"快活"之时。如果不能用"智"，即使做了官，他也会感到闷闷不乐的。吴用使智用计的"快活"尤其集中在招安之前，赚取好汉上梁山，攻打官军以及挑战梁山的民间武装，既壮大了梁山的有生力量，也补充了梁山的军备物资，应该说吴用在梁山的发展中发挥了积极作用，但吴用缺乏更加长远的思考和筹划，"快活"的人生观限制了吴用才华的进一步施展，以致完全听命于宋江的安排。因此，吴用对于梁山众多好汉来说止于江湖"义气"，对于宋江来说近乎"孤忠"，吴用对于梁山事业来说只在"用智"。这些，都使得吴用形象的崇高感和悲剧性打了不少折扣。

平实而乏光彩

作者很平实地写出吴用这个人物，而没有神化他。无论是"智取生辰纲"那样少数人的巧取，还是"江州劫法场""智取大名府"那样大规模的强攻，他运筹帷幄、精心策划、巧妙指挥，既显示出他的才智，又都合乎逻辑，有实现的可能性，没有神化，没有不合理的夸张。他很精明，但也有失误。如用错蔡京的图章，让戴宗传假信，被识破，使宋江、戴宗几乎成了刀下之鬼。吴用没有呼风唤雨、破妖除怪的法术，这个角色《水浒传》里由法师公孙胜承担，避免了"欲状诸葛之多智而近妖"的缺点。但是，吴用形象塑造得不太成功，和诸葛亮比较，平实而缺乏光彩，没有《三国演义》中诸葛亮形象震撼人心的力量。

诸葛亮形象的光彩首先在于其统一天下、兴复汉室、救济苍生的宏大抱负。他忠心耿耿，殚精竭虑，鞠躬尽瘁，死而后已。而吴用的人生目标是"图个一世快活"。他们"智取生辰纲"是为"一世快活"；成功之后，三阮和白胜分了钱财"快活"去了，晁盖和吴用等在"后园葡萄树下吃酒”，可见他们打劫生辰纲并没有远大目标，连起码的警惕和防范之心都没有，还浑浑噩噩地“快活”着。在劫法场救了宋江之后，吴用对宋江说：“兄长当初若依了兄弟之言，只往山上快活，不到江州，不省了多少事。”这又一次证明他上梁山和劝别人上梁山都是为了追求“快活”的人生目标。宋江上梁山后，梁山好汉们的社会理想才清晰起来——“替天行道”“全忠仗义，辅国安民”，这也成为吴用的人生目标。但“图个一世快活”不是不存在了，而是退居到次要地位，成为其深隐心态，到一定时机，在某种外力的激发下，还会上升到主导地位，左右其言行。转折的标志就是他欲“归降”辽国的选择。辽国使臣欧阳侍郎一番劝降说辞，“吴用听了，长叹一声低首不语，肚里沉吟”。在宋江的追问下，他袒露心迹说：“我想欧阳侍郎所说这一席话，端的是有理。……奸臣专权，主上听信。设使日后纵有功成，必无升赏。……若论我小子愚意，从其大辽，岂不胜如梁山水寨。”其人生目标又回归到追求“快活”的轨道上了。吴用的人生目标显然没有诸葛亮高尚，人生境界也没有诸葛亮高远。

诸葛亮形象的光彩还在于他是具有大智慧的杰出战略家，而吴用只是战术家，缺乏战略眼光。诸葛亮在隆中就提出“先取荆州为本，后取西川建国，以成鼎足之势，然后可图中原”的战略大计；在三国鼎立的形势下，又确立“联吴抗曹”的战略。相比之下，吴用则大为逊色了。他对梁山的前途命运，似乎没有明确的战略构想，一直到第七十一回，当宋江把招安作为梁山的出路而明确提出来时，李逵等人激烈反对，吴用则没有明确态度，直到第七十五回，吴用方在招安问题上提出不同于宋江的看法，他们的分歧在于宋江是无条件招安，只要能招安，不惜代价；吴用是有条件招安，“杀得他人亡马倒，梦里也怕。那时方受招安，才有些气度”。但从战略决策看，没有根本分歧，都导致梁山英雄的悲惨结局。

诸葛亮“出师未捷身先死，长使英雄泪满襟”，他的悲剧不是怀才不遇的悲剧，也不是忠臣含冤负屈的悲剧，而是与命运抗争的悲剧，是理想不能实现的悲剧，呈现出悲壮色彩。吴用的悲剧则只是悲惨的格调，没有悲剧的崇高境界。他没有自己宏大的人生目标，跟随宋江接受招安，但由于昏君奸臣的残害，梁山大业毁灭了，宋江鼓吹的建功立业、青史留名的幻想破灭了。他忠于宋江，可是宋江也被害死了，在绝望之中，自己结束了生命，死得格外悲惨。吴用的自杀于事无补，徒死无益，虽然他是为了报答宋江而自杀，义气感人，但终究不如诸葛亮的悲剧那样悲壮，催人泪下。吴用在《水浒传》里是举足轻重的人物，但塑造得并不很成功，平实可信却缺乏激动人心的力量。

㈡ 血性男儿

锄强扶弱的智慧和尚
——鲁智深

鲁智深是《水浒传》开篇着力塑造的第一个英雄形象。就像小说以高俅开篇表达“乱自上作”的题旨一样，《水浒传》写一百零八将而首先推出鲁达也是有其深意的，是以他作为梁山好汉“侠义”的典范，是

陈洪绶《水浒叶子》之鲁智深

真正为人们所推重的水浒精神的化身。

锄强扶弱

鲁达在第三回出场，一出场来了个光彩的亮相:“鲁提辖拳打镇关西”。鲁提辖为何拳打“镇关西”？因为号为“镇关西”的郑屠为霸一方，荼毒小民。金氏父女是流落渭州的东京人氏，郑屠强媒硬保，强占金翠莲作妾，写了三千贯文书，却并没给钱。不到三个月，金翠莲被郑屠的大老婆赶打出来，郑屠还追要“原典身”钱三千贯。金氏父女无奈，每天到酒楼唱曲赚点钱还他。这样的恶霸，不可恶可恨吗？鲁提辖听说此事后勃然大怒，三拳打死了“镇关西”。鲁提辖与金氏父女素不相识，非亲非故，纯粹出于同情和义愤，惩治恶霸，伸张正义，同时还慷慨解囊，倾力帮助金氏父女摆脱恶魔，安全回乡。

鲁达的行为纯粹是为人而非为己。他打死郑屠后，慌忙逃走，但各地都张挂了捉拿他的榜文，他无路可走，只好到五台山当了和尚。这么个粗爽汉子怎么当得了和尚呢？剃度时，“净发人先把一周遭都剃了，却待剃髭须，鲁达道:‘留下这些儿还洒家也好。’众僧忍笑不住”。四五个月后的一天，他嘴馋得不行，自己寻思:“俺往常好酒好肉每日不离口，如今教洒家做了和尚，饿得干瘪了。”这些描写读来令人忍俊不禁，但却深刻地表现了鲁提辖伸张正义的结果：作为提辖的他本来有其身份地位，如今不仅失去了公职和地位，而且受到通缉。他没有得到任何好处，只是给自己惹来了无尽的麻烦。然而，鲁提辖从来没有想过后悔的事。此后他亡命江湖展开一系列锄强诛暴的行动:“禅杖打开危险路，戒刀杀尽不平人。”在去东京路过桃花村时，痛揍强娶民女的小霸王周通，又以江湖义气，劝周通打消了邪念。到东京后，他结识了林冲。林冲被高俅陷害，发配沧州，他在千钧一发之际，“大闹野猪林”救了林冲。为此，高俅要抓他，和尚也当不成了，就和杨志、武松在二龙山当山大王。上梁山之后，还为救史进，去刺杀华州贺太守，被抓进牢房。正如金圣叹所说：“写鲁达为人处，一片热血直喷出来，令人读之深愧虚生世上，不曾为人出力。”

救人救彻

鲁达是高度个性化的典型人物，侠义是他性格形象的核心，但并不是侠义一词的抽象图解，其职业、身份、地位、生活环境决定了他独具个性的生动形象，因此，以侠义为核心的鲁达性格呈现出多层次的丰富构成。金圣叹称之为“上上之人，写得心地厚实，体格阔大。论粗卤处，他也有些粗卤；论精细处，他亦甚是精细”。这样的性格层次巧妙地隐含在他的姓名字号中，即：鲁且达，而又智深。由此可见《水浒传》设计了此一百零八将之第一位英雄形象的用心。

首先是“鲁”：粗鲁，急躁。比如不耐烦酒保的问话；听见隔壁哭声就乱扔碟儿盏儿；听说欺负人的“镇关西”就是郑屠，马上就要去打死他；店小二不肯放金氏父女出门，几经劝说，还不肯放人，他揸开五指就是一掌打去。他没有受过教育，大字不识一个，长期生活于文化层次较低的军伍和市井之中，因武艺好而成为下级军官，如此而形成“鲁”的性格，鲁达以此区别于宋江、柴进等英雄形象。

其次是“达”：豁达大度。体现在他出手阔绰、声气阔绰。鲁达无论是出钱，还是出拳，都阔绰。在鲁提辖打店小二一段，金圣叹有个眉批，道：“一路鲁达文中，皆用只一掌，只一拳，只一脚，写鲁达阔绰，打人亦打得阔绰。”鲁达之“达”更体现在他同情弱小，嫉恶如仇，不计较自己的利害得失，而愿为受欺压的人抱打不平，以至使用暴力。鲁达以此区别于林冲、武松等英雄形象。

再次是“智深”，这是鲁达在五台山文殊院剃度时的法名，偈语云：“灵光一点，价值千金，佛法广大，赐名智深。”当时智真长老说他“上应天星，心地刚直，虽然时下凶顽，命中驳杂，久后却得清净，证果非凡”，从后来鲁智深的结局来看，“智深”两字或可从佛学的角度作深度阐释，但在“鲁提辖拳打镇关西”片段中，我们也可以把他名号中的“智”理解为世俗意义上的聪明：虽然粗鲁，但粗中有细。如打发金氏父女出门后，“鲁达寻思，恐怕店小二赶去拦截他，且向店里掇条凳子，坐了两个时辰，约莫金公去得远了，方才起身”，径投状元桥来。那店小二把手帕包了头，正来郑屠家报说金老之事，却见鲁提辖坐在肉案门边，不敢拢来，只得远远的立住在房檐下望。而鲁达假托经略府要十斤精肉，不要一点肥的，而且要郑屠自己切，这样郑屠无法离开，不可能得到金老父女走掉的消息。郑屠整整的自切了半个时辰；鲁达又要十斤全肥的不要一点瘦的。这样郑屠“整弄了一早辰，却得饭罢时候。那店小二那里敢过来，连那正要买肉的主顾也不敢拢来”。这就让金老走得更远了。但鲁提辖还不放心，还要切十斤寸金软骨，“不要见些肉在上面”，像猫玩老鼠一样慢慢地消遣郑屠，拖延时间。

又如打得郑屠动弹不得了，小说写道：

鲁提辖假意道：“你这厮诈死，洒家再打！”只见面皮渐渐的变了，鲁达寻思道：“俺只指望痛打这厮一顿，不想三拳真个打死了他。洒家须吃官司，又没人送饭，不如及早撒开。”拔步便走，回头指着郑屠尸道：“你诈死，洒家和你慢慢理

《二刻英雄谱》"智深打镇关西"

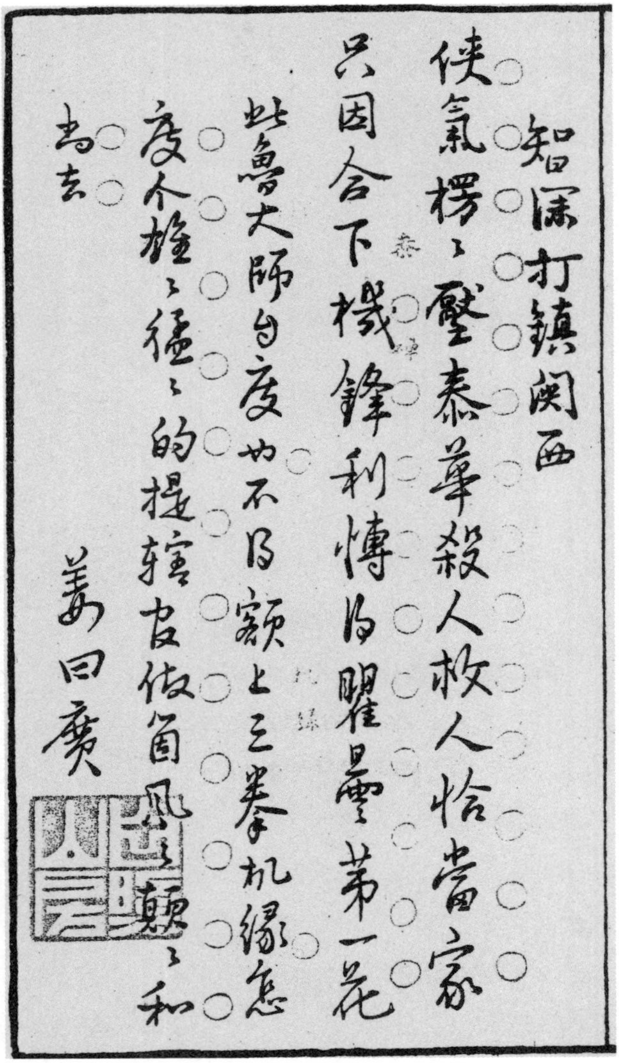

智深打鎮関西
侠氣楞楞擘泰華殺人救人恰當家
只因合下機鋒利愽得瞿曇第一花
此魯大師自度也不得額上三拳机緣怎
度个雄雄纏纏的提轄良做箇風顛顛和
尚去
姜曰廣

《二刻英雄谱》“智深打镇关西”赞语

会！”一头骂，一头大踏步去了。

这些话显然是说给旁边远远观看的街坊们听的。因为人命官司若知而不告，须牵连街坊邻舍。鲁提辖告诉他们郑屠没被打死，这样他才能脱身。金圣叹曰：“鲁达亦有权诈之日，写来偏妙。”

以此粗中有细的聪明，对人情物理的同情与悟性，使鲁提辖区别于李逵这样的鲁莽英雄形象。如此多层次的性格特征，小说通过人物语言动作的描写婉曲细致地展现出来，并且，小说有意识地把英雄人物置于他所生活的市井环境中，呈现出英雄生活与成长的场景，从而也揭示了英雄性格生成的客观原因。

鲁智深这样既鲁莽、急躁，又机智、细致的性格统一在他锄强扶弱、救人救彻的品格里，一以贯之。不仅在“拳打镇关西”中表现出来，在“大闹桃花村”和“大闹野猪林”里也同样出彩。

离开五台山去东京的路上，鲁智深错过了宿头，来到桃花村借宿。因为村里有大事，庄客不肯接纳，说：“和尚快走，休在这里讨死。”鲁智深道：“也是怪哉！歇一夜打甚么不紧，怎地便是讨死？”村客心烦，出言不逊：“去便去，不去时便捉来缚在这里。”惹得鲁智深大怒：“你这厮村人，好没道理。俺又不曾说甚的，便要绑缚洒家。”提起禅杖就要发作，还是那么鲁莽。好在刘太公出来，留他住宿，他气很快就消了。刘太公请他吃饭，太公道：“不知肯吃荤腥也不？”他直率地说：“洒家不忌荤酒，遮莫甚么浑清白酒，都不拣选；牛肉狗肉，但有便吃。”于是把庄客端来的一盘牛肉，三四样菜蔬，一壶酒和饭都一扫而光。看他的吃相，还是那么粗鲁。但他又不乏耐心和细心。他发觉刘太公“模样不甚欢喜”，就说：“莫不怪小僧来搅扰你么？明日洒家算还你房钱便了。”

刘太公告诉他事情的原委，他知道说出自己是武艺高强的军官，可以为刘太公赶走强人，又担心刘太公害怕，不接受他的办法，于是对刘太公说："小僧有个道理，教他回心转意，不要娶你女儿如何？"太公道："他是个杀人不眨眼魔君，你如何能够得他回心转意？"智深道："洒家在五台山真长老处，学得说因缘，便是铁石人也劝得他转。"这细心中也显出他的机智，甚至可以说有点狡猾。周通被打跑后，刘太公怕周通回山带人来报复，这时他才向他们亮明身份，交了底："休道这两个鸟人，便是一二千军马来，洒家也不怕他。"太公信了他的本领，又怕他走了，说："师父休要走了去，却要救护我们一家儿使得。"智深道："甚么闲话！俺死也不走。"后来李忠请他上山，他让刘太公也一起去。并且对周通晓之以理，动之以情，他说："周家兄弟，你来听俺说。刘太公这头亲事，你却不知，他只有这个女儿养老送终，承祀香火，都在他身上。你若娶了，教他老人家失所，他心里怕不情愿。你依着洒家，把来弃了，别选一个好的。"周通表示："并听大哥言语，兄弟再不敢登门。"鲁智深还要他不要反悔，折箭为誓。刘太公退还了聘礼，也彻底放心了。

大闹野猪林，人们会想鲁智深怎么这么凑巧就在这千钧一发时出现呢？作者让鲁智深来一段自叙，交代他和林冲分别以后的行踪，点明他会出现在野猪林的原因。他说他和林冲买刀那天分别之后，听到林冲被陷害，又无法相救，非常担忧。后来他"见酒保来请两个公人，说道：'店里一位官人寻说话'"，便有疑心，怕公人路上加害林冲，一路跟随，也住到同一酒店。夜间"听得"两个公人，做神做鬼，"把滚汤赚了你脚，那时俺便要杀这两个撮鸟"，因为怕店里人多，不好下手。但越发放心不下，于是就在林冲等"五更里出门时，先投奔这林子里来"。

救了林冲之后，听从林冲劝告，没杀两个公人。两个公人问他："不敢拜问师父，在那个寺里住持？"智深笑道："你两个问俺住处做甚么？莫不去教高俅做甚么奈何洒家？别人怕他，俺不怕他。洒家若撞着那厮，教他吃三百禅杖。"但到底没有说出自己在哪个寺庙做和尚，后来是缺乏警惕性的林冲说漏了嘴。

他让两个公人扶着林冲，替他背了包裹，到小酒店。吃完饭，林冲问道："师兄，今投那里去？"智深说："杀人须见血，救人须救彻。洒家放你不下，直送兄弟到沧州。"

在鲁智深和林冲即将分别之时，作者对鲁智深既鲁莽又细心的性格、救人救彻的侠义精神，再一次作了出色的多层次的描绘。

化恶为美

鲁智深是"身长八尺，腰阔十围"的大汉，武艺高强，力大无比。说他的禅杖有六十二斤，使起来如捻灯草那么轻松；双手倒拔了大相国寺的垂杨柳，一禅杖打断一棵松树。他的故事都与使用暴力有关，"拳打镇关西""大闹桃花村""大闹野猪林"，甚至在五台山也用拳头"醉打山门"。但他的暴力是扶弱惩恶，根据对象，作了理性的判断，有分寸，有节制，而不是野蛮和盲动，不是对暴力的嗜好和滥用。

《水浒传》中最为人乐道的经典描写之一——鲁提辖的"三拳"，历来备受赞誉，近年来认为"血腥""暴力"的批评也以此为典型例证。但我们认为，"三拳"的描写是鲁提辖侠义行为的生动描写，并不会令读者产生恐惧，也不可能教唆读者模仿暴力行恶。

《鲁提辖拳打镇关西》先借金氏父女之口，描述了郑屠欺压良善、损害无辜的恶劣行为，又通过店小二的帮护，以及"郑大官人""镇关

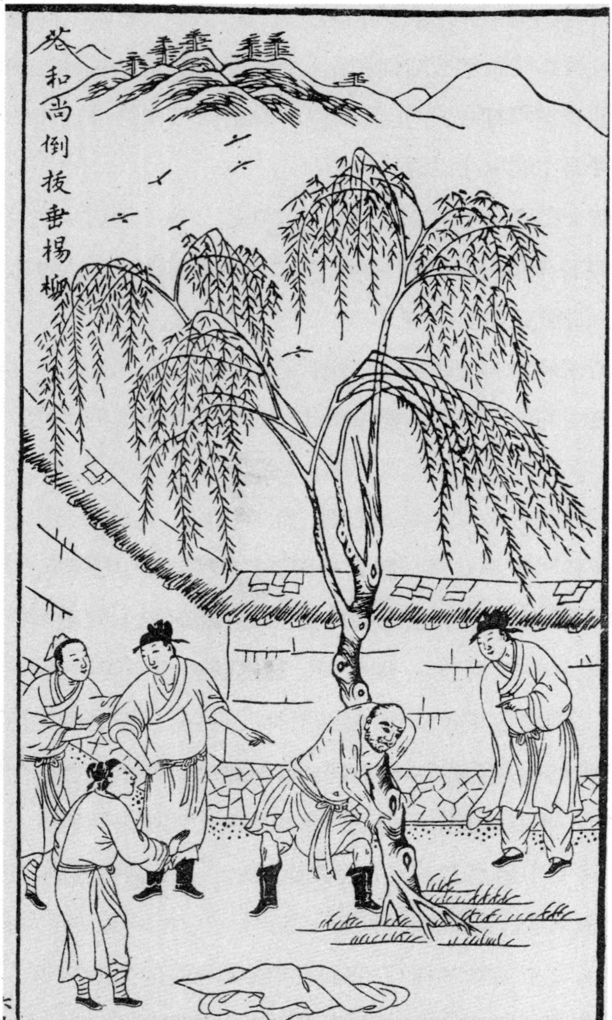

《二刻英雄谱》“花和尚倒拔垂杨柳”

西”的称谓，侧面表现了郑屠为害一方的恶霸行径。金氏父女的可怜自然引起读者的同情和怜悯，郑屠的恶霸行径也必然激发读者的愤怒情绪。在这样侧面描写和充分铺垫的基础上，鲁提辖消遣戏弄郑屠、拳打郑屠是惩罚恶行，对于读者来说是期待中的事情，只是未必能有作者的文心与奇笔，因而“三激”“三拳”的写法以其奇矫的笔力引起了读者的审美与想象。鲁提辖拳打镇关西，确实是很暴力，也是一种恶的行为，但因为对恶施恶，恶的行为就在读者同情、怜悯和愤怒的视野中转化成了美——侠义之美。因此，读者几乎是不动感情地从纯艺术的角度欣赏“三拳”的。不动读者的感情，悲剧就具有了喜剧的性质，一个人被打死的悲剧却能引发人们的快感，这种快感来自基本的道德判断，并有着道德原则的恒定性，很少因时代的变化而变化。

那么，读者不动感情地、纯艺术地欣赏鲁提辖拳打镇关西的情节，这种欣赏来自什么样的修辞机制呢，也就是说，为什么“三拳”描写历来为人们所称道呢？很重要的一点是它比喻新奇，把抽象的拳打的感觉和效果比作具象的味道、色彩和声音，以陌生化的语言创造独特的意象，既生动形象描写了打的动作，又浓墨重彩渲染了打的气氛，给人留下深刻印象。这是阅读“三拳”描写时的感性体会，而当我们理性分析这“三拳”的喻体构成时，我们不得不叹服于作者在酣畅淋漓的叙事快感中所蕴涵的叙事准确性。

扑的只一拳，正打在鼻子上，打得鲜血迸流，鼻子歪在半边，却便似开了个油酱铺：咸的，酸的，辣的，一发都滚出来……提起拳头来，就眼眶际眉梢只一拳，打得眼棱缝裂，乌珠迸出，也似开了个彩帛铺：红的，黑的，紫的，都绽将出来……又只一拳，太阳上正着，却似做了个全堂水陆的道场：磬儿，钹儿，铙儿，一齐响……

这三拳打在鼻、眼、太阳穴三处，以味、色、声来形容，三拳便如三个慢镜头，时间似乎是静止的、停顿的，感受则突出出来，而对感受的描写既有叙述者外在的视觉观察（“红的，黑的，紫的”），又有对郑屠内在味觉（“咸的，酸的，辣的”）和听觉（“磬儿，钹儿，铙儿”）的描写。“全堂水陆的道场”“磬儿，钹儿，铙儿”似乎敲响了郑屠的丧钟，不但形容非常生动、贴切，充满生活气息，而且洋溢着乐观、幽默的情趣，衬托着鲁达痛打恶棍的痛快欢畅的心情，把一场暴力冲突，变成了一幕喜剧。难怪金圣叹评论：“眼根色尘，真正奇文。”容与堂的批语是：“好文章，好文章，令人手舞足蹈。”

我们在阅读“拳打”场面时主要的体会是“鲁提辖打得痛快淋漓”。“三拳”的描写很少让人想到血腥，甚至愤怒情绪的传达似乎也不是特别强烈。这样的叙事效果得力于“三拳”喻象所具有的谐谑调侃的意味，准确地传达出叙事者的叙事态度，即为郑屠这样欺负良善的恶霸受到惩治而拍手称快。这一叙事态度切合读者的阅读体会，也引领读者的阅读体会，叙述人谐谑调侃的态度将恶霸欺人事件所具有的愤怒内涵转化为内涵更为丰富的诙谐幽默的趣味，其间所蕴涵的审美因素耐人寻味。阅读感受来源于喻象的性质，同时也受到语言构成的影响，“三拳”的喻象采用的是短句结构，造成轻松明快的阅读效果，让我们似乎听见说书人酣畅淋漓的叙说，感受到说书的语言快感。喻象的新奇和短句结构所带来的语言快感使得小说对于“拳打镇关西”的叙述具有游戏的意味，有点儿类似西方文学中的“狂欢化”色彩。

鲁智深的暴力都被染上喜剧的色彩，写得生动有趣，甚至令人捧腹。“大闹桃花村”写得更有趣：

> 那大王推开房门，见里面黑洞洞地。大王道：“你看我那丈人是个做家的人，房里也不点碗灯，由我那夫人黑地里坐地。明日叫小喽啰山寨里扛一桶好油来与他点。”……那大王摸进房中叫道：“娘子，你如何不出来接我？你休要怕羞，我明日要你做压寨夫人。”一头叫娘子，一面摸来摸去。一摸，摸着销金帐子，便揭起来，探一只手入去摸时，摸着鲁智深的肚皮，被鲁智深……连耳根带脖子只一拳。那大王叫一声：“做甚么便打老公？”鲁智深喝道：“教你认的老婆！”拖倒在床边，拳头脚尖一齐上，打得大王叫救人。……众人灯下打一看时，只见一个胖大和尚，赤条条不着一丝，骑翻大王在床面前打。……打闹里，那大王扒出房门，奔到门前，摸着空马，树上折枝柳条，托地跳在马背上，把柳条便打那马，却跑不去。大王道：“苦也！畜生也来欺负我。”再看时，原来心慌不曾解得缰绳，连忙扯断了，骑着摌马飞走。

如果说打郑屠是往死里打，表现了作者愤恨之情，铲除恶霸的快感，而对小霸王周通，是手下留情的，因为他虽然是强迫刘老汉把女儿嫁给他，但刘老汉毕竟是接受了他的聘礼，打他是为了劝他回心转意，所以，更多的是揶揄和讽刺，让人觉得很滑稽，而不是解恨。

鲁智深到了东京大相国寺，几个小混混为了能继续在菜园子里偷菜，商量好要捉弄鲁智深，装着与他“作庆”，想把他掀翻到粪坑里。

但经验丰富的鲁智深早就觉察他们的小伎俩，他们刚到跟前，李四、张三就被他踢到粪坑里去了。他们不过是几个恶作剧的小混混，鲁智深在教训了他们之后，还收他们当徒弟。后来因为野猪林救了林冲，高俅要抓他，还是这些小混混通风报信，他才能逃脱。

“大闹野猪林”，鲁智深是用暴力制止暴力，用暴力把林冲从死亡线上抢救出来：

> 话说当时薛霸双手举起棍来，望林冲脑袋上便劈下来。说时迟，那时快，薛霸的棍恰举起来，只见松树背后雷鸣也似一声，那条铁禅杖飞将来，把这水火棍一隔，丢去九霄云外，跳出一个胖大和尚来，喝道：“洒家在林子里听你多时！”那两个公人看那和尚时，穿一领皂布直裰，跨一口戒刀，提着禅杖，轮起来打两个公人。林冲方才闪开眼看时，认得是鲁智深。……

这是《水浒传》里经典的场面。先说松树背后传来雷鸣般的声音，然后是飞来一条禅杖把水火棍一隔，跳出一个胖大和尚，见其为胖大，未看清他的样子和打扮；公人惊骇稍定，见其如此打扮，却不认得是何人，而又不敢问。这时林冲才闪开眼睛，“认得是鲁智深”。从董超、薛霸的视角，再转换到林冲的视角，使故事真实可信，令读者犹如亲临其境。

在鲁智深和林冲即将告别、作品将从鲁智深传转到林冲传的时候，作者像用特写的镜头，让我们看到，鲁智深如何用暴力粉碎邪恶的暴力，把朋友解救出来，仿佛给我们留下一张这位侠义英雄的彩色照片。

花和尚，真菩萨

打死郑屠后，鲁智深到五台山当了和尚。智真长老对他宣布的“五戒”：不要杀生，不要偷盗，不要邪淫，不要贪酒，不要妄语。除了不邪淫外，他都违犯了。他不参禅打坐，到晚翻身就睡；起来净手，在佛殿后撒尿撒屎，遍地都是；更可笑的是在山下小店里喝得酩酊大醉，还带着酒和狗肉，晃晃悠悠地走上山来，打折了亭柱，毁坏了金刚，还把狗肉往小和尚嘴里塞，旁人相劝，他“提起拳头，去那光脑袋上必必剥剥只顾凿”，闹得满堂僧众大喊起来，都去柜中取了衣钵要走，做了个“卷堂大散”。

鲁智深“大闹五台山”，看似热闹非凡，滑稽可笑，但实际上是借发“酒疯”把他被迫当和尚的无奈和郁闷流露和发泄出来。鲁智深胸怀坦荡，刚直率真，“遇酒便吃，遇事便做，遇弱便扶，遇硬便打”（金圣叹语），表现真实的自我，就是佛家说的与“妄我”相对的，脱离尘世烦恼，自由自在的“真我”，更符合佛教的本旨，更契合佛的机缘。容与堂本的评语说：“此回文字分明是个成佛作祖图。若是那班闭眼合掌的和尚，决无成佛之理。何也？外面模样尽好看，佛性反无一些。如鲁智深吃酒打人，无所不为，无所不做，佛性倒是完全的，所以到底成了正果。算来外面模样，看不得人，济不得事”。

鲁智深“大闹五台山”后，在桃花山，又演出了一桩偷东西的趣事。他不满李忠、周通的吝啬，把他们桌上的“金银酒器”踏扁，拴在包里，趁李忠他们不在，从后山滚下去，全部带走。容与堂本的回末总评：“人说鲁智深桃花山上窃取了李忠、周通的酒器，以为不是丈夫所为。殊不知智深后来作佛正在此等去处。何也？率性而行，不拘小节，方是成佛作祖根基。若瞻前顾后，算一计十，几何不向假道学门中去也？”

鲁智深“无所不为”“佛性倒是完全的”，《红楼梦》第二十二回《听曲文宝玉悟禅机，制灯谜贾政悲谶语》，就写到贾宝玉受到的启示。贾母为宝钗做生日，让宝钗点戏，宝钗因贾母爱看热闹戏，就点清初戏曲家丘园的昆曲折子戏《醉打山门》。宝玉以为是一般的热闹戏，没有兴趣。宝钗就给他念了一支名曲《寄生草》：“赤条条来去无牵挂。那里讨，烟蓑雨笠卷单行？一任俺，芒鞋破钵随缘化。”鲁智深“赤条条来去无牵挂”，让宝玉悟了禅机，提笔写了偈语和一支《寄生草》，联系后面贾政看到宝钗出的谜语引起的不祥之感，预示宝玉出家，宝玉宝钗不能白头到老的悲剧。

鲁智深看似粗豪直率，胸无城府，但和梁山泊许多好汉相比，他对朝廷、对当时政治形势的认识最清醒。他说：“只今满朝文武，俱是奸邪，蒙蔽圣聪，就比俺的直裰染做皂了，洗杀怎得干净？招安不济事！便拜辞了，明日一个个各去寻趁罢。”后来他因偶然的机会抓了方腊，立了大功。宋江对他说：“今吾师成此大功，回京奏闻朝廷，可以还俗为官，在京师图个封妻荫子，光耀祖宗，报答父母劬劳之恩。”鲁智深答道：“洒家心已成灰，不愿为官，只图寻个净了去处，安身立命足矣。”宋江道：“吾师既不肯还俗，便到京师去住持一个名山大刹，为一僧首，也光显宗风，亦报答得父母。”智深听了，摇首叫道：“都不要，要多也无用。只得个囫囵尸首，便是强了。”

平定方腊后班师回京，路过杭州，鲁智深在六和寺安歇。夜半时分，忽然听到钱塘江上潮声雷响，以为是战鼓响，提了禅杖冲出去。众僧告诉他不是战鼓响，是钱塘江潮信响。鲁智深忽然大悟，想起智真长老给他的偈语：“逢夏而擒，遇腊而执。听潮而圆，见信而寂。”弄明白圆寂就是死，就笑道："既然死乃唤做圆寂，洒家今已必当圆寂。"就沐浴焚香，坐在禅床上升天了。佛法无边，不识字的鲁智深竟然还写下一篇偈语："平生不修善果，只爱杀人放火。忽地顿开金枷，这里扯断玉锁。咦！钱塘江上潮信来，今日方知我是我。"从五台山剃度到杭州六和寺听潮圆寂，鲁智深终于成佛了。我借用济公和尚的话，凑成这样几句，作为鲁智深的评语吧："酒肉穿肠过，佛祖心中留。虽号花和尚，却是真菩萨。"

隐忍敦厚的禁军教头
——林　冲

《水浒传》开头用三个人物揭示了全书的精华：高俅揭露"乱自上作"，鲁智深表现侠义精神，林冲则是被"逼上梁山"的典型。

逼上梁山

林冲和鲁智深的故事是连在一起的，当鲁智深到了东京大相国寺，正给众泼皮演武时，林冲拿着一把折扇，儒雅潇洒地出现了，从此开始了他惊心动魄的命运。

鲁智深和林冲相见时，众泼皮介绍说："这官人是八十万禁军枪棒教头林武师"。北宋军队分三种，禁军、厢军、乡兵。禁军是正规军，主力部队，守卫京师和以京畿地区为中心的北方。人数最多，各朝人数不相同，但都在五六十万到八十万左右，这里的八十万是个大约的说法。禁军有很多教头，林冲是教枪棒的武师，地位并不高，但也算个小小前程。并且，他有一个幸福美满的小家庭，夫妻恩爱，过着安逸的生活。没想到就在他和鲁智深结拜兄弟、交谈甚欢时，丫鬟锦儿却来报告，妻子去庙里烧香，被个流氓调戏。林冲赶来，揪住那个流氓要狠揍他的时候，却认得是本管高太尉的儿子高衙内，“先自手软了”，对赶来相助的鲁智深说：“自古道：‘不怕官，只怕管’，林冲不合吃着他的请受，权且让他这一次”；后来由林冲好友陆谦出面，利用林冲的信任，用调虎离山计，把林冲妻子骗到陆谦家，致使林娘子险些被高衙内奸污。他虽然砸了陆谦家，买了一把解腕尖刀，在陆谦家门口“一连等了三日，并不见面”，无可奈何，“每日与鲁智深上街吃酒，把这件事都放慢了”。但是高太尉、高衙内并没有放弃抢夺林冲妻子的罪恶阴谋，把他骗入白虎节堂，以“手执利刃，故入节堂，杀害本官”的重罪把他从军官变成阶下囚，发配沧州。高太尉还不甘心，令押解公人，在野猪林杀害他，但被鲁智深救了，林冲至此还不醒悟，他不但不逃跑，反劝鲁智深不要杀公人，他心甘情愿去当囚徒。在发配沧州路上，路过柴进庄上，得到柴进热情接待。离开柴进庄园，到了沧州牢房，他呈上柴进的信，给差拨、管营送银子，以求平安，但高俅非置其于死地不可，对林冲步步紧逼，派陆谦火烧草料场，这位八十万禁军教头被逼入绝境，终于从隐忍到隐怒再到暴怒，最后狠绝地杀了陆谦等人。他把被子和酒葫芦连同以前的一切幻想都丢掉，提着枪茫然地走在大雪纷飞的路上。路过柴进庄园，进入看米囤的草屋，先是软语相求，希望庄家们卖一点酒给他，但遭到拒绝和辱骂后，他就从过去的温和礼让变成暴怒，把这些庄家赶跑，“都走了，老爷快活吃酒”。这是林冲人生第一次道出“快活”两字，也第一次醉倒在雪地里。后来，庄家们回来，把他抓到柴进的东庄，又见到柴进。柴进给他介绍了王伦等人盘踞的梁山泊。这是

容与堂本“豹子头误入白虎堂”

《水浒传》里第一次出现梁山泊，从此，“官逼民反”，反到哪里去？就是“逼上梁山”，梁山成为好汉们向往的地方。

当林冲将要上梁山时，他在朱贵酒店的墙上写下一首诗：“仗义是林冲，为人最朴忠。江湖驰闻望，慷慨聚英雄。身世悲浮梗，功名类转蓬。他年若得志，威镇泰山东。”这是他在告别过去、开始新生活时，展现自己的抱负和愿望。

命运坎坷的林冲，到了梁山泊，却遭到王伦的再三刁难，他又是隐忍不发，后来晁盖等人上山，王伦不肯接纳，林冲才从隐忍到爆发，杀了王伦，推晁盖为山寨领袖，迎来梁山泊事业的大发展。这是他一生中最辉煌的壮举。

林冲看到晁盖“作事宽洪，疏财仗义，安顿各家老小在山，蓦然思念妻子在京师存亡未保”。于是晁盖派人到东京，带回的消息是“娘子被高太尉威逼亲事，自缢身死”，岳父张教头也已病逝。林冲听后，潸然泪下，从此变得沉默寡言，虽然在梁山义军对敌作战中，他也屡立战功，但实际上只是一个作战的机器人，没有性格可言。到了梁山义军把高俅捉拿上山时，面对这个害得他家破人亡的仇人，只能眼睁睁地看着被奉为贵宾，而他却无所作为，连痛骂高俅一顿都没做到。在征方腊后，班师回京的路上，“患风病瘫了”，“就留在六和寺中，教武松看视，后半载而亡”。“威镇泰山东”的梦想成了泡影，人生以无限凄凉的悲剧结束。

林冲故事比鲁智深、武松、宋江等更典型地表现了“官逼民反”“逼上梁山”的主题。鲁达打死郑屠，武松杀嫂，宋江杀惜，虽然事出有因，值得赞许或同情，但从法律上说毕竟是犯法的，只能亡命江湖，投奔梁山。而林冲无论从情理上，还是从法律上都是完全无辜的。

迫害他的不是地方官吏、土豪劣绅、地痞流氓，而是朝廷重臣高太尉，一方面先设下陷阱，让林冲“误入白虎节堂”，然后调动国家机器，用国家法律认定“手执利刃，故入节堂，杀害本官”，判他重罪。另一方面又无法无天，把法律、制度抛到九霄云外，利用掌握的权力，让押解公人在途中杀害他；甚至派人让监狱衙役放火烧草料场，必置林冲于死地。林冲是中下级军官，武艺高强，为人善良，这样的人都被逼得走投无路，一般的老百姓还怎么生存？林冲的故事是“官逼民反”“逼上梁山”的典型，深刻揭露了社会黑暗，揭示了小说丰富的思想内涵。

同时，林冲并不是一个农民，他从统治阶级中分化出来，终于成了起义队伍中的骨干，这对真实全面地展现人民反抗斗争的面貌来说，有着别的英雄人物所不能替代的重要意义。

隐忍谨细的性格

如果说作者用夸张、浪漫的方法浓墨重彩地塑造了一个侠肝义胆、性格粗豪、充满喜剧色彩的英雄鲁智深，那么作者则用细腻、写实的方法通过林冲性格的发展史，塑造了一个性格隐忍谨细的悲剧英雄。

林冲思想的转变过程，就是封建统治日益暴露其黑暗与罪恶的过程。作者真实细致地描写了林冲的转变，也就深刻有力地揭露了统治阶级的罪恶。

林冲非常善良，性格隐忍谨细。他善良，因此对陆谦这个自幼相交的朋友，没有任何怀疑，没有想到陆谦会卖友求荣。他善良，从没有害人之心，也没有防人之心，因此，对奸佞的狠毒没有警惕。当他买了宝刀，第二天早上高太尉就派人请他去比看宝刀，两个高俅府中的差役又从来没有见过，这些不正常的情况，他没有丝毫的怀疑，以至掉入陷阱。在发配沧州路上，董超、薛霸用滚烫的开水给他洗脚，又给他穿新的草鞋，使他走不动路，无法逃跑；在野猪林把他绑在树上，使他无法反抗，这些超出常理的做法，也没有引起他的警觉，只能坐以待毙。

他隐忍、谨细。林冲作为统治阶级营垒里的一名军官必然要依附于统治阶级，他一心一意要保住那禁军教头的地位和美满的家庭，到被陷害，当了囚犯，他还幻想有朝一日能恢复原来的地位，甚至爬得更高，过上好日子。正为此，他对来自高俅一伙的种种横逆与迫害，虽然十分愤慨，却采取了逆来顺受、委曲求全的态度。就是到了沧州牢城，得知陆谦赶来要继续谋害他时，虽然一怒之下去买了一把解腕尖刀，要寻他报仇，三五日过去寻不到人，便又松懈下来，复归平静。管营调他去看管草料场，他虽心生疑惑，“却不来害我，倒与我好差事，正不知何意？”但未能识破是敌人的阴谋诡计，应声便去，还想在那里苟活求生，好好地过平安日子。到了草料场，面对在风雪中摇摇欲坠的草屋，想到的是天晴了，要到城中唤个泥水匠来修理，以便在此安然过冬；因天寒要到市井去买酒取暖，临行前细心地将火炭盆盖了，生怕引起火灾；出了门，将那已经破败、很不严实的草场门反拽上锁；路过古庙，还去祈求神明庇佑；回来看见草厅被积雪压塌，第一个念头便是担心火盆内火种未灭，怕会引起火灾，赶快探身去检查；到山神庙权且安身，走时只带一床絮被，准备住一夜就回来，安心服役；看到草料场火起，便马上要开门冲出去救火，而丝毫未想到自己会因此获罪，应该赶快逃跑……这一切，都极其细致地表现了林冲那精细谨慎的性格，表现了他虽然已经沦落到如此悲惨的境地，敌人已经把刀架到他的脖子上，他却仍然心存幻想，苟安求生。这是对林冲性格弱点多么严厉的批判啊！

当他亲耳听到陆谦等人洋洋得意地道出是奉高俅之命要烧死他，还要拾他一两根骨头回京请赏，“便逃得性命时，火烧了草料场，也得个死罪！”这样就被逼得毫无退路了。这时那长期郁积于心的满腔仇恨，才像火山一样爆发出来，于是奋然而起，毫不犹豫地走上了反抗斗争的道路。你看，像林冲这样安分守己、屈辱苟安的人，最后竟被逼得走投无路，一切生存的希望都彻底破灭，一贯能忍而终至于忍无可忍，不得不铤而走险。这就是林冲所走过的独特的生活道路，同时也是林冲性格发展的历史。

由于作品真实地揭示了林冲思想转变的社会原因，就使得林冲的不幸遭遇远远突破了个人悲剧的狭小范围，而具有丰富的现实内容和深刻的社会意义。

同时，小说还写到了林冲性格中不可忽视的另一面。林冲毕竟是个英雄，他有正义感，内心深处埋藏着反抗的火种。在他受到陆谦的欺骗时，他把陆家砸得粉碎；在柴进庄上对洪教头的挑衅和侮辱，忍无可忍，棒打洪教头，爆出反抗的火花。在“风雪山神庙”这一回里，作者特意安排了李小二这个人物，写了他跟林冲的关系。他在东京时偷了店主的东西，要问罪，是林冲替他赔了钱，还资助他盘缠，让他到外地谋生。写李小二绝非闲笔。除了情节上的需要，让他夫妻两人听见陆谦等人说话向林冲报信以外，主要的是要表现林冲克己好义、扶危济困、正直善良的性格。这种性格，不仅与统治阶级的恶德形成鲜明的对照，而且决然容不得丧理背义、谋害无辜的邪恶行为。这是他后来终于走上了反抗道路的内在的性格依据。在他胸中最后升腾起熊熊燃烧的反抗烈火以前，作者早已写出了他深埋心中的火种，我们已看到在外力的拨动下火星的闪耀。这样，林冲在“火烧草料场”后的爆发，他的性格转变尽管艰苦而又曲折，却写得有根有据，入情入理，令人信服。

袁无涯本“棒打洪教头”

精湛细致的艺术描写

在林冲故事里，作者追求艺术的完美，没有潦草粗糙的笔墨。

我们分析几个例子。先说林冲买刀。林冲每天和鲁智深一起喝酒，有一天，两人走到阅武坊巷口，一个大汉穿着一件旧战袍，手里拿着一把宝刀在卖，自言自语说道："好不遇识者，屈沉了我这口宝刀！"林冲也不理会，只顾和鲁智深说话，那汉子又跟在背后说："好口宝刀，可惜不遇识者！"林冲和鲁智深正说得起劲，还没有理他。那汉子又在背后说："偌大一个东京，没一个识的军器的！"卖刀人"屈沉""不遇识者"，这些话撞击着林冲怀才不遇、压抑苦闷的心，使他回过头来。那汉子把那宝刀拔出来，明晃晃的，夺人眼目。于是林冲就被宝刀吸引，赞不绝口。经过一番讨价还价，林冲买下宝刀。这就掉到陷阱里，"误入白虎堂"了。

这个情节写得很好。第一，林冲出身一个军官家庭，自己又是一个武艺高超的教头，爱军器如命。因宝刀被勾引上当，非常符合林冲的心理逻辑和性格特点。袁无涯评语曰："有血性汉子不是之乎者也掉文袋的计策可骗动得，须用本色事本色语激之，只因陆虞候与林冲相好，晓得林冲心性，故有如此巧计。"第二，卖刀人是在林冲和鲁智深同行时，跟在他们背后兜售，而不是林冲独自和卖刀人相遇，避免刻意安排之嫌。第三，卖刀人穿着旧战袍，说宝刀是祖上留下的，因为"家道消乏，没奈何，将出来卖了"，林冲再追问祖上是谁？买刀人回答："若说时，辱没杀人。"这些回答都合情合理，看不出破绽。总之，确实是一条妙计，瞒过了林冲，也瞒过了读者，到林冲误入白虎节堂才揭开谜底。

再说火烧草料场后，林冲杀人，不是一杀了之，而是精细描写，符合林冲的身份和个性。他杀陆谦、富安和差拨三个人，有不同的杀法。看他搬开石头，拽开庙门，大喝一声而出。这时三人要走。他“举手胳察的一枪，先搠倒差拨”。同时，陆谦一边叫“饶命”，一边要逃跑，却又吓得软了腿，走不动。林冲要杀他，只是手起刀落的事情。但林冲却放下他不杀，先去追那逃了十来步的富安。对付富安也是一枪搠倒，一样干净利落。放倒了这两个，这才回转身来对付那个正要逃跑的陆谦。作者不是为写杀人而写杀人，而是写林冲复仇，写他性格的转变。因此特意写他腾出手来，集中全副力量对付主要仇人陆谦。这次不再是一枪搠倒，而是另一番景象：林冲喝声道；“奸贼，你待那里去！”劈胸只一提，丢翻在雪地上，把枪搠在地里，用脚踏住胸脯，身边取出那口刀来，便去陆谦脸上阁着，然后声讨他的罪恶，特别是陆谦卖友求荣的卑鄙无耻。林冲骂道：“奸贼，我与你自幼相交，今日倒来害我，怎不干你事！且吃我一刀！”《水浒传》歌颂义气，陆谦卖友求荣，是最可耻、可恨的，所以要重点写杀他。

林冲杀人杀得光明磊落，理直气壮，义正辞严；林冲杀人又杀得有思想（充满正义性）、有性格（沉稳精细，不急不躁）、有身份（见出八十万禁军教头武艺、经验）、有章法（主次不同、详略不同、方式不同）。人物这种充分性格化的言语行动，表现了《水浒传》艺术描写的高明。

《水浒传》的艺术描写，处处从生活出发，符合生活的逻辑，因而真实动人。前面提到陆谦等人的罪恶活动，是从别人的眼中耳中写出的。前后两次，情景很不相同，都写得非常真实。第一次，是写李小二夫妻的所见所闻。他们看见的，先是一个跟一个闪进店来，末后则又分两拨低着头走出店去，鬼鬼祟祟的；听说话是“东京口音”，说起话来都是半吞半吐，断断续续。只听见“高太尉”“都在我身上，好歹要结果他性命”，只看见“一帕子物事”“一封书”，又恰好都是透露了重要的消息。“闪进来”“低着头走出去”，写出这些人鬼鬼祟祟的样子。第二次是草料场火起，林冲在山神庙里听到陆谦等人说话，竟将他们的全部罪恶阴谋毫无掩饰地和盘托出，而且一字一句，听得清清楚楚。

> 三人在庙檐下立地看火，数内一个道：“这条计好么？”一个应道：“端的亏管营、差拨两位用心。回到京师，禀过太尉，都保你二位做大官。这番张教头没的推故。”那人道：“林冲今番直吃我们对付了，高衙内这病必然好了。”又一个道：“张教头那厮，三回五次托人情去说：‘你的女婿殁了。’张教头越不肯应承。因此衙内病患看看重了，太尉特使俺两个央浼二位干这件事，不想而今完备了。”又一个道：“小人直爬入墙里去，四下草堆上点了十来个火把，待走那里去！”那一个道：“这早晚烧个八分过了。”又听一个道：“便逃得性命时，烧了大军草料场，也得个死罪。”又一个道：“我们回城里去罢。”一个道：“再看一看，拾得他一两块骨头回京，府里见太尉和衙内时，也道我们也能会干事”。

这段话通过声音桥梁，连接同一时间不同空间的各个场景，分别表现不同空间发生的事。交代了林冲发配后张教头、林妻、高衙内的态度。陆谦等想出这条毒计，非常周密，林冲没有任何活路。

作者这样写，自然是为了情节发展的需要，然而又都非常切合特定的具体情景，人物的神态、语气，无不逼真传神。因为第一次，阴谋还在策划阶段，便处处小心提防，生怕被人识破，因而言行诡秘，当然看不清、听不准。第二次，大火起来，以为阴谋已经得逞，只等请赏，便得意忘形，无所顾忌，而根本没想到山神庙里正藏着冤家对头，所以听得清清楚楚。这两段文字并不长，却前后呼应，真实而形象地刻画了奸臣爪牙的阴险、狠毒和残忍的本性，在促进林冲思想的转变和发展上，都起到了很重要的作用。

自然景物和环境的描写

《水浒传》精湛细致的艺术描写也表现在自然景物和环境的描写方面。中国古代小说是从说书发展来的，它不能作冗长的风景描写，否则听众都跑光了。风景的描写必须和情节的发展与人物性格的展示和谐地结合在一起。《林教头风雪山神庙》，这一回“雪”是全部情节发展的关键。随着情节的发展，作者一路点染，三次写到那场纷纷扬扬的大雪。第一次，是写林冲取路投草料场来时，“正是严冬天气，彤云密布，朔风渐起，却早纷纷扬扬卷下一天大雪。”第二次，是写林冲到市井饮酒，“雪地里踏着碎琼乱玉，迤背着北风而行。”下面着一句：“那雪正下得紧。”第三次，是林冲喝完酒，仍旧迎着朔风回来时，“看那雪，到晚越下得紧了。”妙在三次都仅寥寥数语，却精炼而又传神，真实生动地表现了特定情景下自然景色的一种神韵和意境，而又跟人物的心境、气氛融合在一起。严冬的大雪给人以清冷的感觉，自然由此更能使人感受到主人公所处境遇的凄惨。同时，自然景物又关联到人物的命运和情节的发展。没有大雪，林冲不会到市井去沽酒；没有大雪，两间草厅不会被压塌，林冲便不会夜宿山神庙。还有林冲刚到草料场时，这样描写环境：“推开看里面时，七八间草屋早做着仓廒，四下里都是马草堆，中间两座草厅。”接连点出三个“草”字，为后文起火预作布置。《水浒传》的环境描写，能跟人物刻画、情节发展相结合，简练细密。

最后还要说一下小道具的作用。俄罗斯一位戏剧家说舞台上挂一把猎枪，到时候一定会派上用处。小说注意选择与人物性格、情节发展有关系的道具，伴随人物的流动来刻画人物，细细交代下落，绝不脱靶。那把准备杀陆谦的刀，一直没有提起，但作者不会忘记，林冲用枪“搠倒”差拨和富安，却用那把刀杀了陆谦。而枪和酒葫芦与情节关系更密切。七次写枪，六次写酒葫芦，最后把酒葫芦和在草料场安身立命的幻想一起抛掉，拿着复仇和战斗的枪奔上了梁山。

一个值得探讨的问题

林冲是军官，武艺高强，但温文尔雅，谨慎细心，与《三国志演义》里性格粗豪的张飞迥异。但是在《水浒传》里，林冲绰号豹子头，被称为小张飞，还有不少类似的描写。如他出场时是“豹头环眼，燕颔虎须，八尺长短身材，三十四五年纪”（第七回），不但相貌而且使用的兵器也和张飞一样“挺丈八蛇矛迎敌”。林冲、杨志相斗，有词形容：“架隔遮拦，却似马超逢翼德；盘旋点搠，浑如敬德战秦琼”（第十二回）。他的出场诗是“满山都唤小张飞，豹子头林冲便是”。第七十八回那篇咏赞三十六位天罡星的赋曰：“林冲燕颔虎须，满寨称为翼德。”如何解释这个矛盾呢？我们认为林冲故事可能经过作者脱胎换骨的改造。

林冲故事民间文学的基础比较薄弱。龚开《宋江三十六人赞》的名单中没有林冲；南宋罗烨《醉翁谈录》与水浒有关的“说话”名目，都与林冲无涉。《大宋宣和遗事》林冲在天书三十六人名单中，曰“豹子头林冲”。他是押运花石纲的十二指使之一。十二指使奉命押运花石纲，林冲等十名指使运花石纲已到京城，只有杨志在颍州等候孙立不来，被雪阻滞，因卖刀而杀人。林冲等十一人在黄河岸上救了被押解的杨志，于是同往太行山落草。《大宋宣和遗事》写到林冲的只有这些，他在故事中不过是一个姓名符号而已。从元杂剧看，可以判断它们没有一种是以林冲为主角的。明初无名氏杂剧《梁山七虎闹铜台》有林冲出场，但只是过场人物，楔子里仅有几句自报家门的宾白："从在东京为教首，今来山内度时光。"

林冲故事是后来被吸收到以宋江为主的水浒故事里来的，并经过脱胎换骨的改造。

《水浒传》延袭小说话本的体制，每回都用联语作为“煞尾”，概括这一回书的内容。如第七回“有分教：大闹中原，纵横海内。直教农夫背上添心号，渔父舟中插认旗”。第九回："直使宛子城中屯甲马，梁山泊上列旌旗”；第十回“有分教：蓼儿洼内，前后摆数千只战舰艨艟；水浒寨中，左右列百十个英雄好汉。搅扰得道君皇帝，盘龙椅上魂惊，丹凤楼中胆裂。正是说时杀气侵人冷，讲处悲风透骨寒”。第十一回："有分教：梁山泊内，添这个弄风白额大虫；水浒寨中，辏几只跳涧金睛猛兽。直教掀翻天地重扶起，戳破苍穹再补完”。林冲的几回书，都是写他妥协退让，到“火烧草料场”才反上梁山，那么为什么这些充满反叛精神的诗句都集中在林冲的故事里呢？

我设想，在早期水浒故事里，林冲是个“指使”这样的低级军官，是像张飞一样性格粗豪的人物，后来因某种原因带领农夫渔父“造反”，经过“火并王伦”，夺取了领导权，成了山寨之主，独立领导了一支队伍，反抗政府，所以才有这些诗句。后来被吸收到宋江水浒故事里来，他的性格被改造了，寨主也“让贤”给晁盖当。而这些诗句除第七回外，其余的容与堂本、天都外臣本等百回本有，而后出的芥子园百回本，袁无涯百二十回全传本都删去了，他们觉得这些诗句不符合林冲的性格和今本中的情节。但删改得不够彻底，所以还保留了“小张飞”的外号和外貌。又因为林冲是个独立的故事，后来并入宋江故事里，所以，他上山，到火并王伦后，艺术生命就结束了，成为被遗忘的人物，只是作者偶然想起，让他出一两次阵罢了。在宋江希望招安时，李逵、鲁智深、武松都激烈反对，而苦大仇深的林冲没有一点表示；高俅被俘上山，本来应该“仇人相见，分外眼明”，而林冲却浑然不觉（在全传本里有照应，说高俅看见“林冲、杨志怒目而视，有欲发作之色”）。最后在六和寺默默死去。

一个有文人气质的军官，怀才不遇，委曲求全，最终走上反叛之路，可能更符合文人作者的思想。

敢作敢当的真情硬汉
——武　松

金圣叹赞武松“绝伦超群”，是《水浒传》里“第一人”。作者如何成功塑造这个传奇英雄，其创作的主要经验值得认真总结和学习。

惊奇与逼真

《水浒传》是一部英雄传奇小说。英雄传奇，就是塑造传奇式的英雄。武松无疑是《水浒传》里塑造得最成功的传奇式英雄人物之一。惊

《水浒全图》之鲁智深、武松。

奇与逼真结合是它成功的主要经验之一。我们以武松打虎为例。

宋江杀惜后在柴进庄上避难，柴进向宋江介绍一个好汉——“柴进指着那汉，说出他姓名，何处人氏。有分教：山中猛虎，见时魄散魂离；林下强人，撞着心惊胆裂。正是说开日月无光彩，喝破江山水倒流。”这个能使日月失去光彩，江水竟然倒流的人是谁呢？就是武松。接着就写武松徒手打虎这个故事，渲染武松的神勇，充满了传奇的色彩。

写武松打虎反复铺垫，设置了多个悬念。先写武松“望见前面有一个酒店，挑着一面招旗在门前，上头写着五个大字‘三碗不过冈’”。什么叫“三碗不过冈”？这是一个悬念。武松要酒，店主人摆三个碗，一双筷子，一碟热菜。而且，喝完三碗酒后，武松称赞是好酒，可是酒家却不再倒酒了。这才解开这个谜，原来这酒叫“透瓶香”“出门倒”。武松却把“三碗不过冈”的酒喝了十八碗，吃了四五斤牛肉。用武松的酒量来表现他的好汉气概，为打虎做铺垫。

武松喝得半醉，就要出门上山了。酒家说山上有老虎，已经“坏了三二十条大汉性命”。苦口婆心的劝告，武松就是不听，甚至怀疑酒家不怀好意。酒家无奈，武松就上山去。先看到树上的警语，还不相信；看到官府的榜文才“方知端的有虎”。他想回去，但“寻思道：‘我回去时，须吃他耻笑，不是好汉，难以转去。’”写武松心理非常真实。在好汉的名誉和生命面前，他选择了名誉，把名誉看得比生命还重，“怕甚么鸟！且只顾上去，看怎地！”

老虎未出现时，通过这些描写点染了老虎的威风，使读者心中已经感到老虎的威胁，为武松的命运担忧。

黄昏日落，武松酒力发作，“掀了毡笠儿”，“胸膛前袒开”，踉踉跄跄走上山冈，“自言说道‘那得甚么大虫！人自怕了，不敢上山’”。他先前的戒备心理完全解除了，把手里提的梢棒倚在一边，在一块大青石上，“放翻身体，却待要睡”了，读者的心情也放松了。这时一阵狂风刮来，“跳出一只吊睛白额大虫来”。老虎异常迅猛地扑过来，武松叫了声“呵呀！”“被那一惊，酒都做冷汗出了”。武松见老虎扑来，就一闪，闪在老虎背后，老虎又一掀，武松又一躲，老虎再一剪，武松又一闪。写老虎的凶猛，更是写武松临危不乱，矫健敏捷。老虎是“一扑，一掀，一剪，三般提不着时，气性先自没了一半”。这时武松双手抡起梢棒，用尽平生力气，从空中劈下来，却打在枯树上，老虎没打着，唯一的武器却打折了。这个精彩的细节，一方面表现了武松打虎时的紧张心情；另一方面，更显示他徒手打虎的神勇。又经过一番搏斗，老虎被打死了。

武松打死老虎之后，想把老虎拖下山岗，但是“那里提得动，原来使尽了力气，手脚都酥软了”。他想到如果再出现老虎，“却怎地斗得他过？”所以“一步步捱下岗子来”。一个“捱”字，把他的疲惫写出来了。当他走了不到半里路，见到披着虎皮的猎人，以为又遇到老虎，不由得大惊失色道：“啊呀！我今番罢了。”这些描写都非常真实，既写出武松浴血奋战的艰辛，又使英雄人物亲切感人。

朋友们可能都看过京剧《打虎上山》，杨子荣用枪打死一只老虎后，站在高高的山冈上，满怀豪情地说：“就是再来一群我也不怕。”如果武松打死老虎后也说再来一只我也不怕，那可够勇敢，但是就不真实了。

在我国绘画史上有许多鉴别真假古画的“佳话”。例如欧阳修得到一幅古画《正午牡丹》。画的是一丛牡丹花，花下有只猫。他不知这幅画的真假，他的亲家吴育丞相给他释疑：判定《正午牡丹》的真伪，就在于牡丹花下那只猫的眼睛，瞳孔是眯成一条缝还是睁得圆圆的。唐代画家戴嵩善于画牛，有个人借他的《牧牛图》，三天后把自己摹的画还给戴嵩，把真画藏起来，戴嵩马上发现了，因为真画里那头牛的眼睛里有依稀晃动着的牧童的影子，而摹的假画却没有牧童的影子。这些极细微处的是否逼真，就影响乃至决定了作品的真实性。

武松打虎，是高度夸张的充满传奇色彩的情节，但又有逼真的细节。没有这些细节的高度真实，就会削弱整个情节的真实性。真实与虚假之间的差别就是这样微妙，失之毫厘，就要差之千里。

意大利文艺复兴晚期的诗人塔索在论述英雄史诗时曾说过："逼真与惊奇，这两者的性质是截然不同的，甚至可以说几乎是互相排斥的。尽管如此，逼真和惊奇却都是史诗必不可少的。优秀诗人的本领在于把这两者和谐地结合起来。"用金圣叹的话来说就是："写极骇人之事，却尽用极近人之笔。"

总之，从武松打虎故事，我们体会到要塑造传奇英雄，就要把惊奇和逼真结合起来，就是整个故事情节高度夸张，但生活细节却严格真实。如果整个故事不惊奇，就失去传奇色彩；如果细节也是夸张的，就会失去真实感。

超人与凡人

超人与凡人结合是成功塑造武松形象的又一主要经验。

传奇式的英雄，包含着在现实基础上的理想化，表现为超人与凡人相结合。否认传奇式的英雄有超人的一面，就会使英雄人物失去传奇色彩；否认传奇式英雄是凡人，就会把他写成不食人间烟火的神仙，从而失去真实性。

武松形象的塑造，既体现了现实的深刻性，又表现了浪漫的传奇性；既揭示了生活的真实，又寄托了人民的理想；既有超人的品格和非凡的力量，又有凡人的性格和情感。

对武松这个传奇式的人物，作者在热情颂扬、让他放射出异样光彩的同时，又精雕细刻地描写了他的成长过程，展示了他是经历了怎样严酷的斗争，才逐步克服了缺点，成长为水浒英雄。通过打虎、杀奸复仇、醉打蒋门神、血溅鸳鸯楼等一系列惊心动魄的传奇故事，使武松这个传奇式的英雄血肉丰满地展现在我们面前。《水浒传》写出了传奇式英雄的超人之处，又写了他们性格的弱点和成长过程，使他们具有凡人的品格，这就避免了过分夸张而失实，避免了《三国演义》“欲状刘备之仁而似伪，欲写孔明之智而近妖”的缺点。

武松的出身和经历，使他一方面具有城市贫民的反抗精神和丰富的社会经验；另一方面，他既是小市民，又是官府的衙役，因此思想上存在着严重的问题，就是对官府抱有幻想，不可能轻易地与统治阶级决裂；同时，私人恩仇观念重，容易被人拉拢利用。作者在惊心动魄的故事中，揭示了武松思想性格的发展史。

武松打虎后，受到知县赏识，当了阳谷县步兵都头。本要回清河县的武松不料却在这里遇到哥哥武大郎。武松被知县派到东京办事，过了四十多天回来，发现武大死得不明不白之后，迅速取得了武大被人谋害的人证、物证，表现了他胆大心细的性格特征和丰富的社会斗争经验。但是，他存在着对官府的幻想，因此，他到知县衙门告状，希望通过合法的手段解决矛盾，凭借官府的力量为兄长报仇。但是，官府被西门庆收买，知县退还作为物证的骨殖、银两，拒绝受理此案。对此，武松出乎意外的冷静，只说了一句：“既然相公不准所告，且却又理会。”接着他买了祭祀武大的物品，安排在家里，还买了三五张纸藏在身边。在武大断七那天，他对潘金莲说：“我今日特地来把杯酒，替嫂嫂相谢众邻。”态度十分平和，似乎风平浪静。他请了众邻，士兵安排好供品和桌凳，把守了前后门。被请来的众邻里感到气氛不对，特别是吏员出身的胡正卿更是“心头十五个吊桶七上八下”，预感暴风雨即将来临。武松突然从衣裳底下拿出一把尖刀，告诫四邻不许动，要做个见证，然后审问了王婆和潘金莲，取得她们的口供之后，就亲手杀了潘金莲。当他提着潘金莲的人头，拿着尖刀冲上酒楼和西门庆打斗时，西门庆“便把手虚指一指，早飞起右脚来”，把武松的尖刀踢到街上去了。这个细节一方面表明西门庆武功不凡，是个凶狠的对手；另一方面武松在没有刀的情况下，把西门庆掼下楼去，更显示武松的神勇。这和武松打虎时梢棒打折的细节有异曲同工之妙。

武松为武大报了仇，提着两颗人头，押着王婆，带着众邻里去县里自首。这时他一方面还没有与统治阶级一刀两断的决心，还不能像鲁智深那样一走了之，奔向江湖，投身造反队伍，而是情愿发配充军，希望有朝一日，刑满释放，凭借自己的本领，重新挤进统治阶级的行列；另一方面，他觉得好汉应该一人做事一人当，光明磊落、刚烈勇武。他也的确因此受到人们的崇敬。

武松对统治阶级的幻想和私人恩仇观念重，是两个互为因果的问题。因为对统治阶级的本质认识不清，就存有幻想，认为凭借自己的武艺和本领，可能受到统治阶级的赏识，这就容易被小恩小惠所笼络。

武松到了孟州牢城，他的表现和林冲完全不同，对差拨的索贿，他说:“半文也没有！我精拳头有一双相送！”管营要打一百杀威棒，他说:“要打便打毒些，不要人情棒儿，打我不快活！”表现出一个硬汉的铮铮铁骨。可他不吃硬，却吃软。管营的儿子施恩对他“施恩”，他就替他去打蒋门神，“重霸快活林”。

施恩是个地霸。他“倚仗随身本事”，利用营里有八九十个囚徒，

容与堂本“武松醉打蒋门神”

在“快活林”开个酒肉店，不仅垄断了地盘上的酒肉供应业务，而且过路的妓女都要得到他的批准，才“许他去趁食”。每月能赚“三二百两银子。”蒋门神后台比施恩硬，依靠张团练的势力，凭借自己的好本事，把施恩打伤，霸占了“快活林”。武松“醉打蒋门神”这件事颇受非议。朋友们是怎么看的呢？我谈点看法供参考。第一，施恩虽然是一霸，但蒋门神是更恶的恶霸。武松打倒蒋门神后，在酒店中对集镇上的十来位“高邻”说：“快活林这座酒店，原是小施管营造的屋宇等项买卖，被这蒋门神倚势豪强，公然夺了，白白地占了他的衣饭。你众人休猜道是我的主人，我和他并无干涉。我从来只要打天下这等不明道德的人！我若路见不平，真乃拔刀相助，我便死了不怕。”他路见不平，出手相助，是正义的行为。第二，他私人恩仇观念重，容易被利用。这是武松性格的一大弱点。这次为报施恩的知遇之恩，打了蒋门神，为他下一步被张都监用小恩小惠迷惑几乎丧命，做了铺垫。第三，个人英雄主义的膨胀。他听施恩说蒋门神自夸“三年上泰岳争交，不曾有对；普天之下，没我一般的了！”就要去会会这天下无敌手的人，显示打虎英雄的神勇。这是侠义人物的普遍心理。

“醉打蒋门神”之后，过了一个月，张都监就派亲随奉都监的“钧旨”，牵着马来请武松。到了张都监府上，张都监对他说：“我闻知你是个大丈夫，男子汉，英雄无敌，敢与人同死同生。”要他做亲随体己人。武松跪下称谢，愿“执鞭坠镫，伏侍恩相”。后来张都监待他亲如家人，到中秋节，让他参加家宴，还要把漂亮的养娘许配给他。武松起身拜道：“量小人何者之人，怎敢望恩相宅眷为妻？枉自折武松的草料！”他对张都监感激涕零。到半夜，武松离了宴席，回到房间，将要去睡时，后堂一片声喊有贼，“武松听得道：‘都监相公如此爱我，又把花枝也似个女儿许我。他后堂有贼，我如何不去救护？'”结果恰恰中了奸计，被张都监当贼抓了起来，进了监狱。经施恩父子等人尽力营救，保住性命，发配充军，但张都监、蒋门神还要在飞云浦把他杀掉，作者在这里，对武松的弱点和错误做了多么深刻的批判啊！经过这个教训，武松大闹飞云浦，血溅鸳鸯楼，才觉悟起来，走上反抗之路。

粗线条的勾勒与工笔的细描

粗线条的勾勒与工笔的细描相结合是成功塑造武松形象的又一条重要经验。

《水浒传》塑造传奇式的英雄，在表现方法上是具有中国古典小说鲜明的民族特色的。茅盾曾指出："人物形象塑造的民族形式，我以为可以用下面一句话来概括：粗线条的勾勒和工笔的细描相结合。前者常用以刻画人物的性格，就是使人物通过一连串的事故，从而表现人物的性格，而这一连串的事故，通常都是用简洁有力的叙述笔调（粗线条的勾勒），很少用冗长细致的抒情笔调来表达。后者常用以描绘人物的音容笑貌，即通过对话和小动作来渲染人物的风度。"也就是说，用说故事的办法，通过一连串惊心动魄的情节，用叙述性的笔调勾勒出人物性格的主要特征和基本轮廓，而又用工笔细描的办法对故事的关键性情节，对必要的艺术氛围，对主要人物的音容笑貌作了极为细致的描写，作了尽情的渲染，突出人物的个性特征。只有惊心动魄的故事，而没有细致的描绘人物的个性特征，人物就会是概念化的；但如果只有工笔的细描，而没有用简洁的笔调去叙述一连串惊心动魄的故事，就不易勾勒出人物性格的轮廓，人物也会失去传奇的色彩。

《水浒传》用粗线条勾勒与工笔细描结合的办法把人物性格的各个

侧面展现出来。通过武松打虎，表现他的勇和力；通过武松杀嫂，表现他的嫉恶如仇、沉着冷静；通过十字坡戏弄孙二娘和快活林醉打蒋门神，表现了他性格中机智风趣的一面；通过他到张都监府上当亲随，后来上当受骗，表现他私人恩仇观念重，容易被利用的弱点；通过大闹飞云浦和血溅鸳鸯楼，又展示了他强烈的复仇情绪和狠辣的性格特点。这便使武松性格的各个侧面都展现出来，从而使他的性格具有丰富性，形象富有立体感。如金圣叹所说："看他打虎有打虎法，杀嫂有杀嫂法，杀西门庆有杀西门庆法，打蒋门神有打蒋门神法。"如果只用粗线条勾勒，这几个故事可能写得雷同，但作者却作了工笔的细描，就把武松性格的勇、狠、细、趣的不同侧面表现出来，人物就不仅有了骨架，而且血肉丰满。

多侧面的立体形象

刚烈武勇又仁爱善良。武松刚烈武勇的性格通过打虎、杀嫂得到充分表现，但作者又通过他的仁爱善良细节的刻画，使他的性格更丰满。武松打虎后，县上奖励一千贯，武松马上把钱分给众猎户，表现他的忠厚仁德。接着写他与武大在阳谷县相遇。他对哥嫂都非常亲切，视兄如父，见了嫂子“推金山，倒玉柱，纳头便拜”。给哥哥一些钱，给嫂子一块彩色缎子做衣裳。没想到潘金莲却生了邪念："我嫁得这等一个，也不枉了为人一世。"于是在她的热情邀请下，武松搬到武大家里住。在一个大雪纷飞的日子，武松上午上班回来，潘金莲早在武松房里，生起火盆，摆好酒和水果。武松回来她不但热情迎接，嘘寒问暖，而且“着实撩斗他一撩斗，不信他不动情”。在她逐步露骨的挑逗下，武松这才瞧出五六分，但也只是“把头来低了”。到潘金莲捏他的肩胛时，他虽然仍不做声，已有“八九分焦躁”，还是“只不做声”，还把潘金莲当嫂子，给她留面子。可是潘金莲“欲心似火”，要和武松共饮一杯酒，“看着武松道：‘你若有心，吃我这半盏儿残酒。’”这时“武松劈手夺来，泼在地下，说道：‘嫂嫂休要恁地不识羞耻！’把手只一推，争些儿把那妇人推一交。武松睁起眼来道：‘武二是个顶天立地噙齿带发男子汉，不是那等败坏风俗没人伦的猪狗！’”潘金莲勾搭武松不动，反被抢白一场。到武大回来，她反告武松调戏她，武大不肯相信。但潘金莲知道武松肯定要搬走，不许武大留他，武大也无可奈何。作者在潘金莲、武松、武大三人的对比中，写出武大对兄弟的信任、爱护，而又善良软弱的性格；武松的厚道、守护人伦，拒绝诱惑的英雄本色；也写出潘金莲“为头的爱偷汉子”的无德、狠辣，为潘金莲和西门庆勾搭成奸做了铺垫。

从潘金莲和武松见面起，她都叫“叔叔”；她勾引武松时说：“你若有心，吃我这半盏儿残酒。”金圣叹说：“已上凡叫过三十九个‘叔叔’，至此忽然换作‘你’字，妙心，妙笔！”到后来她向武大诬告武松：“都是你不争气，教外人来欺负我！”这时又把武松称为“外人”。三个称呼的变化，写出潘金莲心理的变化，作者这样的文字功力不是很值得我们学习吗？

刚烈武勇又考虑周详。知县到任两年，赚了不少钱，派武松把一担财物送到东京亲戚家收贮。武松考虑到要四五十天才能回来，很不放心，所以到武大家，对哥哥说要他每天做的炊饼减半，迟出早回，不要和人吃酒；归到家里，便下了帘子，早闭上门；若有人欺负你，不要和他争执，待我回来再和他理论。

这些亲切的劝告，表现出他对哥哥的真挚感情；接着对潘金莲说：

“我哥哥为人质朴，全靠嫂嫂做主看觑他。常言道：‘表壮不如里壮。’嫂嫂把得家定，我哥哥烦恼做甚么？岂不闻古人言：‘篱牢犬不入。’”既说了好话，又带着警告。武松的考虑很周详，但还是没有能够避免悲剧的发生。

当武松过了四十多天回来时，进了武大家门就非常吃惊地看到哥哥的灵堂。他先问嫂子“哥哥几时死？得甚么症候？吃谁的药？”三句一气问出，急切、短促。接着又问：“如今埋在那里？”“哥哥死得几日了？”晚上守灵，好像武大托梦。他更加怀疑，第二天盘问潘金莲武大得什么病死的，吃谁的药，谁买的棺材，谁来扛抬出去？武松开始调查。他有丰富的社会经验，考虑周密，先抓住了关键人物验尸的何九叔。他把何九叔请到酒店，开头并不说话，制造紧张神秘气氛，到酒过数杯，武松突然拔出尖刀插在桌上，要何九叔说出武大尸体是什么模样？何九叔拿出两块酥黑骨头和西门庆给他的十两银子，详细交代了事情的经过。接着武松找另一个重要证人，和武大一起捉奸的郓哥。他对郓哥和气多了，称他是好兄弟，赞扬他有孝心，给他五两银子给“老爹做盘缠”，还答应再给他十五两银子做生意。于是这个小孩也讲述了捉奸的经过。经过这一番调查，把西门庆、潘金莲的奸情和武大被毒死的案情搞清了，就带着人证物证去县里告状。在告状不准的情况下，武松非常冷静而又果断地杀奸报仇。

刚烈武勇又狠辣凶残。《水浒传》里写得最血腥的莫过于“血溅鸳鸯楼”。张都监等人陷害武松，非要斩草除根。武松“大闹飞云浦”，杀了派来的杀手和押解的衙役之后：

立在桥上看了一回，思量道：“虽然杀了这四个贼男女，不杀得张都监、张团练、蒋门神，如何出得这口恨气！”提着朴刀，踌躇了半晌，一个念头，竟奔回孟州城里来。

武松为什么“踌躇了半晌”？因为如果现在逃走，还有生路，而去孟州城要冒很大的风险；即使报了仇，也意味着他和官府彻底决裂，“封妻荫子”、出人头地的幻想就彻底破灭了。但是武松这样一个自视为顶天立地的英雄，却如此轻易地上当受骗，他心理上受到沉重的打击，感到无比的屈辱，无地自容。不报此仇，在江湖上如何做人，如何立足？因此，犹豫再三，还是横下一条心，奔回孟州城去出那口“恨气”。回到孟州，到张都监府，杀了十五口人，在白粉壁上写下八个大字：“杀人者，打虎武松也！”

虽然武松是被欺侮得走投无路时才被迫杀人的。但他杀的十五人中，只有三人是该杀的，有几个是从犯，但罪不至死，还有几个是完全不相干的人，但都被杀了，表现了武松狠辣的一面。武松是个凶狠而精细的人，不管多大的冤屈，他都闷在心里，“憋着一口鸟气”，一旦爆发出来，就特别猛烈。直到杀了十多人后，才说了一句“我方才心满意足”。逃出城以后，又说了一句：“这口鸟气，今日方才出得松臊。”他又是一个非常冷静的人，杀人之后，从城墙上跳下来，仍然是很冷静，有条不紊的：

把哨棒一拄，立在濠堑边。月明之下看水时，只有一二尺深。此时正是十月半天气，各处水泉皆涸。武松就濠堑边脱了鞋袜，解下腿绑护膝，抓扎起衣服，从这城濠里走过对岸。却想起施恩送来的包裹里，有双八搭麻鞋，取出来穿在脚上。听城里更点时，已打四更三点。武松道：“这口鸟气，今日方才出得松臊。”

如孙绍振先生所说：“杀了这么多人，逃出城了，如果是一般人物，还不赶紧溜？可是武松，居然从容到在月光下看城濠里的水，只有一二尺深。看得这么细致，不愧当过都头，端的是，寓从容于紧迫之中。在这样的危机中，心思不乱，动作有层次：脱鞋袜，解腿绊，扎脱衣服，蹚水走过对岸。还顾得上把湿鞋袜换了，还有闲心去想鞋是哪个朋友送的。写武松过河的从容，就是写武松的平静。更精彩的是：‘听城里更点时，已打四更三点。’充分写出了听觉的放松，从听觉的放松，暗示了心情的放松：‘这口鸟气’终于出了。说明在这以前，是憋着一口鸟气。憋得很久，憋得很深，这样冷峻，这样清醒，这样有余暇闲心。实乃水浒之大手笔也。”“血溅鸳鸯楼”虽然写得很血腥，很暴力，但高超的艺术描写让武松这个传奇英雄更丰满、更立体地站在我们面前。

刚烈武勇又机智风趣。武松上景阳冈，酒店老板说“三碗不过冈”，武松却吃了十八碗，徒手打死了老虎。去打恶霸蒋门神，是武松提出要求“无三不过望”。所谓“望”，就是“望子”，就是“酒帘儿”，“无三不过望”就是不喝三碗，不过酒店。如果作者只作粗线条的勾勒，便会像金圣叹所说的“如以事而已矣，则施恩领却武松去打蒋门神，一路吃了三十五六碗酒，只依宋子京例，大书一行足矣。”但是，作者为了突出“醉打”的特点，表现武松性格中“趣”的一面，却作了细腻的描写和尽情的渲染。作者细写武松一路喝酒，“无三不过望”；写他装醉，在蒋门神酒店里寻衅闹事，先是“双手按着桌子上，不转眼看那妇人”，“敲着桌子”要酒；酒保送来酒，他闻了一下，就说酒不好；老板娘换了好酒，他呷了一口，又说酒不好；再换了一次。三次换酒，店家都忍了，没有被激怒。武松最后只好耍流氓，要老板娘来陪他喝酒。老板娘忍无可忍，“推开柜身子，却待奔出来。”武松把她扔到酒缸里，终于激怒了蒋门神。蒋门神奔来，武松用“玉环步，鸳鸯脚”的拳法把蒋门神打得跪地求饶。

英雄末路

“血溅鸳鸯楼”后武松逃出孟州，四顾茫然，不知路在何方。走累了，在一座小小古庙里睡着了，又被张青、孙二娘手下抓去了，差一点做了人肉馒头馅。被张青夫妇发觉救醒后，在他们家住了几天，但搜捕的风声越来越紧，张青劝他去二龙山找鲁智深、杨志，但又怕路上被人认出。孙二娘把两年前杀了的一个头陀的度牒、衣服、戒刀拿出来，把武松打扮起来。从此，武都头变成了武行者。他告别了张青夫妇，路过蜈蚣岭，杀了王道人，救了被掳来的女子，望青州二龙山走。路过白虎山孔家庄，因喝酒和店家争执，打了店主和孔家庄的少爷孔亮，把他们赶跑后，他喝得酩酊大醉，发生了可笑的“武松打狗”一幕：

> 武行者醉饱了，把直裰袖结在背上，便出店门，沿溪而走。却被那北风卷将起来，武行者捉脚不住，一路上抢将来。离那酒店走不得四五里路，旁边土墙里走出一只黄狗，看着武松叫。武松看时，一只大黄狗赶着吠。武行者大醉，正要寻事，恨那狗赶着他只管吠，便将左手鞘里掣出一把戒刀来，大踏步赶。那只黄狗绕着溪岸叫。武行者一刀砍将去，却砍个空，使得力猛，头重脚轻，翻筋斗倒撞下溪里去，却起不来。

冬月天道，溪水正涸，虽是只一二尺深浅的水，却寒冷的当不得。扒起来，淋淋的一身水。却见那口戒刀浸在溪里，武行者便低头去捞那刀时，扑地又落下去了，只在那溪水里滚。

“虎落平阳被犬欺”，这是经历了惨痛教训，亡命江湖，前途迷茫时英雄的无助和无奈。

武松被孔明、孔亮抓到孔家庄，再次巧遇宋江。宋江问武松：“要往何处安身立命？”武松说准备投二龙山鲁智深处入伙。“天可怜见，异日不死，受了招安，那时却来寻访哥哥不迟。”武松在孔家庄住了十多天，宋江和武松同行，宋江要去清风寨找花荣，武松要去二龙山。走了两天，到三岔路口，两人分别，宋江又嘱咐武松到二龙山劝鲁智深、杨志将来要受招安，“日后但是去边上，一枪一刀，博得个封妻荫子，久后青史上留个好名，也不枉了为人一世”。

但是，当武松在二龙山、梁山，参加了与官军的多次战斗，在血与火的洗礼中，更彻底地抛弃了对官府的幻想和狭隘的个人恩仇观念，对现实有更清醒的认识。所以当菊花会上，宋江一再表示“望天王降诏早招安”时，武松叫道：“今日也要招安，明日也要招安，冷了弟兄们的心！”

梁山义军受招安、征方腊，死的死、伤的伤，的确冷了弟兄们的心，有的纳还官诰，有的退隐山林。武松虽然杀了方貌，立了大功，但失去左臂。他对宋江说道：

小弟今已残疾，不愿赴京朝觐，尽将身边金银赏赐，都纳此六和寺中陪堂公用，已作清闲道人，十分好了。哥哥造册，休写小弟进京。

武松这个顶天立地的传奇英雄，在六和寺里孤独凄凉地了结了一生。

鲁莽憨直的妙人趣人
——李　逵

李逵是《水浒传》里影响最大的人物之一，过去备受赞誉，近来却被一些人贬为“杀人魔王”。究竟应该如何评价李逵？

特 殊 角 色

李逵是《水浒传》里最受欢迎的人物之一。《水浒传》问世之后，几乎是一片赞誉之声。李卓吾、金圣叹赞赏他“天真烂漫”，有“赤子之心”，是“真忠义”“真好汉”。新中国成立后，我们则歌颂他的革命精神，给他戴上“农民革命英雄”的桂冠，捧到九天之上，近来又将他贬为“杀人魔王”，打入十八层地狱。究竟应该如何正确评价李逵，成为我们阅读和研究《水浒》不能回避的问题。

在肯定和否定李逵的针锋相对的意见里，我以为双方在分析人物形象时，都忽略了一个情况，就是李逵在作品中担负什么角色？作家赋予他什么特殊的色彩？作家是如何塑造这个人物的？由于忽略了这个人物的特殊性，只简单地引证他的只言片语，因而对李逵形象的分析往往是片面的。

在小说、戏曲（不限于喜剧）作品中，有的人物扮演着喜剧性角色。作者依靠夸张的手法、巧妙的结构、诙谐的语言，赋予某些人物以喜剧性格，引起读者或观众发出不同含义的笑声，通过笑吸引和感染着读者。李逵正是《水浒传》里的喜剧性角色。这是李逵形象的特殊性，是他与宋江、林冲、武松、阮氏三雄等人不同的地方。

在《宋江三十六人赞》《大宋宣和遗事》里都有李逵，而且绰号都是黑旋风，《宋江三十六人赞》赞语是："风有大小，不辨雌雄。山谷之中，遇尔亦凶。"形容他如旋风那样凶猛迅疾。《大宋宣和遗事》只说宋江带李逵等九人"直奔梁山泺上，寻那哥哥晁盖。"没有具体的故事。但是在元杂剧舞台上他是最活跃的人物。现存的元代或元明之际的水浒戏有三十三种，以李逵为主角的占三分之一以上。康进之的《李逵负荆》是个出色的喜剧。而从《黑旋风乔断案》《黑旋风诗酒丽春园》《黑旋风大闹牡丹园》《黑旋风乔教学》《黑旋风敷衍刘要和》《黑旋风老收心》这些剧本的名目来看，恐怕大多数也是喜剧吧。水浒戏里的李逵除滑稽可笑外，性格中还有比较细致的一面，还有点文化，到《水浒传》里李逵保持和发展了水浒戏里的喜剧性格，但大字不识，性格更耿直粗鲁。他虽然在第三十八回才出场，可是在其后的六十二回的回目中（以百回本计），标出李逵的达十次以上，成为《水浒传》里宋江上山以后最重要的人物。

他因为罗真人不让公孙胜回梁山泊，半夜去杀罗真人，砍掉了罗真人和道童的两颗假脑袋——被法术点化的葫芦。结果被罗真人戏弄了一番，被狱卒用狗血、尿屎淋了一身，把两腿都打烂了。对这一段描写，容与堂本的评语说："有一村学究道：李逵太凶狠，不该杀罗真人，罗真人亦无道气，不该磨难李逵。此言真如放屁。不知《水浒传》文字当

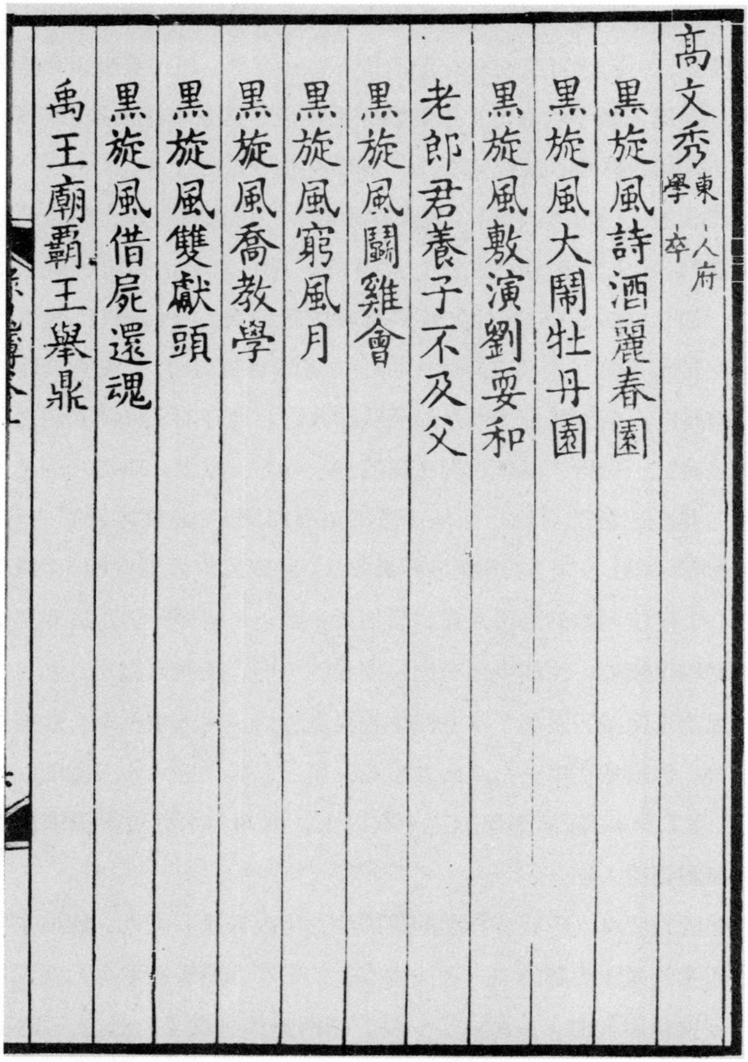
高文秀東平人府學早卒
黑旋風詩酒麗春園
黑旋風大鬧牡丹園
黑旋風敷演劉耍和
老郎君養子不及父
黑旋風鬬雞會
黑旋風窮風月
黑旋風喬教學
黑旋風雙獻頭
黑旋風借屍還魂
禹王廟霸王舉鼎

《录鬼簿》载元代戏曲作家高文秀所编涉及李逵的水浒戏多种

以此回为第一。试看种种摩写处，那一事不趣？那一言不趣？天下文章当以趣为第一，既是趣了，何必实有是事，并实有是人？若一一推究如何如何，岂不令人笑杀！”这一段评论的观点我们未必完全同意，但他指出作者要把李逵写成一个趣人、一个喜剧角色，是符合作者创作意图的。

《水浒传》通过人物外貌、行动、语言、人物关系等多方面的精彩描写，把他塑造成一个性格粗豪而又妙趣横生的喜剧形象。有人说，他像是一个闯入成人世界的孩子，天真、单纯、胡闹、闯祸。他迟至第三十八回才出场，金圣叹说“李大哥来何迟也，真令读者盼杀也，想杀也。”容与堂评：“趣人来了”“李大哥一派天机，妙人、趣人，真不食烟火人也！”

李逵在《水浒传》中扮演一个喜剧角色，在书里多次以“伴当”身份出现，如戏曲舞台上的小丑，以他相貌的奇丑和粗鲁，完成别人完不成的特殊任务。因为高唐州知府高廉会妖法，就让李逵陪戴宗去邀公孙胜出山，李逵因为偷吃牛肉，被戴宗戏弄了一番，出尽洋相；公孙胜不肯出来见面，戴宗对李逵说：“今番须用着你。”李逵取出双斧，把其母吓昏，逼公孙胜露面。李逵扮作哑道童随吴用到大名府，计诱卢俊义。因为李逵相貌奇丑，五六十个小孩跟在后面哄闹，引起卢俊义注意，于是就请吴用去算命，达到引诱卢俊义的目的。李逵还陪宋江去东京观灯，到李师师家打通关节，“元夜闹东京”。作为燕青的伙伴，陪他下山打擂台，到寿张县“乔坐衙”。在这些活动中，他都是“伴当”，演出一些闹剧。

李逵出场

李逵一出场，他的喜剧形象就跃然在读者面前。

当宋江和戴宗在酒楼上饮酒说话时，他在楼下吵嚷，戴宗引他上楼。他那像铁牛、黑熊般的样子，让在江湖上阅人无数的宋江都吃一惊。戴宗向宋江介绍了李逵，李逵看着宋江就问："这黑汉子是谁？"戴宗说他粗卤，他问："我问大哥，怎地是粗卤？""莫不是山东及时雨黑宋江？""若真个是宋公明，我便下拜；若是闲人，我却拜甚鸟！节级哥哥不要瞒我拜了，你却笑我。"待知道了正是宋江，"李逵拍手叫道：'我那爷！你何不早说些个，也叫铁牛欢喜！'扑翻身躯便拜"。接着写他说谎，说什么有一锭十两的大钱去换小钱；拿了宋江给的钱，想赢了请宋江吃饭，结果把十两银子输光了，就放刁、耍赖、抢钱，一向"赌直"的他"今日不想输了哥哥的银子，又没得些钱来相请哥哥，喉急了，时下做出这些不直来"。一个天真烂漫的汉子！

闹完这一场，宋江和李逵、戴宗到琵琶亭喝酒。先是李逵不要酒盏，而要大碗喝酒；吃鱼时，宋江嫌鱼不新鲜，没多吃。李逵却说："两位哥哥都不吃，我替你吃了。"便伸手去宋江碗里捞过来吃了，又去戴宗碗里也捞过来吃了，滴滴点点，淋了一桌子汁水。点菜时，他们要牛肉，酒保说只有羊肉，没有牛肉，李逵以为酒保不卖羊肉，就把鱼汁泼了酒保一身。一个粗鲁甚至有些野蛮的汉子！

鲁莽的人也容易上当。他为了要给宋江拿两条活鱼，先是因为主人不在不肯给，他不耐烦，跳上渔船，把竹笆篾拔了，满舱的鱼都跑了。后来鱼行主人张顺来了，李逵在岸上打了他，但却中计，被张顺引上船，颠到水里。读者可能还记得宋江在浔阳江时，张横给他介绍过弟弟张顺，"浑身雪练也似一身白肉"，在水里游动像一根白条，所以绰号叫"浪里白跳"；李逵"显浑身黑肉"，绰号"黑旋风"。于是演出了一场妙趣横生的黑白大战。只见："两个正在江心里面，清波碧浪中间，一个显浑身黑肉，一个露遍体霜肤。两个打做一团，绞做一块。江岸上那三五百人贪看，没一个不喝彩”。李逵吃了大亏，被灌了一肚子水。幸亏宋江叫住了张顺，放他上岸。张顺拜识了宋江，也和李逵“相逢一笑泯恩仇”。他们四人饮酒欢谈，李逵又闹了一场：因为卖唱的女孩影响他们谈话，就“把两个指头去那女娘子额上一点。那女子大叫一声，蓦然倒地”，害得宋江只好给女孩的父母赔礼道歉，给了二十两银子，才平息了。

李逵一出场，作者只用了不到一回的文字，就把一个纯真、鲁莽、风趣的形象展现在我们面前。

李逵性格

戴宗这样对罗真人介绍李逵：“真人不知，这李逵虽然愚蠢，不省理法，也有些小好处。第一，耿直，分毫不肯苟取于人。第二，不会阿谄于人，虽死其忠不改。第三，并无淫欲邪心、贪财背义，敢勇当先。因此，宋公明甚是爱他。”

耿直、真实、忠心是李逵的基本品格。我们用“真”“义”“蛮”“趣”作些更具体的分析。

先说“真”。“真”，包括真实和天真。就是真实而又坦率地把他的思想感情、个性表现出来，不受外界的威胁利诱，不因计较个人的利害得失而掩饰、做作。他是一个“透明的人”。这就包含着：

1. 他对统治阶级包括皇帝也无所畏惧，所以，他常常表示出对皇帝大不敬的言论。如第七十五回“黑旋风扯旨谤徽宗”。陈太尉颁的诏书口气傲慢，对梁山义军多污蔑之词，引起众好汉不满。李逵从梁上跳下来，将诏书撕得粉碎，骂道：“你那皇帝正不知道我这里众好汉，来招安老爷们，倒要做大！你的皇帝姓宋，我的哥哥也姓宋，你做得皇帝，偏我哥哥做不得皇帝！你莫要来恼犯着黑爹爹，好歹把你那写诏的官员尽都杀了！”他对社会现实有着直观、朴素的观察，往往一语破的。当知道宋江因为题反诗获罪，他说：“吟了反诗打甚么鸟紧！万千谋反的倒做了大官。”高唐州知府高廉的妻舅殷天锡要霸占柴进叔叔柴皇城的花园，柴进以为他们家有所谓“铁券丹书”，可以依“条例”打官司。李逵说：“条例，条例！若还依得，天下不乱了！我只是前打后商量。”

2. 对自己的头领宋江，也不曲意逢迎，而敢于直率地批评，进行不留情面的揭发和斗争。虽然，李逵往往冤枉了好人，但表现了他刚直的品格。打祝家庄时，林冲活捉了扈三娘，她的哥哥扈成投降了，可是李逵不分青红皂白把扈家人都杀了，还要杀扈成，虽然扈成逃走了，但李逵的胡来受到宋江的责备。他说：“你又不曾和他的妹子成亲，便又思量阿舅大人。”这是李逵的误会，不知道宋江另有打算。李逵和燕青路过刘家大庄院，听了刘太公的哭诉，误以为宋江强夺民女，他就奔上忠义堂拔出大斧，“先砍倒了杏黄旗，把‘替天行道’四个字扯做粉碎。”作者是通过李逵的鲁莽，来表现他的刚直。

3. 他从不隐瞒自己的观点，从不掩饰内心的想法和情感，从不虚假做作。他去接母亲，是为了让母亲到山寨享几天福；他要杀到东京，是为了要当大将军，在“那里快活”。他并不像宋江那样，“忠义”时时挂在嘴边，给人虚伪做作的感觉。

有趣的是，假的李逵——李鬼，假的罗真人和道童——两个葫芦，假的宋江——强人王江，凡是假的，都被李逵遇上了，作者用假来衬托他的真。

袁无涯本“砍倒杏黄旗”

表现李逵的“真”，就体现了我国人民的美学理想和伦理观念。老百姓就喜欢真，反对假。反对虚伪奸诈的统治阶级；反对封建礼教的繁文缛节；反对不说真话、矫揉造作的虚伪作风。李逵所表现的“真”，也符合李卓吾、金圣叹等封建时代进步文人的思想，他们就用“真”来反对道学的“假”，把李逵作为保有“童心”的人物，称他为“上上人物”“活佛”；赞扬他“任天而行，率性而动”“一片天真烂漫”“凡言词修饰，礼数娴熟的，心肝倒是强盗。如李大哥虽是卤莽，不知礼数，却是真情实意，生死可托，所以孔夫子曰：‘巧言令色鲜矣仁’”。

李逵虽然性格很粗暴，但重义、重孝，为人耿直。他是小牢卒，但“却不奈何罪人”“专一路见不平，好打强的人”。宋江因题反诗被打入死牢，戴宗被蔡九知府派去东京送信。他临走前要李逵照顾宋江，不要因为喝酒误事。李逵马上答应“今日就断了酒”。他后来果然滴酒不沾，悉心照顾宋江。当宋江、戴宗被押到法场，将要问斩时，“十字路口茶坊楼上，一个虎形黑大汉，脱得赤条条的，两只手握两把板斧，大吼一声，却似半天起个霹雳，从半空跳将下来。手起斧落，早砍翻了两个行刑的刽子，便望监斩官马前砍将来”。他独自一人，无人商量，无人帮助，也不考虑劫法场后逃往何处。就是一个信念：“要救朋友”，一人一斧就去挑战江州五七千军马，表现出为了正义，为了朋友而勇往直前，不怕牺牲的高贵精神。柴进被高廉下到监狱，狱卒怕高廉加害他，把他放在一座“黑洞洞地，不知多少深浅”的枯井里，“把索子放下去探时，约有八九丈深”。李逵却不怕危险，自告奋勇下去，把柴进救上来，也表现出李逵对朋友的情谊。

他的“义”是对正义的追求，所以他听到宋江强夺民女就大闹忠义堂，怒骂宋江：“我当初敬你是个不贪色欲的好汉，你原来正是酒色之徒。杀了阎婆惜便是小样，去东京养李师师便是大样。你不要赖，早早把女儿送还老刘，倒有个商量。你若不把女儿送还他时，我早做早杀了你，晚做晚杀了你。”表现了李逵的义是正义，不是不问是非、结党营私的所谓“义气”。

在表现李逵义的同时，还表现他的孝。一些官员、军官如徐宁、关胜、凌统等，归顺梁山时担心妻儿会受到官府迫害，但宋江总告诉他们，家眷已让小喽啰接上山了。奇怪的是宋江要亲自回家接父，李逵要亲自回家接母，他们都是梁山泊的大头领，为什么不叫小喽啰去接上山？主要是为了表现他们的孝，同时也有让他们在接父母的过程中，串联更多好汉上山聚义的作用。李逵要接母亲，是想让母亲不要再在贫穷的农村受苦，还给贫穷的哥哥留了五十两银子。他母亲被老虎吃了，他愤怒地杀了四虎。他在接母亲的途中还遇到假李逵——李鬼。本来要杀他，但李鬼说自己还有一个九十岁的老母亲，杀了他，他母亲就会饿死。作品写道：“李逵虽是个杀人不眨眼的魔君，听的说了这话，自肚里寻思道：‘我特地归家来取娘，却倒杀了一个养娘的人，天地也不佑我’。”不但不杀他，还给他十两银子，让他改业，不要再做拦路抢劫的强盗。表现了李逵的善良和对孝的虔诚。因此，容与堂评语说：“李大哥杀死四虎，不特勇猛过人，亦是纯孝格天地，至诚感鬼神，志壹神凝，有进无退故耳。若作勇猛论者，犹非李大哥知己也。”

李逵是“天杀星”下凡，绰号“黑旋风”，相貌丑陋，行为粗鲁野蛮。李逵的粗鲁，常常违背封建的礼节、社会的风俗习惯。与宋江见面，和戴宗、宋江吃饭，都生动写出李逵直率得可爱，粗鲁得可笑。李逵的蛮，表现在蛮不讲理，他和戴宗去蓟州，在面馆吃面，店里伙计先给个老人端了面，他不耐烦，就拍打桌子，把老人家的面都打翻了。李逵的粗鲁野蛮，更重要的表现是不问青红皂白乱砍乱杀。“江州劫法场”时，“不问官军百姓，杀得尸横遍野，血流成渠”，晁盖大叫“不干百姓事，休只管伤人！”但李逵不管，“一斧一个，排头儿砍将去。”李逵的粗鲁野蛮，还表现在鲁莽、盲动上。第七十二回李逵陪宋江去李师师处，被杨太尉撞见，他们被包围，好容易才脱身，李逵却“拿着双斧，大吼一声，跳出店门，独自一个，要去打这东京城池”。

写李逵的“真”和“蛮”都是为了表现他的“趣”，即把他塑造成一个喜剧角色。喜剧角色是以滑稽的语言和行动引起观众笑乐。滑稽，作为美学概念，它实质上是带有荒谬背理的特点。超出常理，自相矛盾到了荒谬的地步就是滑稽。滑稽引起欢笑，所以滑稽、可笑两个词是连在一起的。

李逵这个“真人”“趣人”“妙人”，他的性格特征是“通过滑稽可笑的言行”来表现的，也就是说，他的言行带有荒谬背理的特点。这表现在：（1）在作者看来，当时应该铲除奸臣，而不能推翻皇帝。可是李逵却说：“放着我们有许多军马，便造反，怕怎地？晁盖哥哥便做大宋皇帝，宋江哥哥便做小宋皇帝，吴先生做个丞相，公孙道士便做个国师，我们都做个将军，杀去东京，夺了鸟位，在那里快活，却不好！”金圣叹说：“（李逵）见当时国号大宋，便误认宋皇帝三字，再拆不开，一妙也。宋江姓宋，忽说是宋皇帝，晁盖不姓宋，亦说是宋皇帝，二妙也。皇帝又有大小两个，三妙也。”李逵要杀去东京，夺了皇位，勇气可嘉。可是作者认为他是幼稚可笑的，被宋江、戴宗斥为胡言乱语，引起读者的哄笑。李逵“独自一个，要去打这东京城池”，这是常被人们作为李逵勇敢的例证，其实，作者却是写李逵视大事如儿戏，持讽刺的态度，也引起读者善意的嘲笑。（2）李逵由于鲁莽，往往轻信人言，容易受骗，结果冤枉好人，闹出笑话。李逵负荆的故事就很典型地通过其鲁莽，用误会宋江来表现他的刚直。由于李逵误解宋江这样的“忠义之士”，违背常理，也就变得可笑。（3）李逵常常有荒唐的言行引起哄笑。如第三十九回李逵用指头把卖唱的女孩点倒了，受到戴宗的责备，他说：“‘不曾见这般鸟女子，恁地娇嫩！你便在我脸上打一百拳也不妨。’宋江等众人都笑起来。”第四十一回李逵说了要“杀去东京，夺了鸟位，在那里快活，却不好！不强似这个鸟水泊里！”的豪言壮语之后，被戴宗斥为胡言乱语，而且说再胡说要割他的脑袋“以警后人”，李逵说：“嗳也！若割了我这颗头，几时再长一个来？”“众多好汉都笑”。第七十四回“李逵乔坐衙”，他闯入寿张县，把知县吓跑了，他把知县的官服穿上，坐堂审案。让两个牢子，装做打架来告状。李逵问哪个是被打的，哪个是打人的，然后说：“这个打了人的是好汉，先放了他去。这个不长进，怎地吃人打了，与我枷号在衙门前示众。”判完之后李逵也不脱官服，大步走出衙门，“县门前看的百姓，那里忍得住笑。正在寿张县前，走过东，走过西，忽听得一处学堂读书之声。李逵揭起帘子，走将入去，吓得那先生跳窗走了。众学生们哭的哭，叫的叫，跑的跑，躲的躲。李逵大笑出门来”。他还穿着官服上山，“宋江正与燕青庆喜，只见李逵放下绿襕袍，去了双斧，摇摇摆摆，直至堂前，执着槐简，来拜宋江。拜不得两拜，把这绿襕袍踏裂，绊倒在地。众人都笑”。这样的描写，让他闹笑话，完全扮演着喜剧的角色，如舞台上的丑角。（4）李逵很愚直，但还常常爱搞小诡计，愚人弄巧，更显可笑。例如，他违背不吃荤的规定，背着戴宗偷吃牛肉，还以为戴宗根本不知道，自以为得计，结果被戴宗戏弄了一番，饿了一天，只好坦白交代：“却是苦也！我昨夜不合瞒着哥哥，真个偷买几斤牛肉吃了，正是怎么

容与堂本“李逵寿昌（张）乔坐衙”

好！”金圣叹在第五十三回回评中说“李逵朴至人，虽极力写之，亦须写不出。乃此书但要写李逵朴至，便倒写其奸猾；写得李逵愈奸猾，便愈朴至，真奇事也。”

“真”“蛮”“趣”有机地统一在一起，成功地把李逵塑造成一个天真烂漫的喜剧人物。所以容与堂本的评语说：“李逵者，梁山泊第一尊活佛，为善为恶，彼俱无意。”金圣叹说：“李逵是上上人物，写得真是一片天真烂漫到底，看他意思，便是山泊中一百七人无一人入得他眼。《孟子》‘富贵不能淫，贫贱不能移，威武不能屈’，正是他的好批语。”“写李逵色色绝倒，真是化工肖物之笔。”

作者把李逵塑造成一个喜剧性角色，他的言行必然具有荒谬背理的性质，必然是夸张和歪曲的，这样才能滑稽可笑。在笑声中赞扬他的天真无邪，也批评他的粗鲁野蛮。我们在分析李逵时应该注意到这个特点。例如，他说的一些豪言壮语，就不能认为是作者赞成的言论，也不能作为作者具有反对皇权，主张用农民革命夺取政权的思想的例证。《水浒传》问世之后，这部作品在封建社会里度过了五百多年的漫长岁月，也没有多少人认真地看待过李逵的言论。李卓吾、金圣叹和其他评论者都是以“趣话”来看待的，并没有指责他犯上作乱。至于李逵对待普通百姓的所谓凶狠，也不必苛责，只不过是作者为了逗笑而夸大他的粗鲁而已。因此，历来《水浒传》的读者和评论家，也从没产生过李逵虐待、压迫老百姓的误解。当然，作者在夸大他的鲁莽时有时失去分寸，对他的杀人等非常残暴的行为，如活割黄文炳；为赚朱仝，把小衙内活活摔死；不顾百姓，乱砍乱杀等等没有批评，是有负面影响的。

总之，在分析李逵形象时，应注意喜剧手法的特殊性，这样，也许分析和评论会客观些、准确些。

李逵与宋江

李逵出身农村贫苦家庭，自己当个小牢卒，不识字，没文化，性格又耿直粗鲁，所以，作者表现他是最积极上山聚义，最大胆反对皇帝，最反对招安的人，常常说些“大逆不道”的话。可是，当他说这些话时，总是受到宋江的斥责。第四十一回江州劫法场后，宋江决心上梁山，并问其他人是否也愿意上山？宋江话还没有说完，“李逵跳将起来便叫道：‘都去，都去！但有不去的，吃我一鸟斧，砍做两截便罢！’”宋江批评他：“你这般粗卤说话！”第六十回晁盖死后，众人推举宋江当寨主，宋江谦让，“黑旋风李逵在侧边叫道：‘哥哥休说做梁山泊主，便做了大宋皇帝却不好？’宋江喝道：‘这黑厮又来胡说！再休如此乱言，先割了你这厮舌头！’李逵道：‘我又不叫哥哥做社长，请哥哥做皇帝，倒要割了我舌头！’吴学究道：‘这厮不识尊卑的人，兄长不要和他一般见识。且请哥哥主张大事。’”第六十七回卢俊义经过多灾多难，终于上山聚义，宋江要卢俊义当寨主。李逵在一旁叫道：“今朝都没事了，哥哥便做皇帝，教卢员外做丞相，我们都做大官，杀去东京，夺了鸟位子，却不强似在这里鸟乱？”宋江大怒，喝骂李逵。第七十一回宋江又提要招安，黑旋风便睁圆怪眼，大叫道：“招安，招安，招甚鸟安！”只一脚，把桌子踢起，攧作粉碎。“宋江大喝道：‘这黑厮敢如此无礼！左右与我推去斩讫报来！’”经众人请求，就只把他关起来。当小喽啰来请他去监房时，李逵道：“你怕我敢挣扎？哥哥剐我也不怨，杀我也不恨。除了他，天也不怕！”

为什么要把李逵和宋江放在一起写？首先是两人的互补性。有学者指出李逵和宋江两人事实上构成一对互补形象，酷似西方文学著名的几对人物，如西班牙作家塞万提斯名著《唐·吉诃德》里的唐·吉诃德和桑丘·潘沙。宋江是有智有谋的领袖，李逵是正直而鲁莽的好汉，确实好像西方小说中的一个仁慈聪明的主人和一个忠心而愚蠢的仆人。两人互补，相得益彰。这正是《水浒传》作者把他们两人放在一起加以对照的意图。

其次，李逵虽然说出要“杀去东京，夺了鸟位”这类的豪言壮语，反映了梁山义军中一部分人的心声，也符合当时被压迫群众的愿望，因而李逵是最受欢迎的梁山英雄。但是，李逵并没有政治远见，没有明确的奋斗目标，他只有模模糊糊的想法，更具体、更实际的愿望是“大碗喝酒，大块吃肉”，快乐地生活。宋江却是有着光宗耀祖、青史留名的强烈欲望，有忠君辅国的政治理想。上山之后，他已确定了受招安、归顺朝廷、实现人生抱负的政治路线。把两人放在一起对照着写，一个是忠义双全、有智有谋的领袖，一个是刚直义气而愚蠢鲁莽的江湖好汉，形成强烈对比，两人个性就特别鲜明突出。

第三，李逵道出宋江心里的潜意识。第九十回征辽归来，有功无赏，众好汉皆有反心，宋江心情郁闷，李逵说：“哥哥好没寻思！当初在梁山泊里，不受一个的气，却今日也要招安，明日也要招安，讨得招安了，却惹烦恼。放着兄弟们都在这里，再上梁山泊去，却不快活！”李逵说出了众好汉的心里话，也道出宋江内心的隐秘。宋江对李逵大喝道：“这黑禽兽又来无礼！如今做了国家臣子，都是朝廷良臣。你这厮不省得道理，反心尚兀未除！”宋江看来很忠心，可是他这一声大喝，不但是喝止李逵，也在喝止自己心中的怨恨和反叛念头。

结局和影响

从李逵和宋江相识起，李逵就对宋江有很深的感情。他是一个单纯的人，他把与宋江哥哥之间的“义”视为最高的道德准则，虽然他有对皇帝、朝廷的反叛思想，每每受到宋江的呵斥，但这没有改变他对宋江的忠心。所以他说：“哥哥剐我也不怨，杀我也不恨”。宋江被朝廷下了毒，在临死前，怕李逵再造反，把他召来喝下毒酒。当宋江告诉他时，李逵面对这样的结局，垂泪道：“罢，罢，罢！生时伏侍哥哥，死了也只是哥哥部下一个小鬼。”极少流泪的李逵，说完却流下无奈、痛苦和悲伤的泪水。最终他和宋江魂聚蓼儿洼。这个纯真、鲁莽、风趣的喜剧人物结局却是悲惨的。

作者反奸臣，不反皇帝，梁山英雄被奸臣害死，而皇帝被蒙在鼓里。当徽宗梦游梁山泊时，“忽见宋江背后转过李逵，手搦双斧，厉声高叫道：‘皇帝，皇帝！你怎地听信四个贼臣挑拨，屈坏了我们性命？今日既见，正好报仇！’黑旋风说罢，轮起双斧，径奔上皇。”作者虽然要维护皇帝，但通过李逵的警告是希望被蒙蔽了的皇帝能醒悟过来。作者让李逵来担负这个警醒皇帝的任务也是非常恰当的，保持李逵性格的一致性，让这个耿直、勇猛的形象永远留在读者的脑海里。

李逵形象影响是巨大的。程咬金、孟良、焦赞、牛皋等人明显是受李逵的影响而塑造出来的。第一，他们的性格也是耿直粗鲁的，也像李逵一样说过许多揭露皇帝，要求夺取政权的豪言壮语。例如，岳飞被害，牛皋在太行山落草时，孝宗皇帝派人来招安。牛皋说：“大凡做了皇帝，尽是无情义的。我牛皋不受皇帝的欺，不受招安。”《说唐》里程咬金也是一样。他不但反隋朝，劫王杠，而且也骂唐朝。他说：“唐家是没有良心的，太平时不用我们！如今不知哪里杀来，又同牛鼻子道人在此‘猫哭老鼠假慈悲’，想来骗我们前去与他争天下，夺地方”。第二，他们也扮演着喜剧角色，只是牛皋、程咬金的喜剧色彩更浓厚了。

李逵在《水浒传》里是个喜剧性人物，但他的结局却是悲惨的。而牛皋、程咬金则被写成“福将”，甚至不顾史实，虚构了“笑死牛皋，气死金兀术”之类的故事，为他们涂上了更浓烈的喜剧色彩。第三，如同李逵与宋江的关系一样，他们也和他们的领袖、兄长形成互补关系。李世民与程咬金，杨六郎与孟良、焦赞，岳飞与牛皋，也是忠心耿耿、有智有谋的领袖与一个正直而愚蠢的莽汉的互补、对照的关系。

李逵的形象开启了我国古代历史演义、英雄传奇、侠义小说中的莽汉系列，因此，正确科学地评价李逵，不但对《水浒传》，而且对研究古代小说都是有意义的。

心快口快的水军骨干
——阮小七

黄河的水上好汉阮氏三雄和长江的水中豪杰张顺、李俊组成了梁山泊的强大水军，创造出惊天动地的战绩。

阮 氏 三 雄

晁盖和吴用商议如何劫取生辰纲时，吴用说：“我寻思起来，有三个人，义胆包身，武艺出众，敢赴汤蹈火，同死同生，义气最重。只除非得这三个人，方才完得这件事。”接着吴用到石碣村找这三个以打鱼为生的弟兄，用“三寸不烂之舌”动员他们入伙。生活在社会底层的阮氏三兄弟对社会黑暗和官府腐败极端不满。阮小五说：“如今官司，一处处动掸便害百姓。但一声下乡村来，倒先把好百姓家养的猪羊鸡鹅，尽都吃了，又要盘缠打发他。”阮小二说：“如今该管官司没甚分晓，一片糊突，千万犯了迷天大罪的倒都没事。”他们向往梁山泊好汉的生活，阮小五说：“他们不怕天，不怕地，不怕官司；论秤分金银，异样穿绸锦；成瓮吃酒，大块吃肉，如何不快活！我们兄弟三个空有一身本事，怎地学得他们！”阮小七说：“人生一世，草生一秋。我们只管打鱼营生，学得他们过一日也好！”有人批评“他们的目的只是为了自己‘一世快活’而已，丝毫没有为了贫苦大众的打算。”其实，《水浒传》这样写很真实地反映了当时要改变自己命运的下层民众的思想，面对痛苦和压迫，当时大多数的老百姓还只是选择默默地忍受。

正因为阮氏兄弟强烈不满现实，迫切希望改变贫穷困苦的生活，所以阮小七说：“若是有识我们的，水里水里去，火里火里去！若能勾受用得一日，便死了开眉展眼！”他们毫不犹豫地去劫取生辰纲，继而上了梁山。

他们反对酷吏赃官，但不反对皇帝。当何涛带着官兵到石碣村来抓他们时，他们撑着小船，唱着歌儿来迎战。阮小五唱道：“打鱼一世蓼儿洼，不种青苗不种麻。酷吏赃官都杀尽，忠心报答赵官家。”阮小七唱道：“老爷生长石碣村，禀性生来要杀人。先斩何涛巡检首，京师献与赵王君。”当他们打败官军，阮小二指着被活捉的何涛骂道：“你这厮是济州府一个诈害百姓的蠢虫！……休道你是个小小的州尹，也莫说蔡太师差干人来要拿我们，便是蔡京亲自来时，我也搠他三二十个透明的窟窿。”

他们三兄弟在梁山义军中英勇作战，立了不朽的战功，但是当宋江带领他们受招安时，他们没有反对，阮小二在征方腊时被挠钩钩住，“怕吃他拿去受辱，扯出腰刀自刎而亡”。宋江非常悲痛，阮小五、小

《水浒全图》之阮小二、阮小五。

七反来劝宋江："我哥哥今日为国家大事折了性命，也强似死在梁山泊埋没了名目。先锋主兵，不须烦恼，且请理国家大事。我兄弟两个，自去复仇。"

《水浒全图》之朱贵、阮小七。

阮氏三兄弟中最突出的是阮小七。金圣叹《读第五才子书法》道："阮小七是上上人物，写得另是一样气色。一百八人中，真要算做第一快人，心快口快，使人对之，龌龊都销尽。"

阮小七的“心快口快”在他待人接物上可以看到。如三兄弟请吴用到酒店，阮小二“请教授上坐”，吴用客气说：“却使不得”，阮小七说：“哥哥只顾坐主位，请教授坐客席，我兄弟两个便先坐了”，吴用道：“七郎只是性快。”吃了酒席，吴用要付钱，阮小二说：“那里要教授坏钱，我们弟兄自去整理，不烦恼没对付处”，阮小七说：“既是教授这般说时，且顺情吃了，却再理会”，吴用说：“还是七郎性直爽快。”对吴用要的重十四五斤的金色鲤鱼，阮小五不好意思说不可能，还说：“教授远来，我们也对付十来个重五六斤的相送”，阮小七却直率地说：“教授，却没讨处。便是五哥许五六斤的，也不能勾，须是等得几日才得。”

上了梁山泊后他直率洒脱，倔强不屈的性格表现得更加淋漓尽致。当张横立功心切，去偷袭关胜被抓后，书里这样写道：

> 只见张顺到来报说：“我哥哥因不听小弟苦谏，去劫关胜营寨，不料被捉，囚车监了。”阮小七听了，叫将起来，说道：“我兄弟们同死同生，吉凶相救。你是他嫡亲兄弟，却怎地被人捉了，你不去救，怎见宋公明哥哥？我兄弟三个，自去救他。”张顺道：“为不曾得哥哥将令，却不敢轻动。”阮小七道：“若等得将令来时，你哥哥吃他剁做八段！”

众人只得依他，因盲动不但没有救出张横，阮小七也被捉了。关胜纳闷，为什么宋江一个郓城小吏，有那么高的威望？他教小军推出囚车里的张横、阮小七来问问，反被阮小七教训了一番，这对后来关胜归顺梁山义军也起了一定的作用。

更精彩的是偷换御酒，穿方腊的御服嬉闹。先看第七十五回“活阎罗倒船偷御酒”，朝廷派陈宗善太尉去招安梁山义军，蔡京、高俅派了张干办、李虞候随行监督。

陈太尉初下船时，昂昂而已，旁若无人，坐在中间。阮小七招呼众人把船棹动，两边水手齐唱起歌来。李虞候便骂道：“村驴！贵人在此，全无忌惮！”那水手那里采他，只顾唱歌。李虞候拿起藤条来打，两边水手众人并无惧色，有几个为头的回话道：“我们自唱歌，干你甚事！”李虞候道：“杀不尽的反贼，怎敢回我话！”便把藤条去打，两边水手都跳在水里去了。阮小七在梢上说道：“直这般打我水手下水里去了，这船如何得去！”只见上流头两只快船下来接。原来阮小七预先积下两舱水，见后头来船相近，阮小七便去拔了楔子，叫一声“船漏了”，水早滚上舱里来，急叫救时，船里有一尺多水。那两只船帮将拢来，众人急救陈太尉过船去。各人且把船只顾摇开，那里来顾御酒、诏书。两只快船先行去了。

阮小七叫水手先拿一瓶御酒来尝一尝滋味。他闻得喷鼻馨香。吃了一瓶又一瓶，一连吃了四瓶。然后把剩下的六瓶御酒，都分与水手众人吃了，却装上十瓶村醪水白酒，还把原封头缚了，再放在龙凤担内。

阮小七偷换御酒，是对陈太尉的“旁若无人”，张干办、李虞候颐指气使的惩罚，也是他蔑视王法、藐视贪官酷吏的豪侠性格的表现。

到宋江率领的大队军马攻入清溪县，杀进方腊宫中时，出现了阮小七嬉穿方腊御服的有趣一幕：

袁无涯本“阎罗尝御酒”

却说阮小七杀入内苑深宫里面，搜出一箱，却是方腊伪造的平天冠、衮龙袍、碧玉带、白玉圭、无忧履。阮小七看见上面都是珍珠异宝，龙凤锦文，心里想道："这是方腊穿的，我便着一着也不打紧。"便把衮龙袍穿了，系上碧玉带，着了无忧履，戴起平天冠，却把白玉圭插放怀里，跳上马，手执鞭，跑出宫前。三军众将只道是方腊，一齐闹动，抢将拢来看时，却是阮小七，众皆大笑。……正在那里闹动，早有童枢密带来的大将王禀、赵谭入洞助战，听得三军闹嚷，只说拿得方腊，径来争功。却见是阮小七穿了御衣服，戴着平天冠，在那里嬉笑。王禀、赵谭骂道："你这厮莫非要学方腊，做这等样子！"阮小七大怒，指着王禀、赵谭道："你这两个直得甚鸟！若不是俺哥哥宋公明时，你这两个驴马头，早被方腊已都砍下了。今日我等众将弟兄成了功劳，你们颠倒来欺负！朝廷不知备细，只道是两员大将来协助成功。"王禀、赵谭大怒，便要和阮小七火并。当时阮小七夺了小校枪，便奔上来戳王禀。呼延灼看见，急飞马来隔开。已自有军校报知宋江，飞马到来。见阮小七穿着御衣服，宋江、吴用喝下马来，剥下违禁衣服，丢去一边。宋江陪话解劝。王禀、赵谭二人虽被宋江并众将劝和了，只是记恨于心。

阮小七是忠于赵王君的，对方腊这个“草头天子”是不屑一顾的，戏穿方腊的御服就包含着讽刺意味；痛骂王禀、赵谭，对奸臣酷吏的愤恨也痛快淋漓，这些都更充分表现了他洒脱不羁的性格。

戏穿方腊御服差点带来杀身之祸：

阮小七受了诰命，辞别宋江，已往盖天军做都统制职事。未及数月，被大将王禀、赵谭怀挟帮源洞辱骂旧恨，累累于童枢密前诉说阮小七的过失："曾穿着方腊的赭黄袍，龙衣玉带，虽是一时戏耍，终久怀心造意。"待要杀他。"亦且盖天军地僻人蛮，必致造反。"童贯把此事达知蔡京，奏过天子，请降了圣旨，行移公文到彼处，追夺阮小七本身的官诰，复为庶民。阮小七见了，心中也自欢喜，带了老母回还梁山泊石碣村，依旧打鱼为生，奉养老母，以终天年。后自寿至六十而亡。

阮小七是"第一快人"，他嫉恶如仇，参加梁山义军勇敢地反抗奸臣酷吏的压迫；他又豪爽洒脱，不以功名利禄为念，知道被罢官，复为庶民，也很欢喜。在奸臣当道的黑暗世界里，阮小七得以回归青山绿水的石碣村，"打鱼为生，奉养老母"，也许是"第一快人"性格使然吧。

张顺与李俊

梁山泊水军是由以阮氏三雄为代表的黄河流域的水上英豪和以张顺、李俊为首的长江水系的好汉组成的，说过阮小七，顺带说说张顺和李俊。

宋江发配江州路途上结识了李俊、张横、童威、童猛这些水上好汉，到江州又见到了"浪里白跳"张顺。梁山好汉劫法场，救出宋江、戴宗，跟着李逵到了白龙庙，"前面又是大江拦住，断头路了，却又没有一只船接应。"李逵提出再杀入城里去这样鲁莽的主意，当然不可取。阮小七说"远望隔江那里有数只船在岸边，我兄弟三个赴水过去，夺那几只船过来载众人，如何？"这是困难但还是唯一有点希望的办法。

当三阮下水游了半里路的时候，看见三只船“飞也似摇将来”，当头的船上，一个大汉拿着一把明晃晃的五股叉。“宋江看时，不是别人，正是：万里长江东到海，内中一个雄夫。面如傅粉体如酥。上山剜虎目，入水拔龙须。七昼波心能暗伏，水晶宫偷得明珠。翻江搅海勇身躯。人将张顺比，浪里白跳鱼。”张顺、张横、李俊、童威、童猛几位水上豪杰驾着三条船还带了穆家兄弟等人来救宋江，两拨好汉在白龙庙聚义。从此黄河的水上好汉阮氏三雄和长江的水中豪杰张顺、李俊等会师了，组成了梁山泊的强大水军，为保卫梁山泊这个起义根据地作出重大贡献。

张顺是水军的重要人物。《水浒传》百回本回目里以张顺为标题的就有八处：第三十八回“及时雨会神行太保，黑旋风斗浪里白跳”、第四十一回“宋江智取无为军，张顺活捉黄文炳”、第六十一回“吴用智赚玉麒麟，张顺夜闹金沙滩”、第六十五回“托塔天王梦中显圣，浪里白跳水上报冤”、第八十回“张顺凿漏海鳅船，宋江三败高太尉”、第九十一回“张顺夜伏金山寺，宋江智取润州城”、第九十四回“宁海军宋江吊孝，涌金门张顺归神”、第九十五回“张顺魂捉方天定，宋江智取宁海军”。出镜率不可谓不高，虽然比不上宋江、吴用，但和鲁智深（8处）、林冲（7处）、武松（8处）、李逵（9处）等最突出的英雄人物不相上下。但是，张顺的形象并不太成功，比起鲁智深、林冲、武松、李逵差得远了。为什么呢？其原因是只写了他的行动，没写出思想，个性不够鲜明。张顺给人印象最深的是首次登场，与李逵打斗的“黑白大战”，和最后他潜入西湖，发出这样的感叹：“我身生在浔阳江上，大风巨浪，经了万千，何曾见这一湖好水！便死在这里，也做个快活鬼！”（第九十四回）其他几次，他只有行动，几乎没有说一句话。

如第四十一回与李俊配合活捉黄文炳。黄文炳往江里跳，“忽见江面上一只船，水底下早钻过一个人，把黄文炳劈腰抱住，拦头揪起，扯上船来。——水底下活捉了黄文炳的便是浪里白跳张顺”，第六十二回在三阮、李俊的配合下，小船翻了，卢俊义被撞下水去，“张顺却在水底下拦腰抱住”，抓了卢俊义。第八十回张顺凿漏海鳅船，高太尉被人丢下水里去，“那个人便是浪里白跳张顺，水里拿人，浑如瓮中捉鳖，手到拈来”，几处描写几乎一模一样。

水军中还有一个值得重视的人物是李俊。他在揭阳岭从李立的人肉馒头店里救了宋江。又在浔阳江上救出宋江，免吃张横的板刀面。在梁山泊也立了许多战功。而最为意味深长的是他的结局。

在征方腊准备进攻苏州时，李俊和童氏兄弟去太湖探听消息，在榆柳庄和费保等四人结义。费保对李俊说：“为何小弟不愿为官为将？有日太平之后，一个个必然来侵害你性命。自古道：‘太平本是将军定，不许将军见太平。’此言极妙。今我四人既已结义了，哥哥三人何不趁此气数未尽之时，寻个了身达命之处，对付些钱财，打了一只大船，聚集几人水手，江海内寻个净办处安身，以终天年，岂不美哉！”李俊虽然心悦诚服，但“只是方腊未曾剿得，宋公明恩义难抛”，现在还不能就离去，发誓待收伏方腊之后，一定来相投。

在征方腊后，李俊和童威、童猛，不负前约，和费保四人，“从太仓港乘驾出海，自投化外国去了。后来为暹罗国之主。童威、费保等都做了化外官职，自取其乐，另霸海滨”。明末清初陈忱由此演绎出一部最好的《水浒传》续书——《水浒后传》。

李俊等人离开昏君奸臣当道的腐烂社会，与宋江、卢俊义的悲惨结局形成鲜明对照，也是作者对梁山好汉们出路和前途的思考。

谨细凶狠的寒门硬汉
——石　秀

拼命三郎石秀是集勇猛、精明、刻毒于一身的梁山好汉。

智杀裴如海

蓟州城两院押狱兼市曹行刑刽子手杨雄从市里决刑回来，众相识给他挂红贺喜，却被绰号“踢杀羊”的军汉张保带了一群流氓围攻，要讹诈他的钱财。这时卖柴路过的石秀路见不平，打翻了张保，赶走了那群流氓。恰好戴宗和杨林因到蓟州找公孙胜，路过看到了这一幕，“暗暗地喝彩道：‘端的是好汉！此乃路见不平，拔刀相助，真壮士也’”。这是石秀首次登台亮相，有诗赞曰：

路见不平真可怒，拔刀相助是英雄。
那堪石秀真豪杰，慷慨相投入伙中。

戴宗、杨林请石秀到小酒店相见。他自我介绍：“小人姓石名秀，祖贯是金陵建康府人氏。自小学得些枪棒在身，一生执意，路见不平，但要去相助，人都唤小弟拼命三郎。”戴宗对他说，你如此豪杰，在这里卖柴“怎能勾发迹？”劝他投奔梁山泊。这为他和杨雄“大闹翠屏山”后投入梁山义军搭好了桥。

他们正说得热闹，杨雄带了二十多个做公的来找石秀，戴宗、杨林看人多，就走了。杨雄来感谢他，两人很投缘，就结拜为兄弟。杨雄带

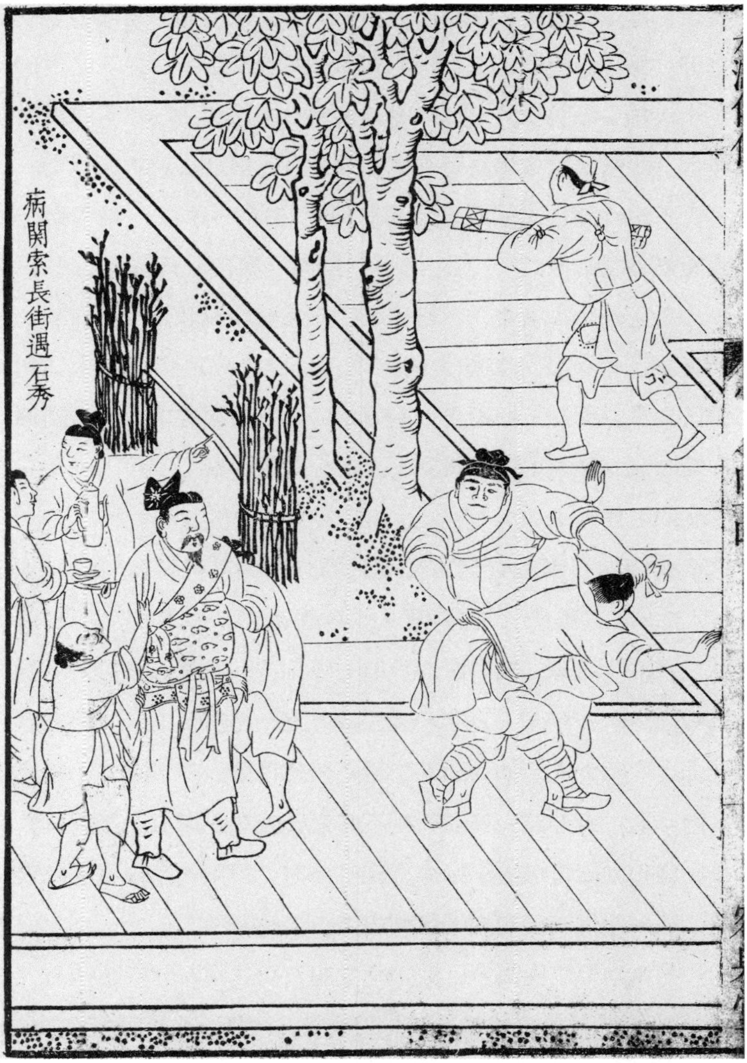

容与堂本“病关索长街遇石秀”

石秀回到家里，见到了杨雄的妻子潘巧云。她先嫁了王押司，两年前王押司身故，再嫁给杨雄，还不到一年。她的父亲潘公原是屠户，年纪大了，只好“撇了这行衣饭”。一问原来石秀家也是屠户，于是他们商量就开了个肉铺，石秀就住在他们家，安心做肉铺生意。“不觉早过了两个月有余。时值秋残冬到，石秀里里外外身上都换了新衣服穿着。”

石秀外出买猪，过了三天回来，只见店铺关门了。“石秀是个精细的人，看在肚里，便省得了，自心中忖道‘常言：人无千日好，花无百日红。哥哥外出去当官，不管家事，必然嫂嫂见我做了些衣裳，一定背后有说话。……我休等他言语出来，我自先辞了回乡去休’”。其实是石秀误会了，因为王押司去世两周年，要请报恩寺僧人来做功德，所以，肉铺歇业。从这里可以看到石秀是个精细、疑心很重的人，并不是大大咧咧的粗鲁汉子。

这个精细的石秀观察到，在做道场过程中，和尚裴如海与潘巧云“眉来眼去，以目送情”，关系暧昧。石秀就想：“我几番见那婆娘常常的只顾对我说些风话，我只以亲嫂嫂一般相待，原来这婆娘倒不是个良人！莫教撞在石秀手里，敢替杨雄做个出场，也不见的！”后来潘巧云借口到佛寺还愿，与裴如海通奸。潘巧云说杨雄一个月有二十来天去值夜班，她买通丫鬟迎儿，只要杨雄不在家，就在后门放一张香桌，烧夜香为号，裴和尚就可以进家奸宿，到五更时，再用一个报晓头陀来后门敲木鱼，高声叫佛，裴和尚就可溜出去。

他们的策划似乎很周密，但是乖觉的石秀“常有这件事挂心，每日委决不下，却又不见这和尚往来”，“每日五更睡觉，不时跳将起来料度这件事。只听得报晓头陀直来巷里敲木鱼，高声叫佛”。石秀怀疑，“这条巷是条死巷，如何有这头陀连日来这里敲木鱼叫佛？事有可疑”。

一天五更，石秀又听到报晓头陀敲木鱼，高声念佛，“石秀听得叫的跷蹊，便跳将起来，去门缝里张时，只见一个人，戴顶头巾，从黑影里闪将出来，和头陀去了。随后便是迎儿来关门”。

石秀早上做完店铺里的事，然后去找杨雄。两人到酒楼上，石秀说话吞吞吐吐，杨雄是个急性子，问到底什么事？石秀是个精细人，怕有伤杨雄面子，“兄弟感承哥哥把做亲骨肉一般看待，有句话，敢说么？”杨雄让他有话但说不妨。石秀才把前后发现的情况，详细告诉他。杨雄大怒，似乎马上要采取行动，石秀劝他冷静下来，“今晚都不要提起，只和每日一般”，到明天，假说晚上值班，然后突然回来敲门，“那厮必然从后门先走，兄弟一把拿来，从哥哥发落”。石秀反复叮咛杨雄“哥哥今晚且不可胡发说话”，可是当晚杨雄大醉回家，大骂潘巧云。到天亮酒醒，巧云反向杨雄哭诉石秀如何调戏她。杨雄听了，心中火起，大骂石秀，“知人知面不知心”，“口里恨恨地道：‘他又不是我亲兄弟，赶了出去便罢’”。

杨雄让潘公把柜子和肉案都拆了，“石秀是个乖觉的人，如何不省得”，但他不去分辩，怕“教杨雄出丑。我且退一步了，自却别作计较”。

石秀提了包裹，跨了解腕尖刀，辞别潘公，交代“账目已自明明白白，并无分文来去。如有毫厘昧心，天诛地灭”，说明他的光明磊落，也发泄着怨气。然后他去附近巷子里租了间房子住下。

石秀作了周密的准备。他打听到杨雄值班时间，还不放心，还亲自到杨雄家门口，看见“小牢子取了铺盖出去”，确定杨雄当晚一定值班。他回到店里，睡到四更，悄悄到杨雄家后门的巷子里，伏在黑影里张望，到五更时，头陀来了，石秀抓住他，问清了他与裴如海联络的办法，确定裴如海还在杨雄家里，就剥了头陀的衣服，夺了他的木鱼，杀了他。然后穿着头陀衣服，敲着木鱼，把裴如海引出来，杀了他，把他的衣服也剥光，让两人赤条条趴在那里。石秀把杀他们的刀放在头陀身边，把两人的衣服捆做一包拿走。清晨卖粥王公被和尚尸体绊倒，邻舍就把王公送到官府。

石秀做得真是滴水不漏，后来官员认为“这个和尚赤身裸体，必是和那头陀干甚不公不法的事，互相杀死，不干王公之事”。这样石秀脱去了与杀人者的关系，也不连累王公和众邻舍。又把和尚、头陀的衣服拿走，作为证据。对此李贽评说：“石秀为人，非一勇之夫，委婉详悉，矢不妄发，发无不中的，的的大有用人。”（第四十五回）

石秀杀嫂

杨雄听到这事，就猜到肯定是石秀干的，前几天错怪了他。杨雄正要找石秀道歉，石秀也来找他。石秀拿出和尚、头陀的衣服作证据。杨雄看了，心头火起，说：“我今夜碎割了这贱人，出这口恶气！”“石秀笑道：‘你又来了！你既是公门中勾当的人，如何不知法度？你又不曾拿得他真奸，如何杀得人？倘或是小弟胡说时，却不错杀了人？’”石秀提出以烧香之名，把潘巧云、迎儿都带去翠屏山，“小弟先在那里等候着，当头对面把这是非都对得明白了，哥哥那时许与一纸休书，弃了这个妇人，却不是上着？”杨雄道：“兄弟何必说得！你身上清洁，我已知了。都是那个妇人谎说。”石秀道：“不然，我也要哥哥知道他往来真实的事。”

杨雄把巧云、迎儿带到翠屏山，石秀早在那里等候了。杨雄问巧云污蔑石秀事；石秀拿出裴如海和头陀的衣服，给巧云一个证见；然后

容与堂本“病关索大闹翠屏山”

让杨雄先审问迎儿。石秀为什么要杨雄审问？这样可避他逼供之嫌。所以迎儿招了之后，“石秀便道：‘哥哥得知么？这般言语，须不是兄弟教他如此说。请哥哥却问嫂嫂备细缘由。’”

巧云求杨雄饶她，但石秀非要杨雄问，“哥哥，含糊不得，须要问嫂嫂备细缘由”。巧云把通奸事说了，石秀道：“你却怎地对哥哥倒说我调戏你？”她老实交代了，石秀说：“今日三面说得明白了，任从哥哥心下如何措置。”

石秀把刀子递给杨雄说道：“哥哥，这个小贱人留他做甚么，一发斩草除根。”

杨雄把迎儿杀了，巧云求石秀说情，饶她一命，石秀却说：“嫂嫂，哥哥自来服侍你。”在石秀的催促下，杨雄非常残忍地杀了巧云。

虽然是杨雄杀了潘巧云，因为是石秀诱导甚至是逼迫杨雄所为，所以人们都说“石秀杀嫂”，并与武松杀嫂作比较。潘金莲毒死武大，恶贯满盈，潘巧云虽然背叛丈夫，但并没有杀害杨雄，罪不至死；武大已死，武松要为兄长报仇，官府又包庇罪犯，他不得不杀嫂；而杨雄尚在，石秀应该让杨雄自己拿主意，不能越俎代庖；武松杀西门庆和潘金莲两人，纯粹是为兄报仇，与自己无关，而石秀杀潘巧云等四人，完全是为自己辩白。特别是杨雄已经明白真相，说：“你身上清洁，我已知了。都是那个妇人谎说。”在这种情况下，他还不依不饶。正如金圣叹评论：“武松之杀二人，全是为兄报仇，而己曾不与焉。若石秀之杀四人，不过为己明冤而已，并与杨雄无与也。观巧云所以诬石秀者，亦即前日金莲所以诬武松者，乃武松以亲嫂之嫌疑而落落然受之，曾不置辩，而天下后世，亦无不明其如冰如玉也者。若石秀则务必辩之：背后辩之，又必当面辩之；迎儿辩之，又必巧云辩之，务令杨雄深有以信其如冰如玉而后已。呜呼！岂真天下之大，另又有此一种巉刻狠毒之恶物欤？”

金圣叹的批评虽然苛刻，还是有道理的，对我们有启发。

作者认为潘巧云是再嫁的女人，没有守节，又与和尚通奸，更是罪不可赦；和尚所淫又是个再醮妇，不守礼教和佛门清规，也是罪有应得。所以对石秀杀嫂之刻毒，作者还是当英雄行为来颂扬的。

石秀劫法场

杨雄、石秀大闹翠屏山后，准备投奔梁山泊，这时从松树背后出来一个“偷营高手客，鼓上蚤时迁”，杨雄曾经救过他。他觉得自己老干些偷鸡盗狗勾当，非长久之计，就和杨雄他们一起上梁山。路过祝家庄，时迁旧习未改，偷了店里的报晓鸡，时迁被捉，石秀放火烧了小店，投奔梁山，引起“三打祝家庄”。在宋江带兵攻打祝家庄时，先派石秀、杨林探路。杨林扮法师，石秀挑担柴去卖。杨林大摇大摆地只拣大路走去，不久就被抓了。而石秀在一酒店门口歇下，向一位老人求教，说自己是“折了本钱归乡不得的人……爷爷，怎地可怜见小人！情愿把这担柴送爷爷，只指与小人出去的路罢。”石秀的恳求，博得老人的同情，探明了盘陀路。宋江因为未见杨林、石秀探路回来，又听说被抓了一个，为救两兄弟，就贸然下令进攻，杀奔祝家庄，结果中了埋伏，转来转去，又转回原地。在万分危急之际，石秀来了，带领大军走出盘陀路，杀出村口（第四十六回）。这是石秀上山立的第一功，金圣叹说：“石秀探路一段，描出全副一个精细人。”

石秀再出现，就到了第六十二回。卢俊义被赚上梁山，住了四个多月，因李固、贾氏陷害，回到大名府家中就被抓了。被发配沙门岛，路上董超、薛霸要杀害他，“放冷箭燕青救主”。后来卢俊义在小店被抓，燕青上梁山求救，路遇去大名府探听卢俊义消息的杨雄、石秀。他们商量杨雄和燕青上山报信，石秀再到北京打探消息。当石秀到北京时，街上纷传当天要处决卢俊义，石秀听罢，走来市曹上看时，十字路口是个酒楼。石秀便来酒楼上，临街占个阁儿坐下。他大碗喝酒，大口吃肉，过了一会儿，只见街上锣鼓喧天，“石秀在楼窗外看时，十字路口，周回围住法场，十数对刀棒刽子，前排后拥，把卢俊义押到楼前跪下。”当人丛里一声叫道：“午时三刻到了！”一边开枷，蔡庆早拿住了头，蔡福早掣出法刀在手。当案孔目高声读罢犯由牌，众人齐和一声。楼上石秀只就那一声和里，掣着腰刀在手，应声大叫：“梁山泊好汉全伙在此！”蔡福、蔡庆撇了卢员外，扯了绳索先走。石秀从楼上跳将下来，手举钢刀，杀人似砍瓜切菜，走不迭的，杀翻十数个。一只手拖住卢俊义，投南便走。原来这石秀不认得北京的路，更兼卢员外惊得呆了，越走不动。“四下里人马合来，众做公的把挠钩搭住，套索绊翻。可怜悍勇英雄，方信寡不敌众，两个当下尽被捉了”。

石秀被押解到梁中书面前，他睁圆怪眼，高声大骂：“你这败坏国家，害百姓的贼！我听着哥哥将令，早晚便引军来，打你城子，踏为平地，把你砍做三截。先教老爷来和你们说知。”“石秀在厅前千贼万贼价骂，厅上众人都唬呆了。梁中书听了，沉吟半晌，叫取大枷来，且把两人枷了”。

石秀劫法场，书里有首诗歌颂道：

俊义之冤谁雪洗，时刻便为刀下鬼。……英雄忿怒举青锋，翻身直下如飞龙。……可怜力寡难抵当，将身就缚如摧

袁无涯本“单身劫法场”

朽。他时奋出囹圄中，胆气英英大如斗。

征方腊时，攻打昱岭关，石秀和史进等六人被射死，结束了英雄的一生。

作者塑造了一个勇猛、谨细、心胸比较狭窄的好汉形象，与鲁智深、林冲、武松、李逵性格不同，但也和他们一样是给读者留下深刻印象的梁山英雄。

㈢ 名门后人

义追孟尝的江湖贵族
——柴　进

在市井游民、性格粗豪居多的梁山好汉里，却有一位血统高贵、举止优雅的柴进。他带给梁山泊一抹特异的色彩。

“现世孟尝君”

在《宋江三十六人赞》里有小旋风柴进，排在第二十一位。《大宋宣和遗事》里，柴进是运花石纲十二指使之一，只是一个低级军官，并非什么金枝玉叶。在元代和元明间的水浒戏里，看不到他的身影。但是到了《水浒传》，他的身份和地位大大提高，他成为凤子龙孙，是排在英雄榜上第十位的“天贵星”。可以说这个人物基本上是施耐庵的创造。他为什么要把柴进从下级军官变为金枝玉叶的贵族？要赋予他什么样的性格？扮演什么角色？这是我们要探讨的问题。

先说他的地位和身份。酒店店主对林冲说：“你不知，俺这村中有个大财主，姓柴名进，此间称为柴大官人，江湖上都唤做小旋风。他是大周柴世宗嫡派子孙，自陈桥让位有德，太祖武皇帝敕赐与他誓书铁券在家中，谁敢欺负他。”

这里说的铁券丹书，据元人陶宗仪《南村辍耕录》、沈德符《万历野获编》等书的记载，大概是瓦状，“质如绿玉，不类凡铁，其字皆用金填”。最早出现在西汉初年，是皇帝赐予功臣的荣誉证书。到唐宋，铁券丹书的功能逐步完备，持有铁券的功臣及其后代可以享受皇帝给予的赦免所有罪行甚至死刑的特权。

后周皇帝柴荣，英年早逝，他儿子柴宗训继位时才七岁，于是殿前都点检、掌管殿前禁军的赵匡胤陈桥兵变，黄袍加身，恭帝柴宗训被迫禅位。赵匡胤为安抚前朝皇室，就颁赐铁券给柴氏后人，给他们“罪不加身”的免死特权。

《水浒传》里柴进不但有铁券丹书，还有几处很大的庄园，是个大财主。那么柴进的理想是什么？他并不想倚仗高贵出身和世袭的财富爬到高位，当个高官显宦，而是想当现世的孟尝君。柴进的出场诗是：

累代金枝玉叶，先朝凤子龙孙。丹书铁券护家门，万里招贤名振。待客一团和气，挥金满面阳春。能文会武孟尝君，小旋风聪明柴进。

柴进要“万里招贤名振”，当个“能文会武孟尝君”，“专一招接天下往来的好汉，三五十个养在家中。常常嘱咐我们：‘酒店里如有流配来的犯人，可教他投我庄上来，我自资助他。’”（第九回）当初落第秀才王伦，漂泊江湖，进退无路，柴进收留他和宋万，又资助银两盘缠，使他们得以在梁山泊当了山大王。当林冲发配沧州路过柴进庄园时，柴进热情接待了他，临行时不但送了二十五两银子，还特意写了两封信给牢城管营、差拨，让他们照顾林冲；当林冲火烧草料场后，再次逃到柴进庄上，他又亲自把林冲送出关卡，让他奔上梁山；武松在清河县因醉酒和人相争，把人打昏了，以为打死人了，“投奔大官人处躲灾避难”，一住竟“一年有余”；宋江杀了阎婆惜后，逃到哪里去？宋清建议投奔柴进，“人都说仗义疏财，专一结识天下好汉，救助遭配的人，是个见世的孟尝君。我两个只投奔他去”，宋江兄弟就到了柴进庄上避难。

柴进接纳了许多江湖好汉，正像王安石评价孟尝君所说是“鸡鸣狗盗之雄”（《读〈孟尝君传〉》）。因而，他在江湖上享有很高的声望。林冲和晁盖、吴用谈到他是柴进介绍来梁山泊的：

吴用道：“柴大官人，莫非江湖上人称为小旋风柴进的么？”林冲道：“正是此人。”晁盖道：“小可多闻人说，柴大官人仗义疏财，接纳四方豪杰，说是大周皇帝嫡派子孙。如何能够会他一面也好。”吴用又对林冲道：“据这柴大官人，名闻寰海，声播天下的人。教头若非武艺超群，他如何肯荐

容与堂本“柴进门招天下客”

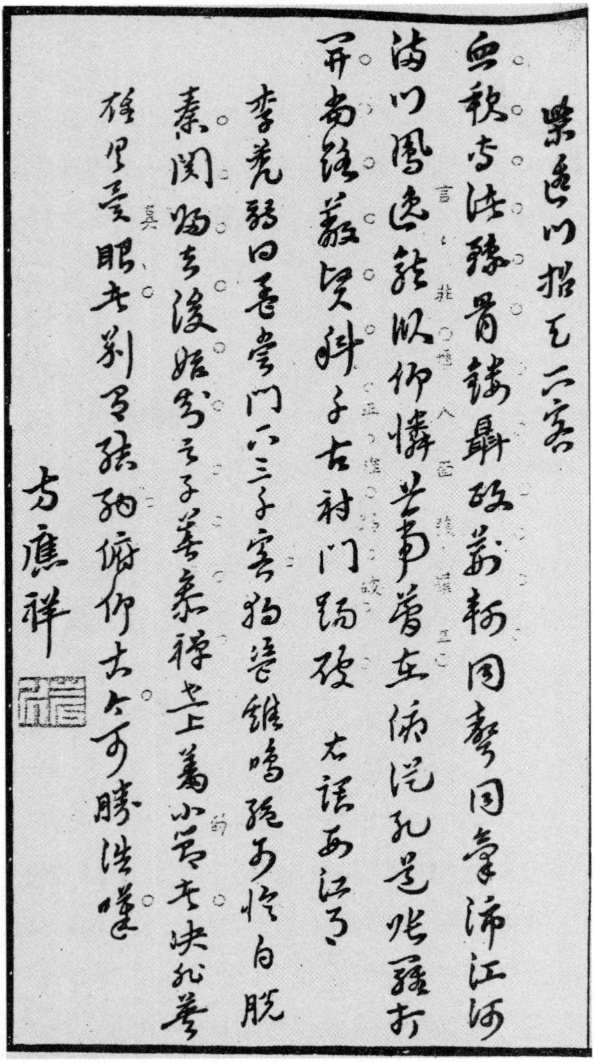

《二刻英雄谱》“柴进门招天下客”赞语

上山？”

石勇给宋江送信，不认得宋江，恰好在酒店里遇到宋江等人，酒保让他调换个座位，他就不肯换，还扬言：“便是赵官家，老爷也鳖鸟不换！”燕顺说他太要强。他说：“老爷天下只让得两个人，其余的都把来做脚底下的泥。……老爷只除了这两个，便是大宋皇帝，也不怕他！”而这两个人“一个是沧州横海郡柴世宗的孙子，唤做小旋风柴进柴大官人”，另一个就是宋江。宋江他没有见过，柴进他认识，而且在他庄上住了四个月有余。可见柴进和宋江一样，在江湖上是众望所归的英雄。柴进对此也十分得意，心理上得到满足。他对宋江说：“兄长放心！遮莫做下十恶大罪，既到敝庄，但不用忧心。不是柴进夸口，任他捕盗官军，不敢正眼儿觑着小庄。……便杀了朝廷的命官，劫了府库的财物，柴进也敢藏在庄里。”就如司马迁说孟尝君“好客自喜，名不虚传矣”（《史记·孟尝君列传》），柴进也是乐于养客而沾沾自喜，自鸣得意。

上梁山泊之前的柴进，成为江湖好汉仰慕的“现世孟尝君”；他的庄院成为江湖好汉的避难所，成为梁山泊的中转站，为梁山泊的发展壮大作出很大贡献。

凤子龙孙成了梁山“强人”

柴进很看重他的高贵血统，很迷信他持有的铁券丹书。他以为可以高枕无忧，做着“现世孟尝君”的美梦。可悲的是他生在一个奸臣当道、无法无天的末世，他的美梦很快就被粉碎了。

柴进的叔叔柴皇城住在高唐州，新任知府高廉，是高俅的叔伯兄弟，倚仗他哥哥权势，在这里无所不为。他的妻舅殷天锡，年纪虽小，却倚仗姐夫高廉的权势，横行害人。他看上柴皇城宅子，后面还有盖得很漂亮的花园水亭，就带了三二十人来要强占宅子，让柴皇城一家搬走。柴皇城和他理论，反被打伤，卧床不起，生命垂危。柴进闻讯急忙赶到高唐州，此时李逵因杀小衙内、逼迫朱仝上山事留在柴进庄上，也随柴进一起去。柴进见到柴皇城，听了皇城继室的诉说，他安慰说："尊婶放心。……小侄自使人回沧州家里去取丹书铁券来，和他理会。便告到官府，今上御前，也不怕他。"

当柴进和李逵等人说这些情况时，李逵大怒说："我有大斧在这里，教他吃我几斧，却再商量。"柴进说："他虽是倚势欺人，我家放着有护持圣旨。这里和他理论不得，须是京师也有大似他的，放着明明的条例，和他打官司。"没过多久，柴皇城病逝，临终前对柴进说："我今日被殷天锡殴死，你可看骨肉之面，亲赍书往京师拦驾告状，与我报仇。"柴进一面为柴皇城办丧事，一面星夜去取铁券丹书，准备上京师告御状。可是柴皇城死后才三日，殷天锡带了二三十人来要他们搬家，柴进要求断七后再搬，殷天锡道："放屁！我限你三日，便要出屋！三日外不搬，先把你这厮枷号起，先吃我一百讯棍！"柴进说："直阁休恁相欺！我家也是龙子龙孙，放着先朝丹书铁券，谁敢不敬？"殷天锡大怒道："这厮正是胡说！便有誓书铁券，我也不怕！左右，与我打这厮！"殷天锡手下正要动手，李逵冲出来，打死了殷天锡。柴进让李逵赶快回梁山泊，李逵怕连累柴进，柴进说："我自有誓书铁券护身，你便快走，事不宜迟。"

柴进被绑到州衙，遭到严刑拷打，他还把希望寄托在他的铁券丹书上。他对高廉说："小人是柴世宗嫡派子孙，家门有先朝太祖誓书铁券”“放着先朝太祖誓书，如何便下刑法打我?”高廉根本没把什么誓书铁券放在眼里，把柴进打得死去活来，下到死牢。

生在极端黑暗的末世，奸臣恶霸竟敢霸占贵族的家产；竟敢把金枝玉叶打进死牢。什么誓书铁券、法律条例都是一纸空文。柴进的遭遇也是“逼上梁山”的典型，说明连贵族后裔都活不下去，普通百姓更无法生存。李逵道:“柴皇城被他打伤呕气死了，又来占他房屋，又喝教打柴大官人，便是活佛也忍不得!”只有反抗，只有造反，这是人民的心声。

“天贵星”的特殊使命

梁山义军攻入高唐州，杀了高廉，救出柴进(第五十九回)。柴进上了梁山，他皇族后裔的身份，优雅的举止风度，是豪爽粗鲁的江湖好汉们缺乏的，因此，他无须在战场上拼杀，而是要担负起出入京师，潜入朝廷官府重地的特殊任务。

卢俊义被关在大名府的牢房里，李固找押狱节级蔡福，要他在狱中把卢俊义害死，两人讨价还价，最后李固给了蔡福五百两黄金，蔡福收了金子，答应他“明日早来扛尸”，李固“欢喜去了”，读者为卢俊义捏一把汗。当蔡福回到家，却见一个人“揭起芦帘进来，蔡福看时，那人生得十分标致，打扮整齐，衣着光鲜:‘身穿鸦翅青团领，腰系羊脂玉闹妆。头戴鵕鸃冠，足蹑珍珠履’”。

柴进对蔡福软硬兼施，给了他一千两黄金，要他保住卢俊义的性命，把蔡福“吓的一身冷汗，半晌答应不的”(第六十二回)。当义军将要攻城时，柴进又找到蔡福，潜入牢房，救出卢俊义。

宋江要在元宵节到东京观灯，也为谋求招安探路。柴进、燕青先进城打探情况。柴进见值班人帽边上都簪一朵翠叶花，出入宫门无阻。柴进和燕青把王观察用药酒灌醉，柴进穿上他的衣服，戴上花帽，竟进入皇宫，转到皇帝看书的睿思殿，见素白屏风上御书四大寇“山东宋江，淮西王庆，河北田虎，江南方腊”。柴进心中暗忖道：“国家被我们扰害，因此如常记心，写在这里。”“便去身边拔出暗器，正把‘山东宋江’那四个字刻将下来，慌忙出殿。随后早有人来。柴进便离了内苑，出了东华门，回到酒楼上看那王班直时，尚未醒来。”柴进这一举动，让内苑震惊，第二天“各门好生把得铁桶般紧”。

这样在宫苑内谨慎从容地活动，还大胆地刮下宫殿屏风上的字，梁山泊除了柴进，恐怕没有人能做到吧？

柴进、燕青陪宋江去李师师家，又是柴进在应付场面。

> 李师师说些街市俊俏的话，皆是柴进回答，燕青立在边头，和哄取笑。
>
> 酒行数巡，宋江口滑，揎拳裸袖，点点指指，把出梁山泊手段来。柴进笑道：“表兄从来酒后如此，娘子勿笑。”李师师道：“酒以合欢，何拘于礼。”

到征方腊时，柴进主动提出要同燕青到方腊处作细作。他扮白衣秀士，燕青为仆，带琴剑书箱到了睦州，对方腊的官员宣称是中原一秀士柯引，遥望江南有天子之气而来投奔。柴进仪表堂堂，言语不俗，官员就引他去见方腊。“方腊看见柴进一表非俗，有龙子龙孙气象，先有八分喜色。”柴进又说了一番阿谀奉承的话，方腊大喜，封为中书侍郎。“柴进每日得近方腊，无非用些阿谀美言，谄佞以取其事。未经半月，

袁无涯本“簪花入禁苑”

方腊及内外官僚，无一人不喜柴进。”不久，方腊见柴进处事公平，令左丞相做媒，把金芝公主招赘柴进为驸马。到宋江兵围帮源洞，柴进出战，花荣、关胜、朱仝与之交战都诈败，柴进更得到方腊的信任。决战那天，方腊皇侄方杰力敌关胜、花荣，未见输赢，宋江又派朱仝、李应围攻，方杰败退回本阵，这时柴进出手刺死方杰，引领宋江大军攻入宫中，金芝公主自缢。方腊逃跑，后被鲁智深活捉。柴进为征方腊立了大功。

当然，征辽、征方腊是强弩之末，写得潦草马虎。作者为表现柴进这个龙子龙孙的特殊作用，让他潜入方腊内部，当了驸马，最后给方腊致命一击。但是情节夸大，不甚合理。方腊前方的部队在战场上正与宋江打得不可开交，后方突然出现一个来历不明、形迹可疑之人，方腊却对其没有任何防范之心，只因“见柴进一表非俗，有龙子龙孙气象，先有八分喜色”；只因用些阿谀美言，就对他宠信有加，甚至把公主嫁给他。把一方枭雄写得如此昏聩，如此不堪，令人难以置信。

征方腊班师回朝，朝廷授柴进为横海军沧州都统制。柴进见戴宗纳还官诰赋闲去了；又见朝廷因为阮小七戏戴方腊的平天冠，穿了他的龙衣玉带，被夺了官诰，罚为庶民。心想自己在方腊处做了驸马，朝廷一旦见责，“追了诰命，岂不受辱”？于是推说有病，纳还官诰，回沧州横海郡为民，自在过活。“忽然一日，无疾而终”。

贵为凤子龙孙，握有铁券丹书的柴进，因生在末世，做“现世孟尝君”的美梦被击得粉碎，成了梁山的“贼寇”。他是被“逼上梁山”的典型，深刻揭露了社会的黑暗，奸臣权贵的横行。他上山后发挥了特殊作用，征方腊时又立奇功，但还是不容于朝廷。不过最后回沧州当普通百姓，还得以善终。

着意功名的名门困兽
——杨　志

杨志是杨令公的后代，抱着光宗耀祖的梦想，在奸佞横行的社会却成了困兽。

英雄失路

在《醉翁谈录》记载的“说话”名目里有“花和尚”“武行者”和“青面兽”；《大宋宣和遗事》里杨志是押送“花石纲”的十二指使之一，也有卖刀、“杀恶少后生”的情节，可见杨志的故事早在民间流传，有深厚的基础，经过施耐庵等作家的加工创造，虽然集中写杨志只有三回半（第十二、十三、十六回，第十七回前半回），但和鲁智深、武松一样成为《水浒传》里给人留下深刻印象的人物。

王伦逼迫林冲下山杀个人作“投名状”，恰好杨志路过，两人打斗正酣，王伦来劝停，请上山相聚。杨志自我介绍是三代将门之后，五侯杨令公之孙；应过武举，做到殿司制使。被派去押送花石纲，时乖运蹇，在黄河里遭风打翻了船，失陷了花石纲，流落避难；现在遇到大赦，想回东京谋求复职。王伦为制约林冲，劝杨志留在山寨，“制使又是有罪的人，虽经赦宥，难复前职。亦且高俅那厮见掌军权，他如何肯容你？不如只就小寨歇马，大秤分金银，大碗吃酒肉，同做好汉。不知制使心下主意若何？”

杨志心怀壮志，当然不肯留下。离开山寨，到了东京，把那担金银财物拿来“买上告下，再要补殿司府制使职役。把许多东西都使尽了，

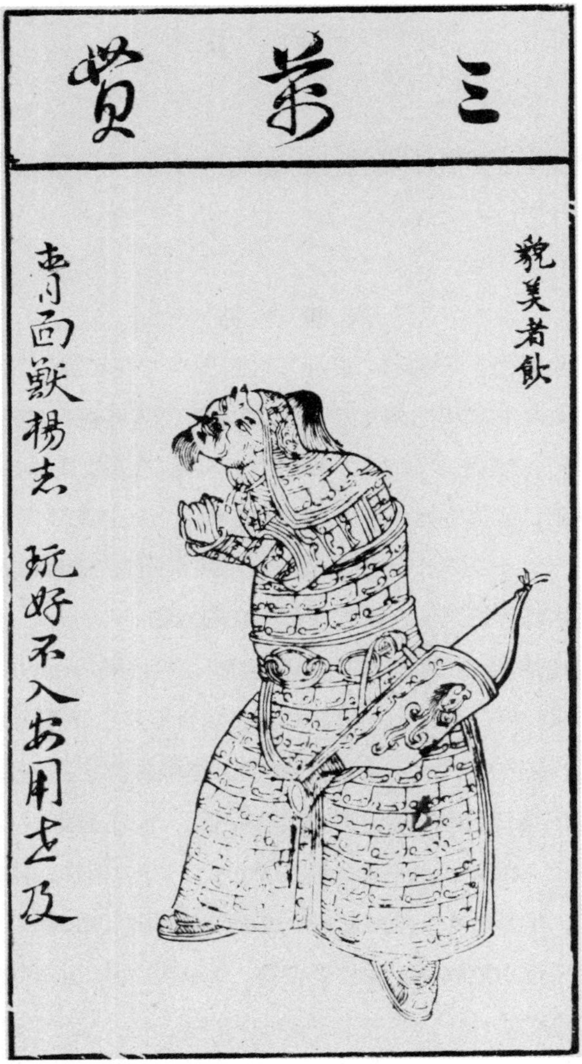

陈洪绶《水浒叶子》之杨志

方才得申文书”，引去见高俅，高俅大怒，把他痛骂一顿，赶出殿司府。杨志苦闷不已，“思量：‘王伦劝俺，也见得是。只为洒家清白姓字，不肯将父母遗体来点污了。指望把一身本事，边庭上一刀一枪，搏个封妻荫子，也与祖宗争口气，不想又吃这一闪。高太尉，你忒毒害，恁地克剥！’”

杨志在客店住了几天，盘缠都使尽了，只好把祖上留下的宝刀拿到街上卖。站了两个时辰，无人问津。到了晌午，转到热闹的地方去卖，不久见路人纷纷躲避，说“大虫来了”，杨志很诧异，这么热闹的地方怎么会有老虎？原来是一个“面目依稀似鬼”的汉子，“一步一攧撞将来”“原来这人，是京师有名的破落户泼皮，叫做没毛大虫牛二”。牛二看杨志卖刀，就过来无理纠缠。说“你的鸟刀有甚好处，叫做宝刀？”杨志告诉他：“第一件砍铜剁铁，刀口不卷；第二件吹毛得过；第三件杀人刀上没血。”头两件都应验后，第三件杨志说杀只狗来验证，可是牛二非要杀个人来验证，无理取闹。杨志这个名将之后，当过军官，有一身好武艺的豪杰，这时却忍受着泼皮无赖的欺凌，正如金圣叹在眉批里说的：“一路写杨志软顺，并无半点刚忿，只为英雄失路一哭”（第十一回）。一直到牛二动手打他，他请街坊邻舍作证，而“街坊人都怕这牛二，谁敢向前来劝”。可见社会黑暗，黑恶势力横行到何等程度！牛二见杨志一再忍让，越发猖狂，一边叫嚷：“你说我打你，便打杀直甚么！”一边“挥起右手，一拳打来”。杨志忍无可忍，把牛二杀了。

杨志没有逃跑，“洒家杀死这个泼皮，怎肯连累你们！”他去开封府自首。

这段描写表现了杨志英雄失路的悲哀，受尽欺凌还一直忍让，真是“虎落平阳被犬欺”，但他毕竟是个英雄，最终显出不堪受辱的豪杰

容与堂本“汴京城杨志卖刀”

本色。

时来运转

杨志杀死牛二，为民除害，开封府尹、押牢禁子和街上百姓都同情他，被从轻发落，“迭配北京大名府留守司充军。那口宝刀，没官入库”。

“原来大名府留守司上马管军，下马管民，最有权势”，留守司的留守梁中书是当朝太师蔡京的女婿。

当杨志被押去见梁中书时，他就开始时来运转。梁中书在东京时见过杨志，知道是个可利用的人才，于是“当厅就开了枷，留在厅前使用”。杨志在梁中书府上，“早晚殷勤，听候使唤”。梁中书见他勤谨，深知他武艺超群，而且实际上还是个囚犯，提拔重用这样的人，他会感激不尽，忠心耿耿。所以决心要抬举他，但又怕众人不服，于是就传令到校场比武。当他告诉杨志“我有心要抬举你做个军中副牌，月支一分请受”时，杨志感激涕零：“今日蒙恩相抬举，如拨云见日一般，杨志若得寸进，当效衔环背鞍之报。”

第二天早上比武隆重开始。令副牌军周谨和杨志比武，周谨得了将令，“绰枪上马，在演武厅前左盘右旋，右盘左旋，将手中枪使了几路。众人喝彩”。说明他武艺不凡。他看不起杨志，“这个贼配军，敢来与我交枪！”兵马都监闻达怕真刀真枪会有伤亡，于是去掉枪头，各用毡片包裹粘上石灰，如果被刺中，身上就会留下白点。杨志和周谨“两个斗了四五十合。看周谨时，恰似打翻了豆腐的斑斑点点，约有三五十处，看杨志时，只有左肩胛上有一点白”。于是梁中书大喜，让杨志代替周谨的职务。兵马都监李成为周谨说情，要求两人再比弓箭。杨志请示:“弓箭发处，事不容情，恐有伤损，乞请钧旨。”梁中书竟说:“武夫比试，何虑伤残，但有本事，射死勿论。”李成还是怕有伤亡，让两人各拿“一面遮箭牌，防护身体”。杨志让周谨先射三箭，然后再还三箭。周谨“恨不得把杨志一箭射个透明”。虽然用尽平生气力，却没能射中。到杨志射周谨时，他心里想道:“射中他后心窝，必至伤了他性命。他和我又没有冤仇，洒家只射他不致命处便了。”杨志与周谨人品的高下，对比鲜明。

杨志比武胜了，梁中书下令让他替了周谨的职位，他正要谢恩。出人意料的是突然转出正牌军急先锋索超不服气要与杨志比武。作者用渲染夸张的手法把这场比武写得花团锦簇，色彩缤纷。先是梁中书一心要抬举杨志，希望他赢了索超，让众人信服，于是把自己的好马借给杨志；而李成怕索超输了，丢了大名府军官的脸，就把自己惯上战场的战马并一副披挂都借给他。接着写梁中书到将台坐定，金鼓齐鸣，红旗招动。炮声响时，各用一首词描写两人的英雄形象；再用一首词描写战马的威风。两人比武时，着重写众人观感，身份不同，反应不同：梁中书“看得呆了”；两边军官“喝彩不迭”；军士们“递相厮觑道:‘我们做了许多年军，也曾出了几遭征，何曾见过这等一对好汉厮杀！’”李成和闻达不断叫“好斗”，比武的情况，却只用“两个斗到五十余合，不分胜败”几个字交代。闻达怕再打斗下去，会有一人受伤，下令停止，可是两人“各自要争功，那里肯回马”。在梁中书下令后，两人来到演武厅前受到重赏，都升为提辖使。宴会之后，还戴红花游街，“两边街道扶老携幼，都看了喜欢”。对“青面兽北京斗武”这一回金圣叹的回评说:“如此行文，真是画火画潮，天生绝笔。自有笔墨未有此文；自有此文未有此评。呜呼！天下之乐，第一莫乐读书；读书之乐，第一莫

袁无涯本“急先锋争功”

乐读《水浒》。”

经过这场比武，杨志被提拔为提辖，梁中书更看重他，要委以重任，杨志的人生又要发生重大转折。

幻想破灭

端午节梁中书和蔡夫人家宴，蔡夫人问梁中书：你现在的功名富贵是从何而来？梁中书说：“人非草木，岂不知泰山之恩，提携之力，感激不尽。”夫人提醒他别忘了给蔡京送生日贺礼。梁中书说生日礼物早已准备了，犯愁的是这用十万贯买来的金珠宝贝怎么送到东京？去年许多玩物和金珠宝贝，差人送去，半路被劫，至今没有破案。今年差何人送去？后来夫妻商量，选定“十分了得”的杨志担此重任。

梁中书对杨志说：“你若与我送得生辰纲去，我自有抬举你处。”杨志当然高兴地答应了，但考虑如何护送时，显示出杨志精明干练，经验丰富，而且坚持己见，不肯苟同。

梁中书准备让大名府差十辆太平车子，各插一把黄旗，上面写着“献贺太师生辰纲”，风风光光地送到东京。杨志一听，马上说另请高明吧，我去不了。梁中书进一步利诱他：“我有心要抬举你，这献生辰纲的札子内另修有封书在中间，太师跟前重重保你，受道敕命回来。”杨志不为所动，说出不能去的原因，可见他经验丰富，不因利诱就放弃己见的品格。

梁中书答应按他的办法，把礼物都装做十余挑担子，扮成客人悄悄连夜送上东京交付。又说要重重保他，杨志“深谢恩相抬举！”可是出发前一天，梁中书说夫人还有一担礼物，派奶公谢都管和两个虞候同去。杨志又说去不了了，原因是他本来可以全权指挥，“要早行便早行，要晚行便晚行，要住便住，要歇便歇”，现在有都管和虞候，“倘或路上与小人鳖拗起来，杨志如何敢和他争执得？”梁中书把老都管和虞候叫来，交代他们“一路上早起晚行住歇，都要听他言语，不可和他鳖拗”。这栏杨志才答应去押送生辰纲。可惜的是他毕竟是奴仆，还是拗不过主子，接受了三个监视者，这就种下失败的祸根。

杨志一行五月中旬从大名府出发，要赶在六月十五日蔡京生日前到东京（开封）。开头几天五更就走，中午就歇。走了六七天之后，辰时起来到申时便歇，也就是早上八九点走，下午四五点歇，一天最热的时间走在崎岖山路上，而且不许在林子里歇息，这就引起杨志和众人的激烈矛盾。那天走在黄泥冈上，天气非常热，军汉们想在树荫下歇会儿，杨志拿起藤条就打。一个军汉忍无可忍说：“提辖，我们挑着百十斤担子，须不比你空手走的。你端的不把人当人！便是留守相公自来监押时，也容我们说一句。你好不知疼痒，只顾逞办！”两个虞候早就不满，在老都管面前发了不少牢骚。老都管先时劝他们暂时忍耐，这时也忍不住了，喝道：“我在东京太师府里做奶公时，门下官军见过无千无万，都向我喏喏连声。不是我口浅，量你是个遭死的军人，相公可怜，抬举你做个提辖，比得草芥大小的官职，直得恁地逞能。休说我是相公家都管，便是村庄一个老的，也合我劝一劝，只顾把他们打，是何看待！”杨志辩解说，这是强盗出没的地方，“如今须不比太平时节”。老都管马上大帽子扣过来，上纲上线：“你说这话该剜口割舌，今日天下怎地不太平？”杨志只好妥协，终于中了吴用之计，生辰纲被“智取”了。

智勇兼备、经验丰富的杨志为什么失了生辰纲？除了吴用计策的巧妙外，从杨志方面来看，失败的原因首先是梁中书违背了“疑人勿用，用人勿疑”的原则，他对杨志是利用，但并不信任，正如金圣叹所说：“是故以一都管两虞候为监，凡以防其心之忽一动也。”这就造成了杨志队伍内部矛盾，特别是老都管的掣肘，使杨志不能统一有效地指挥。其次是杨志不能团结军汉，非常粗暴地对待他们，引起了军汉们的抵制和反抗，使杨志防范对方的办法难以实施。容与堂本评语说：“杨志是一勇之夫，如何济得恁事也？须以恩结这十四人，方可商量事体，要行便行，要住便住。一味乱打，众人自然拗起来，虽然由你智勇足备，亦不能跳出这七人圈套了，徒自作恶耳！蠢人，蠢人！”

丢失了生辰纲，杨志说：“教俺如何回去见得梁中书！这纸领状须缴不得！”“如今闪得俺有家难奔，有国难投，待走哪里去？不如就这冈子上寻个死处！”正想从黄泥冈跳下去时，转念一想，“爹娘生下洒家，堂堂一表，凛凛一躯，自小学成十八般武艺在身，终不成只这般休了”！于是他“叹口气，一直下冈子去了”。

杨志有显赫的家庭背景，想建功立业，封妻荫子，光宗耀祖。但在“非亲不用，非财不取”的社会，他只能攀附权贵，他曾打点一担金银财物，奔走高俅门下；他屈身伺奉蔡京女婿梁中书。他为实现向上爬的欲望，明知高俅是奸臣，明知生辰纲是搜刮民脂民膏的不义之财，但他还是乐于投靠。但幻想终于破灭，他不得不上山落草。

上山落草

杨志走下山冈，“盘缠又没了，举眼无个相识，却是怎地是好”；他到一个酒店门前，“若不得些酒吃，怎地打熬得过”？虽然没钱，还是要了酒、肉和米饭。吃完赖账就走。老板赶来，“不打不相识”，原来是林冲的徒弟曹正。说起林冲，两人曾在梁山泊见面，经历也有相似之处。林冲因为买宝刀，掉入高俅设计的陷阱；杨志因为被高俅排斥，卖宝刀，杀牛二而成了罪犯。林冲为保住小康的地位，委曲求全，最终被逼杀了陆谦、富安，当他前途茫然，到草屋前烤火，甚至动手抢酒喝，发泄苦闷时，一改过去儒雅风度，显出江湖好汉形象；杨志为出人头地，屈身伺人，最终因失陷生辰纲，不知路在何方，到酒店吃饭，赖账打人，一吐闷气，也一改过去精细性格，初露江湖豪侠气概。

曹正让他到二龙山入伙，没想到在山下巧遇鲁智深，也是“不打不相识”，原来还是老乡。这又是一个与林冲有密切关系的人物。鲁智深补叙了野猪林救林冲之后，高俅要抓他，他流落江湖，进了孙二娘的黑店，被麻翻，好在张青回来，见禅杖、戒刀，是他们认为不可杀的云游僧道，救醒他，成为结义兄弟。后来到二龙山邓龙却不让入伙。邓龙被鲁智深打伤，但把山下关门拴住，没法打上山去。杨志也讲了自己的遭遇。两人回到曹正酒店。曹正出了妙计，鲁智深、杨志夺了二龙山，就在那里落草。金圣叹评论这回的写法，他说:“鲁达一孽龙也，杨志又一孽龙也。二孽龙同居一水，独不虞其斗乎?”于是先说他们是同乡，然后又“特提操刀鬼曹正，大书为林冲之徒”“此篇之中，虽无林冲，……林冲独为一篇纲领之人”。而后来武松又是靠张青把他和鲁智深联系在一起，也上了二龙山。

杨志为什么不上梁山？王伦不是盛情邀请过他吗？金圣叹作这样的解释：

一部书将网罗一百八人而贮之山泊也。将网罗一百八人而贮之山泊，而必一人一至朱贵水亭，一人一段分例酒食，一人一枝号箭，一人一次渡船，是亦何异于今之贩夫之唱筹量米之

法也者，而以夸于世曰才子之文，岂其信哉？

金圣叹认为如果都像林冲上山那样先到朱贵酒店，酒食招待，再放号箭，来渡船，就会呆板单调，千篇一律，造成读者的视觉疲劳，没有美感。现在这样写杨志上山，用曹正连出林冲、鲁智深，甚至还有张青、孙二娘和武松，不但新奇有趣，而且把鲁智深大闹野猪林之后的经历补叙出来，还为武松即将上二龙山埋下伏笔。

我有一个问题想请教各位朋友，就是为什么要把《水浒传》里非常重要的鲁智深、杨志、武松三位英雄齐聚二龙山，而不是其他人？我在前面说过，《醉翁谈录》所记话本名目就有“花和尚”“武行者”和“青面兽”，是否他们是属于同一系统的水浒故事，而宋江、吴用、阮氏三雄等是另一个系统的水浒故事？这三位英雄到第五十八回《三山聚义打青州，众虎同心归水泊》，才上了梁山。

杨志上山后没有突出的事迹，只随着大军上了几阵。最值得注意的是杨志和索超见面：“杨志向前另自叙礼，诉说别后相念，两人执手洒泪。”（第六十四回）大概他们想起当年在东郭比武，怀着建功立业的壮志，龙腾虎跃，意气风发。而现在幻想破灭，上山落草，前途未卜，感慨良多。梁山泊大军攻打大名府，作者没有让他出场，可能是因为他面对梁中书这个提拔他的“恩相”，面对李成、闻达这些同僚都不好处理吧。到高俅被捉上山，百回本里杨志、林冲都没有反应。全传本：“高俅见了众多好汉，一个个英雄猛烈，林冲、杨志怒目而视，有欲要发作之色，先有了十分惧怯。”（第八十回）征方腊时，杨志因病留丹徒（第九十二回），到大军征方腊回来，“丹徒县又申将文书来，报说杨志已死，葬于本县山园”（第九十九回）。

这个英雄人物，壮志未酬，默默地病逝。

尽享祖泽的关公后人
——关　胜

在水浒故事流传过程中，龚开的《宋江三十六人赞》中“大刀关胜”的赞词是：“大刀关胜，岂云长孙？云长义勇，汝其后昆。”这说明当时的宋江三十六人故事还未坐实关胜是关羽的子孙，只是因为他使用大刀，又姓关，才联想到关羽。在元杂剧《争报恩三虎下山》中，他说：“我是梁山上宋江哥哥手下第十一位头领，大刀关胜的便是。”并没有说他是关羽的后代。宋江派他下山打探消息，因病没有按时回山，又没有钱，沦落到偷狗卖狗肉的地步。《鲁智深喜赏黄花峪》也只是说“祖辈传大刀关胜”，并没有说祖上是关羽。到《水浒传》才把关胜说成关羽的后代。

关胜到第六十三回才出场，可是地位很高，在三十六天罡星中排第五，在宋江、卢俊义、吴用、公孙胜之后，而在林冲、秦明、花荣之前。他还是五虎将之首。他上山很迟，也没有什么特别大的功劳，为什么有这么高的地位？因为他有祖先的光环笼罩着。他一出场，就反复介绍他是关羽的后代，是“云长变相”。

关羽崇拜从隋代开始，但唐代并不太盛行，到了宋代就非常热衷了。他被追封为义勇武安王，成为圣人、神人、忠义的典范，他的庙宇遍布全国。《水浒传》里也反映了这种情况。如宋江、吴用兵围大名府，正为朝廷为什么没有派兵来救援而纳闷时，戴宗来报告消息：“东京蔡太师拜请关菩萨玄孙蒲东郡大刀关胜，引一彪军马飞奔梁山泊来。”这里戴宗用“关菩萨”来称呼关羽，可见当时关羽已经成神。第九十回，燕青和李逵潜入京城看花灯，来到桑家瓦子前，听说书，说的是“关公刮骨疗毒”的故事，李逵在人丛中大叫：“这个正是好男子！”“众人吃惊，都看李逵”，燕青怕惹出事来，拖了李逵便走。这说明当时关羽的故事成为“说话”的热门题材，在民间有很大的影响。

在关羽崇拜的热潮中，《水浒传》把关胜说成是“忠义”典范关羽的后代，放在梁山泊一百零八位好汉中，目的是歌颂《水浒传》的忠义，增强它的影响力和崇高地位。

那么《水浒传》是如何塑造关胜形象的呢？

为救卢俊义和石秀，“宋江兵打北京城”，梁中书派人到京城向蔡京求救。蔡京召集童贯等人商议，“如今将甚计策，用何良将，退贼兵，以保城郭？”众官员面面相觑，各有惧色。这时只有不受重用的丑郡马宣赞出来推荐关胜：“此人乃是汉末三分义勇武安王嫡派子孙，姓关名胜，生的规模与祖上云长相似，使一口青龙偃月刀，人称大刀关胜。现做蒲东巡检，屈在下僚。此人幼读兵书，深通武艺，有万夫不当之勇。若以礼币请他，拜为上将，可以扫清水寨，殄灭狂徒。保国安民，开疆展土，端在此人。”

关胜奉调进京，蔡京见关胜一表人才：“堂堂八尺五六身躯，细细三柳髭髯，两眉入鬓，凤眼朝天，面如重枣，唇若涂朱”。他不但与关羽面貌相像，使用兵器一样，都是大刀，甚至战马也是一样的：“头至尾长一丈，蹄至脊高八尺，浑身上下没一根杂毛，纯是火炭般赤。”

蔡京问关胜如何解北京之围？他提出了“围魏救赵之计”。蔡京就拨一万五千精兵，任命他为领兵指挥使，宣赞和郝思文为副将，领兵攻

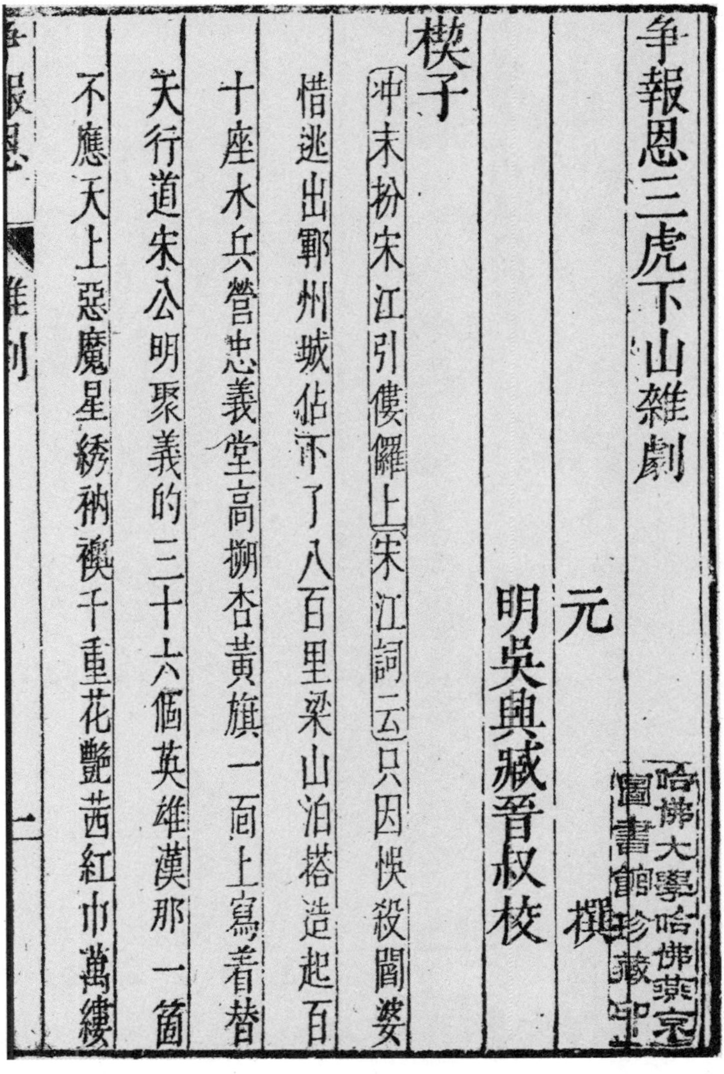
爭報恩三虎下山雜劇

元　撰

明吳興臧晉叔校

楔子

（冲末扮宋江引僂儸上）（宋江詞云）只因悞殺閻婆惜逃出鄆州城佔不了八百里梁山泊搭造起百十座水兵營忠義堂高搠杏黃旗一面上寫着替天行道宋公明聚義的三十六個英雄漢那一箇不應天上惡魔星綉衲襖千重花艷茜紅巾萬縷

爭報恩　雜劇　一

明万历时期刊本《元曲选》“争报恩三虎下山”杂剧

明万历时期刊本《元曲选》“争报恩三虎下山”插图

打梁山泊，以解北京之围。当他到梁山泊时，水军头领张横立功心切，带一两百人要去劫寨。当他们奔至中军，“望见帐中灯烛荧煌，关胜手捻髭髯坐看兵书”。这简直就是胡班“见关公左手绰髯，于灯下凭几看书”的复制品，以此显示他的儒将风度。关胜设下伏兵，将张横等全部抓获。张顺、阮氏三雄来搭救，又中埋伏，溃败而逃，阮小二等被李俊救回，阮小七被捉。

关胜和梁山义军作战，当时他一人大战林冲、秦明两人，在即将落败时，宋江怕关胜会受伤甚至被杀，便鸣金收兵，引起林冲、秦明的不满，宋江说："吾看关胜英勇之将，世本忠臣，乃祖为神。若得此人上山，宋江情愿让位。"“让位”云云不过是宋江经常挂在嘴边的假话，但要招揽关胜入伙却是他的真心。于是就派呼延灼假投降，把关胜兵马引入宋江的大寨，中了埋伏，“四下里挠钩齐出，把关胜拖下雕鞍”，押解上山。关胜为什么这么容易就归顺了，这有损他的忠义形象。为此作者竭力为他辩护，一是因为奸臣当道，他“屈在下僚”；二是他被宋江的义气感动了。他曾问阮小七："宋江是个郓城小吏，你这厮们如何伏他？"阮小七答道："俺哥哥山东、河北驰名，都称做及时雨呼保义宋公明。你这厮不知礼义之人，如何省的！"在他打不过林冲、秦明时，宋江却收兵了；他被俘上山，宋江对他的尊重，都使他感到宋江有胆识，重义气。他说："人称忠义宋公明，话不虚传。今日我等有家难奔，有国难投，愿在帐下为一小卒。"便归顺了梁山。这之后，无论是与官军作战，还是受招安后征辽、征方腊，他都立了战功。征方腊回朝后，他被封为大名府兵马总管，一天操练军马回来，因大醉，失脚落马，得病身亡。

把关胜写得和关羽面貌神情相似，使用武器相同，连坐骑也一模一样，那么关胜的精神品格也和关羽一样吗？也是忠义的典范吗？我在一篇论《三国演义》的文章里这样评论过关羽：

自“桃园三结义”之后，关羽与刘备既是主臣又是兄弟，他们一起出生入死，艰苦转战，但不久下邳兵败，关羽降曹，从此过着“身在曹营心在汉”的身心分离的痛苦生活。关羽对刘备旧义难忘，曹操送他赤兔马，他就想到骑千里马可以更快找到刘备；曹操赠他新锦袍，他“穿于衣底，上仍用旧袍罩上”，以示不忘“兄长之旧赐”。但是曹操对他的“新恩”，也使他深受感动，他发誓要“立效以报曹公，然后去耳。”他斩颜良，诛文丑，为曹操解了“白马之围”，他认为这是对曹操的报答。“新恩虽厚，旧义难忘”，当他知道刘备下落时，毅然“挂印封金”，千里走单骑，去投奔刘备。但过五关斩六将，虽是不得已而为之，却使他内心十分痛苦，觉得对不起曹操，“吾非欲沿途杀人，奈事不得已也。曹公知之，必以我为负恩之人矣。”于是他在给曹操的信中说：“其有余恩未报，愿以俟之异日！”关羽报恩的时候终于到了。曹操赤壁惨败，逃到华容道，只剩下三百余骑，人困马乏，已失去了战斗力。而这时立下军令状，已等候多时的关羽截住了曹操的去路。对关羽来说，杀掉他在“许田射猎”时就想杀掉的“贼臣”曹操已易如反掌；实现他和刘备结义时的誓言，“复兴汉室”的目标已是唾手可得了。但是，他为了报“新恩”，以私废公，背弃了“汉贼不两立”的誓言，放走了曹操，他的“义”应该说是没有原则，是非不分的。但是，他甘冒军法之险，弃盖世之功，面对凄惶垂泪的曹操，动了恻隐之心，旧故之情，心慈手软，放虎归山，超越了封建君臣伦理观念和个人功利思想，表现了人性的纯良，又是非常动人的。关羽内心的矛盾冲突、痛苦难言，得到了精彩有力的表现，一个充满豪气的英雄人物被涂上了一层悲剧的色彩。“桃园三结义”，追求君臣如兄弟的平等观念；千里走单骑和华容道放曹操，追求有恩必报的义气，都是市民阶层的道德观念。关羽这个被称为“儒将”的人物，身上流淌着江湖侠士的血液！

豪气与傲气集于一身，英雄豪迈又心慈手软，既忠于“旧义”又必报“新恩”的矛盾心态，使关羽成了一个内心痛苦，心力交瘁的悲剧英雄。

《水浒传》里的关胜，他的战绩没有特别的光彩；他的结局缺乏激动人心的力量。他形似关羽，但缺乏关羽的风采神韵。

关胜很轻易地被呼延灼骗了，被梁山活捉；又很容易地被宋江说服，投入梁山义军，和关羽的忠义、英武差距太大。宋江要攻打大名府，刚投顺的关胜就“愿为前部”，容与堂评语：“令祖决不如此。”又说：“可笑关胜、宣赞、郝思文那厮都被圈套，尽为出力，人品何在？真强盗也。”清人王望如也说：“呜呼！云长先生有降曹之子孙耶？吾不信，吾不信。”

马幼垣先生说关胜是“最假得离谱的人”。他说儿子遗传父亲的一半，从东汉末到北宋九百年，已历三十代以上，关胜得自关羽的遗传大概只有一亿七千多万分之一，怎么可能还很像呢？马的寿命更短，关羽和关胜两个坐骑之间相联的程度只能用细胞的数目去计算了。他这些调侃的话语，指出关胜缺乏关羽的精神，被编得与乃祖一模一样，实际是“假得离谱”的人物，是没有生气的。

有趣的是《水浒传》里还有一个并非关羽后代，而极像关羽的人，就是“美髯公”朱仝。他在第十三回出场，“这兵马都头姓朱名仝，身长八尺四五，有一部虎须髯，长一尺五寸，面如重枣，目若朗星，似关云长模样，满县人都称他做美髯公”。还有一首出场诗：“义胆忠肝豪杰，胸中武艺精通，超群出众果英雄。弯弓能射虎，提剑可诛龙。一表堂堂神鬼怕，形容凛凛威风，面如重枣色通红。云长重出世，人号美髯公。”

朱仝不但面貌像关羽，而且很讲义气。第十八回“美髯公智稳插翅虎，宋公明私放晁天王”。说朱仝、雷横奉命去捉晁盖，朱仝怕雷横抓到晁盖，找借口让雷横打前门，他到后门去放晁盖。其实雷横也和晁盖是朋友，也要放走晁盖，故意大惊小怪，声东击西，催逼晁盖逃走。晁盖等人放火烧了庄园，从后门逃出。朱仝假装追赶，接近晁盖，对他说：“我怕雷横执迷，不会做人情，被我赚他打你前门，我在后面等你出来放你。……你不可投别处去，只除梁山泊可以安身。”放走晁盖之后，又遇到宋江杀惜，躲在家里。第二十二回“朱仝义释宋公明”，朱仝支开雷横，到佛堂找地窖，拉动铜铃，见到宋江，劝他早离开，宋江也把考虑要去的三个地方告诉他。他回县里报告知县，宋江确实不在宋家庄，使宋江得以顺利逃走。“不是朱家施意气，英雄准拟入天牢”。最令人感动的是第五十一回雷横到勾栏看白秀英演唱，忘记带钱，白秀英是知县的相好，仗着知县的势力，父女两人对雷横百般凌辱。雷横忍无可忍，痛打了白秀英的父亲。白秀英告到县里，知县把雷横绑在勾栏口示众。雷横的母亲来送饭，又被白秀英暴打。雷横是个孝子，怎么能够忍受，就一枷把白秀英打死了。朱仝奉命押解雷横到济州。在路上，朱仝对雷横说："贤弟自回，快去家里取了老母，星夜去别处逃难。这里我自替你吃官司。""知县怪你打死了他表子，把这文案却做死了，解到州里，必是要你偿命。我放了你，我须不该死罪。况兼我又无父母挂念，家私尽可赔偿。你顾前程万里自去。"对此金圣叹评："髯真绝伦超群，写来令人感激。"容与堂本眉批："朱仝真孝子，真圣人，真菩萨，真佛，道学先生那堪作仆。"这里看似朱仝是个光棍，没有家庭拖累，但后来他上梁山时担心家人的安危。宋江对他说："我教长兄放心，尊嫂并令郎已取到这里多日了。"这才知道他有妻子儿子的，所以他私放雷横，其义气更为感人。

但朱仝写得还是不如关羽。他因私放雷横，被发配沧州。因为他一表非俗，面如重枣，美髯过腹，知府的儿子喜欢他，于是他就常常带小衙内去玩耍。吴用来拉他入伙，但他拒绝了。他对吴用说："天可怜见，一年半载挣扎还乡，复为良民。我却如何肯做这等的事！"吴用等人，为了逼他上山，竟让李逵杀了小衙内。这是《水浒传》最为人诟病的情节。对朱仝为知府带儿子事，容与堂的评语讽刺他："安有大丈夫而为一太守作一雄乳婆之理？"

关胜写得不如关羽，只存其貌，而乏其神。但话又说回来，关羽是《三国演义》全力塑造的人物，是毛宗岗认为写得最好的人物，所谓有"三绝"，曹操"奸绝"、诸葛亮"智绝"和关羽"义绝"。而关胜、朱仝都是《水浒传》里的次要人物。

《水浒传》写一百零八将，不可能每个好汉都有面面俱到的描写，都有丰富多彩的传奇故事，都塑造得那么丰满，成为千古典型。作者对一些人物主要是抓住他的某个特征来写，给人留下比较深刻的印象。如

容与堂本“美髯公智稳插翅虎”

戴宗就突出其“神行”特点、公孙胜就突出其法术、时迁就突出其飞檐走壁的本领，关胜就是外貌像关羽。这些人物虽然不够典型人物的标准，但还是给人留下较为深刻的印象。

㈣ 奇才好汉

忽显忽隐的人间神龙
——公孙胜

公孙胜可以算是梁山队伍中的道教代表人物。他用道派法术承担特殊的战斗任务，也承载了宗教叙事的文化功能。

忽显忽隐，性格模糊

公孙胜第一次出现是在晁盖家中。小说写晁盖、吴用、刘唐与阮氏三兄弟六个好汉正在饮酒，庄客来报，说有一个自称一清道人的化斋先生在外面，却不为钱米而来，想要求见晁盖。因晁盖不接见，发怒把十多个庄客打倒。于是晁盖只好出来，到庄门看见“那个先生，身长八尺，道貌堂堂，威风凛凛，生得古怪”，再看他的衣着打扮也很古怪：“头绾两枚鬅松双丫髻，身穿一领巴山短褐袍，腰系杂色彩丝绦，背上

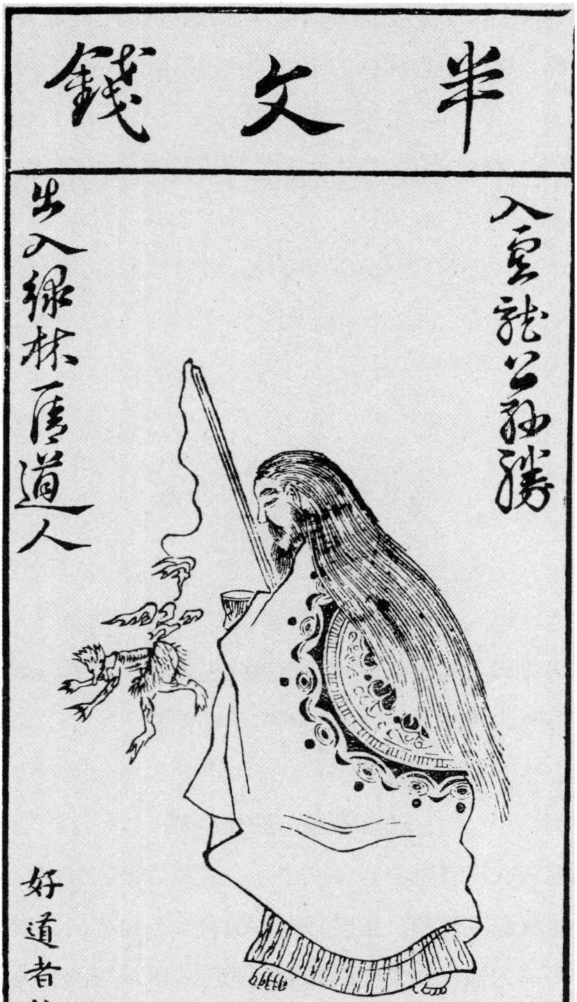

陈洪绶《水浒叶子》之公孙胜

松纹古铜剑。”从晁盖眼中看到的就是一个江湖术士。两个人互不相识。公孙胜自我介绍：

> 贫道覆姓公孙，单讳一个胜字，道号一清先生。贫道是蓟州人氏，自幼乡中好习枪棒，学成武艺多般，人但呼为公孙胜大郎。为因学得一家道术，善能呼风唤雨，驾雾腾云，江湖上都称贫道做入云龙。贫道久闻郓城县东溪村晁保正大名，无缘不曾拜识。今有十万贯金珠宝贝，专送与保正作进见之礼。未知义士肯纳受否？

他还对晁盖说“此一套富贵，不可错过！古人有云：当取不取，过后莫悔”（第十五回）。

他用十万贯金珠宝贝打动晁盖去劫取生辰纲，完全是一个热衷金银财宝，敢于夺取不义之财的江湖好汉。这条龙上了梁山泊，应该倒海翻江，大有作为。可奇怪的是，他上山后却波澜不惊地安居梁山，直到宋江经过许多磨难，终于也上了梁山，此时公孙胜却选择离开梁山回家探母（第四十二回），然后居然潜心事母，从师学道。从用金珠富贵搅腾众好汉造反的江湖术士，到清心寡欲、安贫乐道、非请不出的世外高人，公孙胜再无入世豪情，这条龙隐入云中了。

到了柴进失陷高唐州，宋江带领梁山义军去救柴进，被知府高廉用妖法打败，只得叫戴宗、李逵来蓟州找公孙胜。因为公孙胜“恐怕山寨有人寻来，故意改名清道人”，隐居在山间。戴宗、李逵苦苦寻找，才找到他隐居的地方，但是他不肯出来，直到李逵要放火烧房，用斧头砍倒一堵墙，其母被吓倒在地，才把他逼出来。又经过戴宗、李逵的恳求，李逵又受了罗真人的一番磨难，公孙胜才下山去解救梁山义军的危难。

之后，这条龙偶尔露峥嵘。如用诸葛亮的八阵图法，困住了芒砀山樊瑞手下的头领项充、李衮，两人明大义倒戈投降，并说服樊瑞一同归降；征辽时破辽国贺重宝的妖法；协助宋江大破兀颜统军的浑天象阵等等。

公孙胜没有加入征方腊的战斗，而是很早就抽身而退。小说写道：

> 次日，只见公孙胜直至行营中军帐内，与宋江等众人，打了稽首，便禀宋江道："向日本师罗真人嘱咐小道，已曾预禀仁兄，令小道送兄长还京师毕日，便回山中学道。今日兄长功成名遂，贫道亦难久处。就今拜别仁兄，辞别众位，即今日便归山中，从师学道，侍养老母，以终天年。"宋江见公孙胜说起前言，不敢翻悔，潸然泪下，便对公孙胜道："我想昔日弟兄相聚，如花始开；今日弟兄分别，如花零落。吾虽不敢负汝前言，心中岂忍分别？"公孙胜道："若是小道半途撇了仁兄，便是贫道寡情薄意。今来仁兄功成名遂，此去非贫道所趋，仁兄只得曲允。"宋江再四挽留不住，便乃设一筵宴，令众弟兄相别，筵上举杯，众皆叹息，人人洒泪，各以金帛相赆。公孙胜推却不受，众弟兄只顾打拴在包里。次日，众皆相别。公孙胜穿上麻鞋，背上包裹，打个稽首，望北登程去了。

征方腊后，梁山好汉伤亡殆尽，朱武、樊瑞做了全真先生，云游江湖，去投公孙胜出家，以终天年。

公孙胜这一人物形象在小说《水浒传》中承担了一定的弥合、勾连故事，推动情节发展的叙事功能。小说前七十回基本上是叙述一百零八好汉如何上梁山。除了林冲、鲁智深、武松、宋江等人有相对完整的英雄小传外，其他众多好汉则通过宋江刺配江州的过程，以及戴宗寻找公孙胜的过程来网罗上山。宋江先后两次派戴宗去蓟州寻找公孙胜。第一次戴宗先收了杨林，在饮马川又劝说裴宣、邓飞、孟康等一伙人投奔梁山，后来在蓟州又结识了杨雄、石秀。追寻公孙胜未果，却网罗了一伙好汉上山；而且引出杨雄、石秀杀潘巧云，三打祝家庄等故事。第二次，柴进失陷高唐州，高廉会妖法，只好再派戴宗、李逵赴蓟州，终于将公孙胜请回梁山，在回梁山路上，李逵还遇到铁匠金钱豹子汤隆，为赚金枪手徐宁、破呼延灼的连环马埋伏线、做准备。由此可见，公孙胜这一人物为小说叙事起到推波助澜的作用，也正因为此，忽隐忽显，人物形象整体面貌反而显得烟云模糊。

宗教叙事功能

在水浒故事流传过程中，公孙胜身份的变化值得研究。在《宋江三十六人赞》里没有公孙胜，《大宋宣和遗事》里，他既不在押送花石纲的杨志等十二人中，也不在劫取生辰纲的晁盖等八个大汉里，宋江带着朱仝等九人上山，并没有他。他是天罡三十六将之一，但有其名，却没有他的身影，当然也不知道他的身份。元代水浒戏里，没有他的故事，明初朱有燉《豹子和尚自还俗》里，宋江一上场就把三十六人的名字数一遍，其中“第八名”是“入云龙公孙胜”，但全剧是鲁智深的故事，剧情都与公孙胜没有关联。而到了明嘉靖年间，李开先《宝剑记》传奇中，公孙胜是林冲好友，一名世俗军官。剧中公孙胜自报家门：

“下官公孙胜是也，官拜参军之职，因梁山草寇作乱，朝廷差我催督各路粮草。”(《宝剑记》第三十五出)

总之，在水浒故事流传过程中，公孙胜可能是个江湖好汉，干些打家劫舍的勾当，到《水浒传》成书时，因为宗教叙事功能的需要，他成了道士。正因为此，在“智取生辰纲”时，他虽然也有道士的身份，但却没有摆脱他原来江湖好汉的面目，还一心想夺取金银财宝，做着发财梦。而后作者赋予他宗教叙事的任务，他不得不变脸，变成清心寡欲，安贫乐道的清道人。

从水浒故事开始流传的宋元时代，到《水浒传》成书和文本不断修改，百回本、百二十回本、简本出版的嘉靖、万历年间，大多是道教盛行的年代，道教对《水浒传》的影响很大。它从道教圣地——江西龙虎山，洪太尉“误走妖魔”的宗教叙事开始，经第七十一回“忠义堂石碣受天文”，一百零八好汉各应天星而聚义；到第一百回宋徽宗以宋江等人忠义为神，塑三十六员天罡正将，七十二座地煞将军，庙食万年，护国保民，在整体上形成了一条天道循环的宗教叙事线索。局部的叙事线索，则表现为宋江遇九天玄女受三卷天书，以及罗真人的预言叙事。在这样道教的叙事链条里，在梁山泊一百零八将里，一个地位崇高的道教代表人物是不可或缺的，因此，作者选中公孙胜，让他进入领导核心，成为排在第四位的梁山义军的副军师。

公孙胜的道士身份使得小说增加了不少神魔叙事成分。《水浒传》描写的最重要的宗教活动就是第七十一回，一百零八员好汉聚齐了，宋江宣布要“建一个罗天大醮，报答天地神明眷佑之恩”。公孙胜主持罗天大醮：“是日晴明得好，天和气朗，月白风清。宋江、卢俊义为首，吴用与众头领为次拈香。公孙胜作高功，主行斋事，关发一应文书符命。……宋江要求上天报应，特教公孙胜专拜青词，奏闻天帝，每日三朝。”于是上天显灵，降下石碣，天罡地煞英雄排座次。公孙胜发挥了独特的无可替代的主持宗教仪式，“奏闻天帝”，与天帝沟通的作用。

《水浒传》里的吴用作为梁山泊义军的军师，就像《三国演义》里的诸葛亮，起着指挥作战的关键作用。诸葛亮不但有智，有高超的战争指挥能力，而且还有“术”，有呼风唤雨的神术，正如鲁迅所说“多智而近妖”。公孙胜作为副军师，以其兵阵法术，在梁山事业中发挥独特的作用，替吴用承担了“近妖”的部分，并更具道教色彩，也让小说战斗描写多了几分神幻色彩。

有趣的是公孙胜完全承袭了诸葛亮的神术。首先是祭风。智取生辰纲后，公孙胜在石碣村应对官兵围剿时，曾施展“呼风唤雨”的本领，祭来怪风，用火船烧官兵船只。小说描写得很生动：

> 那大船小船约有四五十只，正被这大风刮得你撞我磕，捉摸不住，那火光却早来到面前。原来都是一丛小船，两只价帮住，上面满满堆着芦苇柴草，刮刮杂杂烧着，乘着顺风直冲将来。那四五十只官船，屯塞做一块，港汊又狭，又没回避处。那头等大船也有十数只，却被他火船推来，钻在大船队里一烧。水底下原来又有人扶助着船烧将来，烧得大船上官兵都跳上岸来逃命奔走。……
>
> 火光丛中，只见一只小快船，船尾上一个摇着船，船头上坐着一个先生，手里明晃晃地拿着一口宝剑，口里喝道：“休教走了一个！”众兵都在烂泥里慌做一堆。

火烧芦苇荡虽然气势上不及火烧赤壁，但以数人之力对抗数百官兵，仍然是以少胜多的案例。后来在梁山上，林冲夸赞他："公孙先生名闻江湖，善能用兵，有鬼神不测之机，呼风唤雨之法，谁能及也！"（第二十回）

同样的战术，小说中还出现了一次，那是第七十九回宋江两败高太尉时，公孙胜祭风烧船："只听得山上连珠炮响，芦苇中飕飕有声，却是公孙胜披发仗剑，踏罡布斗，在山顶上祭风。初时，穿林透树，次后，走石飞沙，须臾白浪掀天，顷刻黑云覆地，红日无光，狂风大作"。

两次火攻都不是在开阔的江面上，而是在芦苇荡中。对公孙胜的描写，前者通过官兵的限知视角看到的是船头上的"先生"，后者则正面写公孙胜在山顶祭风的形象。

公孙胜还会诸葛亮的"八阵图"阵法。第六十回在芒砀山公孙胜对宋江、吴用献出八阵图法，道："是汉末三分，诸葛孔明摆石为阵的法：四面八方，分八八六十四队，中间大将居之。其像四头八尾，左旋右转，按天地风云之机，龙虎鸟蛇之状。待他下山冲入阵来，两军齐开，如若伺候他入阵，只看七星号带起处，把阵变为长蛇之势。贫道作起道法，教这三人在阵中，前后无路，左右无门。却于坎地上掘下陷坑，直逼此三人到于那里。两边埋伏下挠钩手，准备捉将。"为什么八阵图法不出自吴用呢？金圣叹道："问曰：何不出自吴用？答曰：上金铃吊挂，既已全出吴用，此处例应独出公孙，不得吴用太热，公孙太冷也。"两人有分工，吴用用"智慧"，赚宿太尉的金铃吊挂；公孙胜用"道法"，摆出神鬼莫测的"八阵图"。

和诸葛亮的神术比较起来，公孙胜更具道教色彩。罗真人称公孙胜以往所学的法术，和高廉的一般，因此特意在下山之前传授"五雷天罡正法”。且看“入云龙斗法破高廉”，那边高廉用剑击三下聚兽铜牌，便有“豺狼虎豹怪兽毒虫”，裹挟着一阵黄砂昏天黑地扑了过来。这里公孙胜用松文古定剑，指着敌军，“口中念念有词，喝声道：‘疾！’只见一道金光射去，那伙怪兽毒虫，都就黄砂中乱纷纷坠于阵前。众军人看时，却都是白纸剪的虎豹走兽，黄砂皆荡散不起”。宋江乘势掩杀过去，高廉兵败退入城中。当夜，高廉点起三百神兵前来劫寨。没想到宋江等人早有准备，听公孙胜之计，空寨诱敌，四围设下埋伏。公孙胜则在高埠处作法，霹雳声响，寨中火起，一起围攻，三百神兵都被杀在寨内。高廉势穷力单，在出城往山路上奔逃时，居然念念有词，“喝声道：‘起！’，驾一片黑云，冉冉腾空，直上山顶”。公孙胜见了，口中也念念有词，“喝声道：‘疾！’将剑望空一指，只见高廉从云中倒撞下来”，被雷横杀了。

征辽时，公孙胜识得辽国贺重宝的妖法。“贺统军见折了两个兄弟，便口中念念有词，作起妖法，不知道些甚么，只见狂风大起，就地生云，黑暗暗罩住山头，昏惨惨迷合谷口。正作用间，宋军中转过公孙胜来，在马上掣出宝剑在手，口中念不过数句，大喝一声道：‘疾！’只见四面狂风扫退浮云，现出明朗朗一轮红日。”（第八十六回）他还协助宋江大破兀颜统军的浑天象阵。（第八十九回）

关于公孙胜斗法描写，比较精彩的还有一百二十回本征田虎故事中，公孙胜与乔道清斗法的部分。乔道清与公孙胜对阵，先是乔道清用法术驱动钢枪去刺公孙胜，公孙胜也用法术驱动狼牙棍迎战钢枪，把钢枪打落在地。乔道清又捏诀念咒，召唤五龙山的黑龙，公孙胜也召唤出黄龙，迎战黑龙。乔道清接连召唤出青龙、白龙、赤龙。“五条龙向空中乱舞，正按着金、木、水、火、土五行，互生互克，搅做一团。狂风大起，两阵里捧旗的军士被风卷动，一连颠翻了数十个。公孙胜左手仗剑，右手把麈尾望空一掷，那麈尾在空中打个滚，化成鸿雁般一只鸟飞起去。须臾，渐高渐大，扶摇而上，直到九霄空里，化成个大鹏，翼若垂天之云，望着那五条龙打击下来。只听得刮刺刺的响，却似青天里打个霹雳，把那五条龙扑打得鳞散甲飘。”公孙胜用麈尾化成大鹏，五条龙被搏击得粉碎，乔道清无法解救。（百二十回本第九十六回）这一段斗法写得颇为奇幻。公孙胜谨遵师父罗真人法语，降服乔道清。小说还让公孙胜现场说法，说明罗真人传授的“五雷天罡正法”之高明，并批评乔道清学习的外道幻术。

公孙胜在小说里，没有单独的英雄传，但他身份特殊，作用特殊，身怀绝技，还是给读者留下了颇深的印象。

深语人事的神行太保
——戴　宗

戴宗，江州牢城营两院押牢节级，人称戴院长、神行太保。他在梁山一百零八好汉中，之所以能让读者印象深刻，是他作为“总探声息头领”，具有特异功能——神行术。

戴宗的出场

戴宗的出场，小说事先埋下伏笔，做了铺垫。宋江发配江州途中，梁山众好汉把他请上山，并挽留他。无奈宋江以不违父教的忠孝之名，执意要去江州牢城服刑。这时，吴用说起他在江州牢城营有个“至爱相识”，至于吴用是山东济州郓城县人，与晁盖自幼知交，而戴宗是江州人，两人怎么会成为至爱相识，小说并没有说明。一直到遇见宋江后，小说写戴宗“把与吴学究相交来往之事”告诉了宋江，用一句话呼应上文，细节并没有展开。吴用的一番话，道出了戴宗的个人情况：被人称作“戴院长”是因他的职位为江州两院押牢节级。又人唤作“神行太保”，则为他有道术，一日能行八百里。还有一点吴用特别指出：“此人十分仗义疏财。”

宋江拿着吴用的信，与两个公人一路向南，却一路凶险异常。好不容易到了江州牢城，用金银摆平了江州牢城营的管营、差拨等，却迟迟没有去见节级戴宗，送上常例人情。差拨提醒宋江“那人好生利害，更兼手脚了得”，宋江却很淡定，甚至说“那人要钱不与他”。要差拨放心，自己可以搞定。“敢是送些与他，也不见得；他有个不敢要我的，也不见得。”宋江底气十足，正是因为有吴用给戴宗的信件在手。

节级戴宗亲自下来讨要常例钱。小说此段描写，用宋江的视角，刻画“那节级”“那人”的语言和动作。“见那节级掇条凳子坐在厅前，高声喝道：‘哪个是新配到囚徒？’”一副居高临下、兴师问罪的样子。不仅如此，而且开口就大骂宋江：“你这矮黑杀才！倚仗谁的势要，不送常例钱来与我？”没想到宋江会顶他一句：“人情，人情，在人情愿。你如何逼取人财，好小哉相！”意思是你敲诈勒索，为人卑劣；如此言语冲撞，在旁边的人都为宋江捏两把汗。果然“那人大怒，喝骂：‘贼配军，安敢如此无礼，颠倒说我小哉！那兜驮的，与我背起来，且打这厮一百讯棍！’”没想到，牢城营众人与宋江关系极好，一听要打宋江，居然一哄而散，没人做帮凶。“那人见众人都散了，肚里越怒。拿起讯棍，便奔来打宋江。”宋江问所犯何罪，“那人大喝道：‘你这贼配军是

陈洪绶《水浒叶子》之戴宗

容与堂本“及时雨会神行太保”

我手里行货，轻咳嗽便是罪过！'”宋江又辩解，既是没有罪要寻出罪，也罪不至死。“那人怒道：‘你说不该死，我要结果你也不难，只似打杀一个苍蝇。'”看来，在这江州牢城营，两院节级有着极大的权力，甚至可以随意处置罪犯。宋江却并不害怕，冷冷一笑，亮出底牌，“我因不送得常例钱便该死时，结识梁山泊吴学究的却该怎地？”

只见“那人”的神态马上改变：“那人听了这声，慌忙丢了讯棍，便问道：‘你说什么？'”“那人慌了手脚，拖住宋江问道：‘足下高姓？你正是谁？哪里得这话来？'”宋江于是自报家门。这下态度简直是一百八十度的变化：“那人听了大惊，连忙作揖。”并要请宋江换个地方叙话。这段前倨后恭的动作和语言描写，是故弄玄虚，制造喜剧效果，让人感觉戴宗是一个并不简单的神秘人物。

在“浔阳楼宋江吟反诗，梁山泊戴宗传假信”这一段中，戴宗表现出心思细密、深藏不露的性格。当宋江题反诗被黄文炳发觉，蔡九知府叫戴宗下牢城营捉拿宋江时，戴宗先是召集众节级牢子回家取器械，到城隍庙会合。自己则作起神行法，到牢城营给宋江通风报信，并且出主意让宋江诈作中风魔。宋江假装“失心疯”，骗过众公人，却不料骗不了黄文炳。黄文炳此人奸诈狡猾更甚，一定要提宋江到江州知府衙门问个明白。宋江诈疯甚至骗过了蔡九知府，黄文炳却心细如发，献计说，要问过管营、差拨，宋江是来时疯，还是近日才疯。这下宋江诈疯才败露，严刑拷问下终于招供。

宋江下了死囚牢，因得到戴宗的照顾，暂无性命之忧。没想到黄文炳又撺掇蔡九知府写家书，要向蔡京邀功。蔡九派戴宗去东京太师府送信，一并送上生辰礼。戴宗只得接了公干差事，并打算“就太师府里使些见识”，解救宋江。他并不知道蔡九的家书原来就是与宋江有关。在送信路上，戴宗被梁山好汉药翻，得知书信内容，于是上梁山，和众好汉想办法搭救宋江。吴用请圣手书生萧让模仿蔡京的笔迹，又请了玉臂匠金大坚刻了假印章。伪造的“家书”本来万无一失，不料印章出了一点小纰漏。“传假信”的戴宗回到江州后，丝毫未露出马脚。不料黄文炳察觉到印章上的失误，传唤戴宗。盘问到太师府的细节，戴宗也是有问有答，却难免有不知情伪造之处，终于露出破绽，被打得皮开肉绽，鲜血迸流。戴宗只招认被梁山泊众人打劫，但为宋江，也为自己，坚决不承认与梁山泊勾结，他深知通匪结党的严重后果。哪知黄文炳与蔡九欲轰动朝廷，干件大功，拟定宋江与戴宗“接连梁山泊，通同造意，谋叛为党”，判为死罪，市曹斩首。办案的黄孔目与戴宗交好，想法将刑期推迟至五日之后，这才有了轰轰烈烈的梁山好汉江州劫法场。此后，戴宗便彻底脱离了江州两院押牢节级、朝廷监狱公职人员的队伍，上了梁山。

神行甲马

戴宗的技能也是独一无二的，第三十八回戴宗与宋江不打不相识，在一段颇为精彩的限知叙事中，描写戴宗初次见宋江的语言、行动和神态后，小说以说话人的口吻，正面介绍了戴宗：“说话的，那人是谁？便是吴学究所荐的江州两院押牢节级戴院长戴宗。那时故宋时，金陵一路节级都称呼‘家长’；湖南一路节级都称呼做‘院长’。原来这戴院长有一等惊人的道术，但出路时，赍书飞报紧急军情事，把两个甲马拴在两只腿上，作起‘神行法’来，一日能行五百里；把四个甲马拴在腿上，便一日能行八百里。因此，人都称做神行太保戴宗。”

因为有此神行法，在古代通讯工具不发达的情况下，戴宗往往发挥关键性的重要作用，无人可以代替。而小说第一次完整地记叙戴宗神行法，却是为蔡九到东京太师府送信。

> 戴宗身边取出四个甲马，去两只腿上每只各拴两个，肩上挑上两个信笼，口里念起神行法咒语来。怎见得神行法效验？有《西江月》为证：仿佛浑如驾雾，依稀好似腾云。如飞两脚荡红尘，越岭登山去紧。顷刻才离乡镇，片时又过州城。金钱甲马果通神，万里如同眼近。

什么是“甲马”？甲马，也叫纸马，唐朝时用于祭祀鬼神。后世刻板用五色纸印神佛像出售，在神前焚烧。大概上面的神像大多披甲骑马，所以又叫甲马。据元修《金史》卷八十《突合速传》，“孛堇乌谷攻石州。屡败，亡其三将，军士歿者数百人。突合速谓乌谷曰：‘敌皆步兵，吾不可以骑战。’乌谷曰：‘闻贼挟妖术，画马以系其足，疾甚奔马，步战岂可及之？’”《花朝生笔记》提到昆山人顾大愚说“有符咒甲马，拴于两股，日亦可三四百里”。由此可见，神行甲马大概是一种画的神行符，来自道教。道书中不仅提到甲马，还有“缩地咒”“乘云咒”等咒语相配合，让人得此神行法术。如《万法归宗》所载《六甲天书》之“缩地法”：让施法人在两腿上各拴一个甲马，口念缩地咒：“一步百步，其地自缩。逢山山平，逢水水涸。吾奉三山九侯先生令摄！”如此便可以日行千里。再如清人编写的《底襟集》之《地理秘旨部》所载“足底生云法”：取两个甲马，每个上面各写“自云上升”四字，分别绑在双腿上，口念乘云咒：“望请六丁六甲神，白云鹤羽飞游神。足底生云快似风，如吾飞行碧空中。吾奉九天玄女令摄！”

《水浒传》中戴宗的神行法显然也是从道教法术脱胎而来，描写得颇为生动有趣。戴宗行神行法术，要吃素，拴上甲马后，念动咒语，要行便行，欲止就止。不行此术时，解下甲马，还要用金钱烧送表示谢意。戴宗神行法也可以帮助别人神行。第四十三回，杨林遇见戴宗，对他的神行法很是羡慕，戴宗便带着杨林一起神行："当时取两个甲马，替杨林缚在腿上，戴宗也只缚了两个。作用了'神行法'，吹口气在上面，两个轻轻地走了去，要紧要慢，都随着戴宗行。"最有趣的是第五十三回戴宗再次到蓟州寻访公孙胜，李逵也要跟去，"谁知一路经行处，惹祸招灾顷刻中"。戴宗事先告诫李逵若要跟去，必须一路上吃素，并听从他安排。李逵没把戴宗的话放在心上，认为"便吃些肉也打甚么紧？"于是背着戴宗，偷偷吃了一盘牛肉。戴宗发觉后，决定戏耍李逵一回。戴宗给李逵缚了甲马，"戴宗念念有词，吹口气在李逵腿上，李逵拽开脚步，浑如驾云的一般，飞也似去了。"这是李逵第一次尝试神行法。从李逵体验者的角度，小说写出了神行法的奇妙：

李逵不省得这法，只道和他走路一般。只听耳朵边风雨之声，两边房屋树木一似连排价倒了的，脚底下如云催雾趱。李逵怕将起来，几遍待要住脚，两条腿哪里收拾得住，这脚却似有人在下面推的相似，脚不点地，只管的走去了。看见酒肉饭店，又不能够入去买吃，李逵只得叫："爷爷，且住一住！"走得甚是神捷。有诗为证。……李逵看看走到红日平西，肚里又饥又渴，越不能勾住脚，惊得一身臭汗，气喘做一团。

容与堂本“锦豹子小径逢戴宗”

李逵无法掌控神行法术，走得飞快却停不下来。走了一整天，又饥又渴，不免惊恐万分。戴宗从背后赶来，捉弄李逵，要拿几个炊饼给他充饥。就隔一丈远近，李逵愣是够不着，急得他大叫："阿也！我的这鸟脚，不由我半分。自这般走了去，只好把大斧砍了那下半截下来！"戴宗套出李逵吃牛肉的话，然后要李逵保证不再瞒着他吃荤，于是把神行法收了。戴宗喝了一声"住！"李逵好像钉在地上一般，两条腿根本挪移不动。戴宗又喝了声"起！"李逵才能走动。两个人投宿客店，把甲马卸下，取几陌纸钱烧送了。李逵说道："这两条腿方才是我的了。"李逵见识了神行法的厉害。

戴宗有这一神行法术，上梁山后，他就成为到处寻访、打探敌情的高手。第六十四回宋江背上长疮，也得戴宗神行法让安道全飞速上山。在一百零八好汉中，戴宗的独特地位无人可以取代。不过，上山后戴宗的个性便被削弱，基本上只剩下神行术的技能，在梁山事业中发挥作用。因而金圣叹评价他说"戴宗是中下人物，除却神行，一件不足取"。

戴宗"神行太保"这个绰号中，"太保"一词，既用来称呼绿林好汉，在宋元时也是对庙祝、巫师等神职人员的称呼。宋俞琰《书斋夜话》引朱熹："今之巫者言神附其体，盖犹古之尸，故南方俚俗称巫为太保，又呼为师人。"由此看来，戴宗这一人物形象与道教也有着一定联系，他的结局颇与众不同。第一百回，梁山好汉招安之后，戴宗受封衮州都统制。然而他情愿纳还官诰，到泰安州岳庙出家。当宋江问其缘由，戴宗说是梦见崔府君勾唤。后无病无恙，大笑而终。死后戴宗在岳庙还累次显灵，州人庙祝在庙里塑戴宗神像，胎骨是戴宗真身。

义气果敢的神箭英雄
——花　荣

花荣英俊的相貌和神奇的箭术给人留下深刻印象，而他和宋江生死不渝的友谊更令人感动。

大闹清风寨

宋江杀惜后，先逃到柴进庄上，后受邀到了孔家庄，再次遇到“血溅鸳鸯楼”、杀了张都监满门的武松。两人离开孔家庄，武松去二龙山落草，宋江到清风寨投花荣。路过清风山，差一点做了山大王燕顺等人的醒酒汤。他叹口气道：“可惜宋江死在这里。”燕顺弄明白抓来的确是宋江后，“纳头便拜”。宋江在清风山住了几天，恰遇矮脚虎王英把清风寨文知寨刘高的妻子掳上山做压寨夫人。宋江说服王英放了刘高妻子。又过了几天，宋江下山，到清风寨找到花荣。当花荣出来时，这样介绍他：

> 齿白唇红双眼俊，两眉入鬓常清。细腰宽膀似猿形。能骑乘劣马，爱放海东青。百步穿杨神臂健，弓开秋月分明。雕翎箭法迸寒星。人称小李广，将种是花荣。

出现在读者面前的是一位儒雅文秀的青年将军。他们是老朋友，有五六年没见面了。在宴席上宋江把救刘高妻子事告诉花荣。不料花荣却说：“兄长没来由救那妇人做甚么？”“这厮又是文官，又没本事，自从到任，把此乡间些少上户诈骗，乱行法度，无所不为。小弟是个武

《水浒全图》之花荣、卢俊义。

官副知寨。每每被这厮呕气，恨不得杀了这滥污贼禽兽！……打紧这婆娘极不贤，只要调拨他丈夫行不仁的事，残害良民，贪图贿赂。正好叫那贱人受些玷辱，兄长错救了这等不才的人。”宋江劝他要和同僚搞好关系，“休如此浅见”。花荣也接受他的意见。宋江没想到，好心不但没有好报，还招来了杀身之祸。元宵节那天花荣因公务在身，派两个亲随陪同宋江去观灯。却被刘高的妻子认出来，对她丈夫说宋江“便是前日清风山抢掳下我的贼头！”宋江被当作强盗，绑回刘高衙里。

花荣得到消息后“大惊”，但他没有鲁莽行事，先写了一封信，派能干的亲随去刘高处要人，但信被刘高撕得粉碎。文的不行，花荣马上“披挂，拴束了弓箭，绰枪上马，带了三五十名军汉”直奔刘高寨里，刘高吓得不敢出来，花荣立即下令让军汉去两边耳房搜人，把宋江救出。显出花荣武将的派头，行动的果决。作者还写刘高寨里的军人不敢阻挡，刘高“惊得魂飞魄散”，进行烘托对比，突显花荣的英武形象。更精彩的是当刘高派两个新来的都头带了些军汉到花荣衙门要人时，花荣亮出他的绝技——神奇的箭法：

> “看我先射大门上左边门神的骨朵头。”搭上箭，拽满弓，只一箭，喝声道：“着！”正射中门神骨朵头。众人看了，都吃一惊。花荣又取第二枝箭，大叫道：“你们众人再看我这第二枝箭，要射大门上右边门神的头盔上朱缨。”飕的又一箭，不偏不斜，正中缨头上。那两枝箭却射定在两扇门上。花荣再取第三枝箭，喝道：“你众人看我第三枝箭，要射你那队里穿白的教头心窝。”那人叫声：“哎呀！”便转身先走。众人发声喊，一齐都走了。

花荣用他的神箭，瓦解了他们的斗志，并没有真射那个教头，只是吓阻了他们，却达到保护宋江的目的。这是他与鲁智深、李逵等粗豪的英雄不一样的地方，表现出他既英勇又谨慎的性格。所以，金圣叹评说："花荣自然是上上人物，写得恁地文秀。"

但花荣也有失误，就是低估了对手。他听到宋江被刘高抓去后，就写了封信，想刘高姓刘，就说"薄亲刘丈""冒犯尊威"，请求放回。刘高一下就识破他的谎言，"你写他姓刘，和我同姓。恁地我便放了他？"根本不理睬。花荣把宋江救回来后，宋江想去清风山躲避，花荣也同意了，宋江一个人连夜走了。却被刘高识破，派人半路把宋江捉回来。花荣还以为宋江上了清风山，安心地坐在家里。正如容与堂本第三十三回评语所说："花知寨太莽，宋公明亦欠细密，临去时着几个人护送，也好讨个信息，缘何如此托大？"

刘高把花荣、宋江造反事报告慕容知府，知府派黄信去清风寨。黄信以调和文武知寨矛盾为由，设宴把花荣诱捕了。花荣又一次因缺乏警惕而上当受骗。他不知道宋江已被刘高逮捕，还理直气壮地质问："我得何罪？"要黄信、刘高拿出证见来。黄信说："还你一个证见，教你看真赃正贼，我不屈你。"当他看到推出一辆囚车，"见是宋江陷着，目睁口呆，面面厮觑，做声不得"。

黄信和刘高带着几十个军汉，押解花荣、宋江到青州府，路过清风山，燕顺等三位好汉，把宋江、花荣救上山。

黄信逃到清风寨，派人飞马报告慕容知府，"反了花荣，结连清风山强盗，时刻清风寨不保。"请求立即派救兵。慕容知府派兵马统制霹雳火秦明带兵征剿清风山。但宋江、花荣活捉了秦明，又让小喽啰穿秦明的衣甲、头盔，骑他的马匹、拿他的兵器去攻打青州。慕容知府以为秦明反了，把秦明妻子杀了示众，逼反了秦明。秦明又说降了黄信。众

容与堂本“霹雳火夜走瓦砾场”

人都认为清风山是小寨，非久恋之地，宋江、花荣等就带了三五百人投奔梁山泊。路过对影山，郭盛、吕方也参加进来。当他们快到梁山时，石勇传假信，宋江回家奔丧，花荣等九位好汉上了梁山。

花荣与梁山兴衰

花荣给人印象最深的是他的箭术和他的义气。

前面我们已经介绍过他在清风寨，用神箭吓退刘高派来的两个都头的精彩场面。当他和宋江等人投奔梁山泊路过对影山时，看到一幅红白大战的绝妙图景。一边是一个壮士穿红衣，骑赤马，拿着方天画戟；一边是一个好汉穿白衣，骑白马，也使一枝方天画戟。两人斗了三十余合，不分胜负。花荣看时，两枝戟上的绒绦结住了，分拆不开。花荣一箭把绒绦射断，“两枝画戟分开做两下”，那两边看的人一齐喝彩，两位壮士也不斗了，都跑过来“愿求神箭将军大名”。原来穿红衣的是小温侯吕方，穿白衣的是赛仁贵郭盛，两人为争夺对影山在比武打斗。花荣的神箭征服了两个好汉，他们也一同上梁山。

花荣等九人上山，梁山泊至此共聚了二十一位好汉。在欢迎新头领的宴会上，说起花荣一箭射断绒绦，晁盖似有不信之意。酒至半酣，众人说先到山前闲玩，看看山景。这时空中飞过雁群。花荣想：“晁盖却才意思，不信我射断绒绦。何不今日就此施些手段，教他众人看，日后敬伏我？”他就从随行人手中拿过弓箭，说：“小弟这枝箭，要射雁行内第三只雁的头上。”花荣一箭射去，果然正中雁行中第三只的头上。晁盖和众头领看了，“尽皆骇然，都称花荣做神臂将军”“自此梁山泊无一人不钦敬花荣”。

花荣的神箭在梁山义军的作战中，多次发挥了重要作用，立了战功。最后一次是征方腊，宋江攻打乌龙岭，花荣射死方腊手下最凶猛骁将国师邓元觉。

花荣义薄云天。他和宋江是生死之交。宋江杀惜后，就想到清风寨花知寨处避难。宋江在清风镇观灯，被刘高抓去，花荣派亲随交涉无效后，就直撞刘高衙门，救出宋江。刘高派人来抓捕宋江，被花荣吓退后，花荣到后堂看望宋江，说："小弟误了哥哥，受此之苦。"宋江说："我却不妨。只恐刘高那厮不肯和你干休。"花荣表示："小弟舍着弃了这道官诰，和那厮理会。"后来花荣确实没有恋栈官位，当燕顺把他和宋江救上清风山后，他就义无反顾地抗击前来征剿的官军，带领众好汉奔上梁山。

第一百回"宋公明魂聚蓼儿洼"，吴用因梦而到蓼儿洼祭奠宋江、李逵，正准备自缢，追随宋江于九泉之下。在应天府任兵马都统制的花荣也因得了异梦，星夜赶来。吴用告诉花荣准备自缢，魂魄与宋江相聚。花荣说："军师既有此心，小弟便当随之，亦与仁兄同尽忠义。"吴用说自己是单身，没有牵挂，而花荣却有家室，如果死了，"幼子娇妻，使其何依"。花荣说："朝廷既已生疑，必然来寻风流罪过。倘若被他奸谋所施，误受刑戮，那时悔之无及。如今随仁兄同死于黄泉，也留得个清名于世，尸必归坟矣。"而家室已有人料理，自己决心已下。于是"两个大哭一场，双双悬于树上，自缢而死"。花荣是对朝廷、对社会绝望而死；是为与宋江生死不渝的情谊，而追随宋江于九泉之下。

晁盖梁山夺泊之后，花荣是第一批带着好汉上山的，使梁山泊的豪杰增加了近一倍，象征着梁山事业走向繁荣。花荣又是梁山泊最后一个魂聚蓼儿洼的英雄，标志着梁山事业的彻底破灭。

胆大心细的市井神偷
——时　迁

在天罡地煞一百零八将中，地贼星鼓上蚤时迁列在倒数的第一百零七位，但是由于他有神偷的绝技，却给人颇深的印象。

时迁偷鸡

时迁祖籍是高唐州人氏，流落到蓟州，做一些“飞檐走壁、跳篱骗马的勾当”。他也曾在蓟州府惹过官司，是杨雄救了他。至于他所犯何罪，杨雄又怎么解救，书里一概没有交待。时迁再次见到杨雄，是翠屏山上。盗墓掘财的时迁撞到杨雄、石秀杀潘巧云。躲在松树背后的时迁，直到石秀和杨雄商量准备上梁山时蓦然现身，并且表白：“小人如今在此，只做得些偷鸡盗狗的勾当，几时是了。跟随两位哥哥上山，却不好！”他不满自己“偷鸡盗狗的勾当”，听到要上梁山，感觉这好像是一条康庄大道，是改弦易辙的机会。杨雄、石秀就带着他奔向梁山泊。

时迁的出场诗，描写了他的“才能”：“骨软身躯健，眉浓眼目鲜。形容如怪族，行步似飞仙。夜静穿墙过，更深绕屋悬。偷营高手客，鼓上蚤时迁。”其中“形容如怪族”，可见时迁长得比较怪；“眉浓眼目鲜”，给人“贼眼溜溜”的感觉。第五十五回杨雄和店小二的言语中提到他是一个“鲜眼睛黑瘦汉子”。时迁大概是身材瘦小、身轻体健、眼睛放光的精明汉子。

“鼓上蚤”这个绰号，大概是说时迁有高超的飞檐走壁的技巧，不

陈洪绶《水浒叶子》之时迁

易被人察觉，就好像跳蚤在鼓面起跳不出声响。再说得直白一点，时迁就是一个神偷。

时迁他们三个人走了一百多里路，来到祝家庄的一家店铺时，店小二差点要关门打烊。店小二同意让他们住宿，问三人是否吃了饭，还热情地主动提供锅灶，只是店里只有一瓮酒，也无鱼肉。此时，石秀在房间整理行李，杨雄取了一只金钗付酒钱，而时迁显然主动承担了跟班小厮的任务。他不顾旅途劳累，开始动手淘米做饭。还提来热水服侍杨雄、石秀洗手洗脚。之后，时迁筛酒上桌，还请店小二一起喝酒。一团和气，场面温馨。在聊天闲谈里，店小二介绍了祝家庄的情况，因为距离梁山泊不远，家家户户都有兵器，防范梁山的侵犯，为后面的情节做了铺垫。

正是石秀他们和店小二在一桌喝酒聊天时，时迁神不知鬼不觉，溜出去对付报晓鸡了。小二离开没多久，时迁就从灶上变出了一只煮熟的大公鸡。小说写道：

> 小二哥去了，杨雄、石秀，又自吃了一回酒，只见时迁道："哥哥，要肉么？"杨雄道："店小二说没了肉卖，你又那里得来？"时迁嘻嘻的笑着，去灶上提出一只老大公鸡来。杨雄问道："那里得这鸡来？"时迁道："小弟却才去后面净手，见这只鸡在笼里。寻思没甚与哥哥吃酒，被我悄悄把去溪边杀了，提桶汤去后面，就那里挦得干净，煮得熟了，把来与二位哥哥吃。"杨雄道："你这厮还是这等贼手贼脚！"石秀笑道："还未改本行！"三个笑了一回，把这鸡来手撕开吃了，一面盛饭来吃。只见那店小二略睡一睡，放心不下，扒将起来，前后去

照管；只见厨桌上有些鸡毛和鸡骨头，却去灶上看时，半锅肥汁。小二慌忙去后面笼里看时，不见了鸡，连忙出来问道："客人，你们好不达道理！如何偷了我店里报晓的鸡吃？"时迁道："见鬼了耶耶！我自路上买得这只鸡来吃，何曾见你的鸡？"小二道："我店里的鸡却那里去了？"时迁道："敢被野猫拖了？黄猩子吃了？鹞鹰扑了去？我却怎地得知。"小二道："我的鸡才在笼里，不是你偷了是谁？"石秀道："不要争。值几钱，赔了你便罢。"店小二道："我的是报晓鸡，店内少他不得。你便赔我十两银子也不济，只要还我鸡！"石秀大怒道："你诈哄谁！老爷不赔你便怎地？"店小二笑道："客人，你们休要在这里讨野火吃。只我店里不比别处客店：拏你到庄上，便做梁山泊贼寇解了去！"石秀听了，大骂道："便是梁山泊好汉，你怎么拏了我去请赏！"杨雄也怒道："好意还你些钱，不赔你怎地拏我去？"小二叫一声："有贼！"只见店里赤条条地走出三五个大汉来，迳奔杨雄，石秀来。被石秀手起，一拳一个都打翻了。小二哥正待要叫，被时迁一掌打肿了脸，做声不得。这几个大汉都从后门走了。

时迁把一只报晓鸡变成了盘中美味。中间许多步骤就用时迁一句话略过，杨雄觉得惊讶，都不知道熟鸡是从何而来的。时迁问杨雄"哥哥，要肉么"时，应该也是佩服自己，洋洋得意吧？而杨雄和石秀，也只笑骂时迁"贼手贼脚""不改本行"。以此两人的人生境界，自然不屑于去偷鸡。但自己的兄弟如此殷勤操办，轻责之余，自然乐得坐享其成。于是，大快朵颐之后，就出现店小二所看到的"厨桌上有些鸡毛和鸡骨头”，灶上剩“半锅肥汁”的杯盘狼藉的景象。接下来，店小二发觉报晓鸡被偷，与时迁两人争吵一段，却是十足的市井闹剧。时迁不多的几句对话，刻画出他流氓无赖的本性。店小二责问他们偷鸡，时迁先是不承认：“见鬼了耶耶！我自路上买得这只鸡来吃，何曾见你的鸡！”时迁说鸡是路上自己买的，店小二于是反问店里的鸡哪里去了。时迁仍然一副无赖嘴脸：“敢被野猫拖了？黄猩子吃了？鹞鹰扑了去？我却怎地得知。”此处金圣叹评道：“如闻其声。”在整部小说中，时迁的语言本来就不多。而这两句话则把时迁当时无理取闹、强词夺理的神态描画得活灵活现。时迁的靠山自然是杨雄和石秀。这两人并不认为偷鸡是一件很大的事，坦然承认是这偷鸡贼的合伙人，也愿意赔偿。只是没料到店小二得理不饶人，只要那只尸骨无存的报晓鸡，不要银两，因为有祝家庄撑腰，顺势还把三人比作“梁山泊贼寇”，这一比倒把杨雄和石秀惹火了。两边的立场不一样，一边视梁山泊诸人为“贼寇”，一边将梁山泊诸人认作“好汉”，如此势不两立，自然大动干戈。店里三五个大汉当然不是杨雄和石秀的对手，连店小二都被时迁一掌打肿了脸。三人一把大火烧了客店，快速离开了。然而祝家庄人多势众，三人遭到一二百人的围攻。就在此时，时迁被挠钩搭住，被祝家庄的人抓走。金圣叹夹批道：“苦一时迁拖去，便令下文住手不得，生出三打祝家庄来。”

时迁偷鸡事小，三打祝家庄则惊心动魄，险象环生，成为小说中十分精彩的战争情节描写。

时迁盗甲

与“时迁偷鸡”相比，时迁盗甲的过程描写得更为细致。如果说

“时迁偷鸡”是其本性使然，是为了满足兄弟三人的口腹之欲；那盗甲则完全不是个人的盗窃行为，而是为了打破朝廷官军对梁山泊的围剿，时迁已经从“偷鸡盗狗”的小偷变为“替天行道”的梁山好汉。

当呼延灼率兵征讨梁山，三千连环马锐不可当，着实厉害。打铁匠出身的“金钱豹子”汤隆知道，欲破连环甲马，须用“钩镰枪”。这钩镰枪汤隆家有祖传画样，可以打造，只是没人会用，必须要汤隆的姑舅哥哥“金枪将”徐宁上梁山来教。汤隆的主意，是要先去盗取徐宁的宝贝“雁翎锁子甲”，然后略施小计，赚徐宁上山。讲到偷东西，吴用第一个想到时迁。他说：“若是如此，何难之有？放着有高手弟兄在此。今次却用着鼓上蚤时迁去走一遭。”就是这位被称作“高手弟兄”的，刚上山时却不怎么招人待见。杨雄和石秀上梁山报信，说时迁被捉时，晁盖还嫌他们作为偷鸡贼，辱没了梁山好汉英名，要杀他俩。宋江出来解围，说不是这两人的过错，玷辱山寨的，是“那个鼓上蚤时迁”“他原是此等人”。三打祝家庄，时迁得救上梁山后，主要是帮助石勇，成为守店头领；卖酒卖肉，招接四方入伙好汉。在梁山上只是一个小人物而已，现在终于被人称作“高手弟兄”，被人记起，时迁想来有点受宠若惊、跃跃欲试。他很快就随声答应了，而且是掷地有声的军令状：“只怕无此一物在彼；若端的有时，好歹定要取了来。”因此，时迁此番入东京行事，定是志在必得。

时迁明白此次行动非同小可，离开梁山时，他携带了各种“暗器”和“诸般行头”。事先做了大量的侦查工作。小说写道：

次日踅进城来，寻问金枪班教师徐宁家。有人指点道：“入得班门里，靠东第五家黑角子门便是。”时迁转入班门里，

> 先看了前门，次后踅来相了后门，见是一带高墙，墙里望见两间小巧楼屋，侧首却是一根戗柱。时迁看了一回，又去街坊问道："徐教师在家里么？"人应道："敢在内里随直未归。"时迁又问道："不知几时归？"人应道："直到晚方归来，五更便去内里随班。"

"踅"字，是轻手轻脚的意思。时迁既要打探有用的信息，又要不露形迹，来回地探路、询问，已经把徐宁家前后门都打探清楚。踩点后，又仔细查看了徐宁家的结构，尤其指出侧首的"戗柱"，下文有呼应，是他重要的攀援物。时迁又问了徐宁当班的时间，似乎已经胸有成竹，回到客店，就事先和店小二打好招呼，说当晚整夜不归，托店小二照管房间，自然是不想引起店家的猜疑。

时迁进城后，吃了饭，天色未晚，无处安身，天色渐黑时，他爬上土地庙后的大柏树，远远望见徐宁下班回家。小说描写了当日的夜景："是夜，寒冬天色，却无月光。""早听得谯楼禁鼓，却转初更。云寒星斗无光，露散霜花渐白。"这个星月无光的寒冬之夜，时迁翻墙进入徐宁家的小院，从戗柱攀上，潜伏在徐宁家房屋檐下，窥伺着这个安宁的小家："见那金枪手徐宁和娘子对坐炉边向火，怀里抱着一个六七岁孩儿。时迁看那卧房里时，见梁上果然有个大皮匣拴在上面，房门口挂着一副弓箭，一口腰刀，衣架上挂着各色衣服。"时迁看梅香折衣服，每件衣服颜色式样，都看得很仔细，其实是在苦等时机。终于二更后，徐宁夫妻上床，听到对话，得知徐宁明日五更随班当值，丫环四更要起来烧汤，服侍徐宁上朝。此处有时迁的心理活动："眼见得梁上那个皮匣子，便是盛甲在里面。我若趁半夜下手便好，倘若闹将起来，明日出不得城，却不误了大事！且捱到五更里下手不迟。”盗甲的时间，可以是半夜，但万一惊动徐宁，失手后难出城门。于是他决定等五更盗甲。

徐宁一家人都安稳地睡着觉，时迁趁机把碗灯吹灭。徐宁醒来发现没有灯，叫丫环去后院点火。梅香开楼门下胡梯，然后开后门出来，又去开墙门。时迁趁机得以潜入厨房。丫环服侍徐宁出门，时迁才“从厨桌下出来，便上楼去，从槅子边直踅到梁上，却把身躯伏了”。时迁非常精准地把握时机，静处待动，动中含静。踅伏在梁上后，又悄无声息地等待。丫环在主人离开后，又毫无提备地睡觉了。此时稍微有些动静也是不容易发觉。小说描写这个盗甲的过程道：

> 时迁听那两个丫环睡着了，在梁上把那芦管儿指灯一吹，那灯又早灭了。时迁却从梁上轻轻解了皮匣，正要下来，徐宁的娘子觉来，听得响，叫梅香道：“梁上甚么响？”时迁做老鼠叫。丫环道：“娘子不听得是老鼠叫？因厮打，这般响。”时迁就便学老鼠厮打，溜将下来，悄悄地开了楼门，款款地背着皮匣，下得胡梯，从里面直开到外门，来到班门口，已自有那随班的人出门，四更便开了锁。时迁得了皮匣，从人队里，趁闹出去了。

时迁一口气奔出城外，到客店，去房里取出行李，拴束做一担儿挑了，算还了房钱，离开客店，投东便走。

一副雁翎锁子甲，加上皮匣，肯定不轻，时迁得手了，却被徐宁娘子察觉到声响，若是徐宁在，肯定会更为警觉。此时徐宁已经离开，时迁的几声老鼠叫，便将几个睡梦中的女子骗住。艺高人胆大，时迁也不

容与堂本“吴用使时迁盗甲”

惊慌，学着老鼠厮打的声音，一路畅通无阻出了徐宁家，小说写他“一口气奔到城外”，到店门口时，“天色未晓”，于是取了行李，挑担挑着，算清房钱，“投东便走”。从时间上看，时迁潜伏了大半夜，盗甲大概就用了一两个小时。而且得手后迅速撤离，时间节奏上，前松后紧。一方面时迁盗甲的整个过程在读者眼前得到细致呈现，另一方面时迁得手后依然高度警惕，快速撤离。整个盗甲过程，如行云流水一般，扣人心弦。

这一次成功的盗甲行为，为时迁洗刷了偷鸡贼的恶名，给小人物一个精彩展示的舞台，第一次让神偷的形象变得如此高大。

时迁在《水浒传》中一盗成名。此后他也有过一些探报声息的描写，尤其有几次火攻的辅助行动也颇为精彩。比如“时迁火烧翠云楼”，成为梁山大军对大名府发动总攻的信号；又比如攻打曾头市，时迁扮作伏路小军，探听曾头市寨中消息，记下路途上有多少陷坑，为大军顺利进攻作准备；还爬上法华寺钟楼撞起钟来，以钟声为号“东西两门火炮齐响，正不知多少军马杀将入来”。曾长官吓得在寨中自缢而死。第九十八回卢俊义进攻昱岭关受阻，又是时迁探明上山的小路；遇到敌人高高筑成墙壁，“时迁却把飞檐走壁、跳篱骗马的本事出来，这些石壁，拈指扒过去了”，在敌人后方放起火来，“关上众将不杀自乱”，卢俊义领军占领了昱岭关，时迁立了大功。

在征讨方腊时，梁山好汉死伤无数。时迁也因得了搅肠痧死于杭州，默默地走完了他的一生。

自古小偷就是一个不光彩的职业。如此卑微的人物和灵魂，是中国史册所不屑于记载的。而《水浒传》将神偷特技用于为梁山正义事业服务，传神地将这样一个小人物塑造得栩栩如生，真是难能可贵。

时迁后来被奉为“贼神”。梁绍壬《两般秋雨庵随笔》说：“吾杭清泰门外，有时迁庙，凡行窃者多祭之。”清人丁立诚《武林杂事咏·时迁楼偷祭》也咏到了这种习俗：“卅六人中谁善偷，时迁庙食城东楼；后世偷者奉为祖，月黑深宵具酒脯。但愿人家不闭户，黄金取尽青毡存；岁岁报祭官不捉，天上追踪东方朔。”

机智忠心的神妙浪子
——燕　青

在众多水浒英雄好汉中，“浪子”燕青不以武勇出名，而以其独特的个性和才华，在水浒英雄谱中别具特色，占有重要地位。正如作者所说：“他虽是三十六星之末，却机巧心灵，多见广识，了身达命，都强似那三十五个。”（第七十四回）

机巧心灵

在《水浒传》中，燕青和他的主人卢俊义到第六十一回才缓缓登场，演出他们的人生传奇。第一次出场时描写燕青风流小生的样貌：“六尺以上身材，二十四五年纪；三牙掩口细髯，十分腰细膀阔。戴一顶木瓜心攒顶头巾，穿一领银丝纱团领白衫，系一条蜘蛛斑红线压腰，着一双土黄皮油膀胛靴。脑后一对挨兽金环，护项一枚香罗手帕，腰间斜插名人扇，鬓畔常簪四季花。”“为见他一身雪练也似白肉，卢俊义叫一个高手匠人与他刺了一身遍体花绣”，白净皮肤加上花绣纹身，让燕青显得英气逼人。

燕青的故事如草蛇灰线一般，时断时续，时隐时现，却几乎贯穿《水浒传》后半段的大部分情节。

燕青的聪明才智，表现在多方面。先介绍他作为“谍者”的才能。他的才艺中有一点是“说的诸路乡谈，省的诸行百艺的市语”。燕青的语言天赋配合他绝妙的演技，在侦探谍报事务中，屡试不爽，成功助力梁山事业。

说到燕青的表演才能，从第六十二回燕青给陷入牢狱的卢俊义送饭一段便可窥一二：“只见司前墙下转过一个人来，手里提着饭罐，面带忧容。”燕青能够在牢门口遇到押牢节级蔡福，肯定不是偶然，而是他精心的安排。燕青以情动人，央求蔡福准他进牢给卢俊义送饭：“燕青跪在地下，擎着两行珠泪，告道：‘节级哥哥！可怜见小人的主人卢员外，吃屈官司，又无送饭的钱财！小人城外叫化得这半罐子饭，权与主人充饥。节级哥哥怎地做个方便，便是重生父母，再长爷娘！’说罢，泪如雨下，拜倒在地。”这一幕苦情戏，把燕青主仆情深表现得淋漓尽致。燕青因此得以进牢狱中送饭，畅通无阻。

燕青间谍才能的充分表现，是上梁山之后。第七十二回宋江东京观灯时，柴进和燕青先进城探路。柴进看见班直官均头部簪翠叶花，于是让燕青前去打探。燕青假扮柴进的跟随，找了一个“老成的班直官”，冒认道：“小人的东人和观察是故交，特使小人来相请。”燕青根本不知道此人姓名，于是故意反问道：“莫非足下是张观察？”那人说自己姓王。燕青马上改口：“正是教小人请王观察，贪慌忘记了。”燕青自降身份，自责错误，在不经意间获得对方身份；王观察正因其老成，交往官员甚多，又见燕青伶俐，竟丝毫未曾觉出破绽。两人来到酒楼上，燕青刚揭起帘子，便报信给柴进：“请到王观察来了。”燕青将王观察骗到

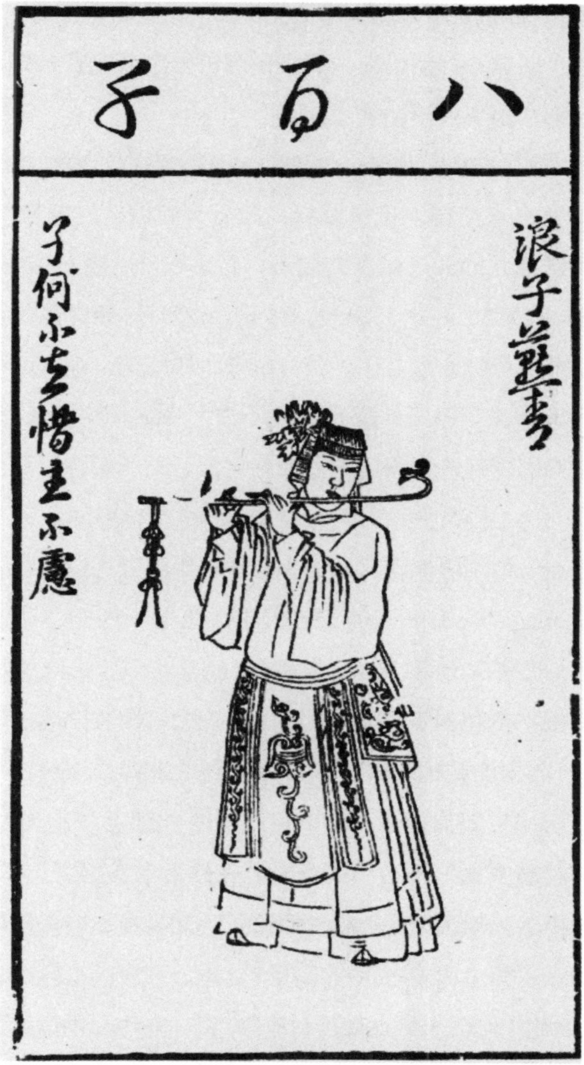

陈洪绶《水浒叶子》之燕青

酒楼与柴进见面，及时探听到元宵节簪花出入门禁等信息，并在劝酒之际，用麻药将他麻翻；柴进得以混入禁院，并用暗器挖去“山东宋江”四个字，全身而退，行动迅捷。燕青和柴进配合得天衣无缝，其中又以燕青胆大心细，表现突出。

此后，宋江、柴进、戴宗、燕青四人出游看灯，宋江派燕青去李师师处打探。燕青直接要求见李妈妈，然后又假拟自己的身份：“老娘忘了，小人是张乙儿的儿子张闲的便是，从小在外，今日方归。”小说此处解释道：“原来世上姓张、姓李、姓王的最多。”燕青假冒“张闲”之名，自称目前服侍一个大财主，多有金钱，想结识李师师，将主人吹嘘成远近闻名的巨富，慕名拜会：“实有千百两金银，欲送与宅上。”燕青抓住虔婆李妈妈爱财的特点，骗得她的信任，顺利打通宋江与李师师见面的通道。

燕青真是一位高级间谍，他的假身份很少会被人识破，这靠的就是他善于察人观色，又有非凡的语言天赋。第七十四回，燕青智扑“擎天柱”。燕青的假身份是“山东货郎”，且看他“打扮得村村朴朴，将一身花绣，把衲袄包得不见”；“腰里插着一把串鼓儿，挑一条高肩杂货担子”。送行的宋江要他唱个山东货郎转调歌来听。“燕青一手拈串鼓，一手打板，唱出货郎太平歌，与山东人不差分毫来去。”到泰安州寻客店，燕青“打着乡谈”和店小二攀谈；在擂台上自报家门“小人姓张，排行第一，山东莱州人氏，听得任原招天下人相扑，特来和他争交”。

燕青和戴宗第二次到东京打听招安信息，在城门盘查时，燕青“打着乡谈”，自称“俺两个从小在开封府勾当”，并伶牙俐齿地责问把门军将只顾盘问自己人，“梁山泊人，眼睁睁的都放他过去了”（第八十一回），盛气凌人，凭着假的开封府公文安全进城。

第九十一回攻打润州城，燕青的间谍身份继续变换。燕青此回扮作被张顺砍死的叶贵，叶贵是方腊手下润州吕枢密处的虞候，此次派来与暗通方腊的扬州城外定浦村陈观相交，封陈观为扬州府尹。叶虞候身系重责，进入陈观庄后，必然与陈观正面交流，非等闲之辈可以假扮。燕青扮作叶虞候，解珍、解宝扮作南军，三人深入虎穴，全靠燕青一个与人周旋。燕青改成“浙人乡谈”，用江浙方言与庄客以及陈观交流，在酒桌上，燕青声称“小人天戒不饮酒”，谨慎行事，终于在解珍、解宝的配合下，用药蒙翻众人，把暗通方腊的陈观父子制服。第九十六回，柴进力荐燕青一起去方腊营寨内为细作，说燕青“晓得诸路乡谈，更兼见机而作”。正好在卢俊义处的燕青作为特使前来报捷，于是燕青领命同到方腊处卧底。两人到睦州清溪县帮源洞，柴进自称是“中原一秀士”姓柯名引，燕青是他的仆人。在取得方腊信任后，柴进被招为驸马，燕青封官主爵都尉，人称云都尉。他们成功潜伏直至梁山征讨方腊的大军来到，里应外合，剿平方腊。

小说在燕青出场时说他“一身本事，无人能比”。除他的弩箭神射在救卢俊义时大显神通外，另有一种技能让燕青形象大放光彩，那就是燕青的“相扑”。

“相扑”，是一种摔跤运动，古时也称作角抵或角力。宋代民间盛行相扑运动，每年三月二十八的东岳庙会上，相扑是重要的礼神酬神活动，吸引了不少香客和勇士。“擂台争跤”，一般由地方官充任裁判，香客募献利物（奖品）。胜者不仅有丰厚的物质奖励，而且还有可能破格提拔，得到一官半职。元杂剧《刘千病打独角牛》中，独角牛与“擎天柱”任原一样，连续两年夺了头筹，没有对手。饶阳刘千为报父亲和妻子被独角牛戏辱之仇，抱病打擂。刘千则与燕青一般瘦弱，却出奇制胜，两局连胜独角牛，受赏封饶阳县令。《水浒传》第七十四回“燕青智扑擎天柱”中，燕青和任原身形对比悬殊，从旁人眼中看出。主持打擂的武官部署警告燕青“性命只在眼前”，还问他有没有保人。太守知州看见燕青一身花绣，甚是喜爱，也提醒他：“他（任原）是金刚般一条大汉，你敢近他不得！”又吩咐部署：“这般一个汉子，俊俏后生，可惜了。你去与他分了这扑。”旁人都觉得燕青此次擂台比武凶险异常，必输无疑。只有燕青自己笃定地要比个输赢高低。充分的铺垫，为后文相扑燕青反胜造势。

后文相扑的场景描写非常精彩：

> 这个相扑，一来一往，最要说得分明。说时迟，那时疾，正如空中星移电掣相似，些儿迟慢不得。当时燕青做一块儿蹲在右边，任原先在左边立个门户，燕青只不动弹。初时献台上各占一半，中间心里合交。任原见燕青不动掸，看看逼过右边来，燕青只瞅他下三面。任原暗忖道：“这人必来弄我下三面。你看我不消动手，只一脚踢这厮下献台去。”——任原看看逼将入来，虚将左脚卖个破绽，燕青叫一声：“不要来！”任原却待奔他，被燕青去任原左胁下穿将过去。任原性起，急转身又来拿燕青，被燕青虚跃一跃，又在右胁下钻过去。大汉转身终是不便，三换换得脚步乱了。燕青却抢将入去。用右手扭住任原，探左手插入任原交裆，用肩胛顶住他胸脯，把任原直托将起来，头重脚轻，借力便旋，五旋旋到献台边，叫一声“下去！”把任原头在下，脚在上，直撺下献台来。这一扑，名唤做鹁鸽旋，数万的香官看了，齐声喝采。

《水浒全图》之燕青、李逵。

相扑是力量与智慧的较量。燕青以守为攻，引任原先动手，然后瞅准时机，贴身近搏，身手敏捷，让任原自乱阵脚。最后用一个“鹁鸽旋”把任原摔下献台。

与智扑擎天柱比较起来，第八十回燕青与高俅相扑，描写相对简练。“两个在剪绒毯上，吐个门户。高俅抢将入来，燕青手到，把高俅扭捽得定，只一交，颠翻在地褥上做一块，半晌挣不起。这一扑，唤做守命扑。”燕青轻而易举将酒后吐狂言，号称“天下无对”的高俅掀翻，而且是“半晌挣不起”，真是长梁山志气，灭高俅威风，也让燕青“四两拨千斤”的相扑技艺再一次得到施展发挥。

燕青的才艺，让他上梁山后，如鱼得水，维持着良好的人际关系。比如燕青与李逵。梁山好汉中，除宋江之外，李逵最怕的就是燕青。这与燕青的相扑技艺有关。小说描写道“为何李逵怕燕青？原来燕青小厮扑天下第一，因此宋公明着令燕青相守李逵。李逵若不随他，燕青小厮扑，手到一交。李逵多曾着他手脚，因此怕他，只得随顺。”而且李逵的粗鲁野蛮、璞真率性，与燕青的俊秀灵巧、多面机变相照应对比，取得了非常美妙的审美艺术效果。闹东京后，燕青带着李逵最后撤离。李逵误会宋江后，燕青献“负荆请罪”的计策；此后，又是燕青协助李逵捉拿冒充宋江抢走刘太公女儿的强盗。如果第七十三回是燕青和李逵之间合作生事，第七十四回则叙述两个人分别的精彩。燕青“智扑擎天柱”，李逵“寿张乔坐衙”，各尽其妙。

忠心耿耿

燕青是土生土长的北京人，自幼父母双亡，是在卢俊义家长大，相当于卢俊义的家养奴仆。卢俊义对于燕青不仅有养育之恩，也有亦兄亦父的亲情。这一段主仆情在“冷箭救主”一段表现最为突出。卢俊义在梁山四个多月，回到北京，还没有入城，就遇见了被李固排挤、无处安身的燕青：“只见一人，头巾破碎，衣裳蓝缕，看着卢俊义纳头便拜。”

以燕青的才能，另谋出路定非难事。燕青却选择隐身市井，在城外行乞，借住庵内等候主人，可见对卢俊义情深义重。燕青告诉卢俊义：李固与卢俊义娘子私通，并在官府告卢俊义已经上梁山坐第二把交椅。他劝卢俊义暂回梁山泊，另作商议。谁知卢俊义并不相信。燕青明知主人此去，羊入虎口，痛哭流涕，拜倒在地，拖住卢俊义的衣服苦苦相留。卢俊义一脚踢倒燕青，大踏步走入城来，最后果然被陷入狱中。

燕青林中救卢俊义一段，更为出色：

> 林中薛霸两只手拿起水火棍，望着卢员外脑门上劈将下来。董超在外面，只听得一声扑地响，慌忙走入林子来看时，卢员外依旧缚在树上；薛霸倒仰卧倒树下，水火棍撇在一边。董超道："却又作怪！莫不是他使的力猛，倒吃一跤？"仰着脸四下里看时，不见动静。薛霸口里出血，心窝里露出三四寸长一枝小小箭杆，却待要叫，只见东北角树上，坐着一个人。听的叫声："着！"撒手响处，董超脖项上早中了一箭，两脚蹬空，扑地也倒了。
>
> 那人托地从树上跳将下来，拔出解腕尖刀，割断绳索，劈碎盘头枷，就树边抱住卢员外放声大哭。

这一段描写，以董超限知叙事视角，从听到声响，到进林观望，到心里所想，处处设置悬念，最终才露出燕青搭救的真相，动人心弦，是小说中不可多得的精彩片段。

燕青救了卢俊义后，卢俊义说："虽是你强救了我性命，却射死这两个公人，这罪越添得重了，待走那里去的是？"燕青却早有谋划，劝

《二刻英雄谱》“燕青救主射死公人”

燕青救主

丘之所謂辱人賤行者莫奴若也燕小乙乞飰啖主牢獄間卒脱之全之萬死中嵬崙奴不足比矣可以奴呼之乎直當尊為老〻先生老〻大人可也何也恐老先生老大人不能逮也

嗟乎平时能為功名之場為殉謹逆昭哲之麻撤高天畀地而更有一丘一壑昧本心奔性而学长生引年岂直名教罪人亦小乙罪人也

錢位坤

《二刻英雄谱》“燕青救主”赞语

他说："当初都是宋公明苦了主人，今日不上梁山时，别无去处。"并决定"事不宜迟，我背着主人去"。此处金圣叹评道："莫伶俐于小乙，而此时此际，遂宛然李铁牛身分者，至性所发，固当不谋而合也。"没想到却再生波折，燕青背着卢俊义，走了数十里，来到一个小村庄暂歇。当燕青出门觅食的时候，卢俊义再次被捉。燕青苦于孤立无援，决定上梁山求救。在路上因饥饿，取弩弓射喜鹊充饥，因寻中箭的喜鹊下了土冈子，恰巧遇见杨雄和石秀，不打不相识。金圣叹评："方脱一险，又成一险，奇峰怪壑，层间出迭，真欲惊死天下人。""只一喜鹊作波，却又写出燕青绝技，又写出燕青穷途，妙笔妙笔。""中鹊而鹊飞去，后知作者之意，固不在于得鹊也。"燕青打算抢夺两人的包裹作为盘缠，没想到反被两人所制。正在生命攸关之际，燕青为留得青山在，说出自己的使命："好汉！我死不妨，着谁上梁山泊报信？"也因此与杨雄、石秀相认。燕青随杨雄上山报信，石秀先入大名府打听消息。引出"劫法场石秀跳楼""宋江兵打北京城"。

燕青参与攻打大名府，众好汉救出陷入牢狱的石秀和卢俊义，燕青和张顺在河边捉住李固、贾氏。后又参加攻打曾头市，与卢俊义一起活捉史文恭。在卢俊义攻打东昌府时，遇到"没羽箭"张清，得燕青一弩箭射中张清战马，因此救得郝思文性命。又得燕青的弩箭，捉了张清手下偏将丁得孙，在张清连打一十五员大将时，燕青拿下他一个偏将，也为梁山要回一点面子。

燕青与卢俊义的主仆情谊，体现在征方腊后回京师路上，燕青邀卢俊义一同急流勇退，但卢俊义还心存幻想，留恋功名。燕青劝主不成，只好忍痛离开。

燕青不但忠于他的主人卢俊义，上梁山后，更是忠于梁山事业。虽然在他帮助下卢俊义活捉了史文恭，但因为梁山绝大多数好汉的反对，卢俊义并没有坐第一把交椅，但他们两人毫无怨言，还是尽心尽力为梁山事业打拼。

燕青不但在战场上立了功，更重要的是他为梁山受招安作出大贡献。

第八十一回“燕青月夜遇道君”，这是燕青第二次见李师师。燕青眼中的李师师，固然“别是一般风韵”，李师师更是垂青于百伶百俐的燕青。两人共吹凤箫，然后李师师拨阮，燕青唱曲儿。推杯换盏之余，李师师还用纤纤玉手，摸燕青身上花绣。你侬我侬之际，燕青却能以梁山事业为重，收束心性，不为女色所诱，以八拜之交，认长自己两岁的李师师为姐姐。然后，燕青巧言将梁山事业以及童贯、高俅的败绩讲述给李师师，充当了一个好的说客，让李师师了解梁山事业以及招安的意向。此后，燕青扮作李师师的“姑舅兄弟”见到道君皇帝，演戏逼真，谎称被掳上梁山为寇三年，方才逃脱。道君皇帝询问梁山备细，燕青把梁山两次招安的实情相告，道君皇帝方知自己被蒙蔽。燕青此行还得到皇帝给他的一纸赦书。接着，他用浪子燕青真身份向宿太尉下书，不卑不亢；与戴宗设计，从高太尉府救出萧让、乐和。作者认为梁山泊全伙受招安，是“普天同庆”的盛事，而燕青作为促成此事的主角，得到表彰。

燕青虽然为争取招安立了大功，但却比宋江、卢俊义清醒得多。当时梁山泊接受招安，为国出力，是宋江和多数头领的共识；从大局看，似乎也没有更好的出路。而“太平本是将军定，不许将军见太平”，为朝廷扫除“外夷内寇”之后，必然是对梁山英雄下毒手，斩尽杀绝。燕青比宋江、卢俊义清醒得多。因此，燕青用韩信等功臣被害的事例苦劝卢俊义，但卢俊义却执迷不悟。燕青只好独自离开，不知去了何处。第二天早晨，一个军人收到一张纸条，交给宋江：

辱弟燕青百拜恳告先锋主将麾下：自蒙收录，多感厚恩。效死干功，补报难尽。今自思命薄身微，不堪国家任用，情愿退居山野，为一闲人。本待拜辞，恐主帅义气深重，不肯轻放，连夜潜去。今留口号四句拜辞，望乞主帅恕罪。

情愿自将官诰纳，不求富贵不求荣。

身边自有君王赦，淡饭黄齑过此生。

《水浒后传》作者陈忱赞誉燕青道："忠其主，敏于事，绝其技，全于害，似有大学问、大经济，堪作救时宰相，非梁山泊人物可以比拟也。其过人处，在劝主归隐，……遇艳色而不动心，辞荣禄而甘隐遁，的是伟男子。"

㊄ 巾帼女杰

在《水浒传》充满阳刚之气的男性世界里，也不时会穿插女性的身影，在一百零八位好汉中，就有这样三位，她们是排名于第五十九位的"一丈青"扈三娘、第一百零一位的"母大虫"顾大嫂和第一百零三位的“母夜叉”孙二娘。从她们的绰号中就可传达出一些信息，除了“一丈青”能令人联想到女性的青春美貌外，“母夜叉”与“母大虫”都是凶神恶煞一般令人毛骨悚然，似乎能登上梁山的女人也必定要与男子一般粗豪。《水浒传》中对于女性的看法，与我们的社会传统密不可分，长期以来女性在男权为主的社会中已成为柔弱驯服的象征，有些女性个性独立，不符合传统对女人低眉顺眼、少言寡语、笑不露齿的要求，就为社会所不喜和排斥，就会被称作悍妇、泼辣货、河东狮，甚至是母老虎、母夜叉等。但细读小说作品，发现这几位女性在这些粗豪的标签之下，她们的形象亦闪现出与男性世界不同的色彩。

喜怒笑骂的江湖女汉
——孙二娘

这三人最先出场的是孙二娘，作品中第一次提到她是第十七回“花和尚单打二龙山，青面兽双夺宝珠寺”，鲁智深对杨志讲述被孙二娘麻翻险些被害，赶上张青回来才给了解药相救。鲁智深对孙二娘的评价是“甚是好义气”，与对同性兄弟的称赞无任何差别。孙二娘正式出场于第二十七回“母夜叉孟州道卖人肉，武都头十字坡遇张青”，这一回写武松杀嫂之后被发配孟州，在十字坡误入孙二娘的黑店。原本武松在经历武大之死的伤痛、手刃仇人的惨烈之后，小说的气氛充满悲凉与肃杀，但遇孙二娘一节，却峰回路转，小说气氛回归轻松与活泼。正如金圣叹在此回回评中所说：“随手将十字坡张青一案翻腾踢倒，先请出孙二娘来。写孙二娘前便加出无数‘笑’字，写武松便幻出无数风话，于

陈洪绶《水浒叶子》之孙二娘

是读者但觉峰回谷转，又来到一处胜地。而殊不知作者正故意要将顶天立地、戴发噙齿之武二，忽变作迎奸卖俏，不识人伦之猪狗。上文何等雷轰电激，此处何等展眼招眉；上文武二活是景阳冈上大虫，此处武二活是暮雪房中嫂嫂。”（第二十七回）

孙二娘一出场，给人的印象便是凶悍、粗鲁又滑稽，绿纱衫配鲜红的裙子，插了满头金烘烘的钗环与野花，搽了一脸的胭脂铅粉，敞开了胸脯，看似个女子，却半点也无女性的温柔美丽与羞涩贤淑，直似一个装扮花俏的莽汉。有诗为证：

> 眉横杀气，眼露凶光。辘轴般蠢坌腰肢，棒槌似粗莽手脚。厚铺着一层腻粉，遮掩顽皮；浓搽就两晕胭脂，直侵乱发。金钏牢笼魔女臂，红衫映照夜叉精。

好个魔女夜叉精，但诗中也点出了她的特点——“顽皮”，在接下来与武松的较量中，她不是生硬地打斗，而是如金圣叹所说：“摆出无数的笑来”，迷惑武松。文中写到孙二娘与武松的对话，几乎是不笑不开口，从“笑容可掬”到“嘻嘻地笑”，一共写了五处笑，这笑中既隐藏了将武二视作囊中之物的顽皮狡黠，又有一种李逵式的不知天高地厚的天真。这种顽皮与天真勾起了武松玩笑的兴趣，使得雷轰电激的打虎英雄现出展眼招眉、迎奸卖俏的戏谑手段来。孙二娘杀人碎尸的江湖手段在常人看来是何等的惊心动魄，然而在行走江湖惯熟的武二眼中又是何等拙劣可笑，所以这一节将前一节过分肃杀的气氛一下变得轻松活泼起来。

武松与孙二娘夫妇再次相见，已是在大闹飞云浦、血溅鸳鸯楼之后，第三十一回，武松在逃亡过程中被张青手下抓住，这一次是夫妻两人帮武松逃走。从两人对武松行动的关注到安排武松假扮头陀出逃，处处表现出亲人般的关怀，尤其孙二娘，表现了她的智慧与温暖。当张青写好书信准备送武松上二龙山时，“只见母夜叉孙二娘指着张青说道‘你如何便只这等叫叔叔去？前面定吃人抓了！’”余象斗评道：“张青指教武松安身，反不及妻见更高。”之后孙二娘又指出武松脸上金印必为人认出，容与堂评本批：“这妇人通得。”随后孙二娘说出让武松假扮头陀的计策，金圣叹批：“妙笔，令人忽然想到暮雪房中，不觉失笑。”这里孙二娘表现出在粗豪外表之下女性的细心，全心为武松设想的温暖与关怀。她在说这两番话时再次“笑”与“大笑”，将武二杀人之后逃亡的紧张气氛再次化解，体现出的全是家人般的关怀与温暖。孙二娘对诸事的分析，体现了她对人情世故和江湖险恶的谙熟与通透，在江湖义气之外更让人觉得乐观爽朗、可靠可亲。

孙二娘的故事集中在第二十七回和第三十一回中，后来“三山聚义打青州，众虎同心归水泊”，她夫妻俩也随大流上了梁山。之后很少见她的身影，到征方腊，她死于杜微的飞刀之下，草草结束了一生。但作者仅仅用三四千字，就写出一个鲜活的形象，不能不令人佩服。

能战能忍的如花女将
——扈三娘

水浒女英雄中唯一一位美艳俏丽的就是一丈青扈三娘了，她也是水浒三女将中作者着墨最多的一位，如果说孙二娘的形象突出一个“趣”

字，那扈三娘的突出特点无疑就是“美”了。作品中对这一形象的描绘集中在两点，一是貌美如花，一是武艺精湛。

首先引人注意的是她独特的绰号“一丈青”，有学者考察了“一丈青”一词的含义，有以下几种说法：一说是南宋期间一位女将军的诨号；一说为宋时俗语，指男子妇人之年少美色者；一说指妇女的一种细长的簪子；一说为青色的小蛇。但归总起来不外乎修长美丽之意，可见扈三娘必是身形修长，容貌俊美之态。

关于扈三娘的武艺精湛，在她正式出场之前，作品已再三渲染，第一次杜兴向杨雄介绍祝家庄时指出：“惟有一个女儿最英雄，名唤一丈青扈三娘，使两口日月双刀，马上如法了得。”（第四十七回）第二次是祝家庄的老人向石秀介绍：“西村唤扈太公庄，有个女儿，唤做扈三娘，绰号一丈青，十分了得。”（第四十七回）最后宋江攻打祝家庄时，杜兴再次介绍：“只恐西村扈家庄上要来相助。他庄上别的不打紧，只有一个女将，唤作一丈青扈三娘，使两口日月刀，好生了得。”（第四十八回）虽然文字重复雷同，但一个英雄出场之前一再渲染，莫说女将，在《水浒传》中男性英雄中亦属少见，除了宋江名头响亮，频频被江湖人士传说之外再无他人，如此可见扈三娘也是一位奇女子了。

作品写到扈三娘时往往将武艺超群与惊人美貌结合，这在将女性英雄都写得粗豪丑陋的小说中确是与众不同，作品中有三首诗写扈三娘，第一首是第四十八回写她第一次亮相：

> 雾鬓云鬟娇女将，凤鞋宝镫斜踏。黄金坚甲衬红纱，绣狮蛮带柳腰端跨。霜刀把雄兵乱砍，玉纤手将猛将生拿。天然美貌海棠花，“一丈青”当先出马。

写出一位女将何等纵马驰骋，英姿飒爽，却又天然貌美，艳如海棠，怎能不令人惊叹又印象深刻。第二首是在第六十三回宋江攻打北京城时，与李成作战，有一首《念奴娇》为证：

玉雪肌肤，芙蓉模样，有天然标格。金铠辉煌鳞甲动，银渗红罗抹额。玉手纤纤，双持宝刃，恁英雄煊赫。眼溜秋波，万种妖娆堪摘。

谩驰宝马当前，霜刃如风，要把官兵斩馘。粉面尘飞，征袍汗湿，杀气腾胸腋。战士消魂，敌人丧胆，女将中间奇特。得胜归来，隐隐笑生双颊。

玉雪肌肤，何等美貌，金铠辉煌，何等英武，眼溜秋波，万种妖娆，何等妩媚，霜刃如风，汗湿征袍，何等豪壮，如此女将，真令人击节赞叹。

最后一首是第九十七回，征讨方腊时王英被郑彪"一枪戳下马去"，扈三娘为报杀夫之仇，急急赶来，又被郑彪施妖法，用铜砖打中面门，坠马而死。有诗哀挽为证：

花朵容颜妙更新，捐躯报国竟亡身。老夫借得春秋笔，女辈忠良传此人。

戈戟森严十里周，单枪独马雪夫仇。噫嗟食禄忘君者，展卷闻风岂不羞。

美貌陨落，风流散尽，忠良悲歌，令人感叹。

《水浒全图》之王英、扈三娘。

除诗赞之外，作品中一些专门描写扈三娘英武作战的片断也写得极为生动，宋江二打祝家庄时她与多位梁山英雄展开了车轮战，先是生擒王英，之后大战欧鹏，与马麟厮杀得“风飘玉屑，雪撒琼花。宋江看得眼也花了”。（第四十八回）之后因寡不敌众被林冲活捉了。巾帼不让须眉，何等英雄气概，这美貌和才干可称梁山一绝了。第五十五回，使出红绵套索，活捉彭玘，之后又大战呼延灼，也写得火光迸射，精彩纷呈。《水浒传》第七十回排座次之后，由传奇英雄的个人传记转入了梁山全伙的集体行动，对个人出彩的描写是极少的，能用如此笔墨去写扈三娘，可见其重要地位了。

然而如此人物，在作品中却言语极少，只是在与王英交战时，“心中道‘这厮无礼’！”（第四十八回）之后再无一言，被俘、送回山寨，直到与王英成亲也只是“见宋江义气深重，推却不得，两口儿只得拜谢了”。（第五十回）再有第五十五回与彭玘交战时大喊一声：“花将军少歇，看我捉这厮。”此外除了打斗，再无发声。这种沉默个性与其貌美才高的特质颇不相符，引得众多读者和研究者议论纷纷，为其大鸣不平，主要集中在几个问题上：

首先，扈三娘与王英的婚姻问题。这两人从外貌到才干、品性都极不相配，扈三娘高挑美貌，王英矮小丑陋；扈三娘武艺精湛，王英武功平凡；而在品性上王英更是肤浅好色，从扈三娘的主观意志出发是无论如何都不会嫁给王英的。但被俘虏了就只好听人摆布，嫁了丑陋猥琐的丈夫。这种安排应和了民间“丑夫美妻”的故事模式，看似新奇有趣，但其作用也只能是娱乐读者罢了，对当事人而言，可能无半点幸福可言。

其次，梁山众人与扈三娘有灭门之仇。扈家庄与梁山本无仇，而且扈成已向宋江投降，愿结为盟友，没想到在三打祝家庄时被李逵乱杀一通，把扈太公一家杀得干干净净。虽属误杀，但结果却是让扈家灭门。但扈三娘对此未有只言片语的不满，却与梁山众人一起参加了庆功会，并同意宋江安排，与王英结为夫妻。这也是这一形象最受非议的地方，许多人批评她如同提线木偶，任人摆布，毫无个性可言，与杀父仇人为伍。

再次，扈三娘在梁山所得到的位次与其才干不相符。按照她的才干应该排于天罡星中，但她只排到地煞星中，并且位居第五十九位，连她曾经的手下败将欧鹏、彭玘、王英等人位次都在她前面，让人颇怀疑梁山轻贤。

这些问题的确让人为扈三娘鸣不平，但进入作品去思考，也可理解。扈三娘之所以对灭门之仇一言不发，甚至答应宋江的安排嫁给王英，不是没有想法，而是无力反抗。试想她当时全族被灭，未婚夫祝彪也已被杀，她已走投无路，要么以死抗争，要么顺从听命。而全书所一再强调的宋江之忠义又是众望所归，所以这时的她只能投降服从。作品所宣扬的忠义思想早已掩盖了一个女子内心的情绪波澜，她就是那个被忽视的典型。但她的寡言罕语，又何尝不是一种无声的抗争呢？她上梁山之后不发一言，说明她并没有兴高采烈地接受这一切，只是唯命是从，其实已经是对她性格的鲜明注释了。只可惜这梁山女将中最有特色的一位却也是最委曲求全的一位，令人叹息。

有情有义的义气女侠
——顾大嫂

顾大嫂可以说是梁山三女将中最不引人注意的，她没有孙二娘开人肉包子店的令人惊心动魄的情节，也没有扈三娘貌美才高令人感叹，看来只是一个平凡粗豪的大嫂，但她却在梁山英雄中拥有庞大的家族团体，她用以维系这个团体的纽带就是手足至情。与孙二娘之“趣”、扈三娘之“美”相比，顾大嫂的突出特点是“义”。

顾大嫂有姓无名，只以大嫂相称，但这称呼却也与她在众人心中的地位相称。她出场在第四十九回，为了搭救被孔太公陷害的解珍、解宝，由乐和牵线，引出了这位一片热血的姐姐，之后牵出孙立、孙新兄弟两个，又引出邹渊、邹润两位，之后又集结两筹好汉，共计八位将领四十多人共同上了梁山，形成了登州一派，这在梁山好汉入伙史上可谓空前绝后了。而这些人之所以能联络一处共赴梁山，主要是顾大嫂的集结，可见其号召力之强。

这一回突出的特点是人物亲戚关系复杂，二解、二孙、二邹本身是亲兄弟，而二解与顾大嫂是父亲一方姑舅姐弟，与二孙是母亲一方姑舅兄弟，孙新与顾大嫂为夫妻，乐和又为孙立妻弟，读者在耐心分辨这一家复杂之亲戚关系时，也深为其手足情深所感。正如金圣叹在此回回评："乐和说‘你有个哥哥。’解珍却说‘我有个姐姐’。乐和所说哥哥，乃是娘面上来；解珍所说姐姐，却自爷面上起。乐和说起哥哥，乐和却是他的妻舅；解珍说起姐姐，解珍又是他兄弟的妻舅。无端撮弄出一派亲戚，却又甜笔净墨，绝无困蠢彭亨之状。昨读《史记》霍光与去病兄弟一段，叹其妙笔，今日又读此文也。”而在写三打祝家庄的冗长战役之中，突然插入这样一段充满骨肉亲情的描写，正是金圣叹所谓“横云断山”之法，“只因文字太长，便恐累坠，故从半腰间暂时闪出，以间隔之”。

乐和在酒店初见顾大嫂，“眉粗眼大，胖面肥腰……有时怒起，提井栏便打老公；忽地心焦，拿石碓敲翻庄客腿”。外貌丝毫看不出是一个女子，若不是“插一头异样钗环，露两臂时兴钏镯”，读者定以为又是一个李逵出世。除了外表粗豪，顾大嫂性格也体现出李逵式的率直与

陈洪绶《水浒叶子》之顾大嫂

血性。她听了乐和的叙述后立刻与孙新商量救二解的策略，如李卓吾评本回评："顾大嫂一妇人耳，能缓急人如此；如今竟有戴纱帽的，国家若有小小利害，便想抽身远害，不知可为大嫂作婢否也。"一听兄弟有难，全力相救，不计个人利害，且有胆有识，对丈夫孙新是一味怂恿，对孙立则是先用计骗至家中，后又逼勒胁迫，对二邹等其他兄弟则是联络布置，安排合理妥当，既有勇力，且有智谋，更突出为兄弟两肋插刀的果敢气魄。

顾大嫂在加入梁山之后的活动主要包括两项内容，一是与孙新扮作平民夫妇或独自扮作贫妇入城打探消息，传递情报；二是梁山排座次后与丈夫开东山酒店，负责打探声息，邀接来宾。两项工作都要求人胆大心细，随机应变，可见顾大嫂粗中有细，颇有谋略。一个有趣的现象是顾大嫂多次出现都与送饭的情节有关，让人不禁称之为梁山的送饭专业户了。第四十九回，救二解到狱中送饭；第六十九回打东平府时史进被捕入狱，顾大嫂扮作贫妇送饭；第八十回宋江三败高太尉，再次扮作船工之妇送饭。待要批评这情节雷同之时，细思量却又发现顾大嫂每次表现各有千秋，在相同之中写出差异，这是古典小说惯用的手法。细看顾大嫂每次送饭表现都不同，救二解时送饭，先是大叫一声"我的兄弟在哪儿？"掣出两把明晃晃尖刀，手起刀落，戳翻几个小牢子（第四十八回）。一片心全为兄弟，一力向前，谁敢阻拦。打东平救史进时，则是扮作旧家仆妇前去探监，向着老公人泪下如雨，一段思念旧主的真情诉说，说罢又哭，哭罢又说，怎能不令人动容。到这里不禁感叹顾大嫂不仅有勇有谋，扮戏的手段也堪称一流。第八十回扮作船妇送饭则与众人一起夹带而过。相同情节，表现各异，并不令人生厌。顾大嫂就是这样一位为人侠肝义胆、古道热肠，视兄弟如同手足、有难舍命相救、遇危慷慨而赴，粗豪中见出胆识与智慧的亲切大姐。

梁山三位女将，顾大嫂对梁山泊贡献最大，上山后还频频出现，她的结局也最好："孙立带同兄弟孙新、顾大嫂并妻小，自依旧登州任用。"

梁山英雄中这三位女将，表面看来女性特征已很模糊，被梁山众好汉的粗鲁莽撞所感染、异化，但仔细解读，在她们粗豪的外表之下仍保有女性的细心、温暖、母性的关怀。她们的形象对于融化梁山过于刚毅的阳刚之气、调节紧张的小说节奏起了重要的作用，虽是异化，亦展露本色。

⑥ 庙堂奸邪

钻营弄权的泼皮太尉——高　俅

《水浒传》里奸臣的代表人物高俅，是"乱自上作"的祸根，与许多人物的命运紧密相连，是引人注目的重要人物。

洪太尉与高太尉

《水浒传》始于"洪太尉误走妖魔"。宋仁宗嘉祐三年春天，天下

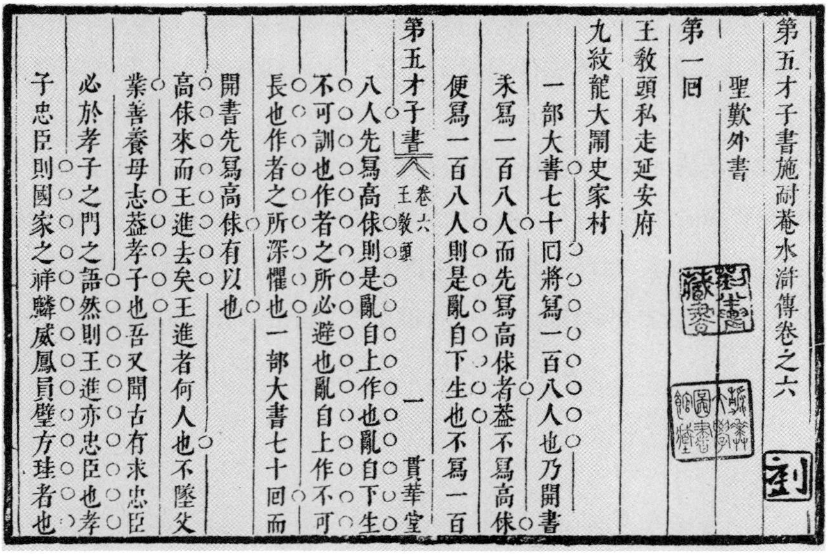
第五才子書施耐菴水滸傳卷之六
聖歎外書
第一回
王教頭私走延安府
九紋龍大鬧史家村
一部大書七十回將寫一百八人也乃開書
未寫一百八人而先寫高俅者蓋不寫高俅
便寫一百八人則是亂自下生也不寫一百
第五才子書 卷六 王教頭 一 貫華堂
八人先寫高俅則是亂自上作也亂自下生
不可訓也作者之所必避也亂自上作不可
長也作者之所深懼也一部大書七十回而
開書先寫高俅有以也
高俅來而王進去矣王進者何人也不墜父
業善養母志蓋孝子也吾又聞古有求忠臣
必於孝子之門之語然則王進亦忠臣也孝
子忠臣則國家之祥麟威鳳圓璧方珪者也

贯华堂本《第五才子书》水浒传第一回回评

瘟疫盛行，洪太尉奉旨到江西信州龙虎山请张天师祈禳。他在上清宫伏魔殿，不听真人道众的劝告，强令掀开石板，放出了一百零八个魔君，“空中散作百十道金光，望四面八方去了。”这天罡地煞一百零八条好汉经历不同的人生道路，聚集在梁山泊。当他们在“忠义堂”祭拜天地神明时，天降石碣，揭示出他们就是上天派下来，“替天行道”“尽显忠良”的“魔君”，可是他们却被奸臣陷害，零落星散，大半惨死，最后“魂聚蓼儿洼”，重登天界。

洪太尉“骄情傲色”“误放魔君”有寓言的作用，在这个神话式开篇里隐喻着“乱自上作”“官逼民反”的思想。接着第二回的引头诗就写道“高俅奸佞虽堪恨，洪信从今酿祸胎”，把洪太尉和高太尉联系在一起，写了神话版的洪太尉后，就写现实版的高太尉。正如金圣叹所说：“乃开书未写一百八人，而先写高俅者，盖不写高俅，便写一百八人，则是乱自下生也，不写一百八人，先写高俅，则是乱自上作也。”

无赖流氓的发迹

高俅史有其人，但《宋史》等都只简单提及。事迹主要见于宋·王明清的《挥麈后录》卷七“高俅本东坡小史”。这条资料记载说：“高俅者，本东坡先生小史，笔札颇工。”苏东坡由翰林院外放，到中山任官时，把高俅托付给王晋卿。端王和王晋卿交好，他看中王晋卿梳头的用具，王晋卿就派高俅送去给端王。端王在花园踢毬，高俅在一旁看得入神。端王问他：“汝亦解此技邪？”高俅回答：“能之。”端王就让他下场来踢，他的技术非常好，“遂惬王之意，大喜”，就派人去告诉王晋卿，“既谢篦刀之贶，并所送人皆辍留矣”，“由是日见亲信”。过了个把月，哲宗皇帝去世，端王登宝位，就是徽宗皇帝。不久就让高俅当了太尉。高俅的家人都沾了光，子侄都“恩幸无比，极其富贵”“然不忘苏氏，每其子弟入都，则给养问恤甚勤”。

对高俅历史的记述，作者对高俅“笔札颇工”，不忘苏东坡之恩等，不感兴趣，而只注重他当王晋卿的亲随，偶遇端王，因踢毬被欣赏，成为端王的侍从，而恰巧哲宗晏驾，端王当了皇帝，他就因踢球当了太尉。作者紧紧抓住这个富有传奇色彩的故事，生发开去，塑造了一个无赖流氓而身居高位的典型。高俅不是靠“十年寒窗”而走上仕途；也不是靠官场的历练，逐步升迁，而是靠踢球，这个在当时被视为休闲游戏的小技而飞黄腾达。这个故事从创作角度说，很符合听众和读者的好奇心理，很能吸引读者的眼球；从揭示作品的思想内涵来说，很典型地表现了“大贤处下，不肖处上”的社会现实。

由于高俅的历史记载很少，有利于作者发挥他的想象力和创造性，凭借他对市井生活和人物的熟悉，于是就写出一个市井流氓如何成为政治暴发户的闹剧。

小说里这样写高俅的人品和他的突然发迹：

> 且说东京开封府汴梁宣武军，一个浮浪破落户子弟，姓高，排行第二，自小不成家业，只好刺枪使棒，最是踢得好脚气毬。京师人口顺，不叫高二，却都叫他做高毬。后来发迹，便将气毬那字去了毛傍，添作立人，便改作姓高名俅。这人吹弹歌舞，刺枪使棒，相扑顽耍，颇能诗书词赋；若论仁义礼智，信行忠良，却是不会，只在东京城里城外帮闲。因帮了一个生铁王员外儿子使钱，每日三瓦两舍，风花雪月，被他父亲开封府里告了一纸文状。府尹把高俅断了四十脊杖，迭配出界发放。东京城里人民，不许容他在家宿食。

他被逐出东京后，到淮西开赌坊的闲汉柳大权那里混了三年，后遇大赦，回到东京，先投奔董将仕家，董把他推给了小苏学士，小苏学士又把他推给了王晋卿。这是个风流公子，正喜欢高俅这样的浮浪子弟，就留高俅做了亲随。后来王晋卿派高俅到端王府送礼物，恰巧端王在踢毬，毬飞到高俅面前，高俅“使个鸳鸯拐”，踢还端王，“端王大喜”，“高俅自此遭际端王，每日跟随，寸步不离”。不久哲宗驾崩，端王继位。徽宗当皇帝不到半年，就抬举高俅做到殿师府太尉。

残害忠良

导致北宋败亡的所谓“六贼”是蔡京、童贯、王黼、梁师成、李彦、朱勔，并没有高俅。但到《水浒传》高俅是和蔡京、童贯、杨戬并列的“变乱天下，坏国、坏家、坏民”的“四个贼臣”。在这“四贼”中，其他三人都是概念化的，而高俅却是一个用市民审美趣味塑造出来的奸臣形象。

从历史资料看，高俅的劣迹一是利用权力营私舞弊。宋·无名氏《靖康要录》卷七说他爬上高位后，“乃敢自恃昵幸，无所忌惮”；侵夺军营，以广私第，驱使军士以供私役，克扣军饷，勒索钱财等等。二是作为主管军事的太尉，却败坏军政。被誉为北宋第一忠臣的李若水就指出：“俅以幸臣躐跻显位，败坏军政，金人长驱，其罪当与童贯等。”有人认为“自童贯、高俅，迭主兵柄，校阅训练之事尽废……于是赏罚无章，而军政大废矣”是北宋败亡的原因之一。

从历史上看，他与宋江起义没有什么关系，但是《水浒传》却把他作为梁山义军的对立面，着重揭露和批判他残害忠良，致梁山好汉于死地的罪行。

高俅当上太尉，上任第一天众属下都来参拜。八十万禁军教头王进因病请假。高俅立即派人把他叫来，要重重处罚。王进抬头一看，坐在上面的太尉原来就是街上的小混混，曾被王进的父亲一棒打翻，现在要借机报仇。王进只好带着老母，离家出逃。王进是武艺高强、忠孝两全

容与堂本“王教头私走延安府”

之人，他被迫出逃后，想到延安府投奔种师道，到边庭为国出力。

小说接着写他迫害林冲。历史上记载高俅至少有三个儿子，而小说写他没有儿子，把堂弟认作干儿子，这是乱伦的行为。这个高衙内企图霸占林冲妻子，而高俅不但纵容高衙内的恶行，而且动用国家机器迫害林冲，将他逼上梁山。

第三个被他逼走的是杨志。杨志押送花石纲，“遭风打翻了船，失陷了花石纲”，后来到殿师府见高俅，希望补个职务，结果被高俅大骂一道，赶出来。李贽针对此事说：“杨志是国家有用人。只为高俅不能用他，以致被宋公明用了。可见小人忌贤嫉能，遗祸国家不小。”

他不但把忠良之士“逼上梁山”，而且多次破坏招安，自己又率大军征剿梁山泊，结果三次大败，被活捉到山寨。这时他信誓旦旦，只要放他回京，“定来招安”。但是正如吴用所预料，“此人生的蜂目蛇形，是个转面无恩之人”，他回到京城，就软禁了随他进京的梁山好汉萧让、乐和，称疾不出。到后来梁山义军接受招安，征辽、征方腊立了大功，高俅、蔡京等又设计用毒酒毒死了宋江、卢俊义。

作品还把高俅作为奸臣的代表，揭露和批判他祸国殃民的罪行。例如第五十一回，写殷天锡要霸占柴进叔叔柴皇城的宅园，他为什么敢去霸占？因为他是高唐州知府高廉的小舅子，而高廉又是高俅的叔伯兄弟。高廉依仗高俅的势力“在这里无所不为”，殷天锡又依仗姐夫高廉的权势“在此间横行害人”。

《三国志演义》有史书的依据，那些帝王将相，历史上的大人物写得栩栩如生；塑造了曹操、刘备、诸葛亮、周瑜、关羽等典型人物，但是市井细民的形象，小老百姓的日常生活却写得苍白无力。而《水浒传》把市井生活、江湖好汉、地痞流氓写得生动活泼。作者不但写高俅流氓无赖的出身，就是当了太尉也还是一副流氓相。例如高俅上任第一天，王进此时因为生病在家，未能参见这位新任太尉，尽管他的同事帮他说明情况，高俅仍然“大怒，随即差人到王进家来捉拿王进”，并且不容申辩，破口大骂："贼配军！你既害病，如何来得？”喝令左右，拿下王进，“加力与我打这厮！……”明明是自己传令“快与我拿来”，王进来了，他却又说："你既害病，如何来得？”一副无赖腔调！的确是“泼皮”的口吻，活画出一副“浮浪破落户子弟”的嘴脸。高俅作为统帅带兵去围剿梁山泊，还不忘他花天酒地的习性，“在京师拖延了二十余日”，“又选教坊司歌儿舞女三十余人，随军消遣”。后来被俘，在梁山“高太尉大醉，疏狂放荡，便道：‘我自幼学得一身相扑，天下无对’”。于是燕青就和他相扑，被燕青“只一交，颠翻在地褥上做一块，半晌挣不起”。这位贵人还是露出了流氓的底色。

奸臣与昏君

《水浒传》为什么选高俅作为奸臣的代表？一是因为高俅史书记载不多，作者可以自由地驰骋艺术想象力；二是因为高俅发迹史很有戏剧性；第三是因为把高俅和徽宗这一对浪子君臣拴在一起，表现作者奸臣蒙蔽昏君的创作意图。小说里这样介绍徽宗："是个聪明俊俏人物。这浮浪子弟门风，帮闲之事，无一般不晓，无一般不会，更无一般不爱。更兼琴棋书画，儒释道教无所不通。踢球打弹，品竹调丝，吹弹歌舞，自不必说。”物以类聚，徽宗和高俅这一对浮浪子弟的君臣际遇，说明高俅靠踢球当了高官看似偶然，也是必然，是徽宗的昏庸和荒唐的必然。

在《水浒传》里四大奸臣蔡京、高俅、童贯、杨戬担任了太师、太尉、枢密使等重要职务，控制了国家政权，加上从中央到地方的大大小小的贪官污吏横行，残害忠良，祸害百姓，构成了民不聊生的悲惨世界。“满朝文武，多是奸邪，蒙蔽圣聪。”当蔡京、高俅等奸臣要征讨梁山泊义军时，徽宗都批准了；当童贯大败而回，就以“天气暑热，军士不伏水土，权且罢战休兵”的谎言搪塞过去；当高俅三战三败，甚至当了俘虏，宋江把他放回后，他就欺骗徽宗说“病患不能征进，权且罢战回京”。甚至在梁山好汉征辽、征方腊立下大功，而被奸臣们用毒酒毒死，徽宗也毫无觉察。当这些真相由燕青通过李师师告诉他时，他便“嗟叹不已”“寡人怎知此事”。他每次受骗后，也痛骂奸臣：“败国奸臣，坏寡人天下！”但是骂归骂，却从来没有惩罚他们。所以，昏君和奸臣沆瀣一气的朝政始终不能改变。

徽宗和京师名妓李师师的关系，《大宋宣和遗事》《李师师外传》等作品都有描写。《水浒传》可能参考了这些作品，用市民的眼光和兴趣描写了徽宗三次私逛妓院，在李师师处寻欢的情景。而宋江、燕青是通过李师师才能“上达天听”，得到招安。这样的军国大事，是靠妓女打通“枕头关节”来处理的，这是对徽宗这个风流天子的辛辣讽刺。

宋徽宗赵佶是神宗赵顼的第十一子，哲宗赵煦之弟，因为哲宗无子，让他这个弟弟当了皇帝，也许他自己和世人都以为他很幸运，可是他是入错了行，前人曾评论说：徽宗“诸事皆能，独不能为君耳！”

南唐后主李煜是杰出的诗人，宋徽宗赵佶是出色的画家，两位艺术天才，有着相似的悲剧命运。李煜国破为宋军所俘，囚居汴京三年，被宋太宗赐药毒死；宋徽宗被金人俘去，囚禁八年，死于五道城（今黑龙江依兰县）。他们当皇帝是幸还是不幸？恐怕很难说清。

趋炎附势的精明通判
——黄文炳

我们说过《三国志演义》里帝王将相都塑造得十分成功，市井细民却少有鲜活的形象；《水浒传》则相反，社会底层人物生龙活虎，而权臣官宦大多面目模糊，没有个性。但黄文炳却是个例外，他个性鲜明，在一群昏官里鹤立鸡群，十分突出。

有用之人

黄文炳只在第三十九、四十、四十一回中穿插了几个情节，露了几回面，一共不到三千字，但作者却写出其趋炎附势、精明果断的性格。

他住在江州对岸一个叫无为军的小地方，是个赋闲在家的通判。“闻知这蔡九知府是当朝蔡太师儿子，每每来浸润他，时常过江来谒访知府，指望他引荐出职，再欲做官。”（第三十九回）那天他“买了时新礼物”来谒见蔡知府，因为府里有公宴，不敢进去，就到浔阳楼闲逛。看到壁上题咏的诗词很多，有的好，有的歪说乱道，不禁冷笑。看到宋江题的《西江月》词和四句诗，大惊道：“这个不是反诗！谁写在此？”他逐句细看，边看边评论，看到“他年若遂凌云志，敢笑黄巢不丈夫”，他说："他却要赛过黄巢，不谋反待怎地？"从诗句和署名"郓城宋江"，他分析作者是个发配到这里的犯人。找来酒保盘问，证实是"面颊上有两行金印，多管是牢城营内人。生得黑矮肥胖"。这样找到这个题诗人就很有把握了。虽然酒保说是"醉后疏狂，写在这里"，但是他抓住了这个建功晋升的机会，借来纸笔抄下，藏在身边，并吩咐酒保"休要刮去"。

当时他没有就到蔡九知府府上，"自去船中歇了一夜"，第二天让"仆人挑了盒仗"去拜见蔡九知府。他是个沉得住气的人，不急于出手，并没有马上把抄下的宋江反诗拿出来，而是先问："不知近日尊府太师恩相曾使人来否？""京师近日有何新闻？"一方面拍蔡京的马屁，捧蔡九的高贵出身；一方面在寻找告发的合适机会。当他听到京师流传的童谣时，他"寻思了半晌"，在思考如何把那首童谣和自己的发现联系起来。他终于找到契合点，"笑道：'恩相，事非偶然也'"。他取出抄的诗，呈给蔡九，"不想却在此处"。蔡九看了反诗，问是何人所写？他说是个新来的配军"郓城宋江"。蔡九说："量这个配军，做得甚么！"他把童谣和反诗联系起来，"耗国因家木，刀兵点水工"，含宋江名字；"纵横三十六，播乱在山东"，郓城正是山东地方。这个童谣正应在题反诗的宋江身上，此人必谋反。他分析得头头是道，让蔡九深信不疑。接着经他指点，从牢城文册簿名单里查出五月间新配来的囚徒郓城宋江。黄文炳立即告诉蔡九知府要马上把宋江抓起来，下到牢里，"如是迟缓，诚恐走透了消息"。他竟然指挥起蔡九来了。从看到宋江反诗，到让蔡九知府把宋江紧急抓起来，这是黄文炳精明果断性格的第一次表现。

蔡九知府听从黄文炳的意见，马上叫唤押牢节级戴宗捉拿宋江，

“不可时刻违误”。戴宗大吃一惊，自作起神行法，到牢城营里找到宋江，教他装疯，想以此蒙混过关。然后回到城里，召集公人，直奔牢城。众人看见的宋江正在发疯，就说：“原来是个失心风的汉子，我们拿他去何用？”戴宗带众人回复知府，以为可以骗过。不料屏风背后转出一个黄文炳，对知府说：“休信这话！本人作的诗词，写的笔迹，不是有风症的人，其中有诈。好歹只顾拿来，便走不动，扛也扛将来。”当宋江被抬到知府面前时，宋江越发“疯”得厉害，“蔡九知府看了，没做理会处”。又是黄文炳对知府说：“且唤本营差拨并牌头问，这人来时有风，近日却才风？若来时风，便是真症候；若是近日才风，必是诈风。”戴宗导演的这出装疯戏，瞒过了蔡九，却被黄文炳戳穿，正如蔡九知府所说：“若非通判高明远见，下官险些儿被这厮瞒过了。”再一次表现出黄文炳的精明果断。

黄文炳又对蔡九知府说，要写一封家信星夜送到东京给蔡京，“报与尊府恩相知道，显得相公干了这件国家大事”。同时请示宋江这个要犯，是要解押东京，还是就地斩首？蔡九知府说：“通判所言有理，见得极明。下官即日也要使人回家送礼物去，书上就荐通判之功，使家尊面奏天子，早早升授富贵城池，去享荣华。”这也正是黄文炳要蔡九写信报告蔡京的目的。黄文炳拜谢道：“小生终身皆托于门下，自当衔环背鞍之报。”这把黄文炳趋炎附势，阿谀谄佞，妄图飞黄腾达的卑劣心理暴露无遗。

戴宗带着吴用让萧让、金大坚写的假信回到江州，蔡九知府大喜，赏了三盅酒，二十五两花银。他下令准备囚车，要押解宋江到东京。在他就要上当的时候，黄文炳又带着礼物时新酒果来了。蔡九知府恭喜他即将“升擢高任”“家尊回书，备说此事”。黄文炳对回信如此迅速，话里有些怀疑的口气。蔡九知府道："通判如不信时，就教观看家书，显得下官不谬。"虽然黄文炳巴不得看看蔡京的信，证实一下太师是怎么让他升官的，但还要说："小生只恐家书不敢擅看。如若相托，求借一观。"此人真是城府极深，善于掩饰。请看下面这段，更显其聪明精细，老奸巨猾。

> 黄文炳接书在手，从头至尾，读了一遍，卷过来看了封皮，又见图书新鲜。黄文炳摇着头道："这封书不是真的。"知府道："通判错矣！此是家尊亲手笔迹，真正字体，如何不是真的？"黄文炳道："相公容复，往常家书来时，曾有这个图书么？"知府道："往常来的家书，却不曾有这个图书来，只是随手写的。今番以定是图书匣在手边，就便印了这个图书在封皮上。"黄文炳道："相公，休怪小生多言，这封书被人瞒过了相公。方今天下盛行苏、黄、米、蔡四家字体，谁不习学得。况兼这个图书，是令尊府恩相做翰林大学士时使出来，法帖文字上，多有人曾见。如今升转太师丞相，如何肯把翰林图书使出来？更兼亦是父寄书与子，须不当用讳字图书。令尊府太师恩相，是个识穷天下学，览遍世间书，高明远见的人，安肯造次错用。相公不信小生轻薄之言，可细细盘问下书人，曾见府里谁来？若说不对，便是假书。休怪小生多言，只是错爱至厚，方敢僭言。"

黄文炳逐条分析，十分有理，同时还不忘吹捧蔡京，巴结蔡九。蔡九知府请黄文炳坐在屏风背后，看他审问戴宗。盘问戴宗到相府进哪个门？见到什么人？那人多大年纪？戴宗马上露了馅，立即被打得皮开肉绽，鲜血迸流，只好招认是假信。

通过黄文炳揭发宋江反诗，识破宋江装疯和戴宗的假信，可以看到他在与梁山好汉的较量中，占了上风；在与蔡九知府的对比中，显出他的才智。这真是一个“有用之人”。

血腥复仇引非议

戴宗传假信被识破后，宋江、戴宗将被斩首，梁山好汉劫法场，救出两人。本可回军山寨，可是宋江要报仇，于是“宋江智取无为军，张顺活捉黄文炳”（第四十一回），并正面描写如何把黄文炳剜心炙肉，其血腥残暴程度在《水浒传》里也不多见。

我们如果理性地思考分析，黄文炳所作所为其实是忠于朝廷的官吏的分内之事。但是《水浒传》则认为严惩黄文炳是正义之举。

首先在他出场时就把他定性为坏人，“这人虽读经书，却是阿谀谄佞之徒，心地匾窄，只要嫉贤妒能。胜如己者害之，不如己者弄之，专在乡里害人”。在处死他之前，宋江谴责他违背圣人教诲，做害人之事；虽和黄文烨是同母所生，哥哥是“怎恁般修善，扶危济困，救贫拔苦，久闻你那城中都称他做黄佛子”，而“你这厮在乡中只是害人，交结权势之人，浸润官长，欺压良善。胜如你的你便要妒他，不如你的你又要害他。我知道无为军人民都叫你黄蜂刺，我今日且替你拔了这个‘刺’！”

其次，宋江浔阳楼吟反诗，写得好像只是“醉后狂言”，酒保也认为是“醉后疏狂，写在这里”，而黄文炳却一口咬定是要“谋反之人”；宋江装疯、戴宗假信本来可瞒过蔡九知府，却又是被黄文炳揭穿了，所以骂他："我和你往日无冤，近日无仇。你如何只要害我？三回五次，教唆蔡九知府杀我两个。"

第三，宋江虽然对自己"屈居下层"不满，也不可能通过正常的渠道实现人生的抱负，所以，"仗义疏财"，结交好汉，通过扬名江湖社会，实现"凌云志"。但是，忠孝思想使他不肯造反，他路过梁山，拒绝了晁盖等人的盛情邀请，而安心到江州当囚犯。是谁把他"逼上梁山"？最直接的就是黄文炳，是他把宋江、戴宗送上了断头台，迫使梁山好汉劫法场。"犯下大罪"，"今日不由宋江不上梁山泊"。就像林冲杀了陆谦一样，宋江也要杀掉黄文炳，"血染浔阳江口"，报仇雪恨上梁山。

袁无涯《水浒全传》本的评语："黄文炳抄反诗，勘破宋江假疯症，到底有恶见识，不是没用的人，只为自己起官，主意害人，所以可恨。"指出他为自己做官，趋炎附势，而"主意害人"，是有罪而可恨的。

李贽评语："黄文炳是个聪明汉子，国家有用之人。渠既见反诗，如何不要着紧？宋公明也怪他不得。江州劫法场，只为要救二人性命，不得不如此。若是无为军，竟可省事，胡又做这一场。大不是，大不是。"他认为江州劫法场，是"不得不如此"，而无为军杀黄文炳这一场，是"大不是，大不是"。的确，本来江州劫法场，让黄文炳巴结权贵的升官迷梦破灭也就够了，最多就让他死于劫法场的混乱之中吧。对他"剜心炙肉"，宋江和梁山好汉恣意报仇，过分残忍，实是败笔。

㈦ 市井众生

堕落失德的悲剧女性
——潘金莲、潘巧云、阎婆惜

《水浒传》这部以男性英雄为主的小说中，着力描写的女性并不多，而在这为数不多的女子中有三位是大家颇为熟知的，就是被宋江杀掉的阎婆惜、被武松杀掉的潘金莲和被杨雄杀死的潘巧云。这三个女子都是市井小民出身，都有着女性貌美妖娆的特质，都擅长风月之情，在婚姻关系中都背叛了自己的丈夫，最后死于丈夫的刀下，或因丈夫而死。

小说作者花了大量笔墨去写这三个女子，本是为了突出她们的恶，但在客观上却展示了她们不幸的生活状态和艰难的生活历程，使她们给读者留下了非常深刻的印象。

不幸婚姻中生长的恶之花

阎婆惜、潘金莲与潘巧云三个女子从《水浒传》流传开始就被贴上了淫妇的标签，她们凭借自己貌美妖娆的外表，背弃自己的丈夫与婚姻，与他人通奸，最后事发得到了应有的惩罚，所以最后落得身首异处的下场似乎令人拍手称快。但仔细想来，她们的命运却令人叹息。

如果我们审视她们所背叛的婚姻是什么样的，也许可以对她们多一份理解。她们三人的婚姻有共同的特点，都是不美满的，更谈不上幸福。

首先出场的是阎婆惜，她本是东京人氏，因与父母到山东投奔亲眷不着，流落郓城。父亲阎公去世，母女两个无法安葬，宋江仗义疏财，救助了她们。阎婆借势攀附，硬把阎婆惜塞给宋江作了外室。阎婆惜与宋江虽有婚姻之实，却无名无分，说到底只是一桩买卖婚姻，只是阎婆想将宋江当作后半生的依靠而实行的权宜之策，而当事人双方既无感情基础，也无结合的意愿。阎婆惜对这桩姻缘的态度作品中没有写，只是听任阎婆一心张罗，可能她年少无知，全凭母亲做主。而宋江则是当王婆给他提亲时，“初时不肯，怎当得这婆子撮合山的嘴撺掇，宋江才依允了”。（第十九回）双方的勉强是婚姻关系不稳固的第一层原因。

宋江与阎婆惜本是天差地别的两个人，宋江虽是郓城县的一个刀笔小吏，却是放眼天下、心怀家国的江湖枭雄，而阎婆惜是处于社会底层的卖唱少女，从阎婆的叙述中可知她经常出入于行院人家，颇通风月之情，她眼中的宋江只是一个面黑身矮、木讷刻板的无趣的中年男人，与她在行院之中邂逅的一些风流浪子是完全不同的，所以在阎婆惜眼中是看不到宋江的价值的。而在宋江眼中，阎婆惜只是依附于他生存的一个平民女子，虽生得青春靓丽，貌美如花，但与宋江所欣赏的江湖儿女之气概相去甚远，加之家世地位的差异，宋江根本也没有要与她举案齐眉、长相厮守的打算。

由此可见对于这段姻缘，两人都没十分放在心上，所以思维缜密的宋江才会带了青春俊秀的张文远来家中做客，引狼入室。而阎婆惜则全然不顾宋江对她一家的救助之情，与张文远私通。

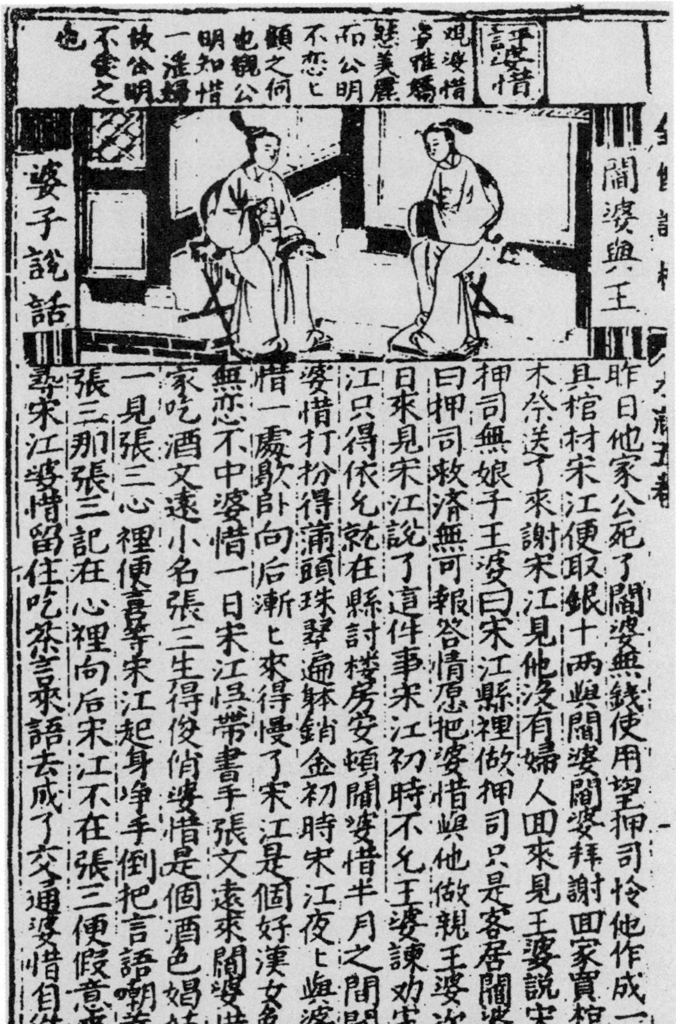
評婆惜
观婆惜妙雅嬌態美麗而公明不恋ㄝ顧之何也觀公明知惜一淫婦故公明不愛之也
閻婆與王婆子說話
昨日他家公死了閻婆無錢使用望押司怜他作成一具棺材宋江便取銀十兩與閻婆閻婆拜謝回家買棺木發送了來謝宋江見他沒有婦人回來見王婆說宋押司無娘子王婆曰宋江縣裡做押司只是客居閻婆曰押司救濟無可報答情愿把婆惜與他做親王婆次日來見宋江說了這件事宋江初時不允王婆諫劝宋江只得依允就在縣討樓房安頓閻婆惜半月之間閻婆惜打扮得滿頭珠翠遍躰銷金初時宋江夜ㄝ與婆惜一處歇卧向后漸ㄝ來得慢了宋江是個好漢女色無恋不中婆惜一日宋江悮帶書手張文遠來閻婆惜家吃酒文遠小名張三生得俊俏婆惜是個酒色娼妓一見張三心裡便喜宋江起身淨手倒把言語嘲惹張三那張三記在心裡向后宋江不在張三便假意來尋宋江婆惜留住吃茶言來語去成了交通婆惜自從

评林本“阎婆与王婆子说话”

再看潘金莲与武大的婚姻，根本就是一段孽缘。潘金莲因不肯依从无耻主人张大户的纠缠，被张大户倒赔房奁，嫁给了武大郎。这姻缘不仅没有情感基础，甚至可以说就是张大户对潘金莲的羞辱与折磨，他就是要潘金莲在面对武大的婚姻中痛苦不堪又无法摆脱，所以这婚姻本身就是扎在潘金莲心上的一根刺。

潘金莲与武大的婚姻是极不相配的，潘金莲生得俏丽袅娜、百伶百俐，武大生得身不满五尺，面目丑陋、头脑可笑、人物猥琐。潘金莲面对这样的丈夫，如何能有和谐的婚姻生活？更何况还要忍受来自外界的人们的纷纷议论，指指点点，浮浪子弟们的轻薄薅恼，这对骄傲的她来说真是奇耻大辱。所以潘金莲之淫恶，一半由于天性使然，一半也是由于环境逼促。以西门庆之著名浪子，一见到潘金莲便色授魂与，则潘氏之姿色妖艳，可想而知。以潘金莲的才貌，她所憧憬的理想伴侣想必不是诗书才子，便是英雄豪杰，要么达官显贵，至少也是风流浪子。她万万没想到自己月夕花晨、明镜青灯之间，只能与一卖炊饼的三寸丁谷树皮相伴。因而潘金莲的顾影自怜，辄生外心，亦属情理之中。

潘巧云的婚姻与前两位不同之处在于，她与杨雄表面看来是极为匹配的一对夫妇，杨雄生得一表人才，武艺高强，又是两院押狱兼市曹行刑刽子，在当地可以说威风八面。潘巧云亦貌美风流，算得上是郎才女貌的佳配。但他们之间又出现了其他的问题，就是杨雄对潘巧云的冷落。杨雄与潘巧云夫妻一年未满，但杨雄一月却有二十余日当牢上宿不回家，只让潘巧云一人在家独守空房。潘巧云年轻貌美，不论是轻妆淡抹还是精心打扮，都极为动人，从小说一次次对她外貌的描写到做法事的僧人们看到她后七颠八倒、手舞足蹈的反应，都可见一斑。她先嫁给王押司，丈夫去世才嫁给杨雄，经历丧夫之痛后，本来最需要关怀与安慰，但杨雄给予她的都是冷漠与疏离。小说中写到石秀将潘巧云与人私通之事告诉杨雄后，杨雄只是一连串的骂，并未有一点对妻子的信任或对自己的反省，可见这种婚姻关系中根本就缺乏沟通与信任。

表面看来，三个女子都是婚姻的背叛者，但仔细探究，她们的婚姻本身就存在太多不合理因素，时时有土崩瓦解的危险，只是她们作了首先点燃导火索的那个人。

弱势群体的委屈与怨怼

考查阎婆惜、潘金莲与潘巧云三人的身份，她们都来自社会底层，潘巧云相对其他两人可能经济条件好一些，但是屠户之女，社会地位也不高。潘金莲是使女，连基本的人身自由都没有，才被主人嫁给武大，而阎婆惜也是卖唱为生的歌女，衣食都无法保障。她们都代表了社会底层的弱势群体，衣食艰难，漂泊不定，更无法掌握自己的命运。在这种状况下，她们只能把婚姻当成改变命运的唯一出路，于是对婚姻可能寄予了过高的期望。但事与愿违，婚姻带给她们的是痛苦、冷漠、折磨。

虽然出身微贱，但也不影响青春妙龄的她们对于爱情与婚姻的憧憬与追求，也许她们对爱情和婚姻的理解还很简单肤浅，也就是大众眼中的男才女貌或举案齐眉，但就是这样的向往对于出身底层的她们来说也是奢侈的。宋江虽让生活落魄的阎婆惜过上了安稳的生活，还将她打扮得满头珠翠、遍体绫罗，但在阎婆惜眼中，宋江只是个黑黑胖胖、毫无生活情趣的中年人，他的所谓恩义远远抵不上青春英俊的张文远几句甜言蜜语能让她开心快乐、心驰神往。阎婆惜如同被养在金丝笼中的鸟儿一样，内心是空虚的。再说宋江也不打算给她什么名分，没有合法的手续和应有的身份，这种婚姻关系是毫无保障的，她只是别人随时可抛弃的附庸而已。所以当阎婆惜遇到“生得眉清目秀，齿白唇红，平昔只爱去三瓦两舍，飘蓬浮荡，学得一身风流俊俏”（第二十回）的张文远时，便以为这是真正的爱情，便义无反顾地想要挣脱宋江这个金丝笼。

潘金莲的出身比阎婆惜还要低，身为使女，连人身自由都没有，只能任由主人处置。尽管如此，她也没有放弃对爱情与婚姻的企盼。如果只是贪图安逸的生活，她完全可以给张大户作妾，但她偏不肯，去向主母告发，张大户恼羞成怒，将她嫁给了武大。武大的矮小丑陋令她绝望，武大的老实懦弱又让她肆无忌惮，她从不甘心与武大相守终老，时时想要追寻理想的伴侣，如小说中所说“这婆娘倒诸般好，为头的爱偷汉子”（第二十回）。

武松的出现令潘金莲对爱情的向往明朗化了，她一见到武松一表人才，便在内心无限感慨，不自觉地将他与武大相比，“武松与他是嫡亲一母兄弟，他又生得这般长大。我嫁得这等一个，也不枉了为人一世”（第二十四回）。而自己的丈夫武大则是“三寸丁谷树皮，三分像人，七分像鬼”。自叹晦气之余，潘金莲满心欢喜地对武松展开了热烈追求。这里不得不说潘金莲的择偶眼光比阎婆惜与潘巧云高明得多，一眼看中的便是天下第一英雄的武松，可谓慧眼识珠。只是武二爷的一身正气迅速将她的所有幻想都浇灭了，不论是热情周到的嘘寒问暖还是明目张胆的百般挑逗，武松都是冷静处之，严词拒绝。正当潘金莲情感受挫，不知如何自处时，遇到了好色轻佻的西门庆，便以为对爱情的追寻终于有了结果，所以一下子陷入了王婆与西门庆设计的陷阱之中。

潘巧云由于不堪忍受婚姻中的冷漠与孤独，经不住裴如海的诱骗，背叛了她的丈夫和婚姻。她青年丧夫，本希望在新的婚姻中得到抚慰与关怀，没想到婚姻中的冷漠比独自一人的孤独更难以忍受，小说中写到杨雄平时不是当牢上宿就是回家走一遭便又出门去了，经常不在家中，在家时多是“当晚无话，各自歇了”。潘巧云想要到报恩寺去还愿不敢亲自和杨雄说，而是让父亲潘公跟杨雄讲，可见夫妻间的疏离。潘巧云是惧怕杨雄的，这不知是否与杨雄的职业有几分关系，毕竟一想到自己的丈夫每天作着职业的杀手，多少还是有些令人心惊胆寒吧。而杨雄得知潘巧云与人私通后并无太多伤心，而只是一味地骂，可见自身权威受到挑战的愤怒比痛失爱人伤心的成分要多许多。而和尚裴如海与潘巧云从小相识，青梅竹马，加之相貌清俊，唱经的声音又悦耳动听，再精心设计，诸般诱惑，潘巧云如何能不陷入圈套呢。

这三位女性都是社会底层弱势群体的代表，不美满的婚姻带给她们诸多的委屈与怨怼，但她们又不愿顺应生活，委曲求全，随波逐流，所以她们用自己的方式冲决束缚她们的婚姻的牢笼，在追寻幸福的道路上朝着各自认定的方向奔去。

无知的反抗与罪恶

阎婆惜、潘金莲与潘巧云都是出身低微又遭遇坎坷的女性，本是值得同情的对象，何以被贴上了淫妇的标签，承受了千载的骂名呢？她们追求理想中的爱情与婚姻本无可厚非，但她们的愚昧无知与性格中的缺陷使得她们堕入了罪恶的漩涡，为达目的不择手段，伤天害理，甚至杀人害命，不能不令读者在同情她们的同时又怒斥和批判她们的行为。

宋江对阎婆惜的红杏出墙极为宽容，只是睁只眼闭只眼不去理睬，阎婆惜却将宋江当作软弱可欺的窝囊废。她无知又愚蠢，通过一段时间相处，居然对宋江的秉性为人一点不了解，她千不该万不该拿梁山的事来威胁宋江。她抱着招文袋以为抓到了宋江的把柄，对着这位江湖第一枭雄自称老娘，呼来喝去，让人觉得可笑又可气。她提出要卖身文书和财产说明她很有经济头脑，懂得为自己的生活寻求保障。但她拿着梁山书信问宋江索要一百两金子时，表现了她的贪婪与无耻，丝毫不顾念宋江对她全家的救助之恩，不念往日夫妻之情，对自己的出轨行为更是不以为耻，这样丑恶的嘴脸激起了宋江杀人的冲动，也将她身上所有值得同情的因素抹煞干净，人们对于她只剩嫌弃和厌恶了。阎婆惜自以为聪明，但她最愚蠢之处是低估了她的对手。阎婆惜没收的宋江之信，并非一般的把柄，实则关系其生死之权。然而她虽有挟之之谋，却无挟之之力，宋江一世枭雄，在江湖上见惯了惊涛骇浪、生死危机，这点威胁对他来说如螳臂当车，阎婆惜只落得个碎首淋漓的下场，她得意地卖弄聪明，结果反为聪明所误。

潘金莲的不幸遭遇和闹剧般的婚姻虽然令人同情，她想寻求互相般配的伴侣也可理解，但她与西门庆私通后肆无忌惮地欺辱武大，为达目的不择手段，最后谋杀亲夫的狠毒行为则令人发指。她对婚姻不满可以采取其他方式去结束，以武大的善良懦弱想必也不会太为难她，但她对武大毫无顾忌，先是对武松百般挑逗，后又与西门庆通奸。可见她是没有伦理道德与是非观念的，她的出身与教养没有对她进行基本的人格教育，她唆使西门庆踢伤武大，自己没有丝毫的内疚与惭愧，并且不顾武大病痛还与西门庆私会，说明她连为人最基本的善良与恻隐之心都没有，这是极其可怕的。她勾搭武松不成，便恼羞成怒，反咬武松勾引她，并且对武大一顿痛骂，表现了市井泼妇的寡廉鲜耻和歇斯底里，这些都与女性应有的温柔善良、贤淑得体相去甚远。最令人无法容忍的是她在王婆的教唆之下，亲手毒死了武大。潘金莲狠毒又愚蠢，她自己一步步落入了王婆与西门庆设计的陷阱却浑然不知，在整个事件中被人摆布，完全没有自己的思想，最后成为杀人的主凶。她也不会想到武大还有个打虎英雄的兄弟会为他报仇雪恨，这一点上她远远不及同样生活在社会底层的乔郓哥与何九叔。她被情欲冲昏了头脑，泯灭了人性，最后得到了应有的报应。

在这三位女性中，其实最无辜的是潘巧云，她虽然背叛丈夫与人私通，但她从没想过要伤害自己的丈夫或他人，虽然她知道石秀向杨雄告状，但她只是想办法离间他们兄弟，也没想过要害石秀。她没想过离开丈夫，只是在孤寂的婚姻生活中没有抵制住别人的诱惑，犯了错误。虽然有错，但罪不至死，而她的丈夫没有给她任何辩解与改过的机会，就以极残忍的手法杀了她。

在这三个人物的命运悲剧中，一则可见作者男尊女卑、"红颜祸水"的传统思想根深蒂固，二则可见梁山好汉独特的生存方式。传统思想认为女性是男性的附属品，必将带来祸患与麻烦，还可削弱男性的力量，所以男性想要成就事业，一定要远离女性。作为一部英雄传奇小说，作品极力歌颂的是英雄们的勇武之力，所以那些同样具有勇武之力的女子如孙二娘、顾大嫂等才是符合他们的审美标准的。而像潘金莲、潘巧云、阎婆惜这些在外表上具有女性特质的女子，往往没有女性的温柔善良和德行操守，她们只有原始本能的欲望：淫欲、贪欲、邪恶，她们因心意不遂而堕落，对于爱情婚姻的追求降低为最原始的对情欲的追求，在这过程中泯灭了人性，成为扭曲变态的一群人。

《水浒传》流传定型的过程正是宋明理学盛行时期，意识形态片面强调压抑人性，男女之情成为大防，在这种背景下的水浒英雄有他们独特的生存方式。他们大多单身，多数没有家庭，有婚姻的亦不近女色，甚至要抛弃或毁坏家庭才能成为真正的英雄，仿佛这样才有利于他们锻炼出钢铁般的意志。而女性则尽量淡化她们身上的女性特征，或抑制她们本身女性美的绽放。小说主要描写江湖义气与草莽英雄，尽现阳刚之美，作者的理念是“可过美人关，方是真英雄”，所以往往以女性之丑来衬托英雄之美，以夫妻情薄来衬托兄弟义厚，这也正符合宋明以来流行的市民的侠义精神，只可惜这些女子都成了牺牲品。

唯利是图的畸形小人
——王　婆、李　固

《水浒传》详尽展示了市井平民的世俗生活，在众多的市井小民中，有两个小人物，不仅是小民，更是作恶多端的小人，就是王婆和李固。

《水浒传》中描写的女性形象本就不多，中老年的女性更是少之又少，但有一个老妇却给读者留下了极为深刻的印象，这就是王婆。《水浒传》里写到的王婆不止一位，第七回林冲被陆谦请去喝酒，林冲娘子去找他时，便央“间壁的王婆”帮忙看家，第十九回引阎婆与宋江相识的也是“做媒的王婆”。宋元以来除了在民间俗语中喜好卖瓜的王婆，在大量的白话小说中，王婆成了一类人物的通称。这些王婆有几个特征，一是生活在社会底层，深谙人情世故；二是住在主人公间壁，招之即来，而且对人家家庭琐事一清二楚；三是以做媒为生，表面以经营茶坊酒肆等为幌子，实则做着走家串户，为男女牵线搭桥，保媒拉纤的勾当。她们往往世故圆滑，善于揣测别人心理，为了摆脱生存的危机，到处寻求依靠，攀附权贵，在尔虞我诈的社会中能纵横捭阖，左右逢源。而她们一旦得势便会对比自己还弱势的群体下手，表现出贪婪、

恶毒的本性。我们这里讲的王婆，是《水浒传》中为西门庆与潘金莲牵线搭桥，唆使他们毒死武大，最后被判了剐刑的王婆。

王婆主要活跃在第二十三回“王婆贪贿说风情”和第二十四回“王婆计啜西门庆”中。这两回是潘金莲私通西门庆，毒死武大的重头戏，但看来看去，其中最活跃的表演者就是这个间壁的王干娘，如金圣叹批：“此方入王干娘正传。”（第二十三回）王婆是“三姑六婆”的代表，这类人是良善人家最厌恶的，因为她们惯熟风月之情，而在宋元以来的大量白话小说中，若论媒婆形象塑造得生动形象的，《水浒传》中这位王婆当首屈一指，如《水浒全传》袁无涯所评“风情中智囊，断以王婆为第一”（第二十三回）。

王婆说风情的精华所在，就是她的语言。潘金莲失手滑落叉竿，打了西门庆，本是一件稀松平常的小事，但是被茶局子里水帘底下的王婆看到了，笑道：“兀谁叫大官人打这屋檐边过，打得正好！”作为邻居，她了解潘金莲对婚姻的不满，她也深知西门庆的风流好色，她敏锐的嗅觉感知自己可能又要有一笔好买卖了，所以用一句调侃的话缓解了两人的尴尬气氛，既是对西门庆的打趣，似乎又是替潘金莲撒娇，还同时引起了两人的注意。如金圣叹批语：“积世虔婆语，使读者肉飞眉舞。”（第二十三回）读者通过这语言仿佛可以想象出王婆当时眉飞色舞的表情。

接下来王婆开始了对西门庆的观察，自己这宗买卖能否做成首先要看他的反应。这虔婆与奸商的较量体现在王婆卖茶中，酒壮英雄胆，茶抒闲人情。不出所料，西门庆踅入茶房来打听潘金莲的底细了，王婆先是取笑他刚才唱得好个大肥喏，暗示西门庆他的心思早已被洞察，接下来用一大篇疯话吊起西门庆的胃口，让他知道潘金莲的丈夫与她极不相

尋出患害畢竟這鄆哥尋甚麽人且聽下回分解

李生曰說淫婦便象箇淫婦說烈漢便象箇烈漢說呆子便象箇呆子說馬泊六便象箇馬泊六說小猴子便象箇小猴子但覺讀一過分明淫婦烈漢呆子馬泊六小猴子光景在眼淫婦烈漢呆子馬泊六小猴子聲音在耳不知有所謂語言文字也何物文人有此肺腸有此手眼若令天地間無此等文字天地亦寂寞了也不知太史公堪作此衙官否

李卓吾先生批評忠義水滸傳卷之二十四

容與堂藏板

容与堂本第二十四回回评

配，西门庆是有可乘之机的。此时两人还处于相互试探阶段，西门庆第一次上门，不便说明来意，便东拉西扯，故意没话找话，而王婆在未探明西门庆虚实时，对自己是否能帮忙也闪烁其词，不置可否。

不到半个时辰，西门庆二进茶坊，意图进一步明朗，王婆主动献上梅汤一盏，巧妙利用谐音，话题由梅汤引向了做媒。西门庆许诺必有重谢，但未说明具体事项，王婆没得到实际好处，也不肯将潘金莲底细说出，又用一段疯话敷衍过去，但双方对彼此有求有应的态度已心知肚明。

天色黑了，西门庆三入茶坊，王婆献上“和合汤”，暗示愿意为西门庆与潘金莲牵线搭桥，西门庆嘱咐放甜些，也表明心领神会。虽得到口头应承，但没有真金白银，王婆依旧按兵不动，将情节延宕到第二天。第二天一早，西门庆四拜茶坊，王婆心中开始打起如意算盘：“这个刷子踅得紧！你看我着些甜糖，抹在这厮鼻子上，只叫他舔不着。那厮会讨县里人便宜，且教他来老娘手里纳些败缺！”以西门庆之精明，也不得不落入这积世虔婆的圈套之中。这次，王婆奉上了两盏姜茶，暗示西门庆此时已如姜茶一样，被相思之情折磨得火辣难耐。西门庆又走出茶坊来来回回兜转了几圈，终于折回来五入茶坊，先是给王婆一两银子作茶钱，看到真金白银的王婆这才愿意进入实质性谈判，奉上一盏宽煎叶儿茶，暗示西门庆放宽心。西门庆又许五两银子让王婆猜他的心事，还用猜吗，早已写在脸上，哪能瞒过这世故圆滑的老虔婆。被猜中心事的西门庆大赞王婆：“端的智赛隋何，机强陆贾！”被吹捧的王婆开始得意地卖弄起自己的本领来：

王婆哈哈的笑将起来道：“老身不瞒大官人说。我家卖茶，

> 叫做鬼打更。三年前六月初三下雪的那一日，卖了一个泡茶，直到如今不发市。专一靠些杂趁养口。”西门庆问道：“怎地叫做杂趁？”王婆笑道：“老身为头是做媒；又会做牙婆，也会抱腰，也会收小的，也会说风情，也会做马泊六。”

王婆说起自己的本领如数家珍，卖茶只是幌子，做媒才是她的本行，“牙婆”是给买卖双方做中间人，收取提成。“抱腰”是给人接生，“收小的”是帮人买或娶小妾，“说风情”、“马泊六”都是帮男女牵线搭桥，联络撮合的。由此看来王婆可称得上是全挂子的武艺，说风情的全能选手了。

直到西门庆许下十两银子作谢礼，王婆才闸门全开，一泻千里，滔滔不绝给西门庆讲述如何谋划，步步为营，将潘金莲引入他们的圈套中。她排出五件事，十分光，并对每分光都预设了成与败的表现与应对策略。金圣叹批：“一两银子便看你，五两银子便猜你，十两银子便与你说出五件事、十分光来。一篇写刷子撒奸，花娘好色，虔婆爱钞，色色入画。”写到这里，我们不得不佩服作者对媒婆心理的细致描摹和生动刻画，金圣叹评此回写道：“写王婆定计，只是数语可了，看他偏能一波一掠，一吐一吞，随心咨意，排出十分光来。于十分光前，偏又能随心咨意，先排出五件事来。真所谓其才如海，笔墨之气，潮起潮落者也。”（第二十三回）

王婆将西门庆完全掌控之后，两人便开始合力对付潘金莲。先委托潘金莲为她做衣服，将潘骗至家中，又是夸她的针线好，又是请她吃茶饮酒，最后引她与西门庆相见，每一步似乎都自然而然又合情合理。在王婆与西门庆一唱一和的表演之下，潘金莲步步沦陷，直到最后一关，

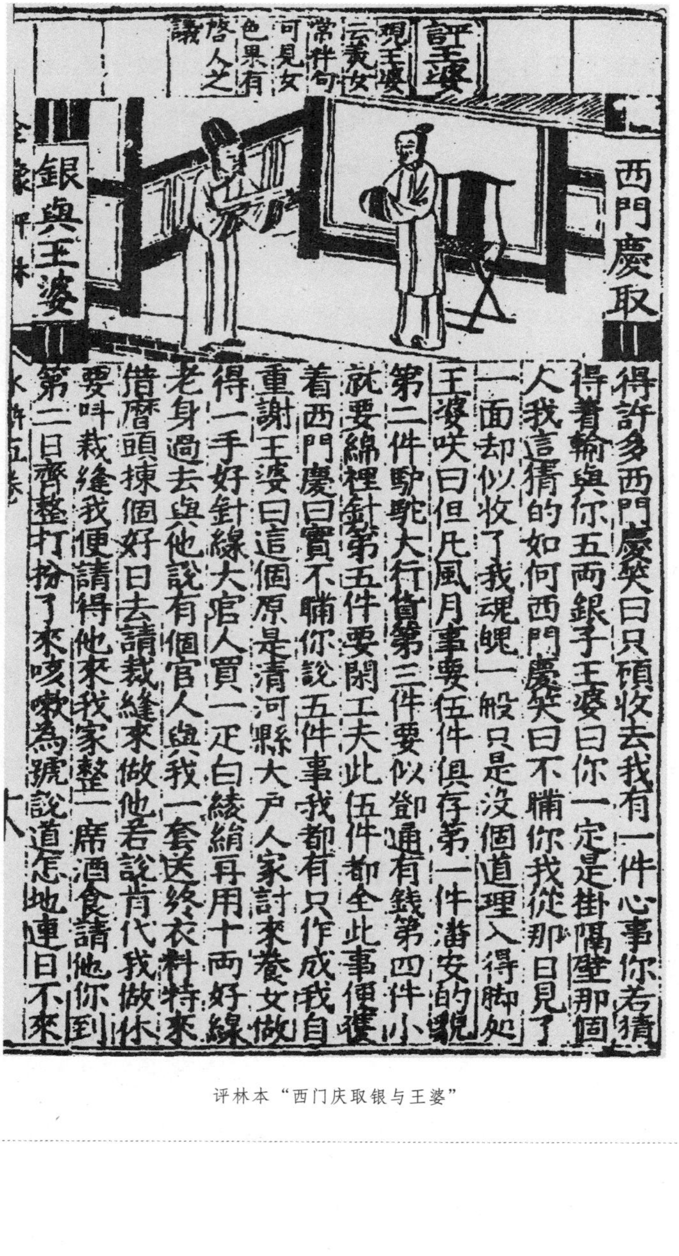

得許多西門慶笑曰只頣收去我有一件心事你若猜
得着輸與你五两銀子王婆曰你一定是掛隔壁那個
人我這猜的如何西門慶笑曰不瞞你我從那日見了
一面却似收了我魂魄一般只是沒個道理入得脚处
王婆笑曰但凡風月事要伍件俱存第一件潘安的貌
第二件驢駝大行貨第三件要似鄧通有錢第四件小
就要綿裡針第五件要閑工夫此伍件都全此事便獲
着西門慶曰實不瞞你說五件事我都有只作成我自
重謝王婆曰這個原是清河縣大戶人家討來養女做
得一手好針線大官人買一疋白綾絹再用十两好綿
老身過去與他說有個官人與我一套送終衣料特來
借曆頭揀個好日去請裁縫來做他若說肯代我做休
要叫裁縫我便請得他來我家整一席酒食請他你到
第二日齊整打扮了來咳嗽為號說道怎地連日不來

评林本“西门庆取银与王婆”

彻底落入了圈套。王婆的表演也由单纯的语言表演进入了语言与行为的狂欢合作中，一会去买酒办菜，一会陪饮，一会烫酒，忙个不亦乐乎。金圣叹评："写王婆忽离忽合，忽隐忽跃，真如惊龙跳虎。"

西门庆之好色，潘金莲之轻浮，王婆之贪财，在这一回故事中都展露无遗。西门庆之奸诈狡猾，潘金莲之精明泼辣，都不是容易应付之流，而王婆在两人中周旋自如，指挥若定，她善于利用别人的弱点，引导人去做恶，让两人对她言听计从，可称市井中的能人。王婆擅长挑拨男女的情欲，她通过言语挑逗，略施妙计，就使男女双方情难自禁，俯首就范。她的计划有理论、有步骤、有方法，还得有耐心。她不是真正的红娘，为了成人之美才撮合男女双方，而是出于私心，为了贪图钱财，将当事人推入了道德的深渊。她贪婪成性，在实施计策的过程中多次向西门庆强调不要忘了给她的好处。除了贪婪，她还极为吝啬，想吃独食，郓哥来找武大时，她为了不给郓哥分一杯羹，对郓哥大打出手，如果她能够拉拢郓哥，分些好处给他，郓哥也许就不会向武大告密了。

王婆设计的圈套看似合情合理，天衣无缝，她将每个细节都考虑周到，自然而然将潘金莲引入了罪恶的深渊，从她制定给武大下毒的计划，到陈述中毒的症状，到安排毒发后的处理，令人不得不惊叹她的经验丰富，手段老辣，处事冷静。但智者千虑，必有一失，她也有致命的弱点，就是她过于自信了，利令智昏，贪婪令她忘记了武大还有一个打虎英雄的兄弟。她在计策得逞之后得意忘形。她觉得自己很高明，却低估了武松报仇的决心和能力，低估了何九叔的丰富经验；她以为钱可通神，西门庆买通官府不作为，武松就无计可施，但她没想到武松能私设公堂对她们进行审讯，并且请来四邻作证，要亲自结果她们。王婆因得了西门庆的回话，认为万无一失，直到被武松拖去还放着心吃酒，心里道："看他怎地"。没想到在市井中艰难成长的武二爷的智谋和勇力远远超出她的想象，她最后落得千刀万剐的下场，为自己的罪恶付出了应有的代价。

《水浒传》中还有另外一个著名的小人，就是卢俊义的管家李固。李固其实是一个过场人物，作者写他，主要是为写卢俊义被迫上山落草的过程，另外也通过他与燕青的对比，写了燕青对主人的忠诚。李固身上虽然着墨不多，但却是贯穿卢俊义故事不可或缺的人物，而他的忘恩负义、无耻狠毒也让读者印象深刻。

李固的忘恩负义主要体现在三个方面：私通卢俊义的妻子贾氏、谋夺卢俊义的财产、谋害卢俊义的性命。正是这样一个名不见经传的小人物，却改写了这位北京大名府第一等长者、"河北三绝"的玉麒麟卢俊义的命运。

卢俊义对李固可以说恩义重于泰山，先后有救助之恩、栽培之情与重用之义。李固在走投无路时被卢俊义所救，养在家中，让他管理家务，做了都管。这份信任与赏识可谓恩同再造。与李固同时出现的，还有著名的"浪子"燕青，但他们一出场时，李固立在左边，燕青立在右边，可见在卢俊义心中，李固的地位要比燕青重要。卢俊义在上梁山时选择让李固随行，而让燕青看家，当燕青提出一起去时，卢俊义说："便是我买卖上不省得，要带李固去，他须省得，又替我大半力气。"（第六十一回）可见他对李固的经商才能是非常认可的，而且十分依赖他。而燕青虽也是卢俊义从小养大的，但卢俊义给他文了一身花绣，教他吹拉弹唱诸行百艺，加之他容貌俊秀，故而得了"浪子燕青"的名号。这些往往让人容易忽视他也有一身的棍棒拳脚本事，也是一位令人称羡的英雄豪杰。卢俊义也不例外，让燕青看家时也是"留你在家看守，自有别人管账，只教你做个桩主”。可见，李固才是他心中可以信赖、牢靠、实干的做事帮手，而燕青充其量只是个可与主人耍乐的闲人而已。

卢俊义对李固的信任从未动摇过，甚至让李固先行回家送信时还嘱咐他：“我的苦，你都知了。你回家中，说与娘子不要忧心。我过三五日便回也。”（第六十二回）可见他视李固为心腹知己。但卢俊义对燕青就远没这么信任了，他下山回家，碰到衣衫褴褛的燕青，当燕青向他告发李固与贾氏的奸情时，他仍是对李固深信不疑，反而大怒喝骂燕青，还怀疑燕青做了歹事倒来反说，一脚踢倒燕青，大步入城去了。进入家门，他依然毫无怀疑，直到束手就擒。

李固对卢俊义则毫无忠诚可言，小说虽没有明说，但点滴笔墨中早已透露出来。先是卢俊义要他同去泰山烧香时，他推三阻四，说脚气病犯了，一看就是托词，去的时候也是忍气吞声，百般不愿。当梁山好汉让李固先下山回家送信时，卢俊义对他细细嘱咐，很是不舍，但李固“只要脱身，满口应说‘但不妨事’。辞了便下忠义堂去”。当吴用和他们讲明已在卢俊义家题了反诗，不让卢俊义再回去时，“李固等只顾下拜，……一行人上路，奔回北京。正是鳌鱼脱却金钩去，摇尾摇头更不回”，丝毫没有对主人的顾念与担心，只顾自己逃跑。

李固如此不愿离开北京，后又迫不及待地回到北京是为什么呢，直到卢俊义遇到燕青才解开谜团，原来卢俊义妻子贾氏与李固旧日原有私情，这下就可以解释李固为何百般不愿离开北京，一路上心不在焉，最后急不可耐回到北京。但这个“旧日原有”的私情却又意味深长，小说中有一个细节，李固是五年之内，被提拔做了都管，可见他来卢俊义家是五年之前，而贾氏“年方二十五岁，嫁与卢俊义方才五载。”（第六十一回）这五年与五载是单纯的巧合还是作者另有深意？李固为什么偏偏冻倒在卢俊义家门口，而且他写得算得，为人勤谨，五年之内就对买卖全都精熟，甚至卢俊义还要倚仗他。李固能得主人如此信任，必是为人处世乖顺通达，办事处处小心周到。如此才智能力，似乎不像一般逃难者的贫苦人家出身，也许出自书香门第。所以有研究者提出或许贾氏未嫁卢俊义之前就与李固相好，而李固来卢俊义家取得主人信任，进而谋夺家产也是蓄谋已久。当然这只是一种推测，作品中并无实据，但有些情节确实耐人寻味。如此推测仿佛给李固的背叛有了更合理的解释，否则卢俊义对他如此信任赏识，情深义重，而他却义无反顾地背弃卢俊义，似乎有些太不近人情了。

不论出于何种原因，李固的忘恩负义是令人心寒的，他下梁山时，吴用对他说卢俊义已投靠梁山，家里已题有反诗，更给了他背信弃义、除掉卢俊义的好借口。他回家后便向官府梁中书告发了卢俊义，驱赶了燕青，心安理得地霸占了卢俊义的家私，和贾氏做了一路。他决心借助官府的势力，以通匪谋反的滔天大罪铲除卢俊义，所以早已精心部署。卢俊义进家门后，他又是慌忙迎接，又是纳头便拜，贾氏则从屏风后哭将出来，两人一唱一和演了出好戏，先打消了卢俊义的疑虑，让其束手就擒，之后又在梁中书公堂上百般诬陷，再在官府上下打点，想要置卢俊义于死地。其阴险狠毒、精于算计，令人惊叹。

李固虽然是个小人物，但他的设置却有重要的作用，一是他忘恩负义的行为使卢俊义毅然决然地奔上了梁山，二是他的背信弃义对比衬托出了燕青对主人的情深义重。相比李固一直受主人的赏识信任，燕青一直不受重用，甚至常遭误解，但他对卢俊义的忠诚始终不变：上梁山时主动请缨，一心护主；被李固驱逐时仍心念主人，苦心劝阻；卢俊义被押解时又一路相随，舍命相救。燕青这种全心为主的精神才是梁山忠义精神的代表，与李固的忘恩负义形成鲜明对比。

王婆与李固都是《水浒传》中的小人物，一个是世故老辣的狠毒媒婆，一个是忘恩负义的恶毒家奴，他们的无耻行径超越常人，达到变态的地步。但他们的形象却为主要人物形象的塑造和小说情节的推动作出了重要贡献，也为读者展示了丰富多彩的市井风俗与家庭伦理的生动画卷。

忍辱失语的小人物
——武大郎、郓　哥、何九叔、李小二、唐牛儿

一部小说作品，书写社会人生的广阔图景，往往包含了众多的人物形象，有主要人物、有次要人物才能支撑起整部作品。《水浒传》里有惊天动地的一百零八位好汉，也有众多如芥豆之微的小人物，他们渺小又平凡，也许可鄙又可笑，他们是城市的边缘人，没有存在感，没有话语权，没有人在乎他们的苦乐悲欢，但如果没有他们的参与和衬托，水浒的故事将少了斑斓的色彩和深厚的韵味，所以他们是这一大部小说不可或缺的重要组成。

《水浒传》所塑造的市井之中的芸芸众生，有几位比较引人注目，如市井中成长的机智少年乔郓哥、被侮辱与被损害的小商贩武大郎、街头的小帮闲唐牛儿、酒店店主李小二，还有专管收尸殓人的团头何九叔。这些人都来自社会最底层，出身微贱，自食其力，生存艰难却安守

本分，他们为我们展示了最真实而又丰富的市井人生。

英雄好汉的陪衬人物

这几个人物在《水浒传》故事中不是主要人物，但他们往往都与某个重要人物有密切的关系，在这些人踏上梁山的道路上起了重要的作用。乔郓哥和武大是武松杀嫂的关键人物，何九叔是武大被害的重要证人。唐牛儿是宋江熟识的小帮闲，也是最后替宋江顶罪，为宋江争取了逃跑时间的人。李小二在林冲刺配沧州之后为林冲打探消息。虽然他们不是主要人物，但离开他们，许多故事情节将无法推进。

武松故事中，武大和武松兄弟两人形成了鲜明的对比，武大因武松的缘故，虽不是主角，但与主角同样有名。武大相貌丑陋，懦弱无能，受尽欺凌，与武松的英武果敢、勇力过人形成鲜明的对比。武大与武松是一母所生的亲兄弟，但一个身长八尺，相貌堂堂，一个不满五尺，面目丑陋，头脑可笑。武松为人刚强，受不得半点委屈，宋江不小心踢了他烤火的铁锨，他便跳将起来欲打宋江。而武大则懦弱本分，自从娶了潘金莲，被市井浮浪子弟欺辱，在清河县住不牢，只得搬到阳谷县居住。潘金莲对武松一见倾心，仰慕至极，所以一路嘻嘻而笑，又是嘘寒问暖，又是百般挑逗；而对武大，则是不理不睬，任意呵骂。表现了潘金莲的肤浅轻佻的个性。对于潘金莲的轻浮，武松冷面相向，严词拒绝，当武松要离家外出公干时，则对潘金莲旁敲侧击，提醒警告她不要轻举妄动，做出违背道德的事来。说明了武松的粗中有细，做事果敢决断。而武大相比乃弟就显得过分老实而软弱，面对潘金莲的随意辱骂，他毫无反抗，潘金莲与西门庆打得火热，他居然通过郓哥才知道。他一得知妻子的奸情便鲁莽地要去捉奸，审时度势的分析能力还不如郓哥这个小孩子，还要郓哥为他出谋划策。所以作者处处写武大，实则处处写武二，写潘金莲。

乔郓哥是帮武大捉奸、武松复仇的重要人物，他是个走街串巷卖水果的小贩，靠微薄的收入赡养生病的老父亲。他机灵、乖觉，年龄虽小，对人情世故颇为通晓。他得知西门庆与潘金莲在王婆家私会时，找上门去，并没有想揭穿他们，只是想找西门庆买他的雪梨，赚几个钱，所以见到王婆时并未说破，只说找大官人。但王婆欺负他是小孩子，对他大打出手，表现了王婆的贪婪与凶狠。她本也是到处向富人乞食的虔婆，一旦得势就反过来对比她更弱者施暴，而且她只要吃独食，一点好处也不愿分给郓哥。

郓哥被打后气愤不已，转而向武大告密，并为武大的捉奸出谋划策。郓哥先是对武大调侃一番，暗示他老婆与人有奸情。接下来又要求武大请他喝酒吃饭，表现了又稚气又老练的特点。稚气本是他的年龄所应有的特点，但老练又是超越他的年龄的，是长期在市井中艰难谋生训练出来的。武大一听说，便要去捉奸，郓哥说他："你老大一个人，原来没些见识。那王婆老狗恁么厉害人，你如何出得她手？"接下来又给武大分析，王婆她们三人必有暗号，郓哥与武大应如何兵分两路，一路引开王婆，一路上前捉奸。容与堂本批："一个尖，一个呆，逼真逼真。"（第二十四回）郓哥帮武大设计捉奸一节，语言机巧，计策周全，然而还是令武大送了性命，因为王婆、西门庆与潘金莲的无耻与张狂远远超出了这个孩子可以想象的范围。

何九叔是阳谷县专管收尸殓人的团头，是武松复仇的关键人物。他长期沉潜在市井之中，见惯了生生死死，一打眼便能看透事件的来龙去脉，什么都休想逃过他的眼睛。他世故，圆滑，机警，但也胆小怕事，

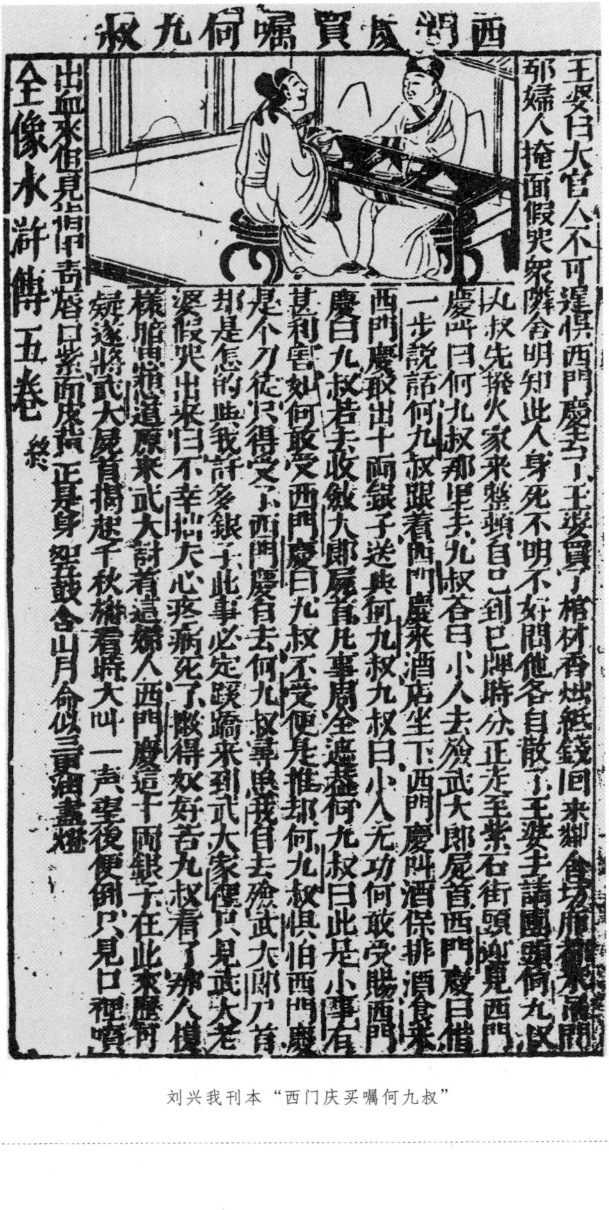

西門慶買囑何九叔

王婆曰大官人不可遲惧西門慶去了王婆買了棺材香烛紙錢回来卻食場府衆来鬧
邪婦人掩面假哭衆隣舍明知此人身死不明不好問他各自散了王婆去請團頭何九叔
叔先撥火家来整頓自己到巳牌時分正走至紫石街頭迎見西門
慶叫曰何九叔那里去九叔答曰小人去殮武大郎屍首西門慶曰借
一步說話何九叔跟着西門慶来酒店坐下西門慶叫酒保排酒食来
西門慶取出十兩銀子送與何九叔九叔曰小人无功何敢受賜西門
慶曰九叔若去收斂大郎屍首凡事周全遮蓋何九叔曰此是小事有
甚利害如何敢受西門慶曰九叔不受便是推却何九叔惧怕西門慶
是个刁徒只得受了西門慶自去何九叔尋思我自去殮武大郎尸首
却是怎的與我許多銀子此事必定蹊蹺来到武大家便見武大老
婆假哭出来曰不幸因夫心疼病死了撇得奴好苦九叔看了那人模
樣暗想道原来武大討着這婦人西門慶這十兩銀子在此来歷有
疑遂將武大屍首揭起千秋幡看時大叫一声望後便倒只見口裡噴
出血来但見指甲青唇口紫面皮黃眼無光正是身如五鼓銜山月命似三更油盡燈

全像水滸傳五卷 終

刘兴我刊本“西门庆买嘱何九叔”

谨小慎微。西门庆一请他吃酒，他便感知这件事有些蹊跷，西门庆再赠银两，更增加了他的疑虑。但一看到武大的娘子，他便知这请酒赠银所为何来了，这里生动地写出了何九的通透练达。再看武大的死状，一切得到了验证。何九叔不仅人情通透，而且反应迅速，他自来惧怕西门庆是个刁徒，把持官府，自己无法与之相抗衡，但一想到武大那个杀人不眨眼的兄弟，也是惹不起的。他在夹缝中不知如何自处，假装晕倒，被抬回家。他老婆以为他得了大病，坐在床边啼哭。何九叔待众人走开后，告诉她，为武大殓尸，而陷入西门庆和武松两强人的夹缝中，因此苦恼。他老婆说："这事有甚难处，只使火家自去殓了，就问他几时出丧。若是停丧在家，待武松归来出殡，这个便没甚么皂丝麻线；若他便出去埋瘗了，也不妨；若是他便要出去烧他时，必有跷蹊。你到临时只做去送丧，张人眼错，拿了两块骨头，和这十两银子收着，便是老大证见。他若回来，不问时便罢，却不留了西门庆的面皮，做一碗饭却不好。"她提出若停丧，若埋葬，若火化的对策，让何九保留证据，不要声张，一边观察西门庆与潘金莲，一边等武松的反应。既不伤西门庆的面子，又为武松弄清武大的死因留下了关键的证物。不得不承认九婶的机智高于何九，是她将何九从两难困境中挽救出来，成就了武松为兄报仇、惩治恶人的壮举。如果没有他们夫妇两人的机智谋略，武大就算冤沉海底，武松的报仇也不知从何而发。

唐牛儿是郓城县卖糟腌的小商贩，也是与宋江相熟的小帮闲，喜欢给别人帮闲场管闲事，同时也能蹭点闲饭和零花钱。这种人一般街面熟、路子广、消息灵通，所以他还有一个兼职就是给押司宋江作线人，经常向宋江汇报一些街面上的各路消息，得到宋江的一些资助，他称呼宋江为孤老，也就是老主顾的意思。所以宋江要用他时便死命向前。这样一个小人物，却在宋江杀了阎婆惜后帮助宋江逃跑，保住了性命，宋江后来才可能成为梁山之主。

唐牛儿的出现有两次，先是宋江被阎婆拖去和阎婆惜吃酒，无法脱身。刚好唐牛儿赌输了来找宋江想寻几贯钱，宋江示意他找借口叫自己离开。唐牛儿假说知县找宋江有公事想帮宋江脱身，结果被阎婆识破，跳起身来向唐牛儿劈脖子只一叉，将唐牛儿叉下楼来，又破口大骂，说唐牛儿坏了她的买卖衣饭，如杀父母妻子。这里可见宋江平日交游广泛，与街面上各色人等都有交情，也表现了阎婆将宋江当作衣食父母，为了捍卫衣食来源不顾一切向唐牛儿大打出手的凶恶嘴脸。

唐牛儿第二次出场是宋江杀了阎婆惜之后，在县衙前被阎婆缠住不放，这时唐牛儿赶来，不明就里，上前向阎婆报了一叉之仇，宋江趁机逃走，唐牛儿被抓。从知县到衙役都明知不干唐牛儿的事，但为了放脱宋江，都故意将罪责问在唐牛儿身上，最后将唐牛儿做成个“故纵凶身在逃”，脊杖二十，刺配五百里外。可怜唐牛儿只是感恩宋江平时的周济，看到他与阎婆撕扯，想上前帮个忙拉个架，当然也有为自己报仇的一点私心，但最后却莫名其妙地当了别人的替罪羊。如果没有他出来为宋江圆场，宋江虽与县衙上下相熟，但杀人之罪坐实之后，想再脱身可能也是千难万难了。所以正是这个不起眼的小人物，成就了宋江出逃，与柴进、武松等人的相遇，以及最后上了梁山。

唐牛儿成为宋江的替罪羊后，小说就再没提起他，宋江上山后也没有再想起他来，唐牛儿似乎太无辜了，虽然他只是个没有人在乎的小帮闲，但莫名地被套上了这么大个罪名，委实也太冤枉了。这一点也一度引起人们对宋江人品的争议，有人认为宋江不及晁盖讲义气，晁盖将背叛他的白胜都搭救上了梁山，而宋江对替他顶罪的唐牛儿却没有挂在心上，只管自己当上了梁山的大哥。

《水浒传》里写了很多酒店的店小二，有一位着墨比较多，就是曾经被林冲救助过的李小二。林冲刺配沧州后，一日在街上闲走，听到有人叫他，原来是在东京受他救助过的李小二。李小二是个极小的人物，连正式的名字都没有，只同许多酒生一样，叫作小二。李小二是做酒店生意的，客人来吃饭，他必定好酒好肉侍候着，在做好本职工作的同时，他也没闲着，街头巷尾、张家长李家短、官场笑话、民间新闻等等都汇集在这酒店里。李小二为人机警，只要是客人在他店里谈论的事情，他都乘着端酒送菜的间隙，拉长了耳朵仔细听。

陆虞候让李小二约请管营的时候，李小二就把这事记在心里。首先，陆虞候等三人操东京口音，李小二之前在东京谋生，对那里的人和事十分熟悉，加之林冲最近在东京获罪被发配而来，所以他对东京来的人必然格外上心；其次，陆虞候找了牢里的差拨、管营，恩人林冲正在牢中归这些个小吏管辖，他们的事是否与林冲有关；再次，陆虞候与管营、差拨谈话时，提到“高太尉”三个字；最后，陆虞候要求李小二：“我自有伴当烫酒，不叫你休来。我等自要说话。”显然有什么不可告人的秘密要商谈。通过这几点，李小二基本可以判断出：这人莫不与林教头身上有些干碍。他让老婆去阁子背后，听他们说些什么。老婆认为何必去偷听，不如“你去营中寻林教头来，认他一认。”李小二道：“你不省得，林教头是个性急的人，摸不着便要杀人放火。倘或叫的他来看了，止是前日说的甚么陆虞候，他肯便罢？做出事来，须连累了我和你。你只去听一听，再理会。”老婆道：“说的是。”李小二没有马上告知林冲，而是让老婆悄悄去阁楼背后，偷听陆虞候与管营、差拨等人的谈话内容。这表现了李小二办事谨慎，衬托出林冲的性急冲动，所以李小二不敢让林冲来认，而是静观其变。最后通过让老婆偷听，自己借送汤水的机会观察，打探到了陆谦等人要害林冲的消息。把这个消息告诉林冲后，林冲去买刀，要杀陆谦，“夫妻两个捏两把汗”。如金圣叹所说：“描画李小二夫妻，无不入神”。

陆谦等人从东京至沧州，身负重任，藏着天大的使命和秘密来设计害死林冲，不想百密一疏，秘密从看似毫不起眼的李小二身上泄露出去。真是人算不如天算。作者安排这个人物，正是为了让林冲得知高俅等人要对他赶尽杀绝，也表现了陆谦见利忘义的无耻行径，为后面林冲性格突变、手刃仇人作了铺垫。金圣叹评：“如酒生儿李小二夫妻，非真谓林冲于牢城营有此一个相识，与之往来火热也，意自在阁子背后听说话一段绝妙奇文，则不得不作此一个地步，所谓先事而起波也。”（第九回）余象斗批：“林冲得遇小二，后通消息，正是恩恩相报，天不绝林冲一义士也。”可见李小二在衬托林冲性格，推进林冲复仇，踏上梁山情节中的重要作用。

丰富鲜活的市井人生

这几个小人物在小说中起着抛砖引玉，接引大人物出场，扭转推进情节的重要作用。同时，这些人物的音容笑貌、人品性格、人生遭际，也为我们再现了最真实而又丰富鲜活的市井平民的人生百态。

武大这一形象，善良、憨厚、懦弱又天真，他代表了最安分守己的小市民，他对别人是无害的，但就因为他的相貌丑陋，性格软弱，他就要受到来自社会的欺辱与损害，这是不公平的，但也是现实的。武大身上最感人之处在于手足兄弟之情，古谚有云：“天下无不是的父母，世间最难得者兄弟。”武松是武大一手养大的，武大一见武二时便说：“我又怨你，又想你”（第二十四回），表现出亦父亦兄的牵挂。当潘金莲诬告武松调戏她时，武大毫不犹豫地说：“我的兄弟不是这等人，从来老实。”对兄弟的人品笃信不疑。武松出门办差拜别武大时，武大望着武松说：“兄弟去了，早早回来，和你相见。”寥寥数字，令人泪下，手足之情感人至深，武大真乃慈兄也。

有学者说武大娶潘金莲是没有自知之明，武大之死实为自杀。武大以“三寸丁、谷树皮”之形象，怎敢娶“人间尤物”潘金莲为妻，就算天上掉馅饼，也得掂量下自己是否能接得住。武大以为从清河县搬到阳谷县，关上门窗就能安然生活，最后还是招来了杀身之祸，是贪恋祸水，自不量力。虽然也有一定道理，但武大如果如此聪明睿智，那也不成为武大了。武大本来就是一个懦弱忠厚、逆来顺受的小市民，以他的条件娶妻必定十分困难，忽然有一个机会不费一丝半文就能娶到一个如花似玉的妻子，一时昏了头抵不住诱惑也是人之常情，这个形象才真实丰满。

郓哥、唐牛儿、李小二，这三个人都是城市的边缘人，是最微不足道的小人物，但他们身上有着这一类人的一些共同特点。首先，他们都爱占小便宜，虽然都是出于生计所迫。郓哥靠卖水果养活多病的父亲，他经常去找西门庆做买卖，否则也不会参与到武大捉奸的事件中。而且他向武大告密时，还让武大请他喝酒吃饭；武松来找他问话时，他先说：“我的老爹六十岁，没人养赡，我却难相伴你们吃官司耍。”（第二十六回）武松给他五两银子，他才肯向武松说出实情。郓哥是孝子，全为生计着想，情有可原。但唐牛儿和李小二就不同了，他们的爱占便宜多少带点市井的不良风气。唐牛儿是帮闲，李小二是酒生。唐牛儿经常在宋江那儿打秋风得一些小钱，得了钱还去赌博，赌输了又来找宋江。李小二则在东京时偷了店主人家财，被捉住了，要送官司问罪，却得林冲救了他，免送官司。后来在沧州林冲也经常给他些银两做本钱。

其次，他们都嘴巴甜，为人乖觉世故。郓哥虽是小孩，但长期在市井中求生，所以也世故乖觉。他得知西门庆在王婆家时去找，但他深知此事不合礼法，所以他问王婆时很隐晦，并不说明西门庆名字，是要给西门庆和王婆都留脸面，谁知王婆根本不理会他的用意。郓哥被王婆打后，找武大，写得极为生动，又是点醒武大，又是帮他出谋划策，可见头脑灵活，言语巧利。李卓吾批："这回文字，种种逼真。第画王婆易，画武大难；画武大易，画郓哥难。今试着眼看郓哥处，有一语不传神写照乎，怪哉。"（第二十四回）郓哥讲话，句句是小孩声口，又透出世故老成，乖觉之极，他也不为武大，也不为西门庆，只为出王婆这口恶气。郓哥打王婆一段写得极为精彩，手忙脚乱又妙笔生花，生动再现当时混乱又紧张的气氛。唐牛儿描写较少，但他到阎婆家找宋江时，也是察言观色，见机行事。李小二在这一点上表现突出，他本是酒生，待人接物自是伶俐，见了林冲又是口称恩人，又是要做亲眷，立时便让发配异乡的林冲有了他乡遇故知的亲近感。他恐怕也是凭这一点，才被老店主招为上门女婿的。

再次，他们在街面上人脉广，路子熟，好打听消息。郓哥每天走街串巷，熟知各路人情，所以西门庆与潘金莲的事他一清二楚。唐牛儿虽然是卖糟腌的，但他还有一个副业，就是打听各路消息向宋江汇报，换一些散碎银子。李小二经营的酒店本来就是各种消息集散之地，他又为人机灵，更容易收集各种信息，陆谦到沧州牢城的重要消息就由他传给了林冲。

最后，他们谨小慎微、精于算计，怕惹祸上身。郓哥告知武大潘金莲的不轨行为后，武大立刻要去捉奸，郓哥连忙劝阻，给武大分析各种利害关系，让他不可轻举妄动。武松向他询问情况时，他也以父亲年迈，不能与你们吃官司推拒。唐牛儿得知阎婆惜与张文远的事，宋江又被阎婆拖去，估摸他难以脱身，盘算着自己帮宋江脱身又能赚些零花钱，才惹上了官司。李小二夫妇只听到陆虞候与管营谈话的只言片语后，老婆提醒他立即去告诉林冲，李小二却怕惹祸上身。可见恩人虽然重要，但保全自己更重要。当李小二得知林冲去草料场管事时，满心欢喜，一方面，看管草料场，有些常例钱钞，林冲可得到补贴，也可周济自己。另一方面，草料场远离沧州牢房及李小二的酒店，林冲就是做出什么事来，应该也不会连累到自己了。这些小人物，虽然过于现实，却也都是人之常情。

何九叔是一个精明世故的小吏，他在各种强势的威胁与夹缝中艰难求生，他不敢得罪权贵，但同时又良心未泯，他要使真相大白于天下，给苦主一个交代，但又要做得悄无声息，不引起对方的怀疑。在九婶的帮助下，他做到了，他表面按西门庆交待的去做，实际上留下了武大冤死的重要证据，等武松回来交给了武松，并讲明了自己的怀疑，还给武松介绍了重要证人郓哥。何九不仅成功地将自己从这起案件中抽离出来，也守住了自己的人格底线。何九叔在精明世故中明哲保身，在圆滑通透中见风使舵，既保全了自身，又帮助了他人。这也是市井中千千万万努力求生，又不愿泯灭自我的善良的小市民的心态。

这几个小人物是小说中一闪而过的微星，但他们共同汇集成了多彩鲜活的社会百态，他们各有缺陷，微不足道，却用自己平凡琐碎的人生成就了英雄豪杰们壮丽的历史篇章。

英雄传奇的艺术典范

一 似而不同的人物性格

如果说人们对《水浒传》的思想内容有不司的评价，甚至针锋相对的看法的话，那么对它的艺术成就却一致给予充分的肯定和很高的评价。

《三国演义》是历史演义小说的典范，《水浒传》是英雄传奇小说的典范。

历史演义以描写历史事件的演变，记述一代兴废为主体；而英雄传奇则以塑造传奇式的英雄人物为重点。历史演义多从史书上撷取素材，它的主要事件和人物大体上要依据史实；英雄传奇则多吸收民间传说故事，主要人物和事件多为虚构。历史演义多依据史书记载，人物登上历史舞台时，性格已经定型，因而人物性格缺少发展变化。反映政治军事斗争多，反映人民日常生活少。反映帝王将相多，反映市井小民少。书面语言多，生活语言少；而英雄传奇主要吸收民间故事，多写草莽英雄，着重写英雄人物小传，因而较多表现人物性格的发展变化，除反映重大政治军事斗争外，也较多涉及市井小民的生活，语言的生活气息浓。

《水浒传》是英雄传奇小说的典范作品，它成功地塑造了神态各异、光彩夺目的英雄群像。从中国小说发展史来考察，《水浒传》在人物塑造方面和《三国演义》相比，有很大的发展和提高，标志着中国古代小说人物塑造从类型化典型向个性化典型的过渡。

《水浒传》最大的成就是人物塑造。在一连串惊心动魄的故事中塑造人物，所写的人物性格“大半粗豪”，是比较近似的。但是，作者通过工笔的细描，使这些比较近似的人物的个性分毫不差地呈现出来。

金圣叹说:“《水浒》所叙，叙一百八人，人有其性情，人有其气质，人有其形状，人有其声口。”当然，这个说法有些夸大，并非一百八人都个性鲜明，但至少有二三十个主要人物，确是写得生龙活虎，鲜明生动。

《水浒传》英雄具有我们民族鲜明的性格和风格。

在宋元都市生活土壤中成长起来的水浒英雄们具有突出的民族性格，体现了我国下层人民特别是市民群众的审美趣味、道德观念和价值取向。水浒英雄大多身材魁梧，虎背熊腰，粗豪爽朗，质朴纯真，体现了古代英雄的力和勇，体现了以古拙纯朴为美的审美观。“阮小七是上上人物，写得另是一样出色。一百八人中，真要算作第一快人，心快口快，使人对之，龌龊都销尽。”“李逵是上上人物，写得真是一片天真烂漫到底，看他意思，便是山泊中一百八人，无一人入得他眼。《孟子》‘富贵不能淫，贫贱不能移，威武不能屈’，正是他好批语。”“鲁达自然是上上人物，写得心地厚实，体格阔大。”金圣叹这些评论，精辟地道出了梁山好汉所体现出来的民族审美观，也是千千万万《水浒传》读者共同的审美判断。水浒英雄体现的强烈的群体意识正是中国古代人民在长期的斗争中形成的道德观念，与西方小说中所体现的个人意识和个人主义有着很大的不同。

乐观幽默的人生态度，是水浒英雄的又一性格特点。他们不是盲目乐观，他们对社会的险恶有着严峻冷静的判断，但是他们充满战胜任何艰难险阻的信心；他们对敌对势力的强大有着足够的认识，没有虚妄的幻想，但是藐视敌人，任何对手在他们眼里都不在话下；在刀光剑影中，在生死搏斗里，他们始终保持着乐观幽默的情调。李逵、鲁智深、武松都是有着喜剧色彩的人物，鲁智深拳打镇关西，吴用智取生辰纲，武松醉打蒋门神，李逵江州劫法场等，都是那么自信、乐观、风趣，这是中国人民的民族性格。

《水浒传》以“众虎同心归水泊”为轴线，描写英雄人物经历了各自不同的人生道路，百川入海，汇集到梁山泊。他们上梁山的道路，可以分为三种类型，即奔上梁山、逼上梁山和拖上梁山。

第一类是性格豪爽的草莽英雄。他们大多出身在社会底层，对黑暗社会早已满腔怒火，一触即发，只要遇到适当机会，或身受迫害，或目睹世间不平，某些突发事件即可成为导火线，点燃起他们心中的怒火，他们即义无反顾，一往无前地奔上梁山，表现了极大的主动性和积极性。如李逵、鲁智深、阮氏三雄、解珍、解宝等，都是这一类草莽英雄的代表。

第二类如宋江、林冲、杨志、武松等人，他们虽对统治阶级有不满，与被压迫人民有较密切的联系，但或因出身高贵，顾念“清白”身世，不肯轻易落草；或有较好的地位，留恋小康生活，不愿铤而走险；或因“忠孝”思想的束缚，不肯“犯上作乱”；或幻想通过个人的奋斗，搏个“封妻荫子”的前程，因此一定要被统治阶级逼得走投无路，而且还要经过一番严重的思想斗争，才被“逼上梁山”。

第三类人物，或是出身大地主、大富豪之家，或是身居要职，是统治阶级中的重要人物，他们以消灭梁山义军为己任，但是在与义军的搏斗中被打败、俘虏，被客观形势逼得无路可走，又为宋江等人的“义气”感动，只好“暂居水泊，专等招安”。他们是被造反的风暴裹挟进来的，是被拖上梁山的。如卢俊义、秦明、关胜、呼延灼等。

第一、二类人物是传奇式英雄，不少都塑造得十分成功。被“拖上梁山”的一类，一般都写得不够成功，形象苍白无力，就是坐了第二把交椅的卢俊义也是如此。正如胡适所说：“于是施耐庵不能不杂凑了，不能不潦草了，不能不敷衍了。最明显的例子是写卢俊义的一大段。这一段硬把一个坐在家里享清福的卢俊义拉上山去，已是很笨拙了，又写他信李固而疑燕青，听信了一个算命先生的妖言便去烧香解灾，竟成了一个糊涂汉了，还算得什么豪杰？至于吴用设的诡计，使卢俊义自己在壁上写下反诗，更是浅陋可笑。”

下面具体谈谈《水浒传》是如何塑造传奇式英雄的。

（一）写出人物性格的发展

《三国志演义》多从史书取材，人物在登上历史舞台时，性格早已形成，一般是不变的，也与社会环境的变化关系不大。例如曹操从小就奸诈，他认为叔叔不喜欢他，有一天，他在叔叔在场时晕倒，叔叔赶快去告诉他父亲，他父亲来了，他却好好的。父亲问，你不是晕倒了吗？怎么还好好的？他说叔叔不喜欢我，故意乱说的。之后，就用浓墨重彩反复描写和渲染曹操奸诈的性格，这就像我国的年画一样，用非常鲜艳的色彩画人物，大红大绿，用这样的办法塑造了性格鲜明的人物。毛宗岗说《三国演义》有“三绝”：曹操奸绝，关羽义绝，诸葛亮智绝。曹操是“奸”这个类型的典型人物，关羽是“义”这个类型的典型人物，诸葛亮是“智”这个类型的典型人物，学术界称之为类型化的典型。

《水浒传》的人物塑造从类型化向个性化过渡，显示了我国古代小说塑造人物艺术的进展。《水浒传》写出人物性格的发展史，人物性格紧扣他的社会环境，即他的出身、生活遭遇、生存环境等，因而获得了高度评价。拿林冲与武松来说，小说写林冲，他有个小康之家，过着平静的生活，突然遇到高衙内要霸占其妻，引发封建专制势力穷追不舍的迫害，揭示其从“忍”到“忍无可忍”的变化。到他怒杀陆谦，在梁山泊火并王伦，他的性格就从懦弱变为刚烈。作品细致地描写林冲性格变化的过程，真实可信，没有传奇色彩。而武松是“说开星月无光彩，道破江山水倒流”的传奇英雄，他有勇猛的性格，敢于反抗压迫和欺凌，当官府与西门庆勾结，拒绝受理武大被毒死的冤案，他就不管官府与法律，而采取了暴烈的行动；当他受骗，被诬陷入狱，还差点在押解的路上被杀时，他再一次采取暴烈的行动，血溅鸳鸯楼。他的问题不是软弱，而是“吃软不吃硬”，容易被拉拢利用。当他终于识破敌人伪善的阴谋，抛弃了对官府的幻想，才投身义军。他勇猛的性格没有变化，但是作者表现了他勇、细、狠、趣等不同的性格侧面，成为一个血肉丰满的形象。李逵形象也很有个性，他不仅粗鲁、莽撞，甚至蛮不讲理，但他又有直率、淳朴、真诚甚至单纯的一面，而李逵的鲁莽蛮横又同天真坦率结合在一起，形成性格结构的两个层次。

水浒人物的性格比较复杂，有发展变化，有性格形成和变化的原因，不是一个类型可以概括的。

从整体来看，《水浒》人物性格的发展变化，多数还是表现为半截子的，并不能贯穿始终，特别是大聚义后，人物大多失去原有的个性色彩；多数英雄好汉与《三国志演义》中的帝王将相一样，尚不脱“超人”的气息。但这种性格描写的变化发展和多侧面的丰富性，还是体现了中国古代长篇小说在塑造人物时从注重特征化到走向个性化迈出了坚实的一步。

（二）传奇性和现实性的结合

传奇性必须和现实性结合，传奇英雄才真实可信，亲切动人。如何做到这一点，金圣叹做了很好的概括："写极骇人之事，却尽用极近人之笔。"所谓"写极骇人之事"，就是《水浒传》描写的人物和故事，如鲁智深拳打镇关西、林冲风雪山神庙、武松打虎、李逵劫法场等等，都让人感到惊心动魄。所谓"极近人之笔"，就是说在描写这些惊心动魄的故事时，虽然有传奇性，但不要夸大失实，要有最贴近日常生活的情景，使读者觉得那些惊奇的故事，是可信的，真实的。如鲁智深打死郑屠后，想到进监狱没人送饭；武松打死老虎后，筋疲力尽，没有力气把死虎拖下山等。

传奇性和现实性的结合还体现在对英雄人物的周围环境，对陪衬人物，对市井生活和风俗习惯也有较为精细的描写。这些传奇英雄不是孤立的、不食人间烟火的，他们生活在现实社会里，生活在亲人、朋友和真实、平凡的市民中，如围绕着林冲、鲁智深、杨志的遭际，描写了东京大相国寺的众泼皮，沧州开小饭馆的李小二，东京流氓无赖牛二等人物，展示了当时的风俗人情和"市井细民"的心态。围绕武松这位传奇人物的经历，展现当时的市井生活和一些"卑微人物"的精神面貌。

与《三国志演义》相比，应该说《水浒传》对人情世态、社会众生相的描写有了长足的进展。这也是《水浒传》人物塑造由类型化典型向个性化典型过渡的重要标志。如上文所说的王婆、李固、武大、郓哥、唐牛儿、李小二、何九叔等。

但是，无可讳言，《水浒传》主要还是写传奇式的英雄，着重在火与血的拼搏中展现他们粗豪的性格，而对他们的日常生活、家庭关系等较少涉及，反映出塑造人物的类型化倾向，说明它是从类型化向个性化典型过渡的作品，和《红楼梦》的人物描写还有差距。

（三）人物个性化

容与堂本的评语中说："描画鲁智深，千古若活，真是传神写照妙手。且《水浒传》文字妙绝千古，全在同而不同处有辨。如鲁智深、李逵、武松、阮小七、石秀、呼延灼、刘唐等众人，都是急性的，渠形容刻画来，各有派头，各有光景，各有家数，各有身分，一毫不差，半些不混，读去自有辨，不必见其姓名，一睹事实就知某人某人也。"

"同而不同""全在同而不同处有辨"，这句话极为精当地概括了性格刻画的要点。既是"同"，就是若干人物性格相近相类；所谓"不同"，就是在相同类型人物中又要写出他们彼此相异之处，而不要雷同。有的是人物之间的心理、性格相类，如鲁智深、武松、李逵都是急性子；有的是阶级和职业带来的共同社会倾向，如董超、薛霸都刁残凶狠。但这些相同类型的人物个性还会有不同，很多是通过行为动作表现出来的。鲁智深是鲁而智，勇猛而又细致；武松是鲁而冷，勇猛而冷静；李逵是鲁而蛮，勇猛而蛮干。

"同而不同"首先表现在人物出场上。人物出场就如戏曲的"亮相"和"身段"，第一眼就给人深刻的印象。以天罡星中最早出场的三个人为例。第一位是史进，他是在一阵舞棒中登场的。当站在旁边观看的王进失口说："这棒也使得好了。只是有破绽，赢不得真好汉"，史进听了便大怒喝道："你是甚么人？敢来笑话我的本事？""你敢和我杈一杈么？"并许下若是输了，便拜王进为师的诺言。王进本是碍于面子，不肯动手。史进却视之为怯，更为得意地"把一条棒使得风车儿似转，向王进道：'你来，你来！怕的不算好汉！'"真是咄咄逼人。但是，当他被王进搠倒后，却心悦诚服地拜王进为师。史进出场，表现他的少年任性，好胜而又好学的思想品格。第二位是鲁提辖出场，他和史进一见如故，显出豪侠的大气，接着就是救助金翠莲父女，更充分表现他的侠义精神。第三位是林冲，看鲁智深演武，拿着一把折扇儒雅地登场。英雄惺惺惜惺惺，与鲁智深成了好朋友，定下了儒雅英雄的基调，在高衙内调戏他妻子时表现软弱，他的性格还有待发展。

“同而不同”也可以指相类的故事，写出其不同，具有异曲同工之妙。如江州劫法场李逵从茶坊楼上跳下，与大名府劫法场石秀从酒楼跳下；武松景阳冈打虎与李逵沂岭杀四虎；何涛石碣村捕盗与黄安梁山泊捕盗；“汤隆赚徐宁上山”“吴用赚玉麒麟”“吴用赚金铃吊挂”等等，事件类似，但发生的原因、处理的方式各异，作者采用的写法也就不同，然而却能各放异彩，各极其妙。

作品还通过对比、烘托刻画人物的个性。如林冲和武松到牢房后，两人的态度完全不同，林冲给差拨管营送钱，求免打杀威棒；而武松却声言：“半文也没！”“我精拳头有一对相送！”朱仝与雷横先是一起去抓捕晁盖，后来又一起去抓捕宋江，但朱仝的机智细心和雷横的憨厚朴实形成对比。宋江形象的塑造是“靠同其他人物的对比”显现，宋江其貌不扬，又黑又矮；武艺平庸或几乎没有武艺。但是无论在山寨打家劫舍的燕顺也好，在水路上干杀人越货勾当的张横也好，只要听到宋江的名字，就放下屠刀，拜伏在地，反衬出宋江在人品、气度上的魅力。

作者还善于用精彩的细节，在细微之处揭示人物性格的某种特征。如鲁提辖要拿盘缠给金老父女，向史进、李忠借钱，史进取出十两银子，李忠去身边摸出二两银子，这个细节，看出两人不同的性格和生活境况，史进重义气，又是富家子弟，出手阔绰；李忠摆摊卖膏药，钱来得不容易，显得吝啬。武松斗杀西门庆后，被押往东平府，临行前，他还记得曾经的许诺，“将十二三两银子，与了郓哥的老爹”，显示他仗义又细心的性格，同样仗义的鲁智深、李逵可能就不会记起这种小事。

㈡ 曲折变换的叙事手法

宋元以来水浒故事在瓦舍勾栏中成为“说书”热门话题，在此基础上，由伟大作家创作而成的《水浒传》继承和发展了“说话”的叙事特点。它要求叙述故事要生动，要能吸引听众和读者。《水浒传》这种“说话式”的叙述，较之“史官式”的叙述有所发展。书中的叙述者与作者基本上是一致的。作者也就是故事的叙述者，一般都采用全知视角，而且灵活多变。他可以知道书中故事的来龙去脉，知道人物的心理活动，也可以出来评论发生的故事，表明自己的观点或给读者解释事情的原委。如第二十一回，宋江被阎婆拖到家里，让他和阎婆惜和好。作者就描写宋江和婆惜的心理活动：

> 却说宋江坐在杌子上，只指望那婆娘似比先时，先来偎倚陪话，胡乱又将就几时。谁想婆惜心里寻思道：我只思量张三，吃他搅了，却似眼中钉一般。那厮倒直指望我一似先时前

来下气，老娘如今却不要耍。只见说撑船就岸，几曾有撑岸就船。你不来采我，老娘倒落得。

接着说书人出来评论了：

看官听说，原来这色是最怕人。若是他有心恋你时，身上便有刀剑水火也拦他不住，他也不怕；若是他无心恋你时，你便身坐在金银堆里，他也不采你。常言道：佳人有意村夫俏，红粉无心浪子村。宋公明是个勇烈大丈夫，为女色的手段却不会。这阎婆惜被那张三小意儿百依百随，轻怜重惜，卖俏迎奸，引乱这婆娘的心，如何肯恋宋江。

这里保留了说书者和听众“交流”式口气的痕迹。

对读者不明白的事做了交代和解释。如宋江杀惜后，躲到自己家里。知县派人到家来抓宋江。宋太公对公人说：“老汉祖代务农，守此田园过活。不孝之子宋江，自小忤逆，不肯本分生理，要去做吏，百般说他不从。因此老汉数年前，本县官长处告了他忤逆，出了他籍，不在老汉户内人数。他自在县里住居，老汉自和孩儿宋清在此荒村，守些田亩过活。他与老汉水米无交，并无干涉。老汉也怕他做出事来，连累不便，因此在前官手里告了执凭文帖，在此存照。老汉取来教上下看。”公人回去报告，但张文远、阎婆还是要知县去宋家庄抓人。朱仝、雷横奉命去了。朱仝让雷横带士兵把住门，自己进去“细细地搜一遍。他走入佛堂内去，把供床放在一边，揭起那片地板来；板底下有条索头，将索子头只一拽，铜铃一声响，宋江从地窖子里钻将出来；见了朱仝，吃了一惊。”

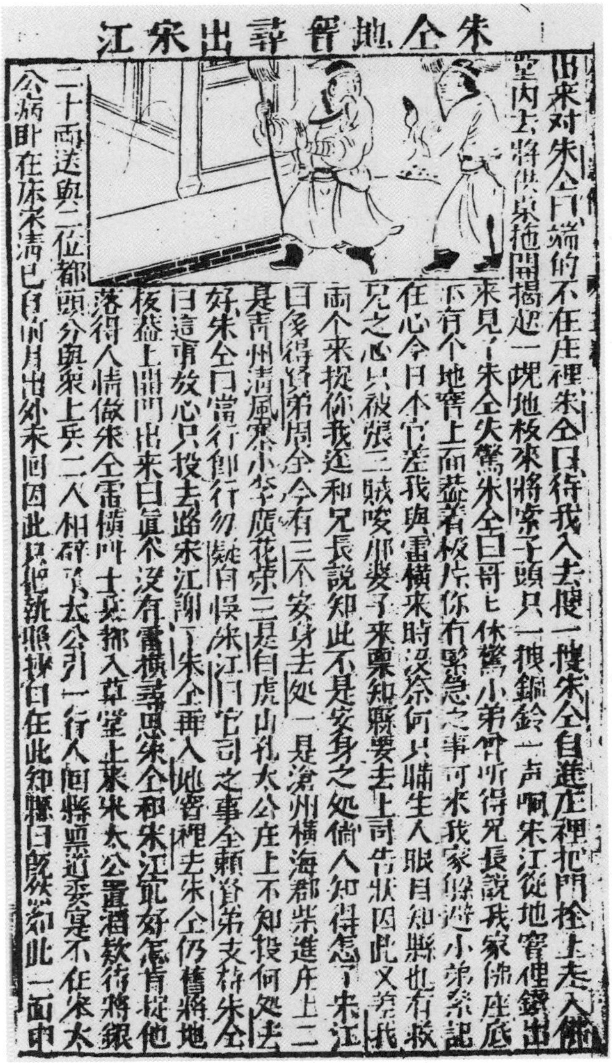

朱仝地窨尋出宋江

出来对朱仝曰端的不在庄裡宋仝曰待我入去搜一搜朱仝自進庄裡把門拴上走入佛堂内去將供桌拖開揭起一塊地板來將索子頭只一扯銅鈴一声响宋江從地窨裡鑽出来見了朱仝失驚朱仝曰哥〻休驚小弟曾听得兄長說我家佛座底下有个地窨上面蓋着板床你有緊急之事可來我家躲避小弟常記在心今日本官差我與雷横來時沒奈何只瞞生人眼目知縣也有救兄之心只被張三賊唆那婆子來稟知縣要去上司告狀因此又差我兩个來捉你我逐和兄長說知此不是安身之处倘人知得怎了宋江曰我得賢弟周全今有三个安身去处一是滄州横海郡柴進庄上二是青州清風寨小李廣花榮三是白虎山孔太公庄上不知投何処去好朱仝曰當行即行勿疑自悮宋江门官司之事全賴賢弟支持朱仝曰這事放心只投去路宋江謝了朱仝再入地窨裡去朱仝仍舊將地板蓋上開門出来曰真个沒有雷横尋思朱仝和宋江最好怎肯捉他落得人情做朱仝雷横叫士兵都入草堂上來宋太公置酒款待將銀二十兩送與二位都頭分與衆士兵二人相辭了太公引一行人回縣稟道委實不在宋太公病卧在床宋清已自前月出外未回因此只把執照申白在此知縣曰既然如此一面申

刘兴我刊本“朱仝地窨寻出宋江”

读到这里，不仅宋江，大概读者也会吃一惊。为什么被称为“孝义黑三郎”的宋江会被父亲告忤逆这么大的罪名？而且作者在这之前从来没有交代过宋江家里有这个秘密，更没有交代过朱仝知道宋江的这个秘密。也正因如此，这个出乎读者意料之外的情节，对读者就有来得突然的一种艺术上的满足。那么宋江家为什么有地窨子？叙述者作了解释：

且说宋江他是个庄农之家，如何有这地窨子？原来故宋时为官容易，做吏最难。为甚的为官容易？皆因只是那时朝廷奸臣当道，谗佞专权，非亲不用，非财不取。为甚做吏最难？那时做押司的，但犯罪责，轻则刺配远恶军州，重则抄扎家产，结果了残生性命。以此预先安排下这般去处躲身。又恐连累父母，教爹娘告了忤逆，出了籍册，各户另居，官给执凭公文存照，不相来往。却做家私在屋里。宋时多有这般算的。

有时叙述者把叙述的任务交给特定的人物，由他们来叙述。如蒋门神的来历，就由施恩来补叙，戴宗的身份和他的神行法，由吴用来介绍。有时也可以用限知视角的方法，造成一些悬念。如武松去县里告状，为武大报仇。可是知县受贿，不肯受理。于是武松“又自带了三两个士兵，离了县衙，将了砚瓦笔墨，就买了三五张纸藏在身边；就叫两个士兵买了个猪首，一只鹅，一双鸡，一担酒，和些果品之类，安排在家里”。武松到底要做什么？只有他自己知道。再如武松在孟州牢中，管营本来要打他杀威棒，只见一人到管营耳边说了几句，便不打了。为什么不打？和管营耳语的人是谁？不仅武松纳闷，读者也莫名其妙，只有管营和这个人知道，造成悬念，到后来才揭晓。

有时叙事角度灵活多变。如第十三回“青面兽北京比武”，杨志先与周瑾交锋，“两个斗了四五十合，看周瑾时，恰似打翻了豆腐的，斑斑点点，约有三五十处。看杨志时，只有左肩胛上一点白”。这是从观众视角中看出。杨志胜了周瑾，正要拜谢领恩，“只见阶下左边转上一个人来”“杨志看那人时，身材凛凛，七尺以上长短，面圆耳大，唇阔口方，腮边一部落腮胡须，威风凛凛，相貌堂堂”。这是从杨志视角中看出。此人要求与杨志比武，“梁中书看时，不是别人，却是大名府留守司正牌军索超”。这是梁中书视角看的。

《水浒传》“说话式”的叙事是形成其叙事特点的重要原因。

中国有强大的史学传统，因而把小说和历史混同，把小说看作“史之余”，要“羽翼信史而不违”。金圣叹对小说和历史的不同有清醒的认识，他根据《水浒传》的成功，提出的“因文生事”说，有重要的理论贡献。他分析《史记》和《水浒传》的不同：“其实《史记》是以文运事，《水浒》是因文生事。以文运事，是先有事生成如此如此，却要算计出一篇文字来。虽是史公高才，也毕竟是吃苦事。因文生事即不然，只是顺着笔性去，削高补低都由我。”“因文生事”说正是看出了作为小说的《水浒传》的叙事虚构特征。这里，金圣叹指出“以文运事”与“因文生事”两者的不同。首先，他以《史记》为例，说明“以文运事”是将已有之实“事”即“先有事生成如此”，“算计”即安排如何用文字记叙出来，完成“著书”；其次，他以《水浒传》的写作为例，指出“因文生事”是为文而杜撰虚构“事”，是“事为文料”，意在说明《水浒传》是用虚构的“事”创作出奇“文”的，“因文生事”是文学创作的特征。

《水浒传》和《三国演义》不同，《三国演义》是历史演义小说，虽然有大量的创造性的虚构，但毕竟还是要受一定的历史事实的限制，而《水浒传》只有一点历史的影子，可以说是完全虚构的。这也是形成《水浒传》叙事特点的重要原因。

《水浒传》叙事艺术的成功，首先是因为作者视野开阔，高屋建瓴，对社会生活、政治军事斗争都有深刻的理解。毛主席在他的哲学名篇《矛盾论》中说："《水浒传》上宋江三打祝家庄，两次都因情况不明，方法不对，打了败仗。后来改变方法，从调查情形入手，于是熟悉了盘陀路，拆散了李家庄、扈家庄和祝家庄的联盟，并且布置了藏在敌人营盘里的伏兵，用了和外国故事中所说的木马计相像的方法，第三次就打了胜仗。《水浒传》上有很多唯物辩证法的事例，这个三打祝家庄，算是最好的一个。"这就启示我们叙事艺术不单纯是技巧问题，作者对生活的深刻认识是非常重要的。

《水浒传》叙事艺术最突出的特点是情节的曲折性与人物刻画的统一。鲁智深的性格是在"拳打镇关西""大闹五台山""倒拔垂杨柳""大闹野猪林"等一系列紧张曲折的情节中展开的。林冲的性格是在"误入白虎堂""刺配沧州道""棒打洪教头""风雪山神庙"等惊心动魄的故事中完成的。小说中的一切情节都是为了表现人物性格，因而人物的外貌、性情、内心活动以至生活环境都是结合着情节展开的，没有离开人物的情节，也没有离开情节的人物描写、环境描写。

用曲折多变、波澜起伏的情节构建了跌宕起伏的人生。如杨志，失陷了花石纲，丢了官职，路过梁山时，王伦劝他入伙，但他坚决要回东京，以求到边上建功立业，光宗耀祖。不料到东京，用金银财物"买上告下"，以谋复职，却被高俅赶出殿司府。他盘缠用光，只好卖宝刀，又怒杀牛二，充军北京。忽然时来运转，被梁中书看上，又做了提辖，肩负押送生辰纲的重任，如完成给蔡太师送礼的任务，前程似锦。万万没想到，生辰纲被劫，最后不得不去落草。

这个大起大落的情节结构，由此构成一个人物坎坷曲折的经历。还有些只是个人片段的经历，而《水浒传》作者也往往安排得波澜迭起，变化莫测。如宋江回家接父亲时，为逃避赵能、赵得的追捕而躲入玄女庙的神厨里；可是赵能、赵得带了四五十人拿着火把照进来，宋江自知“今番走了死路”，马上将被捕去；可是“一个个都走过了，没人看着神厨”，宋江感叹是“天幸”；然而，赵得却拿火把来照神厨，宋江自知“这番端的受缚”，不料“冲下一片屋尘来，正落在赵得眼里”；赵得便把火把也丢掉，与士兵一起都出庙门去了，宋江深感“神明保佑”，并许下来日“重修庙宇，再建祠堂”的大愿；殊不料，追捕者又进来了，因为，他们看到庙门上两个“尘手迹”，断定是宋江推门进来，必定躲在庙里，宋江自叹“今番必是休了”；又不料，正当“赵能一手揭起帐幔，五七个人伸头看”时，突然卷来“一阵恶风”“将那火把都吹灭了”；赵能正要出去，而赵得认为“神厨里不曾看得仔细”，便要“再把枪去搠一搠”；又不料“殿后又卷起一阵怪风”“摇的那殿宇吸吸地动”，这才“一同都奔下殿来”。（第四十二回）在片刻的时间里，三紧三松交替而来，使人目不暇接。

故事情节也与气候、风景等自然景物的描写紧密结合，没有孤立游离的风景描写。林冲“风雪山神庙”对雪天的措写与人物的命运紧密相连，推动了情节的发展，大家耳熟能详，不用重复了。我们就再举个热的例子。杨志押解生辰纲，众军人看那天时，四下里无半点云彩，但见：“热气蒸人，嚣尘扑面。万里乾坤如甑，一轮火伞当天。四野无云。”看看日色当午，那石头上热了，脚疼走不得。众军汉道：“这般天气热，兀的不晒杀人。”这样，担着百十斤担子的军汉与空手走路却要不断赶打军汉的杨志之间，无疑也就加深了矛盾；同时，因天热而口渴难熬的军汉亟想买酒润喉以致被麻倒也就显得十分自然。可见，描写了天热，正好促成了智取生辰纲的成功。

有的学者指出林冲顶风冒雪来到梁山脚下，此时水泊早该冰封三尺，可林冲却见到“山排巨浪，水接遥天”，这哪里像北国严冬的景象？杨雄大闹翠屏山，当时是河北蓟州最严寒的季节，却见山上“远如蓝靛，近若翠屏。涧边老桧摩云，岩上野花映日”，更有“漫漫青草，袅袅白杨”。这岂不是江南的春天！据此，他们都认为《水浒传》作者是一个未曾在北方度过寒冬的南方人。不过考虑到《水浒传》是从书场走向案头的，以程式化的韵文、套语等来描绘气候景观，这是口头叙事文学的惯例，不宜做胶柱鼓瑟式的理解，更不宜以此为据，来讨论小说作者的籍贯等问题，因为即使没到过北方的南方人也都知道北方冬天要下雪、结冰的。

为了让故事曲折变幻，吸引读者，作者围绕着人物性格和故事的进展，使用了悬念、巧合、伏笔等笔法。

悬念，就是让读者对故事发展和人物命运产生急切的期待心理和紧张心情。

如“梁山泊戴宗传假信”，因为吴用疏忽用错了蔡京的图章，黄文炳识破戴宗传的是假信，宋江、戴宗要立即被处斩，虽然黄孔目找借口捱延了五天，到第六天，无法再拖，只等午时三刻，便要开刀。梁山好汉如何营救是个悬念，而这时宋江和戴宗的好友李逵、张顺不知去向，这又是个悬念。当第六天，就要处斩宋、戴时，他们会不会被斩首也是个悬念。

对宋江、戴宗立即要被处死这样紧急的事，如金圣叹所说，写急事反而用缓笔。先写早晨地方小卒打扫法场，早饭后集合士兵和刽子手，巳牌时分，狱官禀请监斩，孔目呈犯由牌判斩字等等。这第一段是写牢外众人的准备工作。第二段写牢里打扮宋、戴两人，用胶水刷头发，各插朵红绫纸花，吃长休饭，喝永别酒，然后六七十个狱卒，一齐推拥出来。第三段写押到十字路口，用枪棒团团围住，又细说一个面南背北，一个面北背南，纳坐在地，只等监斩官来。第四段未见监斩官来，众人围观，便去细看两个犯由牌，犯什么罪判处斩等，不觉知府已到，勒住马，只等午时三刻。

读者从陡然见第六日处斩，“便吃惊起，此后读一句吓一句，读一字吓一字，直至两三叶后，只是一个惊吓。吾尝言：读书之乐，第一莫乐于替人担忧”（金圣叹评语）。到李逵从茶坊楼跳下，砍翻刽子手；梁山好汉劫法场；再到众人得到张顺、张横、李俊带领的十多位好汉支援，“白龙庙英雄小聚义”，全部的悬念才都解开。

要破呼延灼的连环马，就要“赚”徐宁上山教授钩镰枪。如何“赚”呢？先明写派时迁盗徐宁的宝贝雁翎甲，接着汤隆去拜访表兄徐宁，他们一起赶上了时迁。时迁说雁翎甲已转给泰安的郭大官人。他们在路上碰见一辆空车，三人就坐上车。他们在车上讲了一些闲话，赶车的还“唱几句曲儿”。及至徐宁被“赚”之后，悬念才解开，把徐宁用药酒迷倒的是赶车人，“唱几句曲儿”就透露赶车人是铁叫子乐和的信息。

又如宋江、花荣到底打算如何对付秦明，文中一点儿也没有透露。秦明被俘后，似乎事情就完了。作者描写花荣、宋江如何优待秦明，“取锦缎衣服与秦明穿了”，陪着他喝了半夜酒，其实却是让人穿了秦明的装束去杀人放火，以绝秦明的归路。这段描写，一直瞒着秦明，也瞒着读者。不再一次回过头来看，很难领略其中的奥妙。这种描写，给人们一种出乎意料的感受，同时又使人必须回过头来仔细地阅读才能明白。

巧合，要使不同的故事既巧妙又合理地无缝焊接在一起。

第五十二回“李逵打死殷天锡，柴进失陷高唐州”，为救柴进，宋江带兵攻打高唐州，被高廉的妖法打败，唯一的办法就是请公孙胜回来破妖法。戴宗带了李逵，要去寻觅那隐姓埋名在某个深山修道的公孙胜。确实像大海捞针，他们在蓟州城里寻了两天仍然“绝无消耗”，看来，已经没有什么希望了。作者根据李逵的性格、戴宗的生活习惯和公孙胜的身份等等这些早已在读者中有了印象的情况，构思了一个合情合理但又很巧、很带偶然性的情节。戴宗的神行法要求吃素。他们找了半天人，肚子饿了，就必然得上素面店。而那位赶着去“听山上罗真人讲‘长生不老’之法”的老人，也必然得上素面店才能买到他所需要的点心。素面店刚巧又很挤，没有一个空处，戴宗、李逵只好同这位老人合一张桌坐。吃面的人多，李逵又是个急性子，因为面来得迟了而惹起李逵的一拍，溅那老人一脸热汁，由此又引起戴宗的陪话，让老人自己讲出他要去听罗真人讲法，引出公孙胜的消息来，连上一回找不着公孙胜的原因也找着了。“踏破铁鞋无觅处，得来全不费功夫。”

还有一种大的巧合，真是“人生何处不相逢”。如宋江和武松，宋江杀惜后躲在柴进庄上，晚上喝酒，因去净手，踩了火锨柄，恰巧把火掀到一个大汉脸上。这个大汉“气将起来”，要打宋江，万料不到，这个大汉竟是早欲去投奔宋江的武松。由此引出宋江与武松同食共寝甚至结拜为兄弟等情节。不久，宋江与武松分别，天各一方，自是难有相会之日。

从第二十三回起，转入著名的“武十回”，到武松“血溅鸳鸯楼”“夜走蜈蚣岭”，因喝醉酒打了孔亮，后反被抓到孔家庄。正在拷打武松时，宋江出现了，原来孔亮是宋江徒弟，正把宋江请到自己家里来暂避“杀惜”之祸。两人又在这里巧遇了，武松说：“兄弟莫不是和哥哥梦中相会么？”由此又引出宋江相送武松上二龙山等情节，再转入宋江传。

伏笔，金圣叹在《水浒传读法》中称为“草蛇灰线”。

“草蛇”是一种形象化的说法，即“骤看之，有如无物；及至细寻，其中便有一条线索，拽之通体皆动”。这就是作者所安排的一种隐晦的发展线索，在明清作家中常称作“伏线”。毛宗岗在《读三国志法》中说的“隔年下种，先时伏着”，也是指这种伏笔。《水浒传》一开头，就写了“误走妖魔”，有“一道黑气”，从“穴里滚将出来……散作百十道金光，望四面八方去了”。暗示着三十六天罡和七十二地煞的出世。后来他们出生于全国各地而先后会聚于梁山泊。这就是一种“伏笔”，隐括《水浒传》，是全书的最大“伏笔”。还有隐括某一个人物的，如智真长老送鲁智深四句偈言“遇林而起，遇山而富，遇水而兴，遇江而止”，当是暗伏鲁智深从遇到林冲，到在六和寺听钱塘江潮信而“圆寂”的一生关键情节。还有一些伏笔，仅仅是隐括某一件事的。如金圣叹所举的：“景阳冈勤叙许多‘哨棒’字，紫石街连写若干‘帘子’字等是也。”这里说的“哨棒”，即武松在柴进庄上拴的“哨棒”，到景阳冈打虎时，“哨棒”打在树上折断为止，写了十六次，把武松从沧州到景阳冈打虎的一系列情节串联起来；“帘子”，从武松第一次到武大家，“只见帘子开处”看到潘金莲，到武松外出回来，“揭开帘子”看到武大的“灵床”为止，也写了十六次，把武松见到潘金莲到武大被毒死的全部情节用这条线连在一起。

《水浒传》叙事不但曲折生动，而且能表现不同美感类型情节的紧密相间与急剧变换。先看有关武松的一些情节安排。在景阳冈打虎中，狂风、虎啸，有如电闪雷鸣，这是一个充满阳刚之美的艺术境界。然而，作者紧接着便安排了阳谷县见哥嫂的场面：武松面对“纤腰袅娜”“檀口轻盈”的女子，听着“叔叔万福”之类曼声柔气的见面语；在这些家务事、儿女情的描写中创造了一个充满阴柔之美的艺术境界。然而不久，作者又安排了“武二设祭将两颗血淋淋的人头祭奠哥哥”。这些场面的描写，从美感类型来看，自当与“景阳冈打虎”相同。然而不久，作者就安排了十字坡遇张青夫妇的场面，武松先与孙二娘互相挑逗，孙二娘弄了蒙汗药，被武松识破。继之，就和颜悦色，“阿嫂”“伯伯”，还轮番斟酒，各叙经历，畅谈心事。上述这个场面的描写，从美感类型来看，又与阳谷县“见哥见嫂”相同。这里，以武松经历为主轴线，在前后不长的时间里，不同美感类型的情节居然变换了四次。作者这样的安排，真是叙事艺术的奇变。

二 单线连环的结构形态

（一）单线连环的结构形态

小说结构是小说作品的形式要素，是指小说各部分之间的内部组织构造和外在表现形态。那么，《水浒传》形成于内而体现于外的结构，具有什么特征呢？

从表面形式上看，《水浒传》的结构虽然因为版本有百回、百二十回以及金圣叹删改的七十回本存在回数差异，但是这并不影响其在整体结构上的相似构成，即都是以“误走妖魔”开始，中间单个英雄以及部分英雄经不同遭遇汇聚梁山达到高潮，最终走向悲剧结局。不过由于金圣叹《水浒传》七十回腰斩本以“卢俊义惊噩梦”收束，缺失了征方腊等内容，也没有其他多数本应有的“魂聚蓼儿洼”结尾部分，因此结构上呈现出部分差异。但是，这并没有改变《水浒传》中英雄们始上梁山终而悲剧的核心结构形态。

《水浒传》是单线连环的结构形态。在第七十一回之前，小说往往集中几回写一个或一组主要人物，将其上梁山前的业绩基本写完，然后引出另一个或另一组主要人物，而上一组人物则退居次要的地位。如由鲁智深传转入林冲传，然后“智取生辰纲”转入杨志传，引出晁盖、吴用和宋江故事，然后是武松传，再入宋江传，并引出李逵、戴宗、张顺等人，到“白龙庙英雄小聚义”，以聚义梁山为线索将一个个、一批批英雄人物串联起来。由个人反抗，进入梁山泊义军，与被奸臣把持的封建朝廷的对抗。之后主要是以事件为主，如“三打祝家庄”“三山聚义打青州”等，一些好汉是在参与事件的过程中描写他们的事迹。有的好像是人物传，其实还是写事件为主，如与卢俊义有关的七八回，虽然是围绕“赚”卢俊义，救卢俊义而展开，但并没有着力写卢俊义，而主要写了攻打大名府等战役。第七十一回之后，就以时间为顺序，写两赢童贯、三败高俅、受招安、征辽国、平方腊，将故事贯穿始终。

有一条主线把人物、情节贯串在一起，这条主线就是起义事业如何

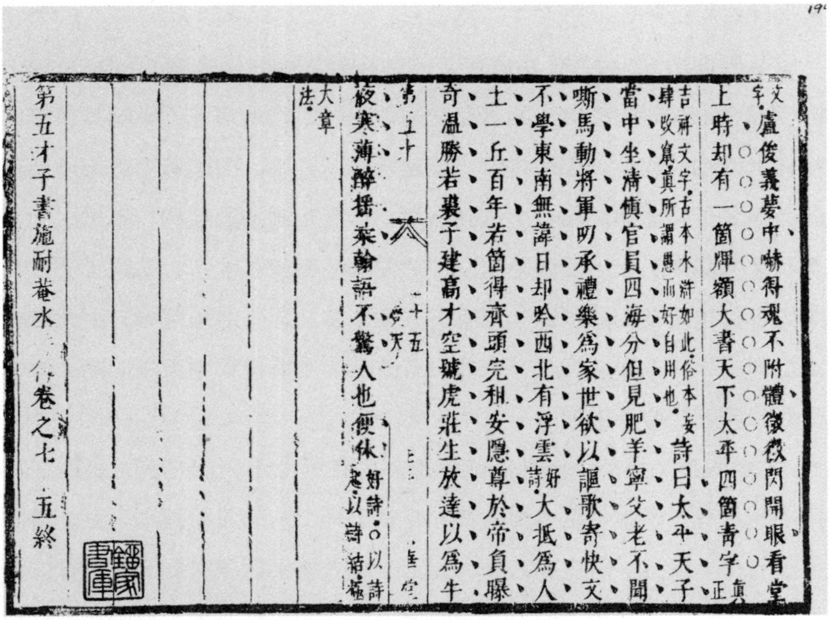
文字盧俊義夢中嚇得魂不附體微微閃開眼看堂
上時却有一箇牌額大書天下太平四箇青字正真
吉祥文字古本水滸如此俗本妄肆改削真所謂愚而好自用也詩曰太平天子
當中坐清慎官員四海分但見肥羊寧父老不聞
嘶馬動將軍叨承禮樂為家世欲以謳歌寄快文
不學東南無諱日却吟西北有浮雲好詩大抵為人
土一丘百年若箇得齊頭完租安隱尊於帝負曝
奇溫勝若裘子建高才空號虎莊生放達以為牛
夜寒薄醉搖柔翰語不驚人也便休好詩以詩起以詩結極
大章法
第五才子書施耐菴水滸傳卷之七十五終

贯华堂本《第五才子书》水浒传第七十回回末

由个人的斗争发展到初步联合反抗以至逐步形成了起义的高潮，之后又走上了受招安的道路，终以“魂聚蓼儿洼”（金本是“惊噩梦”）的悲剧告终。每一个相对完整、独立的英雄传记和故事情节都服从于这条主线。

它形成一个整体，但各部分往往又具有相对的独立性，特别是前半部的连环列传体的结构形式，固然留有组织改造原有民间故事的痕迹，但也有利于集中笔墨、淋漓酣畅地描写一些主要的英雄豪杰。所以鲁智深、林冲、杨志、宋江、武松等一些英雄能够栩栩如生，“千古若活”。

第七十一回“英雄排座次”，特别是到受招安后，情节显得松散、拖沓，多有雷同、失真之处，作者没能生动地揭示水浒英雄的悲剧精神，正如容与堂本评语所说：“文字至此，都是强弩之末了，妙处还在前半截。”金圣叹将第七十一回以后的内容截去，保留了全书的精华，也是有道理的。

有学者认为《水浒传》“以三个太尉来沟通全文、结构作品”，故事起于“洪太尉误走妖魔”，从而拉开一部大书的惊天序幕，他放出那些被朝廷视作洪水猛兽的‘妖魔’”；高太尉逼走王进、迫害林冲，造成了“妖魔”在人间被“逼上梁山”；宿太尉周旋招安让梁山英雄回归到体制内部来“辅国安民”，形成了“遇洪而开”到“遇宿重重喜”的开合，所以“在一定的意义上说由他们三人，支撑起《水浒传》独特的叙事结构”。

有的学者从结构的内涵着眼，认为《水浒传》有“心理、社会、玄想三层面的结构张力”，亦即“《水浒》叙事具有三重结构层面或神理：最外一层是以天人感应模式建构起来的超人间的玄想层面，中间一层是以高俅为代表的奸邪之辈和以宋江为代表的‘义士—罪人’两极对立的社会层面，最内一层是宋江内心的孝义或忠义两相共构的心理层面。三个层面的相互呼应、制约和运作，形成了《水浒》形散神圆的叙事结构和神理”。这个“心理、社会、玄想三层面”结构论具有创新意义，对我们很有启发。

（二）结构是否完整之争

作为鸿篇巨著，《水浒传》整体的结构是否完整统一，有不同意见，有的说完整，有的说不完整。也有折中意见，说《水浒传》结构整体上不够完整，但是局部结构完整，等等。

《水浒传》的结构是一个完整的有机体，这是明清时期多数学者的共识。明天都外臣《水浒传序》说《水浒传》“纪载有章，烦简有则。发凡起例，不杂易于。如良史善绘，浓淡远近，点染尽工；又如百尺之锦，玄黄经纬，一丝不纰”，称道《水浒传》叙事章法与结构严谨。金圣叹也同样认为《水浒传》具有完整的结构，他在《读第五才子书法》中说：“凡人读一部书，须要把眼光放得长。如《水浒传》七十回，只用一目俱下，便知其余二千余纸，只是一篇文字。”

胡适不赞同金圣叹的观点，认为《水浒传》既有叙事的成功之处，也有“拼凑”的不足。“可惜他总舍不得那一百零八人”，加之他“个人的文学技能是有限的”，“因此，他不能不东凑一段，西补一块，勉强把一百零八人‘挤’上梁山去”，特别是“硬把一个坐在家里享福的卢俊义拉上山去，已是很笨拙了”。鲁迅也认为：“《水浒传》是集合许多口传，或小本《水浒》故事而成的，所以当然有不能一律处。况且描写事业成功以后的文章，要比描写正做强盗时难些，一大部书，结末不振，是多有的事。”

与胡适、鲁迅等看法相反，郑振铎等却认为《水浒传》的结构是“严密”的。郑振铎说“原是一个很严密的盛水不漏的组织”，即误走妖魔（起点）→史进鲁智深等出现→劫生辰纲→杀阎婆惜→闹江州→三打祝家庄→打曾头市→梁山泊英雄排座次（顶点）→闹东京→二败童贯→三败高太尉→全伙受招安→征方腊→功成遭害→魂聚蓼儿洼（终点），“因为全书的布局是这样严密，每位英雄的身世结果都已安排好了，完全不能更动……所以那几位做‘插增’《水浒》的人都感到左支右绌，无往而不露出大裂缝来”。

20世纪二三十年代的争论一直延续到五六十年代，以至到当代。

有学者说："从全书看来，《水浒》的结构不是有机的结构。我们可以把若干主要人物的故事分别编为各自独立的短篇或中篇而无割裂之感。但是，从一个人物的故事看来，《水浒》的结构是严密的，甚至也是有机的。"也就是说从各自独立的英雄小传来说，结构是严密的，但从全书看却不是有机结构。

但有的学者反驳说：尽管《水浒传》有英雄性格的精彩传记，但是"离开了长篇有机结构的宏大的生活场景，离开了农民起义军集体英雄形象，个别故事和人物，都将丧失掉在长篇结构中的这种生命和色彩"，因此，"就长篇结构来讲，它仍是有机结构的统一体"，而且还指出"《水浒》的长篇结构是依照《水浒》作者对于农民起义的观点而精工构成的。"

我个人的看法是《水浒传》由"乱自上作"开始，江湖好汉通过不同的道路汇聚梁山，反映了封建社会里人民反抗"星火燎原"的过程，后来受招安，"辅国安民"，征辽平方腊，但"煞曜罡星今已灭，谗臣贼相尚依然"，以悲剧结束全书。因而，作为长篇小说《水浒传》的结构是完整的。

《水浒传》大体上是由两类短篇话本组成：一类是以写人物为主的英雄小传；一类是以事件为中心的公案故事或战争故事。这些大多是经过千锤百炼而高度成熟的，基础很好。一些英雄人物小传光彩夺目，人物性格已经完成，当这些英雄小传成为长篇章回小说一部分时，他们上山之后性格没有延续或发展，如林冲、杨志、武松等，他们只是作者手里的工具，偶尔派上场跑个"龙套"。他们之间的生死之交，也没有应有的照应，像鲁智深和林冲，上山后竟然形同陌路。有些故事本身基础不好，比较平庸，尤其是英雄小传或各个故事之间的过渡性章节就更差，如在鲁智深传和林冲传之间的“火烧瓦罐寺”，就是为了把鲁智深送入东京，过渡到林冲传，这种过渡章节就有勉强凑合的毛病。为了用宋江、李逵去把一些独立的故事串连在一起，就让宋江或李逵下山去接父亲或母亲上山，这些情节安排并不合理，因为梁山泊其他头领的家眷都是由小喽啰接上山的，为什么作为大头领的宋江、李逵非要自己去接不可？而李逵的母亲在路上就被老虎吃掉了，因为本来就不需要去接她上山。还有细节多有重复，如李逵每次下山都要约三件事，不许喝酒，不许乱说等等，这在作家独立完成的作品中不可能如此重复。一些学者还指出，从地理上看，人物的活动路线出现很多矛盾和错误；风景描写中也有些诗词到处乱套。另外，由于结构比较松弛，为后来文人或书店老板大开方便之门，可以采取“插增”的办法，使《水浒传》不断扩大。插增征田虎、王庆，是一些简本特意标明的，没有任何疑问。至于“征辽”十回，水浒一百零八将毫无损伤，其新加入的人物，一个也没有从征方腊，不少学者认为征辽也是后来插增上去的，非原本所有。这些插增部分的艺术水平大多比较低劣。

总之，我认为《水浒传》是世代积累型的作品，其艺术结构虽然是完整的，但不够完善，和《红楼梦》这样的作家独立完成的经典作品相比还有差距。

《水浒传》这种单线连环的结构对长篇小说来说，它既能使整部小说的结构基本完整，又比较灵活，能把一些独立的短篇故事融入长篇之中。因此，《儒林外史》和晚清《官场现形记》等作品都深受《水浒传》这种结构方式的影响。

㈣ 生动传神的白话语体

（一）白话语体成熟的标志

唐宋以来，建筑在口头叙事文学基础上的变文、话本之类，是中国白话小说的发轫，但多数写得文白相杂、简陋不扬，就是《三国志通俗演义》，虽以“通俗”相标榜，但由于受到“演义历史”的制约，仍显得半文半白，只是史传语言的通俗化，还不是纯熟的白话。《水浒传》用流利纯熟的白话塑造了一大批传奇的英雄，是第一部典范的白话长篇小说，这不但标志着我国古代运用白话语体创作小说已经成熟，而且对整个白话文学的发展也具有深远的意义。

明清时期，大多数评点者都高度评价《水浒传》的语言艺术。容与堂本《忠义水浒传》第三回回评有“描画鲁智深，千古若活，真是传神写照妙手”“《水浒传》文字，妙绝千古”。第十三回回评说“《水浒传》文字，形容既妙，转换又神”“真有出神入化手段”“定是化工文字”。第二十一回回评有“此回文字逼真，化工肖物。摩写宋江、阎婆惜并阎婆处，不惟能画眼前，且画心上；不惟能画心上，且并画意外……余谓断有鬼神助之也”等等。

其他学者，也多充分肯定其语言成就。如袁宏道说：“人言《水浒传》奇，果奇。予每捡《十三经》或《二十一史》，一展卷，即忽忽欲睡去，未有若《水浒》之明白晓畅，语语家常，使我捧玩不能释手者也。”

金圣叹对《水浒传》的议论与评点，不仅称道各种“文法”等手法，而且极力推崇“人有其声口”的个性化语言，这个观点对后世影响颇大。

延续金圣叹“人有其声口”的观点，不少学者继续对《水浒传》的语言艺术予以好评。如李渔《闲情偶寄》谈到戏曲的“宾白”时要求：“说一人肖一人，勿使雷同，弗使浮泛，若《水浒传》之叙事，吴道子之写生，斯称此道中之绝技。”

近代以来，学者都对《水浒传》的语言艺术给予很高评价，特别是胡适和鲁迅。胡适把《水浒传》当作“白话文学”的一大进步，如他说：“我们拿宋元时代那些幼稚的梁山泊故事，来比较这部《水浒传》，我们不能不佩服‘施耐庵’的大匠精神与大匠本领；我们不能不承认这四百年中白话文学的进步很可惊异！……是中国白话文学完全成立的一个大纪元。”鲁迅说：“高尔基很惊服巴尔扎克小说里写对话的巧妙，以为并不描写人物的模样，却能使读者看了对话，便好像目睹了说话的那些人。中国还没有那样好手段的小说家，但《水浒》和《红楼梦》的有些地方，是能使读者由说话看出人来的。”

《水浒传》的语言和《三国演义》比较，更为生动活泼，生活气息浓厚，人物语言个性化成就高。《水浒传》和《红楼梦》代表了我国古代小说语言的最高成就，而又有着不同的特点。前者更多吸收民间说唱文学的语言成就，带有更浓烈的民间文学色彩，更生动泼辣，酣畅淋漓。后者更多吸收了传统诗词、散文的成就，带有更鲜明的文人创作的语言风格，更清新自然，典雅秀丽。

（二）生动形象的叙述语言

《水浒传》叙事状物，描写风景，语言都通俗易懂，形象传神、富有表现力。如叙述王进离家出走的情状："王进自去备了马，牵出后槽，将料袋袱驼搭上，把索子拴缚牢了，牵在后门外，扶娘上了马。家中粗重都弃了，锁上前后门，挑了担儿，跟在马后，趁五更天色未明，乘势出了西华门，取路望延安府来。"（第二回）几乎就是口语的笔录。又如鲁达打死郑屠而逃奔时，"正是'逃生不避路，到处便为家'。自古有几般：饥不择食，寒不择衣，慌不择路，贫不择妻"（第三回）。这些叙述语言，都晓畅明白，就是到现在，也能一听就懂。

叙述英雄人物极为出色。第二十六回，武松向何九叔调查哥哥的死亡原因时，作者叙述道："（武松）便不开口，且只顾吃酒。何九叔见他不做声，倒捏两把汗，却把些话来撩他。武松也不开言，并不把话来提起。酒已数杯，只见武松揭起衣裳，飕地掣出把尖刀来插在桌子上，量酒的都惊得呆了，那里肯近前看。何九叔面色青黄，不敢抖气。武松捋起双袖，握着尖刀，对何九叔道……"这里，武松先是沉默，继之爆发；再用酒保的"惊得呆了"和何九叔吓得"面色青黄"予以衬托，这就充分表现出了武松勇猛而又沉着冷静的性格。

至于叙述其他人物，如朝廷高官、衙门公人、江湖流氓、市井无赖的一些语言，也同样有很出色之处。

如叙述洪太尉，开始不听劝告，勃然大怒，强令打开"伏魔之殿"，而当"一道黑气，从穴里滚将起来"之后，他便"目睁痴呆，罔知所措，面色如土"直至"浑身冷汗，捉颤不住"。生动地叙述出他从气势汹汹，到惊慌失措，暴露其色厉内荏的本质。叙述北京押狱兼行刑刽子手蔡福受贿时，李固先送来五十两金子，他讨价还价，终于抬高到五百两金子，这才“收了金子，藏在身边”，让李固第二天早晨来扛卢俊义的尸体。紧跟着，柴进送来一千两黄金，说是奉宋江“将令”，要他“留得卢员外性命”；不然，“打破城池，尽皆斩首”；这时，“蔡福听罢，吓得一身冷汗，半晌答应不的”，把公人既甚贪钱、又甚怕死的性格表现得活灵活现。叙述洪教头，这个江湖流氓，虚张声势的草包教头：“歪戴着一顶头巾，挺着脯子，来到后堂”，对林冲的“躬身唱喏”，则是“全不采着，也不还礼”。对林冲的礼让，他“却不躬身答礼”“亦不相让，便去上首便坐”（第九回）。这也可见其浅狭傲慢的神情。又如杨志在天汉桥上，“当下立住脚看时，只见远远地黑凛凛一个大汉，吃得大醉，一步一攧撞将来”。这就是市井无赖牛二。类似例子，不胜枚举。

写景色，则简练传神，使人如临其境，使景物描写和人物性格和谐地结合在一起。如林冲被押解到野猪林，“早望见前面烟笼雾锁，一座猛恶林子”。用“烟笼雾锁”“猛恶”形容野猪林的险恶，充满杀机，预示着林冲危在旦夕。

《水浒传》语言既是口语化的，又经过千锤百炼、精心加工而成。如第四回“鲁智深在五台山寺中，不觉搅了四五个月”。一个“搅”字，说明他不是安心修行，而是把寺里搅得鸡犬不宁。第五回周通被鲁智深狠揍了一顿，“奔到门前”，跳上马想逃跑，拼命用柳条打马，马却跑不出去。“苦也！畜生也来欺负我。”原来心慌没有解开缰绳。周通慌乱、狼狈的样子很可笑，而且“畜生也来欺负我”这个“也”字用得好，包括他觉得还受了刘太公和鲁智深的欺负。

前面我们还举过鲁提辖向史进、李忠借银子，“取出”“摸出”“丢还”三词；武松打死老虎后，“一步步捱下山”的“捱”字等，都说明

《水浒传》对文字的精细加工。

说书人的语言特点，在宋元以来的话本小说中都有一定程度的保留，《水浒》中则保留得最为完整。《水浒》每回开头有引头诗，总是常用“诗曰”“词曰”或“格言”之类。接着，用“话说”两字开头。正文之中，常用“正是”“但见”“怎见得”之类一荡，又是一两首诗或词，或一段韵文。有时，用“话分两头”“话休繁絮”之类一插，夹进一段散文，每到末了，几乎都用上“且听下回分解”这一套话语。在“且听”之前，常是根据正文中的人物与事件概括出一个问句，如“毕竟龙虎山真人说出甚言语来”“毕竟史进与三个头领怎地脱身”“毕竟扯住鲁提辖的是甚人”等等。这种问句，在此后别的小说中往往便抽象成“欲知后事如何”一语。上述种种，都是说书人语言的特点。这些说书人惯用的语言，常对情节结构方面作些引导、评析或概括，对读者的鉴赏有积极作用。

总之，作品的叙述语言，都能鲜明地描写场景，体现出人物的个性。这是《水浒》语言艺术的杰出成就。

（三）个性化口语化的人物语言

《水浒传》的人物语言已经达到了个性化的高度。柴进、李逵、鲁智深三人先后与宋江见面，三人的语言都不相同，表现了各自的性格特点。

柴大官人见了宋江，拜在地下，口称道：“端的想杀柴进！天幸今日甚风吹得到此，大慰平生渴仰之念，多幸！多幸！”（第二十二回）李逵看着宋江对戴宗道：“哥哥，这黑汉子是谁？”（第三十八回）鲁智深说道：“久闻阿哥大名，无缘不曾拜会，今日且喜相认得阿哥。”（第五十八回）柴进、李逵和鲁智深这三人的语言，固然共同表露了他们对宋江的仰慕之情，但柴进是贵公子，李逵是鲁莽汉子，鲁智深之言既符合他的和尚身份，又显出粗豪直爽的性格。

同是反对宋江要“望天王降诏、早招安”一事，武松叫道：“今日也要招安，明日也要招安去，冷了兄弟们的心！”李逵便睁圆怪眼大叫道：“招安，招安，招甚鸟安！”鲁智深便道：“只今满朝文武俱是奸邪，蒙蔽圣聪，就比俺的直裰，染做皂了，洗杀怎得干净！招安不济事，便拜辞了，明日一个个各去寻趁罢！”（第七十一回）这里，武松抬出“兄弟们”，从自己这一方面来立论，反对“招安”，具有相当说服力；鲁智深则拉出“奸邪”来，从朝廷那一方面来立论，反对“招安”，自然也有相当说服力。而李逵，则是粗鲁的骂人话，只是表明其态度之激烈，却并无说服力。上述语言表明，李逵是蛮干，武松和鲁智深则更有策略水平，而鲁智深更提出大家“便拜辞了，明日一个个各去寻趁（寻找出路）罢”，似乎又比武松想得更深一层。以上种种表明，同是水浒英雄，而且是对待同一问题，各人的语言就表现出性格的不同。

《水浒传》人物语言是口语化的，充满了生活气息。如潘金莲听到武松说“篱牢犬不入”的一段话后，指着武大便骂道：“我是一个不戴头巾男子汉，叮叮当当响的婆娘！拳头上立得人，胳膊上走的马，人面上行的人！不是那等搠不出的鳖老婆！自从嫁了武大，真个蝼蚁也不敢入屋里来，有甚么篱笆不牢，犬儿钻得入来？你胡言乱语，一句句都要下落；丢下砖头瓦儿，一个个也要着地。”（第二十四回）这一段话，纯是口语，一个市井泼妇的形象跃然纸上。

再看白秀英，原是在“勾栏里说唱诸般品调”的，她向看客讨钱时，开口是“财门上起，利地上住，吉地上过，旺地上行。手到面前，休教空过”。这话，确是“勾栏”艺人讨钱的词令妙品，从中确实可以看出一个奔走四方、善于辞令的江湖艺人的形象。尤其值得注意的是，当坐在首座的雷横忘了带钱而多次解释并表示歉意时，她却是话中带刺，层层相讥："头醋不酽彻底薄。官人坐当其位，可出个标首。""官人既是来听唱，如何不记得带钱出来？""正是教俺望梅止渴，画饼充饥。"（第五十一回）从这些令人难堪的话看来，她又毕竟不像一个普通的卖唱女人，而是一个背有靠山，倚仗权贵的卖唱者。上述种种人物语言，都可从中看出说话者的不同地位与身份，各自不同的社会关系。真可以说是话如其人。

水浒故事在瓦舍勾栏是说给人听的，说的话要逗人笑。因此，风趣、幽默是《水浒传》人物语言的特色。如第五回，小霸王周通乘夜摸进新妇房中被鲁智深揪住，"连耳根带脖子只一拳"，周通叫道："做甚么便打老公？"鲁智深喝道："教你认的老婆！"这里，按照实际来分析，周通必然不会说这话。因为，虽然在黑暗里，但他已挨了拳头，还被骂了一句"直娘贼"，他完全可以判断：对方绝非是刘小姐，而肯定是个男人。周通这话不合事"理"，但在此时此地，作者用了这么一句，再让鲁智深顺接上一句"教你认的老婆！"实在有趣之至。又如第六十一回，卢俊义去泰安州将过梁山泊时，便要在车子上插起白绢旗，上写"一心只要捉强人"之类字句，"李固等众人看了一齐叫起苦来"。店小二问道："官人，莫不和山上宋大王是亲么？"按实际事理来看，店小二也不会这么说。因为，白绢旗上的字已经表明了卢俊义与宋大王的关系；而且店小二刚刚告诫过卢俊义："须是悄悄过去，休的大惊小怪。"卢俊义竟然还这样张狂，店小二无法理解，故意说了这么一句讽刺的话。

总之，《水浒传》以北方口语为基础，加以艺术提炼，叙事语言通俗生动，人物语言个性鲜明，形成独特的语言风格，标志着古代白话小说语体的成熟。

跨越时空的永久魅力

一 独特的社会影响

《水浒传》深受我国人民的喜爱，广泛流传，产生了重大的社会影响。

（一）《水浒传》对农民起义的影响

书里的革命精神和理想化的英雄形象，成为鼓舞后代人民革命斗争的火炬，指引和激励着人民奋起反抗黑暗统治。明清两代的农民起义，有的打起‘替天行道”的大旗，提出了自己的政治纲领；有的则借用水浒英雄的绰号，以梁山好汉自居，走“水浒英雄”的路子，结拜聚义，搞根据地，创立了严密的政治、军事组织；有的学习梁山义军的战略战术。总之，《水浒传》就像一部内容丰富的教科书那样为农民起义提供着政治、军事、组织等方面的知识和经验。只要翻阅一下徐鸿儒白莲教起义，太平天国、天地会、小刀会起义等相关史料，就可以看到《水浒传》的影响。正因为如此，统治阶级对它极端仇视，视为洪水猛兽，说它是一本“贼书”，“此书盛行，遂为世害”“贻害人心，岂不可恨？”因此屡加禁毁。但是，《水浒传》是禁毁不了的，而且越禁越发传播得快。于是统治阶级就用《荡寇志》这样的作品来“破他伪言”，抵消它的革命影响，“使天下后世，深明盗贼忠义之辨，丝毫不容假借”。

（二）对江湖帮会的影响

宋元以后，随着城市经济的发展，中国社会产生了一个游民阶层，这些人形成了江湖社会，悄然建立自己的秘密组织，包括秘密教门、会党、行帮、商帮等,《水浒传》中所体现出的仗义疏财、打抱不平、追求平等等侠义精神，成为后世帮会的思想信仰，其兄弟结拜、设忠义堂、排座次的组织形式为很多帮会所仿效，甚至帮会中的一些仪式、条令隐语等也与《水浒传》有着千丝万缕的联系。

江湖帮会的出现，有其历史的必然性，他们也在一定程度上发挥着破坏和瓦解封建黑暗专制统治的作用。但是，其对社会、对平民百姓的破坏、伤害作用也是明显的。《水浒传》对江湖社会、帮会组织也有负面影响，甚至黑社会也会打起水浒的旗号。没有先进政党的领导，没有进步理论的指导，没有经过认真的改造，其盲目性、破坏性极大。义和团就是一个典型的例子。到了现代民主、法制社会，其负面影响更值得警惕和消除。

（二）多重的文化影响

具有进步思想的文人如李贽、金圣叹等，他们歌颂梁山英雄的纯真朴实，批判封建礼教的虚伪和残酷，“如鲁智深吃酒打人，无所不为，无所不做，佛性反是完全的，所以到底成了正果。算来外面模样，看不得人，济不得事，此假道学之所以可恶也与！此假道学之所以可恶也与！”“假道学之所以可恶、可恨、可杀、可剐，正为忒似圣人模样耳。”“凡言词修饰，礼数闲熟的心肝倒是强盗。如李大哥，虽是卤莽，不知礼数，却是情真意实，生死可托。”并以《水浒传》作为范本提倡“童心说”，要求文艺创作必须有真实情感，反对虚假做作。

在压迫深重的封建社会里，《水浒传》成为人民群众起来反抗黑暗统治的精神力量。为正义事业，惩恶扬善，不畏强暴，敢于斗争的精神；讲究兄弟义气，追求平等、自由的理想情操，成为中华民族理想人格的象征，体现了民族传统美德，使几百年来包括具有现代意识的无数读者都受到鼓舞。当然不讲原则的“哥们义气”，“快意恩仇”的血腥暴力行为也产生过负面的影响，对今天的读者特别是青少年读者是需要多加引导的。

㈡ 深远的艺术影响

在《水浒传》成书之后，明代以来水浒故事演绎的艺术形式很多，如续书、戏曲、说书、绘画等，以《水浒传》小说作为基础，创造了引人注目的诸多艺术佳作。

水浒题材的故事演绎虽然受到《水浒传》的极大影响，但是，各种文艺形式的水浒题材演绎，并未完全为《水浒传》所囿，而是在《水浒传》奇书的盛名之下更为繁盛地演绎，在深度和广度上挖掘和拓展水浒故事的纵横疆界。

下面我们分别作简要的介绍。

（一）对小说创作的影响

《水浒传》是英雄传奇小说的典范作品，它所创造的这种英雄传奇的体式，对后代小说创作产生了重大影响。《说唐》《杨家将》《说岳全传》等作品都是沿着它所开辟的创作道路发展的。同时，它对侠义小说又有直接而重大的影响。《三侠五义》《七剑十三侠》《施公案》《彭公案》等一系列公案侠义小说“源流则仍出于水浒”（鲁迅）。它还孳生出《金瓶梅》，从而开启了婚恋家庭小说、社会讽喻小说之门，对《儒林外史》《红楼梦》也有重要影响。

自《水浒传》问世以来，从明末清初到现在出现了众多类型的续写、仿写和改编之作。典型的续书有（明）陈忱的《水浒后传》、（明）青莲室主人的《后水浒传》、（清）俞万春的《荡寇志》、（清）西泠冬青的《新水浒》、（清）陆士谔的《新水浒》、（民国）冷佛的《续水浒传》、（民国）程善之的《残水浒》、（民国）梅寄鹤的《一百二十回古本水浒》、（民国）姜鸿飞的《水浒中传》、（民国）张恨水的《水浒新传》等十部作品。

1.《水浒传》的三大续书

在中国古代小说浩如烟海的续书里，明清时期《水浒传》的三本续书最有特色、最有价值。

陈忱《水浒后传》四十回，署“古宋遗民著”“雁宕山樵评”。作者陈忱，号雁宕山樵。陈忱生活在明末清初“天崩地解”的时代，明亡时，他绝意仕进，与顾炎武、归庄等人组织惊隐诗社。《水浒后传》大约是他五十岁时的作品。晚年“身名俱隐”“卖卜自给”“穷饿以终”。

《水浒后传》紧接百回本《水浒传》，描写梁山泊英雄征方腊后，死伤过半，剩下李俊、阮小七、燕青等三十多人，分散各地，想过太平日

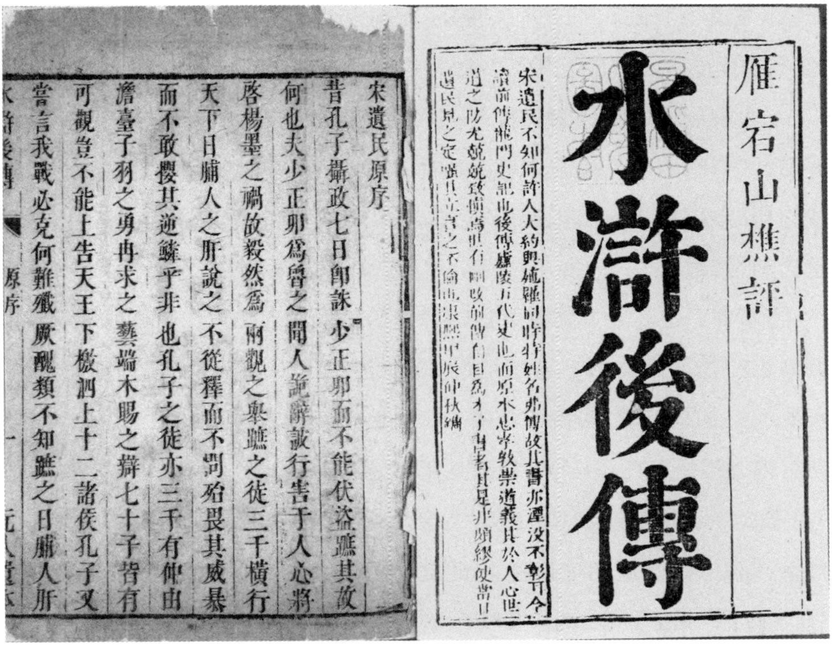
雁宕山樵評

水滸後傳

宋遺民原序

昔孔子攝政七日即誅少正卯而不能伏盜蹠其故何也夫少正卯爲魯之聞人詭辭詖行害于人心將啓楊墨之禍故毅然爲爾觀之舉蹠之徒三千橫行天下日膾人之肝說之不從釋而不罰殆畏其威暴而不敢攖其逆鱗乎非也孔子之徒亦三千有仲由澹臺子羽之勇冉求之藝端木賜之辯七十子皆有可觀豈不能上告天王下檄泗上十二諸侯孔子又嘗言我戰必克何難殲厥醜類不知蹠之日膾人肝

康熙甲辰刻本《水浒后传》

子。但是，蔡京、高俅等奸臣却不放过他们，务要斩尽杀绝。他们被迫重新集结，再度起义。李俊与乐和、花逢春（花荣之子）一起飘然扬帆出海，占据金鳌岛，开辟水浒英雄的海外基地。由于金兵大举入侵，中原失守，徽、钦二帝当了俘虏。在这历史转折的关头，阮小七、李应、燕青等水浒英雄和他们的后裔，肩负起打击金国入侵者和惩处汉奸卖国贼的双重任务。他们惩办了蔡京、高俅等奸臣，又探视当了俘虏的宋徽宗。在中原大势已去的情况下，幸存的水浒英雄云集，到海外与李俊会师。小说最后写水浒英雄征服暹罗诸岛，李俊做了暹罗国王。他们解救了被金兵围困在牡蛎滩的宋高宗赵构，又派燕青等“护驾”到杭州，为宋朝“中兴”作出了贡献。全书以“中外一家、君臣同庆”的大团圆结局。

《水浒后传》的作者陈忱是明代遗民，面对山河破碎、舆图变色的现实，“穷愁潦倒，满眼牢骚，胸中块磊，无酒可浇，故借此残局而著成之也”（书序）。他明确宣布“《后传》为泄愤之书”，他要泄的愤就是亡国之痛。

《水浒后传》全书弥漫着亡国悲痛的气氛。当柴进、燕青立马吴山，看到杭州秀丽河山时，感叹地说：“可惜锦绣江山，只剩得东南半壁！家乡何处，祖宗坟墓远隔风烟……对此茫茫，只多得今日一番叹息！”在这里，不是寄托了作者深沉的亡国之痛吗？

《水浒后传》继承了前传“奸臣误国”的观点，并注入新的内容。蔡京、高俅等奸臣不仅误国而且卖国，他们不仅是迫害百姓，把人民“逼上梁山”的罪魁，而且是使国家沦亡，葬送大好河山的祸首。

《水浒后传》充分肯定了前传水浒英雄斗争的正义性，在新的形势下，又让他们肩负起打击恶霸奸臣和抗击侵略，保家卫国的双重任务。

《水浒后传》不满意前传宋江等人被奸臣杀害的结局，所以李俊等人在海外建国，作为抗金复国的基地，具有理想主义色彩。从书里描写的李俊海外基地的地理位置来看，与古代暹罗国（今泰国）的方位不合，倒像是在闽浙附近。因此，我们有理由认为，作者写李俊海外建国，虽然是受唐传奇《虬髯客传》的影响，但更重要的是借此寄托作者对郑成功在台湾抗清斗争的期望，表现了强烈的抗清复明的斗争精神。

《后水浒传》四十五回，作者青莲室主人，生平不详。卷首有天花藏主人序。此书可能写于清顺治或康熙初年。

《后水浒传》是用水浒续书的形式写杨幺起义。它紧接百廿回本《水浒传》，描写南宋初年宋江托生为杨幺，卢俊义托生为王摩，重新起义的故事。这时金兵入侵，徽、钦二帝被虏，高宗偏安江南，杨幺集何能（吴用转世）、马靨（李逵转世）、花茂（花荣转世）、贺云龙（公孙胜转世）等人分别在天雄山、焦山、白云山、峨眉岭等地重举义旗，反抗官府压迫。他们惩办了蔡京、童贯、高俅等转世的贺省、董索、夏霖等奸臣恶霸。杨幺又亲到临安，劝高宗振兴朝政。在杨幺领导下，各地英雄齐集，以洞庭湖为根据地，屡次打败“进勦”的官军，声威大振。朝廷震惊，派岳飞率军镇压。杨幺等战败从地道遁去，直往龙虎山，重归伏魔殿石窟，天罡地煞相逢于穴中，化成黑气，“凝结成团，不复出矣”。

《后水浒传》用“天道循环”“气运劫数”的先验循环论，把宋江起义与杨幺起义联系在一起。作者继续展示了封建社会“官逼民反”的客观现实，热情歌颂人民前仆后继的革命精神和报仇雪恨的坚强决心。

《后水浒传》对前传结局不满，对宋江受招安持批判态度。第廿七回众好汉大闹开封府，救出杨幺，王摩问杨幺：“方才哥哥说出梁山泊好汉劫救宋江。只这宋江，哥哥可学他么？”杨幺回答：“宋江的仗义疏财，结识兄弟，便可学得；宋江懦弱没主见，带累弟兄遭人谋害，便不可学他。”

《后水浒传》是在金兵南侵的大背景下展开故事的。作者虽然没有写杨幺义军直接与金兵作战，但是，作者着重批判了秦桧、黄潜善两个卖国贼；揭露了由蔡京、童贯、高俅转世的贺省、董索、夏霖与金人勾结，出卖国家的罪行；歌颂了杨幺等与奸臣卖国贼的斗争。

在金兵入侵的形势下，作者一方面不敢对岳飞这样的民族英雄不敬，所以写杨幺对岳飞的崇敬，表示愿向岳飞投降；另一方面，又避免写岳飞对杨幺义军的镇压；避免出现“水擒杨幺”的悲惨局面，而是让杨幺等从轩辕井逃走，天罡地煞化成黑气，“不复出矣”。这样既保护岳飞的英名，避免成为镇压杨幺这些英雄豪杰的刽子手，又可使杨幺等人免去被擒捉杀戮的悲惨结局，作者的处理是煞费苦心的。

俞万春《荡寇志》七十回，草创于道光六年（1826），写成于道光二十七年（1847），前后三易其稿，历时二十二年。

《荡寇志》紧接金圣叹七十回本《水浒传》，叙述宋江等在梁山泊英雄排座次之后，又发展至几十万人，力量不断壮大。提辖陈希真因好道教修炼，“绝意功名”，抱病在家。他的独生女陈丽卿容貌美丽，武艺绝伦，被高衙内看中，要娶其为妻。陈希真父女严惩了高衙内，离家逃走，“权作绿林豪客”，创猿臂寨，与梁山泊对立。他们跟云天彪、徐槐率领的官军合作，同心协力，“围剿”梁山泊，结果把梁山好汉一百零八人“尽数擒拿，诛尽杀光”，把他们的灵魂也永远镇压在石碣之下，永世不得翻身。

作者在太平天国革命的大风暴即将来临之际，以他的政治敏锐性觉察到《水浒传》对农民起义的巨大鼓舞作用，因此写出这部《荡寇志》，配合清王朝的军事镇压，对人民进行“攻心战”。“盖以尊王灭寇为主，而使天下后世，晓然于盗贼之终无不败，忠义之不容假借蒙混，庶几尊君亲上之心，油然而生矣。”（书序）

为了抵消《水浒传》的影响，作者编造出蔡京、童贯、高俅等奸臣与宋江义军互相勾结的故事，妄图把人民对贪官污吏、恶霸奸臣的仇恨，转移到梁山义军身上去。

为了抵消《水浒传》的影响，他树立陈希真父女为榜样，即无论受到如何深重的压迫也都不能反抗朝廷，而要积极去镇压农民义军，以此来换取朝廷的信任与赏识。就像徐虎林教训卢俊义时所说的："即使偶有微冤，希图逃避，也不过深入穷谷，敛迹埋名，何敢啸聚匪徒？"作者借仙人之口斥责宋江："贪官污吏干你甚事？刑赏黜陟，天子之职也；弹劾奏闻，台臣之职也；廉访纠察，司道之职也。义士现居何职，乃思越俎而谋？"这就是要求人民，不管贪官污吏、恶霸奸臣如何横行，都只能俯首帖耳，听任宰割，而不能"越俎而谋"，起来除奸戮佞。

《水浒传》三部续书都不是为牟利而粗制滥造的作品，都不是抄袭前传、模仿原著的平庸之作，它们都是饱含着作者的感情，经过长期酝酿的呕心沥血之作，这正是《水浒传》续书较之那些千篇一律的公案、侠义小说的续书高出一筹的根本原因。

三部续书都不满意《水浒传》中宋江受招安、被奸臣所害的结局，围绕着梁山泊英雄的结局各抒胸臆，续成新篇，体现了作者各不相同、乃至完全对立的思想情感，表现了大相径庭的水浒观。因而，三部续书对研究《水浒传》研究史和明清时代文化思想史有重要价值。

2. 晚清翻新小说

《水浒传》有极大的影响力，因此，每个时代都有人借《水浒传》来抒写自己的思想和情感。晚清出现了维新改革的潮流，于是就有了晚清翻新小说。陆士谔《新水浒》是其中很有趣的一部，1909年刊行。

《新水浒》从金批本七十回之"梁山泊英雄惊恶梦"写起，写梁山泊居安思危，决意进行改革变法的故事。故事写林冲、鲁智深、戴宗到东京探听消息，方知朝廷已经维新，众人如大梦初觉，方晓得"众弟兄此刻都是新世界人物了"，于是忠义堂初行选举，成立梁山会，大小头领下梁山经营各种新事业。所得利益，二成为会费，二成为公积金，六成归为自己。如卢俊义承办铁路，净利七十二万两。扈三娘开办女总会赌局，得银四十八万两。……一年下来也各有收益。只有李逵吃番菜（西餐）演话剧，不但分文未赚，反而赔了若干银子。小说最后以“梁山党大会忠义堂，陆士谔归结《新水浒》”作结。它既不表现梁山英雄的忠义，也不以反映官逼民反的思想为主题，而是利用《水浒传》中的人物，托言朝廷实行“变法”，来描写清末民初的现实生活和新事物，如轮船、电车、铁路、邮局、报纸、股份、抽鸦片、吃西餐、女子革命等等，颇具荒诞意味，但在一定程度上反映了晚清时期的社会状况，抒写了作者对清末社会改革的看法。

到了抗日战争时期，就有张恨水的《水浒新传》，它紧接着贯华堂本第七十回“梁山泊英雄惊恶梦”，继续表现梁山英雄保家卫国的忠义行为。小说写宋江等人欣然接受张叔夜的招安。适逢金兵大举入侵，梁山英雄纷纷请战，要求北上抗金，以死报国。当东京被围，梁山英雄“十八勇将飞骑勤王，一万义兵解围驱贼”，可终因钦宗犹豫不决，用人不当，致二帝被俘。东京城失陷后，梁山英雄大部分为国捐躯；余下的几位，南下投到岳飞和韩世忠军中继续抗金，成就了忠义之志。

这部小说创作于抗日战争相持阶段的重庆，连载于上海孤岛时期《新闻报》上。作者把民族忧患意识融合在自己驾轻就熟的章回体之中，借梁山英雄抗击金兵的可歌可泣的悲壮故事，愤怒谴责日本帝国主义侵略罪行，热情讴歌了抗战志士的英雄事迹，产生了广泛而深远的影响。

（二）水浒戏

明清以来水浒题材的戏曲演绎最为繁盛，而这时杂剧已渐趋衰落，只有（明）凌濛初《宋公明闹元宵》，清代张韬《戴院长神行蓟州道》、唐英《十字坡》等，尚有一定影响。传奇则比较兴盛。李开先《宝剑记》、陈与郊《灵宝刀》演林冲故事，沈璟《义侠记》演武松故事，许自昌《水浒传》演宋江、晁盖故事，李素甫《元宵闹》演卢俊义故事，沈自晋《翠屏山》演石秀、杨雄杀潘巧云故事，清代范希哲《偷甲记传奇》演梁山泊大破连环马故事，以及清代宫廷大戏《忠义璇图》，这是最为完整的《水浒传》改编戏曲，共十本二百四十出。另外，清代还有俗谓“翻水浒”的《存庐新编宣和谱》二十八出，情节与水浒传大异，有为“三打祝家庄”翻案之意。

这时期水浒传奇文本对《水浒传》的改编有以下特点。

1.以表现忠奸斗争为主题，如李开先《宝剑记》，剧中林冲是一位将军，因为看不惯奸佞大臣高俅等人专权误国，上疏弹劾，结果被降职为禁军教头。但林冲仍不愿与奸佞同流合污，继续给皇帝上疏，揭露高俅等人的种种恶行。高俅恼羞成怒，用计谋陷害林冲，将他定成死罪。林冲的妻子为丈夫鸣冤，得到京城高官的帮助，林冲免除了死罪，但仍被发配沧州。下面的情节就是鲁智深大闹野猪林，火烧草料场。林冲忍无可忍，他杀死高俅派来的人，迫不得已投奔梁山。最后皇帝下令赦免林冲的罪过，提升他的官职，同时将高俅父子捆绑起来交给他处置。高俅儿子要霸占林冲妻子是林冲被发配后的事情，只是其中的插曲，中心是林冲与高俅的忠奸斗争。

这几部水浒戏反朝廷的反抗性减弱了，忠君色彩浓厚，改变水浒英雄“神聚蓼儿洼”的凄凉悲剧，以诸如英雄得志、洞房花烛等大团圆为结局。

2. 戏由都要有生、旦主角。所以，几部传奇女性角色与男性平分秋色。《水浒传》中的女子无一不是为好汉做陪衬，而在明代戏曲中，女性却占有很大篇幅的戏份。首先正面的女性形象，如《宝剑记》里林冲妻张氏，并不像小说里自缢而死，而是由侍女锦儿代嫁，张氏在邻居王婆陪同下出走寻夫，最终夫妻团圆。这里的张氏已不再是个配角，而是个有感情、有胆识、活生生的贞烈女子。反面的女性形象如《翠屏山》的潘巧云、《水浒记》中的阎婆惜，有大段唱词，占有很大篇幅。如《水浒记》中阎婆惜与张文远偷情的事，就有“邂逅”“周急”“目成”“联姻”“渔色”“野合”“冥感”等七出，约占整出戏的四分之一篇幅。这一方面符合传奇的旦角的设置，另一方面也满足了作者与观众“猎奇”的心理，符合“传奇”之所以“奇”的特性。

3. 中国古典小说不长于细致的人物心理描写，而在戏曲作品中，通过大量抒情的唱段细腻地表现人物的心理。试看李开先《宝剑记》第三十七出，描写林冲夜奔，其中几支曲辞：

【新水令】按龙泉血泪洒征袍，恨天涯一身流落。专心投水浒，回首望天朝。急走忙逃，顾不得忠和孝。

【驻马听】良夜迢迢，投宿休将门户敲。遥瞻残月，暗度重关，急步荒郊。身轻不惮路迢遥，心忙祇恐人惊觉。魄散魂消，魄散魂消，红尘误了武陵年少。

【雁儿落】望家乡去路遥，想母妻将谁靠？我这里吉凶未可知，他那里生死应难料！

【得胜令】呀！唬得我汗侵侵身上似汤浇，急煎煎心内类油调。幼妻室今何在？老尊堂恐丧了。劬劳！父母的恩难报；悲嚎！英雄气怎消？

几支曲子把《水浒传》中林冲被逼上梁山作了深入细致的心理刻

画，所抒发的感情，超越具体的情节、情境限制，表达的英雄失路、报国无门的委屈和愤怒具有普遍性，因而据此改编的昆曲《夜奔》成为经典的折子戏。

明代中叶到清初，昆曲在剧坛占有绝对优势，从康熙末到乾隆朝地方戏蓬勃发展，与昆曲一争长短。到清代中叶地方戏繁荣发展，道光初年京剧形成，逐步成为影响全国的最大剧种。地方戏、京剧中水浒戏很多，据陶君起《京剧剧目初探》统计的水浒戏有七十一种；曾白融《京剧剧目辞典》则收录一百零四种。

地方戏和京剧，基本取材于梁山英雄上山前的事迹，表现了官逼民反的事实，表现人民群众渴望奋起反抗、借助水浒故事实现对社会现实的强烈控诉，并让水浒英雄通过他们自己的方式惩治群恶，从中也流露出群众对梁山泊之类的生活方式的向往，具有鲜明的时代精神。这些地方戏曲《缀白裘》多有收录，如《闹店夺林》《神州擂》《蜈蚣岭》等。京剧如《真假李逵》《林冲夜奔》《清风寨》《武松》（全本）《乌龙院》（又名《坐楼杀惜》）等。

到了现当代，水浒故事被改编为京剧和许多地方剧种，在戏曲舞台上仍占有重要地位。杨小楼主演的林冲戏，如《林冲夜奔》；周信芳主演的宋江戏，如《乌龙院》；盖叫天主演的武松戏，如《快活林》；袁世海主演的李逵戏，如《闹江州》等，都成为京剧的经典剧目。

水浒戏在内容、主题及人物形象塑造上坚持了对趣味、娱乐的追求，以不同寻常的韧性持续不断地存在着，虽然受《水浒传》的影响，但是由于时代背景以及个人审美评价的不同，改编作品呈现出不同的主题和审美价值，获得了良好的传播效果，消弭了小说与受众之间的文字障碍而扩大了传播范围，这也正是水浒戏价值之所在。

20世纪以来，随着影视技术的出现和发展，水浒戏登上了影视屏幕。

水浒影视传播始于20世纪初。1906年北京丰泰照相馆就拍摄了俞菊笙主演的京剧《艳阳楼》，第二年又拍摄了京剧《收关胜》，这是最早拍摄的两部以水浒故事为题材的戏曲片。20年代至40年代，北京、上海的各大电影公司拍摄了多部水浒电影，也基本上是戏曲片。新中国成立后，国内的电影厂拍摄了不少水浒故事的戏曲片和戏曲艺术片，如上海天马电影制片厂拍摄的由盖叫天主演的戏曲片《武松》。80年代以后，大陆拍摄了多部水浒电视剧，比较出名的有山东电视台拍摄的《水浒》。而1998年中国电视剧制作中心拍摄的四十三集电视连续剧《水浒传》则引发了新的“水浒热”，并引起了如何改编古典名著的探讨。除了电影戏曲片、故事片、电视剧等主要传播方式外，水浒故事的影视传播还涉及动画片、网络游戏等形式。如木偶动画片《真假李逵》也颇受欢迎。

（三）水浒评话

在《水浒传》的成书过程中，借鉴与吸纳了“说话”艺术中的水浒故事，而《水浒传》成书以后的说书，反而又从《水浒传》中获得题材并加以改造、创新，形成新的水浒“说话”，改编为形式多种多样的曲艺节目，如京韵大鼓、山东琴书、评书、快书、扬州评话、杭州评话、河南坠子、辽宁大鼓、陕西道情、青海平弦、福州评话、东北二人转和多种方言土语的弹词等，内容丰富多彩，对《水浒传》故事做了再创造、再发展。

对说书的精彩，明末清初张岱《陶庵梦忆》卷五《柳敬亭说书》有生动的描写。他说：“《景阳冈武松打虎》白文，与本传大异。其描写刻画，微入毫发。然又找截干净，并不唠叨。哱夬声如巨钟。说至筋节处，叱咤叫喊，汹汹崩屋。武松到店沽酒，店内无人，蓦地一吼，店中空缸空甏皆瓮瓮有声。闲中着色，细微至此。”

1. 杭州评话

杭州评话源于南宋，盛行于清中叶。《武松演义》是其代表作，二十二回二十五万字。起于景阳冈打虎，到武松上梁山参加梁山泊起义结尾，对于他上梁山之后的事迹一概不提。除此之外，还有《青面兽杨志》二十六回，《卢俊义演义》二十八回，《水泊梁山》四十二回，《林冲演义》十八回等。

2. 扬州评话

扬州评话产生于明朝末年，清初得到极大的发展，清中叶达到鼎盛。明末清初，有柳敬亭和杨文杰两大说书家“以《水浒》分霸南北”。现代代表作是王少堂的《武松》，有八十五万七千字，后经其孙女王丽堂整理出版的《武松》大约有九十一万五千字，此外还有《宋江》《卢俊义》《石秀》等。

扬州评话在原书基础上，大力拓展某一人物或事件的情节，都是连续讲好多场，整理成文字，是原书的几十倍，如宋江在原《水浒传》中有八万四千多字，王少堂的《宋江》有一百零五万字，王丽堂的《宋江》约有一百二十二万字。

3. 山东快书与《武松传》

山东快书最初只讲武松故事，因此又称“武老二”，艺人被称为“说武老二的”。它较原书增加创作了很多情节，采取了韵文的语言形式。如武松斗杀西门庆：

武松一刀劈向西门庆，西门庆闪身躲一旁，

武松抬腿踢一脚，西门庆抽身躲得强；
武松一刀劈心刺，西门庆蹭的声蹦到窗台上，
武松来了个单风贯，劈脸揍他一巴掌，
这一巴掌揍得狠，半边脸揍成个大胖胖。

说得惊心动魄，生动有趣。

总之，水浒评话经过了一代又一代艺人的演说，在原作的基础上不断地加工润色，将原著中那些原本故事性不强的情节加以扩展和延伸，是对《水浒传》的再创造。

作为一种民间曲艺形式，《水浒》评话以其最通俗的语言讲述着那些波澜起伏的英雄故事，为评话在民间的传播奠定了坚实的基础。

（四）木刻版画

水浒题材也为绘画等可视性艺术所青睐，明清以来，出现了大量的《水浒》图像，如《水浒》版画、连环画、年画等。它们使文字的《水浒传》具象化为多姿多彩的图像《水浒传》。在此，以木刻版画为例，选取部分作品简要介绍。

版画是中国美术的一个重要门类。明代中后期是中国古代版画创作的黄金时期，万历年间更是一个“光芒万丈”的时代，涌现了大量的优秀作品，除了传统的宗教题材之外，小说、戏曲等文学作品几乎“无书不图”，《水浒传》也不例外。《水浒传》的几个重要插图本如“评林本”、容与堂本、袁无涯本等都是在这个时期刊刻的。清代前期也出现了数个比较有名的《水浒传》插图本。木刻版画是《水浒传》艺术整体的有机组成部分，它们曾经对《水浒传》的阅读与传播起到过一定的促进作用，其中不少还作为《水浒传》价值的一部分保留至今。

按照插图版式的不同，《水浒传》木刻版画可分为上图下文的“全像”、整版全幅的“出像”和人物“绣像”三种。

1. 全像《水浒传》

“全像”的基本特征是按页附图、每页一或两图、上图下文、一图一目、图文对照，插图风格古朴稚拙，人物造型较为简略，线条粗犷有力，木趣刀味浓厚，构图简洁，写实性强，民间艺术特征明显。

“全像”《水浒传》大多是由福建建阳的书坊所刊刻，具有明显的建安派版画特征。“全像”《水浒传》的刊本数量众多，目前所知存世的有近十种，明万历二十二年（1594）建阳双峰堂余象斗刊刻的《京本增补校正全像忠义水浒志传评林》（简称“评林本”）可视为其中的代表。“评林本”共二十五卷、一百零三回。其插图规模宏大，全书共有插图一千二百四十三幅。每页三栏——上栏评释、中栏插图、下栏正文，插图约占四分之一页面。每页都有表现本页主要故事情节的插图，插图两侧有楹联式的题句，图文对照，有很强的连续性。虽然每幅插图仅方寸之间，但全书一千多幅连贯的插图还是绘出了《水浒传》故事生动的细节情景，描绘了梁山泊起义根据地的景物、战争的场面和梁山一百零八位好汉的人物风貌，还形象地反映了明代的一些社会生活。插图雕刻古朴，是一部现存较早而规模宏大的连环版画。如“智取生辰纲”一节，“评林本”连续用了六幅插图就将智取生辰纲的经过完整表现出来了。

2. 出像《水浒传》

“出像”是明清小说刻本中常用的另一种插图方式，也是以表现故事情节为主的。这样的插图，都是整版的方式，或单面、或合页连式，数量较“全像”少，但质量较高、图像精美，人物形象生动、背景较为丰富，艺术性强。

评林本以六幅连续插图描绘“智取生辰纲”

繁本《水浒传》，主要面向那些文化水平比较高的读者，他们的理解能力较强，无须依靠每页附的插图帮助理解作品；同时，他们对插图艺术水准的要求也比较高，简单、稚拙的“全像”插图不能满足他们的审美需要。因此，繁本《水浒传》选择了“出像”的插图方式。

“出像”《水浒传》的代表作有：

万历三十八年（1610）武林容与堂刊《李卓吾先生批评忠义水浒传》，插图两百幅。容与堂本全书共一百回，每回前有单面插图两幅，每幅插图有图目各一句，与小说回目基本一致。容与堂本插图的刻工是寓居杭州的徽派版画名手黄应光、吴凤台，插图风格古拙，疏朗醒目、不事雕饰，有的图版甚至全无背景，人物形象突出，细节的刻画相当精到。但也有部分插图背景丰富。容与堂本的插图影响很大，比它稍晚出的《钟伯敬先生批评水浒忠义传》等的插图对它的模仿痕迹相当明显。

明末袁无涯刊《李卓吾批评忠义水浒全传》插图一百二十幅，是故事图集中于卷首形式的典型代表。袁无涯本一百二十幅插图与小说文本一百二十回的内容并不一一对应，而是选取小说文本中最精彩、最典型的故事或场景进行创作。插图的图目也不按照小说的回目题写，而是另拟标题，全部为工整的五言，概括性和感情色彩较强，如第二十幅为描绘景阳冈武松打虎的“神威打猛虎”。此本插图的刻工是刘君裕，插图镌刻繁缛细密、典丽优雅，有着丰赡的背景，是《水浒传》插图中最为人所称道者。不少插图采用俯瞰式构图法，层次分明，立体感强。

3. 绣像《水浒传》

“绣像”是人物图像集中于卷首的插图形式。《水浒传》附人物插图自清初醉耕堂刊《第五才子书施耐庵水浒传》始，所附“绣像”均袭用明末清初著名画家陈洪绶创作的《水浒叶子》。陈洪绶《水浒叶子》共计四十幅，绘四十位水浒人物，人各一幅，由于陈洪绶的天才创作而具有极高的艺术价值。本书选配的人物绣像插图即来自陈洪绶《水浒叶子》。所谓叶子，就是用于赌博或行酒令用的纸牌，所以《水浒叶子》每幅上都有人物题名、赞语并标有钱数，如“呼保义宋江”赞语是“刀笔小吏，尔乃好义”，并标明“万万贯”。

4.《水浒全图》

《水浒传》版画插图的创作在明代万历以后取得不俗成就，但是到了清初，木刻版画插图逐渐走向了衰微。不过，到了晚清，进入衰退时期的《水浒传》版画还是出现了一缕夕阳的余晖，这就是光绪八年（1882）广东臧修堂刊刻的《水浒全图》。

《水浒全图》是清代刘晚荣所编，他在卷首序称这是明代著名画家杜堇所作，但有人怀疑是伪托的。有图五十四幅，一图绘两人，绘足梁山英雄一百零八人。第一次将水浒一百零八位英雄完整地展现给读者，《水浒全图》堪称创举。插图将人物置于丰富的背景之中，人物与背景融为一体，相映成趣。如《水浒全图》之宋江与戴宗，图中两人作交谈状，呈现出一定的故事性，是人物绣像同故事情节画的结合。

《水浒传》问世之后，由于其人物众多且性格鲜明、故事情节紧张生动，不少能工巧匠们也将之作为艺术创造的对象，用各种艺术形式加以表现，因此出现了不少以《水浒传》为题材的美术作品和工艺品，如连环画、年画、剪纸、泥塑、雕刻、邮票、金银纪念币等等，使以文字阅读为主的《水浒传》成为以观赏为主的有形艺术中的《水浒传》。为了节省篇幅，对这些作品就不赘述了。朋友们如果有兴趣，可以参考我和冯汝常主编的《水浒学史》（上海三联书店2015年版），书中有较为详细的介绍。

《水浒全图》之宋江、戴宗。

㊃ 广泛的国外影响

《水浒传》不但在中国家喻户晓，而且在世界范围内广泛流传，并得到了高度的评价。日本早在1757年就出版了百回本《忠义水浒传》的全译本。在西方，于1850年开始有法文的摘译本，1978年法国出版了一百二十回的全译本。著名的美国女作家赛珍珠（Pearl Buck）于1933年翻译出版的名为《四海之内皆兄弟》的七十回本十分流行，影响很大。目前，《水浒传》已有英、法、德、日、俄、拉丁、意大利、匈牙利、捷克斯洛伐克、波兰、朝鲜、越南、泰国等十多种文字的数十种译本，风行世界。

日本著名学者盐谷温在《中国文学概论讲话》中说《水浒传》:“结构的雄大，文字的刚健，人物描写的精细，不独为中国小说之冠冕，且足以雄飞于世界的文坛。”《大英百科全书》说 :“元末明初的小说《水浒》因以通俗的口语形式出现于历史杰作的行列而获得普遍的喝彩，它被认为是最有意义的一部文学作品。”赛珍珠这位诺贝尔奖获得者在她译著的序言中说 :“《水浒传》这部著作始终是伟大的，并且满含着全人类的意义，尽管它问世以来已经过去了几个世纪。”《水浒传》确是世界文学宝库中的一颗明珠，放射着璀璨的光彩。

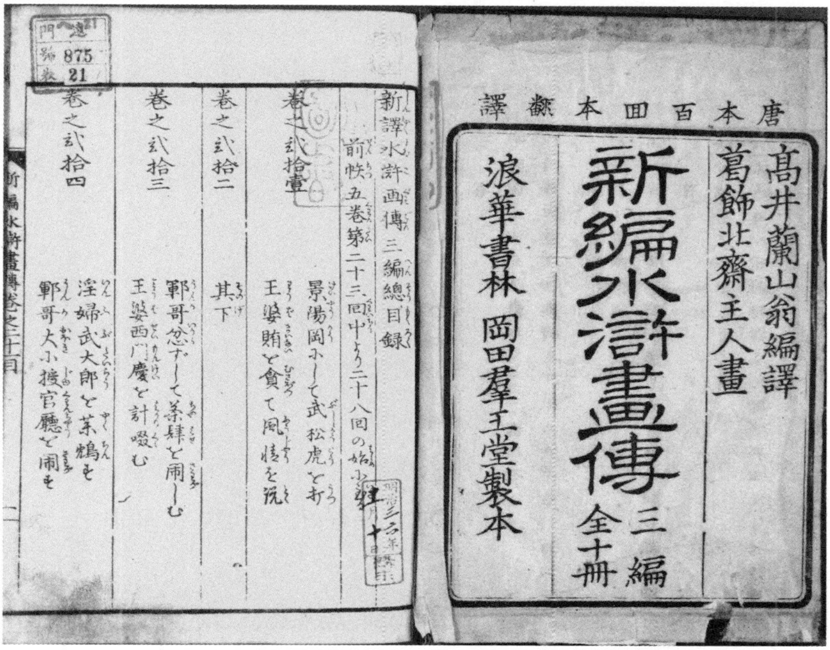

【日】曲亭马琴、高井兰山编译《新编水浒画传》

后　记

这本书是在我有关《水浒传》的论著基础上写成的，也参考了前辈和时贤的著作，如马成生的《水浒通论》，因本书体例所限，没有详细注明，敬请谅解。

人民文学出版社以容与堂本为底本，参照天都外臣序本、袁无涯刻本等整理出版的《水浒传》，是较好的整理本，本书引用的《水浒传》原文以此本为据。

在本书出版之际，我要感谢方月兴、涂秀虹、刘海燕、胡小梅、伍大福、陈丽媛、陈瑜、邓雷等朋友和梁惠编审的竭诚帮助，没有他们的帮助，书稿是无法完成的。

《水浒传》是古代小说的经典名著，内涵丰富复杂，争论颇多。我们的论述是否正确、妥当，敬请读者批评指正。

齐裕焜

2018年9月20日于福州

图书在版编目(CIP)数据

齐裕焜讲水浒 / 齐裕焜著. —上海 : 东方出版中心, 2019.3

ISBN 978－7－5473－1433－3

Ⅰ.①齐…　Ⅱ.①齐…　Ⅲ.①《水浒》研究　Ⅳ.①I207.412

中国版本图书馆CIP数据核字(2019)第045665号

齐裕焜讲水浒

出版发行: 东方出版中心
地　　址: 上海市仙霞路345号
电　　话: (021)62417400
邮政编码: 200336
经　　销: 全国新华书店
印　　刷: 上海盛通时代印刷有限公司
开　　本: 710 mm × 1000 mm　1/16
字　　数: 312千字
印　　张: 26.5
版　　次: 2019年3月第1版第1次印刷
ISBN 978－7－5473－1433－3
定　　价: 78.00元
